El enigma del Cid

Editorial Bambú es un sello
de Editorial Casals, SA

© 2010, M.ª José Luis
© 2010, Editorial Casals, SA
Tel.: 902 107 007
editorialbambu.com
bambulector.com

Diseño de la colección: Miquel Puig
Ilustración de la cubierta: Miquel Puig

Quinta edición: septiembre de 2020
ISBN: 978-84-8343- 097-2
Depósito legal: M-44.658-2011
Printed in Spain
Impreso en Anzos, SL, Fuenlabrada (Madrid)

El enigma del Cid

M.ª José Luis

bam bú
EDITORIAL

1. La exposición del Arco de Santa María

En Burgos había dos estaciones: invierno y la del ferrocarril.

Aquel dicho popular era exactamente lo que debió pensar Pablo al exhalar una última bocanada de aire justo antes de entrar en el Arco de Santa María. El frío intenso y el helor del invierno convertían su aliento en una nubecilla blanca que se evaporaba al instante.

Pablo se había rezagado del resto de su clase cuando iban a visitar una exposición sobre cultura medieval y caballería que se celebraba en el interior del Arco.

El Arco de Santa María era una de las doce puertas de la muralla de la ciudad, y su aspecto exterior era impresionante. Visto de frente parecía un enorme castillo señorial, con dos robustos torreones, coronado por cuatro almenas.

La fachada de piedra la ocupaban varias esculturas de personajes ilustres y en la base del monumento, en el centro, se levantaba un gran arco a modo de pasadizo que comunicaba, por un lado, la plaza donde se encontraba la catedral y, por el otro, el puente de Santa María que cruzaba sobre un río flaco llamado Arlanzón.

El interior del edificio, dividido en dos plantas, había sido restaurado para convertirlo en una sala de exposiciones.

Pablo estaba situado en el centro mismo del pasadizo, bajo el arco, en el umbral de una pequeña portezuela excavada en un lado, por la que se accedía al interior de la exposición. De repente una voz áspera a sus espaldas interrumpió su momento de distracción:

—Señor Ruiz Campos —resonó en la retaguardia—. Haga el favor de reunirse con sus compañeros. Le estamos esperando.

Era el insufrible don Félix, profesor de matemáticas, ciencias naturales y dibujo; además de tutor de segundo A de la ESO, la clase de Pablo.

Don Félix era un hombre de moral rígida. En realidad todo en él era rígido. Era alto, delgado y caminaba totalmente recto, con los hombros echados hacia atrás, como si en todo momento estuviera marcando el paso en un desfile militar. Tenía la cabeza pequeña cubierta de pelo canoso, muy corto, y sus fríos ojos grises controlaban todo lo que ocurría a su alrededor. A los lados, dos enormes protuberancias le servían para oírlo todo mejor. Algunos de sus alumnos comentaban, a sus espaldas claro, que en vez de orejas tenía dos paneles auditivos. Esto, unido a la antipatía que se había ganado a pulso, hacía que fuera conocido en todo el colegio por el apodo de *el orejas*.

Siempre tenía el gesto serio y severo, tal como se reflejaba en su cara de enfado permanente. Intentaba demostrar su superioridad exigiendo a sus alumnos que le llamaran don Félix y él, a su vez, para marcar más la distancia se dirigía a ellos por el apellido.

Pablo giró sobre sus talones en la dirección de la voz. Ahí estaba él, plantado en medio de la portezuela excavada en el arco por la que se accedía a la exposición.

Advirtió en su mirada fría un tono de reproche. No necesitó nada más. Sin despegar los labios, el centelleo furioso de sus ojos le guió hacia el interior. Apretando los oídos al mismo tiempo que inclinaba la cabeza ligeramente en señal de sumisión, Pablo ascendió por la estrecha escalera de caracol hasta el primer piso. A sus espaldas sentía la mirada fija de don Félix clavada en la nuca. Y es que el profesor caminaba justo detrás de él, a paso lento.

Ya en lo alto de la escalera su amigo Jaime esperaba con impaciencia a que subiera los últimos peldaños. Jaime Romero Blanco era el mejor amigo de Pablo. Era un rubiales de piel clara con el rostro salpicado de pecas. Un chico de carácter tranquilo que tenía la sonrisa pintada en la cara todos los días y a todas horas.

Jaime, siempre prudente, advirtiendo la figura del orejas detrás de su amigo, intercambió con él una mirada de complicidad en apenas una fracción de segundo. Al instante se comprendieron. Ambos odiaban al orejas.

Cuando Pablo subió el último escalón pudo contemplar la amplia sala que se abría paso ante sus ojos. Tenía forma cuadrada y tres de las cuatro paredes estaban formadas por arcos creando un corredor o pasillo alrededor de todo el perímetro de la sala. Estaba repleta de vidrieras y urnas que protegían los objetos más curiosos, como lanzas, escudos, cilindros de metal, arcas de madera y a duras penas podía divisar bajo los destellos de los focos algunas piezas de ropa antigua.

La luz natural entraba a raudales a través de tres ventanas enmarcadas a su vez en tres arcos ojivales. Las paredes eran de piedra blanca inmaculada debido a la reciente restauración para convertir la estancia en una sala de exposiciones. El techo estaba cubierto en parte por una vidriera octogonal de vivos colores y un gran lienzo ocupaba una de las paredes, dando un toque de color a la austeridad de la sala. El suelo de mármol blanco apenas se hacía visible debido a la multitud de gente congregada.

Pablo echó un rápido vistazo en derredor. Además de su clase se veían numerosos grupos de estudiantes de cursos superiores. Algunos parecían incluso universitarios. Estos últimos se acercaban a las piezas expuestas con un bloc de notas y un lápiz.

El público, en general, era de lo más variopinto. Había señoras elegantemente vestidas y algún ejecutivo, con un impecable traje y el abrigo bajo el brazo, que había aprovechado la hora del almuerzo para acercarse.

Pablo tenía una especial intuición para detectar a los profesores o historiadores. Vestían de manera informal, con chalecos de punto y pantalones de pana. Tenían una edad considerable, pasada la cincuentena y podían pasarse largos minutos contemplando con obsesión un objeto determinado. Y por último no podían faltar los jubilados que repartían su exceso de tiempo libre entre el calor de las exposiciones y el hogar del pensionista.

Pablo, Jaime y don Félix se reunieron con el resto de los alumnos en un extremo de la sala. Don Félix se adelantó unos metros hasta alcanzar a la persona que amablemente se había quedado al cuidado del resto de la clase en su ausencia.

Jaime, aprovechando un punto ciego en el campo de visión del orejas, le dio un codazo a Pablo:

–¿Qué? ¿Te ha echado la bronca?

–No mucho, pero si las miradas matasen...

–Has tenido suerte, si te llega a pillar en el colegio seguro que te la cargas.

Don Félix miró fijamente a sus alumnos y, con un solo gesto de su mano, consiguió aglutinarlos a todos alrededor de la persona a la que iba a presentar.

–Bien, ahora que estamos todos –dijo el orejas clavando sus pupilas en las de Pablo–, les voy a presentar a Antonio Fernández que, responsable en parte de esta magnífica exposición, será quien nos guíe a través de ella. Espero que todos ustedes guarden el debido silencio mientras el señor Fernández nos acerca a una parte tan importante de nuestra historia.

–En primer lugar, muchas gracias por venir. Como bien ha dicho vuestro profesor, mi nombre es Antonio y voy a intentar que conozcáis un poquito mejor la cultura medieval y la caballería a través de uno de los caballeros más conocidos de todo el mundo. Estamos hablando, como todos sabéis, de Rodrigo Díaz de Vivar, más conocido como el Cid Campeador, nacido en nuestra tierra y personaje importante en su época, admirado y estudiado en todo el mundo.

Antonio Fernández era un hombre joven. Su mirada tranquila y el tono agradable de su voz irradiaban humildad, la misma con la que día a día intentaba transmitir sus conocimientos a los numerosos visitantes que la sala recibía. No obstante, el entusiasmo de sus palabras, expresadas con el orgullo de un padre que presenta a su hijo, delataba la pasión y la admiración que Antonio sentía por el héroe burgalés.

A lo largo de su vida profesional se había encargado de multitud de exposiciones, sin embargo, la dedicación y el esfuerzo de ésta se veía reflejado en los rostros del público. El resultado era soberbio. La calidad, el valor de los objetos reunidos y la cantidad de información rescatada lograban que el visitante, en unos minutos, se sintiera inmerso en otro mundo, en otra época.

–Lo primero que vamos a ver –comenzó diciendo Antonio– es una pequeña muestra de la cultura medieval. Como seguramente sabréis, en realidad eran tres las culturas que integraban la España de aquella época: la cultura musulmana, la judía y la cristiana. A continuación veremos una serie de objetos cotidianos que reflejan con claridad cómo vivían nuestros antepasados.

Antonio Fernández guió a su grupo a través del laberinto de urnas y vitrinas hasta dar con la que buscaba: una especie de pequeños capuchones con plumas, guantes de cuero con una cuerda asida en un extremo y una serie de anillas se exponían ante sus ojos.

–Este era el deporte favorito de la nobleza –dijo Antonio–: la cetrería, que consistía en adiestrar aves rapaces como el halcón y el gavilán para cazar tórtolas, palomas y en ocasiones incluso liebres.

Los ojos de los chicos aguzaron la vista para contemplar con renovado interés el interior de la vitrina. A sus mentes vino de pronto la imagen que habían visto en multitud de películas: un gran halcón posado con elegancia en el brazo de su dueño y cómo ante un gesto suave de éste el ave se lanzaba surcando el cielo en busca de su presa hasta darle alcance en pleno vuelo.

A continuación la mirada de todos se paseó por multitud de objetos decorativos, como arquetas de plata islámicas, botes de marfil de origen cristiano y candelabros para, después, continuar con piezas agrícolas de la época como un viejo arado romano.

Pero lo que más llamó la atención de todos fue la sección dedicada a la vestimenta. Todos se quedaron parados ante lo que una tarjeta identificativa denominaba «abarca» o «albarca»: una especie de zapato hecho de piel de vaca o de cabra, formado por una única pieza y con los laterales doblados hacia arriba. En todo el perímetro tenía unos ojales por los que pasaba una tira del mismo cuero que se anudaba en el tobillo.

Pablo miraba las antiquísimas albarcas y las comparaba con las modernas deportivas de su amigo Alberto. Era un compañero de clase, un chico de una nobleza tan grande como su altura, gracias a la cual se había convertido en un héroe al ser la estrella del equipo de baloncesto del colegio. A Pablo siempre le había asombrado el tamaño del pie de su amigo.

–¿Te imaginas jugar con eso? –le dijo entre susurros a Alberto dándole un codazo.

–Seguro que no encestaba ni una –le contestó.

–Claro que de tu talla tampoco las harían –observó Pablo.

Jaime y Javier, un simpático pelirrojo que estaba junto a ellos, esbozaron unas risas mudas que se quebraron en el mismo instante en que la mirada gris del orejas se posó sobre ellos. Había que fastidiarse. Pero si estaba en la otra punta, ¿cómo era posible que les hubiera oído?

Antonio Fernández se dirigió de nuevo al grupo.

–Ahora lo que vamos a ver son las armas del caballero medieval. Lo primero que tenéis que saber es que existían dos tipos de armas. Las defensivas son el yelmo, el almófar, la loriga, las calzas y finalmente el escudo. Y por último las ofensivas como son la lanza y la espada. Seguidme.

Toda la clase siguió al guía que atravesó la sala entre el gentío. El éxodo del alumnado hacia el lado opuesto se vio dificultado no solo por la cantidad de gente que se concentraba en la sala, sino por la conducta caprichosa de muchos visitantes que se paraban en los lugares menos indicados a contemplar las piezas expuestas, y que emergían uno tras otro como escollos insalvables.

Sorteando a unas cuantas personas Pablo tropezó con alguien. Un chico joven miraba a todas partes sin ver nada ni a nadie. Tenía un aspecto desaliñado. Vestía unos vaqueros viejos y desgastados y una cazadora de cuero. Podía parecer un estudiante si no fuera por la ausencia de libros y carpetas. Emitió un escueto «perdón» sin bajar la vista y siguió su itinerario incierto. Pablo le siguió con la mirada durante unos segundos. Con las manos en los bolsillos caminaba entre la gente mirando hacia arriba unas veces, hacia la entrada otras o simplemente observando a la gente. En cualquier caso lo que parecía claro era que los objetos expuestos le resultaban indiferentes. A Pablo aquel tipo le pareció sospechoso.

Cuando llegaron todos los chicos junto al guía al otro extremo de la sala, don Félix, como un pastor vigilante hizo un recuento mental del rebaño. Estaban todos.

Antonio Fernández comenzó de nuevo su exposición:

–Mirad –dijo señalando el primer objeto que se exhibía tras los cristales de una enorme vitrina apostada de pared a pared. Frente a ellos aparecía un viejo casco de metal oxidado.– El yelmo o casco –prosiguió Antonio– era la pieza que defendía la cabeza del caballero, entre otros, de los ataques de las espadas enemigas. Como podéis ver tenían forma cónica y por lo general eran de hierro. Esta parte –dijo señalando la parte delantera central– servía para proteger la nariz. Justo al lado está el almófar que era una especie de capucha de malla metálica que se colocaba debajo del yelmo dejando libres solo los ojos.

Pablo y Jaime se sonrieron con la mirada. Ambos estaban pensando lo mismo. A ellos el almófar se les antojaba como una capucha espacial más que medieval, ya que los destellos metálicos les recordaban en parte a la indumentaria de los superhéroes protagonistas de los cómics que ellos se intercambiaban.

A continuación, el grupo en su conjunto se desplazó apenas unos pasos para contemplar la solidez y prestancia de la pieza central, que orgullosa parecía capitanear entre todos los objetos de aquel panel. Un chaleco de escamas plateadas cuya longitud se extendía hasta las rodillas se situaba en el centro de la vitrina y parecía dispuesto para el combate.

–Es la loriga o cota de malla metálica que servía a los caballeros como principal arma defensiva –explicó una voz de la primera fila.

La voz resabiada e infantil que iluminó con su explicación al resto de los alumnos era la de Raúl Rodríguez, el empollón de la clase, quien con su verborrea habitual e insolente había interrumpido las explicaciones del guía. Sus compañeros acostumbrados a sus demostraciones intelectuales se volvieron hacia él. Tenía el pelo corto, moreno y bien amaestrado mediante una raya lateral que hacía juego con su forma de vestir. Llevaba unos pantalones de pana fina, un jersey de marca y una camisa de cuadros que le daban un aspecto de joven ejecutivo vestido de *sport*. Era el típico chaval que a la menor oportunidad alardeaba de su inteligencia para deleite de sus propios oídos. Y es que a Raúl le encantaba oírse.

Raúl Rodríguez buscó la aprobación de don Félix con la mirada. En los ojos de éste se podía leer una mezcla de fingido disgusto por la interrupción y el orgullo que sentía por su alumno favorito.

–Por último –prosiguió Antonio, ignorándole– vamos a ver las dos últimas armas defensivas del caballero: las calzas de paño para las piernas que llevaban unas tiras de cuero enrolladas y el escudo construido en madera. A principios del siglo XI normalmente eran redondos y hacia la segunda mitad del siglo fueron evolucionando hacia una forma almendrada. En la vitrina de la derecha, cerrando este apartado, podemos encontrar algunos ejemplos de armas ofensivas, es decir, la lanza y la espada.

Detrás del cristal e iluminada por los focos podía verse una vieja lanza mutilada. El largo astil de madera de fresno de otros tiempos aparecía ahora fracturado y menguado en un extremo y en el lado opuesto se podía ver un hierro puntiagudo y cortante.

Junto a la lanza, colocadas en la pared de forma vertical, colgaban algunas espadas anónimas de hoja ancha, algo oxidadas, con empuñaduras sencillas, que apenas interesaron a los chicos.

Finalizado el recorrido por las armas del caballero, el comisario de la exposición, Antonio, señaló una puerta que daba acceso a otra sala y esperó pacientemente a que todos los alumnos entraran. Una vez dentro, de nuevo se dirigió a ellos.

–Esta estancia se conoce con el nombre de Sala de Poridad o del Secreto, y era donde antiguamente se reunía el Concejo de Burgos –les explicó Antonio.

Jaime le dio un codazo a Pablo y ambos miraron hacia arriba. Un curioso techo octogonal se alzaba sobre ellos formando una especie de cúpula en el centro y estaba recubierto de un artesonado de madera de colores con formas geométricas. El suelo rústico de cerámica alternaba baldosas de terracota con otras que dibujaban una flor de lis en tonos azulados y verdosos y las paredes de piedra blanca resaltaban la solemnidad de la sala.

Sin embargo lo que de verdad había llamado la atención de Pablo y Jaime era el descubrimiento del personaje al que estaba dedicada aquella parte de la exposición: el Cid.

Por fin había llegado a la parte más interesante de toda la visita. La habitación estaba plagada de elementos dedicados al héroe burgalés. Por un lado, se veían paneles que representaban diversos árboles genealógicos otros, en cambio, detallaban la ruta de sus batallas y conquistas.

Cada pocos metros, bien colgadas de la pared o colocadas a ras del suelo como pancartas de tamaño natural, se veían multitud de fotografías que reproducían esculturas reales del Cid diseminadas a lo largo y ancho de la ciudad.

Antonio Fernández invitó a toda la clase a hacer el recorrido por la sala en sentido inverso a las agujas del reloj, comenzando su plática por dos paneles de la derecha que significaban los árboles genealógicos de don Rodrigo Díaz de Vivar y de su esposa doña Jimena.

–Rodrigo Díaz de Vivar nació en Vivar, una pequeña aldea que se encuentra a siete kilómetros de la ciudad, en el año 1043 y pertenecía a la nobleza castellana como podéis ver –dijo señalando el panel cubierto de nombres y fechas que caían en cascada mediante múltiples ramas–. Por su parte, doña Jimena pertenecía a la nobleza asturiana y era prima del rey Alfonso VI. Lo que seguramente muchos de vosotros desconocéis es que muchas de las actuales casas reales europeas tienen como antepasado común a nuestro Cid y es que don Rodrigo tuvo dos hijas a las que casó con herederos y a través de los siglos sus descendientes formaron parte de las familias reales europeas.

Los chicos se quedaron perplejos ante dicha revelación, ya que ni siquiera imaginaban que su descendencia hubiera llegado a nuestros días y mucho menos que fuera conocida.

Antonio avanzó unos pasos y se detuvo ante un esquema que simplificaba en varias líneas las batallas y victorias del caballero medieval. Hechos puntuales que hicieron del Campeador una leyenda en vida. La pasión de sus siguientes palabras certificaba la admiración que el comisario de la exposición sentía por el Cid.

–Don Rodrigo se quedó huérfano de padre a los quince años y se crió en la corte junto a Sancho II, que unos años más tarde se convertiría en rey de Castilla. Se hicieron grandes amigos y el Cid luchó junto a él en numerosas batallas demostrando su valor y lealtad, lo que le sirvió para ser nombrado alférez real y se ganó de esa forma un lugar privilegiado junto al rey.

Antonio Fernández disfrutaba enormemente relatando la historia real de un hombre que a través de los siglos se había convertido en una leyenda. Pero sobre todo lo que más le asombraba era la cantidad de información de su vida, de sus batallas, de sus destierros que había llegado hasta nosotros considerando los escasísimos medios de comunicación de la Edad Media. No acertaba a imaginar el magnetismo personal que provocó en sus contemporáneos y que boca a boca, generación tras generación, hicieron de él un héroe nacional.

–¿Por qué se le llama Campeador? –preguntó una voz del grupo de alumnos. María Cuesta Revilla, una niña risueña de cabellos castaños sorprendió a todos con su pregunta.

El guía le sonrió con la mirada.

–Pues verás, el reino de Castilla estaba en litigios con el de Navarra por un problema fronterizo y, ¿cómo creéis que lo resolvieron? –preguntó a su vez sin esperar respuesta–. Pues en vez de luchar los ejércitos de los dos reinos, el Cid se batió en un duelo personal con el alférez de Navarra y por supuesto ganó. Tenía veintitrés años y a partir de entonces se le conoció como el Campeador.

–¿Y por qué se le conoce también con el nombre del Cid? –preguntó Pablo muy astutamente, quien generalmente reservaba sus dudas en su interior pero que viendo la buena acogida de la pregunta de María consideraba que la suya era tan interesante como la de ella.

Antonio estaba encantado con la participación de la clase.

–Cid o Mío Cidi significa «mi señor» y es una expresión de cariño y admiración.

Caminaron en grupo unos pasos más dirigiendo su atención sobre el cristal que sellaba una gran hornacina. Estaba excavada en la piedra de la pared frontal de la sala. En su interior se podía contemplar una gran cantidad de objetos tan dispares entre sí que era difícil ver la relación entre ellos.

Antonio señaló la pieza central, una gran espada de hierro con una bonita empuñadura.

–Mirad esto, es una reproducción de la Tizona, la espada que el Cid blandió en sus batallas.

Esperó unos segundos a que los ojos curiosos de los chavales se posaran sobre ella y continuó.

–La verdadera Tizona se conserva en el Museo del Ejército de Madrid.

–¿Y cómo se sabe que de verdad es la del Cid? –preguntó desconfiado uno de los chicos.

–Porque a la muerte del Cid la espada pasó a manos de la corona de Castilla y se utilizaba para investir a nuevos reyes. Más tarde se ofreció como regalo a un marqués. Así que, como veis, existe muchísima documentación histórica y, por si fuera poco, hace unos años se le hizo la prueba del carbono catorce y se determinó científicamente la antigüedad de la espada: unos novecientos años.

Junto a la reproducción de la espada Tizona, en el lado izquierdo, se exhibía un voluminoso códice de aspecto muy antiguo.

–Esto es una reproducción del *Poema del Mío Cid* –explicó el comisario de la exposición quien por las caras y resoplidos de los alumnos adivinó que ya lo conocían.

La historia del Cid era recitada por los juglares de pueblo en pueblo y un copista llamado Per Abat recogió el cantar en un célebre libro en el siglo XIV. Merceditas, la profesora de lenguaje y literatura les había mostrado en clase algún pequeño fragmento del poema que estaba escrito en castellano antiguo, lo que les resultó tremendamente aburrido y de difícil comprensión.

Por último, en la repisa inferior dos elementos descansaban en extraña armonía. El comisario de la exposición mencionó el primero de pasada y se concentró en el segundo:

–Esto de aquí es la llave del Castillo de Burgos y lo siguiente –dijo señalando un pequeño cilindro de cristal con una especie de astilla pardusca en su interior–, es un hueso del brazo izquierdo del Cid.

Las últimas palabras las pronunció despacio, en voz baja, casi deletreando. Era un efecto ensayado con el que intentaba impresionar a los visitantes más jóvenes. Inmediatamente se agolparon todos alrededor del hueso que contemplaban con una mezcla de morbo e incredulidad.

A continuación, Antonio dirigió la atención del grupo hacia una conocida estampa pictórica que se representaba en la pared contigua.

Mientras, Pablo, con un ligero toque en las costillas de su amigo Jaime, consiguió que éste adivinara su intención. Ambos dejaron que sus compañeros se alejaran y distraídamente se fueron aproximando más y más hacia la hornacina. Una vez situados frente al cilindro de cristal que contenía el hueso, Pablo se agachó acercando su brazo a la misma altura y con la mirada traviesa le comentó en voz baja a su amigo Jaime:

–Mira, estoy codo a codo con el Cid –dijo entre susurros reprimiendo una carcajada.

Jaime, acostumbrado a sus ocurrentes salidas, intentó aguantar la risa tapándose la boca con la mano. Aun así no logró ahogar la risilla nerviosa que le había provocado.

Cuando los dos se incorporaron al grupo una mirada inquisitiva les traspasó hasta la retina. Don Félix, erguido y alerta como un centinela, proyectó sus fríos ojos grises sobre ellos durante unos segundos que se convirtieron en una eternidad. Se mezclaron entre sus compañeros y procuraron concentrarse en las palabras del comisario de la exposición:

–Como podéis ver en el cuadro, el Cid le toma juramento al rey Alfonso VI. Esto se conoce como *La jura de Santa Gadea* y es uno de los hechos más conocidos de su historia. Como vosotros sabéis, el Cid además del más fiel y leal caballero del rey de Castilla, Sancho II, era también su amigo personal. Y Sancho II había luchado y derrotado a su hermano Alfonso VI, el rey de León. En el año 1072, durante el asedio a Zamora, Sancho II fue asesinado y Alfonso VI regresó reclamando para sí los dos reinos, el de Castilla y el de León. El Cid aceptó ser su vasallo pero le obligó a tomar juramento, forzándole a declarar que no había tenido nada que ver en el asesinato de su hermano. El juramento tuvo lugar muy cerquita de aquí, en la iglesia de Santa Gadea o Santa Águeda como se la conoce ahora. Y fue a partir de entonces cuando la suerte de don Rodrigo Díaz de Vivar cambió. Nunca volvió a ocupar el lugar privilegiado que tuvo en la Corte de Castilla con Sancho II. Esto unido a envidias y hostilidades de otros caballeros leoneses y de algunos malentendidos con el nuevo rey Alfonso VI, provocó su destierro en el año 1081.

Los chicos escuchaban atentos las explicaciones de Antonio y aún estaban asimilando las aventuras y desventuras del Campeador cuando de nuevo la voz insolente de Raúl Rodríguez les asaltó de improviso:

–Y entonces el Cid deja en el monasterio de San Pedro Cardeña a doña Jimena y a sus hijos y abandona Castilla con trescientos de los mejores caballeros.

Sus compañeros se volvieron hacia él. ¿Pero es que el tío se había preparado la exposición? Raúl, ajeno a sus miradas, esperaba orgulloso la confirmación de sus palabras.

Antonio, que había captado el malestar del resto de los alumnos, en vez de contribuir a engordar su ego, se limitó a aceptar la interrupción. Siempre le habían fastidiado los empollones y los enteradillos; sobre todo aquellos que utilizaban su ventaja intelectual como un arma de superioridad.

–Ya veo que dominas el tema –le dijo serio y con voz neutra.

El resto de la clase sonrió para sus adentros. Estaban acostumbrados a que el orejas le aplaudiera todas sus demostraciones de sabiduría, así que ya era hora de que alguien le diera un buen corte.

–Más tarde Alfonso VI perdonó al Cid –continuó el comisario de la exposición– pero de nuevo lo desterró en el año 1089 y desde entonces don Rodrigo luchó en las numerosas guerras de la España de entonces como un señor independiente, junto a su ejército personal, haciéndose con numerosos reinos moros. Su fama creció de forma espectacular y en el año 1094 conquistó Valencia. Ciudad que gobernó con justicia respetando la cultura musulmana hasta su muerte el 10 de julio de 1099.

Todos los alumnos rodeaban al guía escuchándolo en silencio entre el alboroto de la sala.

–Aunque en un primer momento don Rodrigo y doña Jimena fueron enterrados en el monasterio de San Pedro Cardeña, actualmente sus restos reposan en el crucero de la catedral, como seguramente todos sabéis –concluyó Antonio.

–No todos –susurró Pablo al oído de Jaime al mismo tiempo que giraba la cabeza hacia atrás señalando la hornacina del fondo y más concretamente el cilindro de cristal que contenía el hueso del Cid.

–Y para terminar el recorrido por este pequeño homenaje a nuestro héroe burgalés solo nos quedaría por ver la pieza más relevante de esta exposición –anunció de pronto Antonio como un maestro de ceremonias que reservara el mejor espectáculo para el final.

Un tumulto de gente se concentraba casi permanentemente en el centro de la habitación. Desde que habían entrado en la Sala de Poridad habían seguido las indicaciones de Antonio a través de la habitación en sentido circular, bordeando el centro de la misma, que estaba siempre atestado de público.

En ese mismo instante, la megafonía del Arco de Santa María anunciaba que en unos minutos cerrarían las puertas de sus instalaciones y unos segundos después la manifestación espontánea de visitantes comenzó a dispersarse dejando libre el centro de la sala. Una vez despejada por fin pudieron contemplar la pieza estrella. Cuatro pivotes dorados unidos por gruesos cordones de color granate formaban un perfecto cuadrado, creando de esta manera una barrera más ornamental que defensiva. En su interior se alzaba un pedestal de mármol oscuro y sobre éste, como una extensión de sí mismo, un cubo de cristal aislaba del mundo el preciado objeto: un viejo yelmo oxidado y abollado por los años y las batallas.

–Como podéis ver –comenzó Antonio–, es el yelmo o casco que se cree perteneció a don Rodrigo Díaz de Vivar. Es una pieza de incalculable valor que nos ha cedido temporalmente el museo encargado de su conservación, así que hemos extremado las mediadas de seguridad.

El comisario de la exposición dijo estas palabras justificando el parpadeo intermitente de una pequeña luz roja procedente del interior de la urna.

Pablo, Jaime, Alberto y Javier habían conseguido acomodarse en primera fila ocupando un lado del cuadrilátero justo detrás del cordón que hacía las veces de barandilla.

Javier, *el pelirrojo*, les señaló a sus amigos el origen de los destellos rojizos. Un dispositivo de seguridad situado junto a uno de los cuatro focos que iluminaban el casco, emitía la luz rojiza. El juego de luces anaranjadas mezcladas con el parpadeo bermejo le conferían al yelmo un aura de irrealidad que fascinaba a los chicos y en especial a Pablo, que intentaba acercar su cuerpo todo lo posible sin traspasar la barrera.

Pablo, situado a unos escasos veinte centímetros, miraba con fijeza los detalles de la pieza: su forma cónica, el protector nasal, los golpes y arañazos recibidos en mil batallas. Le parecía increíble estar tan cerca de un objeto casi milenario, testigo de multitud de aventuras y victorias. Nada más y nada menos que ¡el casco del Cid! se repetía Pablo una y otra vez. Lo miraba embelesado, mientras su rostro se reflejaba en el cristal de la urna: el cabello castaño tieso y rebelde, sus enormes ojos verdes tan grandes como su curiosidad, la nariz recta y la sonrisa traviesa. Alternaba su imagen y la del casco en un intento mental por fundir ambas en su imaginación.

–¿Qué? ¿Te lo quieres poner? –le preguntó María adivinando sus pensamientos mientras la clase abandonaba la Sala de Poridad siguiendo al comisario de la exposición.

Pablo sobresaltado, se giró hacia la izquierda y vio a María junto a sus amigas Cristina y Ana. María le caía bien. Era una niña responsable que sacaba muy buenas notas y que a diferencia de otros no sentía la necesidad de alardear por ello. Su inteligencia se perfilaba en un fino sentido del humor que a menudo concluía en un comentario irónico. Era simpática y alegre y tenía un gran sentido de la justicia. En su rostro de facciones regulares, el cabello y los ojos castaños, la boca pequeña, nada destacaba de manera espectacular, sin embargo el conjunto poseía un atractivo del que ella aún no era consciente.

Pablo la miró y sonrió. En su breve estado hipnótico ni siquiera se había dado cuenta de que estaba junto a él. María le insistió:

–Te falta cabeza –le dijo ella con doble intención.

Solamente María podía resumir en tres palabras el carácter inquieto y travieso de Pablo.

Aunque el comentario lo había hecho en voz baja Jaime, Alberto y Javier habían oído lo suficiente para explotar de la risa. Ellos cinco eran los últimos en abandonar la Sala de Poridad. Sus compañeros encabezados por don Félix se situaban ya en el centro de la sala principal arremolinados todos alrededor de Antonio Fernández.

La sala central, anteriormente atiborrada de gente, aparecía ahora desierta y espaciosa. Solo algunos curiosos, haciéndose los remolones, apuraban los últimos minutos antes del cierre del Arco de Santa María.

–Aquí terminamos este recorrido por la cultura medieval y el homenaje a nuestro personaje más universal, el Cid –comenzó a despedirse el comisario–. Quiero daros las gracias por vuestra atención y espero que os haya gustado.

–Vayan bajando ordenadamente y hagan el favor de esperar junto a la puerta todos juntos –interrumpió don Félix en voz alta dirigiéndose a sus alumnos mientras le tendía la mano a Antonio Fernández.

Los chicos se iban despidiendo de Antonio y se encaminaban hacia la estrecha escalera de caracol que les había llevado hasta allí. Justo antes de comenzar el descenso, Pablo alargó la mano hacia el montón de folletos que se acumulaban en una mesa auxiliar de la entrada y se guardó uno en el bolsillo de la mochila. En la portada compartían protagonismo el casco que tanto le había impresionado junto a un escudo de armas de don Rodrigo y doña Jimena.

Fuera del Arco, en la plaza del Rey San Fernando les esperaba el autobús que les conduciría de nuevo al colegio.

Aquella mañana de jueves de febrero había resultado perfecta. No solo había disfrutado de una de las mejores visitas extraescolares, sino que además se había perdido hora y media de aburridas clases. Y por si fuera poco el día siguiente sería viernes y después vendría el fin de semana. ¿Qué más se podía pedir?

Cuando la megafonía del Arco anunció el cierre de sus puertas en cinco minutos, un hombre joven consultó su reloj. Recapituló en su memoria la gran cantidad de información que había acumulado durante aquella hora de visita a la sala. Sin embargo, a diferencia del resto de la gente, él no se había concentrado en las armas medievales, la cerámica de otras culturas ni en los avatares de la vida de un caballero que a él se le antojaba muy lejano.

A simple vista parecía uno más de los numerosos visitantes que recibía la exposición. Ataviado con unos vaqueros viejos y una cazadora, paseaba su rostro indiferente, castigado por la vida, entre la amalgama de público como si fuera uno más.

Nadie podía sospechar nada. Caminaba entre la gente simulando ver y admirar lo mismo que ellos. Solo él conocía el verdadero motivo de su presencia en aquella sala.

Con el rabillo del ojo su atención se desviaba constantemente hacia la localización exacta de las cámaras de seguridad, los dispositivos de alarma colocados estratégicamente y los sensores de movimiento dispuestos a diferentes alturas. A lo largo de su carrera muchos habían sido los planes de seguridad que había examinado y posteriormente superado.

Siempre existía un punto débil que él sabía localizar. Y en el Arco de Santa María ya lo había encontrado. Repasó de nuevo la ubicación exacta de las entradas, la salida de emergencia y sobre todo el pequeño panel rectangular que albergaba el entramado eléctrico. De aquello dependía su plan. Además conocía con exactitud la hora

29

del cambio de guardia de los agentes de seguridad y se aseguró de que la sala que a él le interesaba careciera de cámaras de vigilancia. Era perfecto.

Solo un pensamiento había enturbiado su mente durante la visita a la exposición: ¿y si alguien le reconocía?

Había estado fuera de la ciudad dos años. Solamente una persona en toda la sala pudo haberle reconocido, sin embargo, en el caos del gentío, a pesar de que en una ocasión ambos estuvieron cerca, muy cerca, ninguno cruzó su mirada con la del otro.

Echó un vistazo rápido a los puntos clave.

La gente comenzaba a dirigirse hacia la salida. En el centro de la habitación, un grupo de escolares se reunía junto a su profesor.

Aquella misma noche volvería.

2. Misterioso asalto en el Arco de Santa María

Unos golpecitos cariñosos aporrearon la puerta del dormitorio de Pablo. Era Isabel, su madre, quien como todas las mañanas a las ocho en punto se encargaba de dar el primer toque de diana para que su perezoso hijo se despertara.

Pablo, por su parte, atrincherado en el calor de su edredón, percibía los coscorrones en la madera de lejos, aunque con la suficiente consciencia como para ignorarlos completamente.

Hasta tres veces repetía su madre la misma operación antes de que Pablo iniciase un lento revivir cada mañana, justo cuando ella, cansada de que se hiciera el remolón, entraba en su habitación con los brazos en jarras hecha un basilisco.

Sin embargo aquel día Isabel estaba convencida de que a su hijo solo le haría falta un pequeño toque de atención.

–Pablo levántate, mira cómo ha nevado –le dijo con acento maternal mientras asomaba la cabeza por la rendija de la puerta abierta y encendía la luz.

Isabel tenía el cabello liso despuntado en una media melena de color castaño que le daba un aspecto muy juvenil. La piel era de un tono pálido y los ojos del mismo verde claro que habían heredado sus hijos. Tenía un carácter resuelto y vital que le venía muy bien para desarrollar su profesión de enfermera. A menudo, acostumbrada a dar órdenes en el trabajo y en su casa, confundía un poco los papeles repartiendo cuidados maternales entre sus enfermos y consejos profesionales a sus hijos, sobre todo cuando alguno de ellos apuntaba los primeros síntomas de una posible enfermedad.

Pablo abrió los ojos de repente, dio un respingo en la cama, como si su cómodo colchón de látex se hubiera convertido de pronto en un lecho de espinas y se dirigió hacia la ventana.

Se apresuró a descorrer las cortinas, levantó la persiana y contempló la estampa invernal. Un manto blanco ilimitado cubría la ciudad. Los tejados de las casas, las aceras, las carreteras, los coches, todo aparecía teñido del inmaculado color.

A Pablo, como a todos los chicos, le encantaba la nieve, así que aquel viernes, ya de por sí uno de sus días favoritos de la semana, se convirtió para él en una fiesta.

Mientras su madre se dirigía a la cocina para prepararle el desayuno, él se dedicó a registrar su armario buscando el equipo necesario para la batalla campal que le esperaba.

Sonreía mientras imaginaba la escena que se repetía todos los años. Los patios del colegio se convertían en el escenario de una guerra de escolares, donde combatían los unos contra los otros en un fuego cruzado de bolas de nieve.

Claro que, como en todas las guerras, siempre se sufrían algunos daños colaterales que generalmente se materializaban cuando parte de la munición se desviaba hacia algún profesor o algún cristal de las ventanas del colegio. Entonces los gritos, la alegría y las risas se interrumpían en una tregua forzosa e involuntaria.

Pablo, bien pertrechado con dos gruesos jerséis, unos pantalones de pana, visibles solo hasta las rodillas, y las botas de agua, que había encontrado en el fondo de su armario, olvidadas desde la última guerra del año anterior, se encaminó por el pasillo de parqué hacia la cocina.

Isabel, advertida por los sonoros pasos de goma que sobre la madera producían un efecto ventosa, colocó un gran tazón de cereales sobre la mesa.

Pablo engulló el desayuno con una celeridad inusitada en él, a fin de recargar las energías necesarias que aquella mañana iba a necesitar. Se abrochó el anorak de plumas, se caló el gorro de lana hasta las orejas, se enroscó la bufanda al cuello y por último se puso los guantes. Se despidió de su madre con su suave beso que ésta le propinó en la frente, ya que junto a los ojos era el único lugar visible de su abrigado cuerpo.

El colegio estaba situado a unos cinco minutos de su casa. Tenía una hermana, Esther, de quince años que asistía al mismo colegio y cursaba cuarto de la ESO, motivo por el que sus horarios no coincidían en absoluto. Ella entraba a las ocho de la mañana y salía a las dos o las tres de la tarde, dependiendo de los días. Además disfrutaba de todas las tardes libres, algo que él envidiaba en secreto.

Pablo, ligeramente encorvado por el peso de la mochila a sus espaldas, salió de su casa en el portal número sesenta y uno de la avenida del Cid y giró hacia la derecha.

La acera de aquella parte de la avenida se había convertido en un barrizal de hielo pisoteado y sucio por la multitud de peatones que le habían precedido. Aun así Pablo observó en el borde de la acera la suficiente cantidad de nieve intacta como para dejar impresas las huellas de sus botas de agua. Caminó un buen rato en equilibrio al mismo tiempo que con su mano izquierda, enfundada en un guante de cuero, derribaba la gruesa capa blanca que sobre el capó de los coches se había formado la noche anterior.

Esperó a que el semáforo se pusiera en verde y cruzó la calle. Continuó unos pasos en línea recta hasta alcanzar el siguiente semáforo. Al otro lado de la calle, al fondo, se podía ver uno de los patios exteriores del colegio Miguel de Cervantes.

El edificio, magníficamente construido en los años sesenta del pasado siglo, se erigía como un fuerte en el centro de la ciudad. A través de los años había conseguido sobrevivir tanto a las inclemencias del tiempo como a las obras necesarias para adaptar sus instalaciones a los modernos planes de estudio.

Un patio interior, por el que accedían al colegio todos los alumnos, dividía en dos zonas totalmente diferencia-

das el espacio rectangular del edificio. El ala oeste albergaba a los estudiantes de secundaria mientras que el ala este
estaba destinada a los alumnos de primaria. Además cada
pabellón contaba con un patio de recreo en los extremos.

Pablo se dirigió al suyo sin demora. Observó a través de
los barrotes de hierro entre los distintos grupos de chicos
hasta que reconoció a sus amigos. La escena que contemplaban sus ojos era tal y como esperaba. Numerosos grupos de chavales se afanaban en amasar las bolas de nieve
que más tarde utilizarían como proyectiles, cruzando el
cielo en todas direcciones.

Jaime, que luchaba en un bando junto a Javier *el pelirrojo* y Alberto, cuya elevada estatura le convertía en el
blanco perfecto, llamó a gritos a su amigo:

–¡Eh, Pablo! ¡Estamos aquí!

Pablo miró el reloj; eran las nueve y cuarto, aún quedaban
quince minutos antes de que sonara el timbre que cerraba las
puertas del colegio. Echó a correr en dirección al patio donde
se libraba su batalla particular. Pronto reconoció al enemigo:
un grupo de alumnos de segundo B que rivalizaban con ellos
en todas las actividades, incluida la liguilla de fútbol que se
celebraba todos los años. Se desembarazó de la mochila y comenzó a disparar a diestro y siniestro. Cogía un puñado de
nieve, lo apretaba con todas sus fuerzas dándole una forma
redondeada y lanzaba la bola contra un adversario indeterminado.

–¡Toma! –gritó Pablo exaltado por la puntería.

–¡Le has dado de lleno! –dijo Alberto, cuya figura aparecía salpicada de impactos blancos.

Las risas y el júbilo aún eran mayores cuando algún miembro desprevenido del propio equipo recibía una sucesión de bolazos que se estrellaban uno tras otro en el cuerpo desarmado.

En ese mismo instante, Raúl, el empollón de la clase, atravesaba el patio hacia la puerta del colegio. Pegado a la pared, medio camuflado, intentaba pasar inadvertido, consciente de las enormes posibilidades que tenía de ser un blanco favorito si le descubrían sus propios compañeros. Caminaba cabizbajo con la idea equivocada de que si él no miraba tampoco sería visto.

–¡Eh! Mirad quien va por ahí –les dijo Pablo a sus amigos.

En un abrir y cerrar de ojos la lluvia de meteoritos blancos desvió su objetivo ante la atónita mirada de los de segundo B.

Raúl, descubierto, apretó el paso hacia el resguardo de la puerta y en ese momento el sonoro timbre que avisaba del comienzo de las clases le salvó de la contienda.

Todos los chicos del patio recogieron sus mochilas y se dirigieron a toda prisa hacia sus clases. Cuando entraron, Pablo, Jaime, Javier y Alberto estaban exhaustos, casi sin aliento. La profesora todavía no había llegado y sus compañeros charlaban entre sí muy animados, sentados de cualquier manera, algunos sobre las mesas y otros con las sillas vueltas. En la pared del fondo se alineaban los colgadores ocultos por la ropa de invierno, cargados de anoraks y abrigos.

Bajo las ventanas, al calor de los radiadores, una hilera de guantes de colores esperaban que la humedad de la lana se evaporase justo para el comienzo del recreo.

Mercedes García Andreu entró en el aula cerrando tras de sí la puerta. Mercedes era una catalana simpática y menuda, de aspecto ligero que compensaba con pasos enérgicos y movimientos rápidos de ardilla lista. Su media melena de paje voluntarioso enmarcaba un rostro amable que se reflejaba sobre todo en el ambiente relajado de sus clases de lengua y literatura.

Creaba un ambiente de comprensión que ayudaba a sus alumnos a sentirse muy cómodos para hacer cualquier tipo de pregunta y a concentrar su atención sin ningún esfuerzo.

Era tan tolerante que si, por ejemplo, alguno de los chicos, cansado, interrumpía sus explicaciones con un murmullo de conversaciones paralelas, distrayendo de paso a sus compañeros, Merceditas, como cariñosamente era conocida en todo el colegio, le invitaba a salirse al pasillo para desahogarse un rato. El chico, arrepentido, a los pocos minutos llamaba a la puerta con los nudillos, asomaba la cabeza tímidamente por una rendija y le preguntaba a la profesora: «¿puedo entrar ya?». A lo que ella siempre contestaba con la misma frase: «Si de verdad quieres entrar, entra».

Mercedes, acomodada ya en su mesa, echó un vistazo rápido al conjunto de sus alumnos. Observaba cómo éstos, excitados por la nieve y la proximidad del fin de semana, abandonaban lentamente sus chácharas y se disponían a guardar silencio para la clase. Así fue como decidió en el último momento cambiar la aburrida lección de verbos por otro tema que les exigiera una menor concentración.

Fuera, el gris claro del cielo dio paso a un gris plomizo que aventuraba la proximidad de una nueva nevada. Pablo, sentado junto a su amigo Jaime, miraba de reojo el tono oscuro del firmamento.

–Jaime, mira –le dijo en voz baja señalando el cielo–. Seguro que nieva otra vez.

–Sí, pues entonces se nos va a fastidiar el recreo –contestó el otro mirando el reloj.

Apenas faltaban cinco minutos para que la campana del colegio anunciara a las once en punto el comienzo del recreo. En ese instante unos copos aislados iniciaron una danza suave tras los cristales. Los copos, tímidos al principio, pronto se convirtieron en un estallido de lunares blancos. Como una reacción en cadena, los chicos se iban avisando los unos a los otros. En sus caras se reflejaba la decepción y la resignación de lo que les esperaba: se acababan de quedar sin recreo. Así que cuando sonó el timbre que daba por finalizada la clase ninguno hizo un movimiento brusco por levantarse, no se oyó el sonido chirriante de las sillas, ni sus gritos de alegría.

Merceditas les miraba compasiva. Recogió su libro y su carpeta y se despidió de ellos:

–Que paséis un buen fin de semana. ¡Ah, y no arméis mucho jaleo!, ya sabéis que el jefe de estudios estará por los pasillos.

Algunos alumnos permanecieron en sus asientos repasando los ejercicios de matemáticas que el orejas corregiría en la próxima clase. Otros se arremolinaban en grupos charlando sobre cualquier cosa.

María, distraída, miraba por la ventana mientras junto a ella Cristina y Ana hablaban con Alberto y con Javier. Habían apartado con cuidado las sillas y se habían sentado sobre las mesas formando un grupo. Pablo y Jaime se unieron a ellos.

–¡Qué rollo! –dijo Pablo fastidiado por no poder continuar con la guerra de bolas de nieve que habían comenzado por la mañana–. Siempre pasa igual, siempre tiene que llover o nevar en la hora del recreo.

–Pues sí –le contestó Ana, quien expresaba su timidez en el ahorro de palabras. El pelo lacio y rubio, recogido en una coleta, dejaba a la vista sus enormes ojos color miel.

–Por lo menos vosotros os habéis desahogado esta mañana –comentó risueña María volviendo la cabeza hacia sus amigos y observado con una mirada pícara a Alberto.

El chico aún conservaba los redondeles de humedad en el pantalón de pana.

–Sí, no ha estado mal –le contestó Alberto con una media sonrisa en los labios y los ojos entornados rememorando la batalla con los de segundo B.

–¿Que no ha estado mal? –repitió Cristina, tan charlatana como siempre–. Ha estado genial, ¡menuda paliza les habéis dado!

–Sí, bueno, porque la campana les ha salvado que si no... –añadió Jaime cuyo carácter tranquilo y sosegado se transformaba en los días grises de nieve blanca.

–¿La campana? –preguntó Javier–. Querrás decir Raúl.

Y todos se echaron a reír. Javier era un recluta muy valorado entre los suyos y no precisamente por la puntería de sus lanzamientos. Tenía el cabello de un pelirrojo brillante que inmediatamente era identificado por el enemigo como el del portero que paró un penalti, en el último minuto, dándole la victoria al equipo de Pablo en el partido decisivo del curso anterior. Javier utilizaba su experiencia como guardameta para interceptar los bolazos del equipo contrario y dejaba de esa manera vía libre a sus amigos.

La nieve, los videojuegos y la última aventura de Harry Potter que, además de leer, algunos habían visto en el cine recientemente, consumieron los últimos minutos del recreo casi sin darse cuenta.

En el momento exacto en el que de nuevo escucharon el timbre que daba paso a la siguiente clase, todos los alumnos, rápida y mecánicamente, como pequeños robots programados, abandonaron sus posturas y sus charlas y volvió cada uno a su sitio.

Sus rostros mudaron una expresión de relajación por otra de profunda tensión. Don Félix entró como siempre sigiloso en el ambiente gélido que de pronto se había colado en el aula. Su mayor satisfacción era pillar a alguno de los chicos desprevenido de la posición que a él le gustaba contemplar: todos alineados y sentados en silencio como figurillas pétreas mirando de frente la pizarra.

Atravesó la clase con el orgullo acostumbrado, con el libro de matemáticas bajo el brazo, recto, muy tieso, como si todas las mañanas desayunara un palo de escoba. Se sentó en la mesa dispuesto a comenzar su ritual diario. Consistía en un repaso general a su lista de alumnos con el fin de escoger a uno que corrigiera los ejercicios del día anterior. Mientras los chicos, atemorizados, esperaban el fatal desenlace inmóviles procurando no llamar su atención.

En ese momento el ruido de un estuche metálico estrellándose contra el suelo interrumpió su deliberación. Sus ojos grises, escoltados a ambos lados por sus famosas orejas, aguzaron sus sentidos como una lechuza a la caza de su presa.

–Señor Ruiz Campos, recoja eso del suelo inmediatamente. Es la última vez que le llamo la atención hoy –ululó don Félix.

«La última y la primera», pensó Pablo en silencio aunque ni por asomo pensaba replicar.

Don Félix al fin decidió que Raúl, su alumno favorito y un valor seguro a la hora de corregir los ejercicios, saliera a la pizarra. Durante el descanso había oído comentar al resto de los profesores lo exaltados que estaban los chicos por la falta de recreo y no tenía ninguna intención de que esto perjudicara su clase. Raúl, por su parte y a diferencia del resto de sus compañeros, consideraba su designio como una especie de premio personal.

Una vez transcritos los ejercicios de su cuaderno al encerado, sin ningún error, se dirigió a su asiento.

–Muy bien Raúl –aprobó el orejas con deferencia llamándolo por el nombre y marcando de esa forma su predilección sobre el resto de los alumnos a los que siempre se dirigía por el apellido.

A continuación procedió a exponer su clase magistral sin interacciones, él explicaba y los chicos atendían sin interrupciones ni preguntas, como a él le gustaba.

Cuando faltaban cinco minutos para que sonara el timbre de las doce y media don Félix dio por concluida la lección del día, aunque ninguno de los alumnos osó mover un solo músculo de su cuerpo.

–Bien, les voy a adelantar el tema de dibujo para esta tarde –les anunció sin ceremonias.

Las dos horas del viernes por la tarde las ocupaba la asignatura de dibujo. Sobre un tema determinado, los chavales tenían que desplegar su imaginación pintando el interior de los dibujos con una de las disciplinas más difíciles que al orejas se le había ocurrido: unas pastosas y pringosas ceras.

–Escuchadme bien porque solo lo voy a repetir una vez. El tema para esta semana será la exposición que visitamos ayer, tristemente famosa hoy, a causa de unos desaprensivos –dijo cogiendo el periódico y mostrando la portada de pasada.

Los escasos segundos que el rotativo osciló sobre sus caras fueron suficientes como para que casi todos los alumnos identificaran el título de la portada: «MISTERIOSO ASALTO EN EL ARCO DE SANTA MARÍA».

–Por lo visto algunos indeseables le han hecho una visita esta noche, menos mal que al parecer no se han llevado nada –comentó más para sí que para los chicos molesto por el incremento de delincuencia–. Bien, a lo nuestro –dijo volviendo de la indignación–. Espero que recordéis con claridad todo lo que visteis ayer. Cualquier cosa relacionada con la caballería medieval y con el Cid vale. Ya sabéis que la nota hace media con el examen final. Podéis levantaros.

Y dicho esto, don Félix abandonó el aula con el mismo aire de perdonavidas con el que había entrado.

A su salida, un murmullo exaltado recorrió la clase. Algunos alumnos se levantaron dando un salto de sus asientos y se apresuraron a recoger sus cosas indiferentes a las últimas palabras del orejas. Querían salir cuanto antes para seguir jugando con la nieve. Había parado de nevar y una nueva alfombra blanca cubría los patios del colegio.

Otros, en cambio, confirmaban con sus compañeros el extraño titular que creían haber leído y lanzaban al aire multitud de preguntas sin respuesta.

Pero a quien más había impresionado aquella información era a Pablo, que permanecía sentado, inmóvil, con la mirada perdida como la imagen congelada en la pantalla de un televisor, intentando asimilar la impactante noticia. Jaime le dio en el hombro y le devolvió a la realidad.

—Venga, vamos, date prisa —le dijo —Alberto y Javier han bajado ya y nos están esperando.

—¿Tú has leído lo mismo que yo? —le preguntó Pablo.

—¿Lo del asalto en el Arco? —contestó Jaime— Claro, ¿y qué?

—Pues que el día que visitamos la exposición yo vi a un tío muy raro.

—¿Muy raro por qué? —volvió a preguntar Jaime, para quien aquella noticia era una más en un mundo plagado de sucesos.

—Pues porque el tío tenía muy mala pinta y se fijaba en todo menos en las piezas expuestas, ni siquiera se acercaba a las vitrinas, solo andaba por ahí dando vueltas. Te digo yo que ese no estaba allí por casualidad. ¿Para qué va uno a una exposición si no le interesa?

–¡Yo que sé! Tendría frío y se metió al calorcito –argumentó Jaime, medio en serio medio en broma, quitándole hierro a la imaginación de Pablo.

–Sí, ¡qué casualidad! Y justo por la noche asaltan el Arco, bueno más bien misterioso asalto, como ponía en el periódico. ¡Si por lo menos el orejas nos hubiera leído la noticia!

–Pues habérselo pedido –le contestó Jaime con una ironía desconocida en él.

–Sí, claro, ¿cuánto dinero llevas, Jaime?

–No sé, no llega al euro, ¿por qué?

–Con lo que yo llevo tenemos suficiente como para comprar el periódico, venga, vámonos –le urgió Pablo en ese momento.

–Pero Alberto y Javier nos están esperando en el patio, ¿qué les vamos a decir? –protestó levemente Jaime, quien sabía que cuando a su amigo se le metía una cosa en la cabeza no paraba hasta conseguirla.

–Pues que tenemos que irnos –zanjó la discusión Pablo encaminándose directamente al fondo de la clase donde la hilera de colgadores aparecía en su mayoría desierta. Solo unos cuantos abrigos y anoraks esperaban que sus rezagados dueños les rescataran.

Se enfundaron en sus ropas de abrigo, se pusieron los gorros y los guantes y salieron del aula en la dirección de la escalera.

El pabellón oeste del Miguel de Cervantes contaba con dos pisos además de la planta baja. Los cursos estaban dispuestos en forma ascendente de manera que los más pequeños ocupaban el piso más bajo, carente de escalones, para facilitar así su acceso al colegio, mientras que la clase de Pablo, al tratarse de uno de los cursos de secundaria, se hallaba situada en el último piso.

La pequeña comitiva de los dos amigos, encabezada por Pablo, se abalanzó por la escalera bajando los peldaños de dos en dos. Apenas encontraron obstáculos en su descenso, ya que la mayoría de los alumnos hacía unos pocos minutos, casi al instante de oírse el timbre liberador, se había precipitado en avalancha escalera abajo.

Cuando Pablo y Jaime salieron al patio, divisaron entre un pequeño grupo de chavales a sus amigos Alberto y Javier que les hacían señas para que se acercaran. Ellos a su vez les contestaron sin moverse del sitio. Jaime levantó la mano con el dedo índice extendido moviéndolo de un lado a otro negando, mientras que Pablo con el puño cerrado y el pulgar bien a la vista señalaba la calle dándoles a entender que tenían que irse.

Cuando salieron del colegio contemplaron el suelo cubierto de nieve rota y contaminada, pisoteada por los chicos que se les habían adelantado.

Pensaron que el quiosco de prensa más cercano era el que estaba al lado del portal de Jaime, que vivía en la misma avenida que Pablo, en el número treinta y cuatro.

Cruzaron a la acera de enfrente buscando los pequeños espacios de nieve intacta que aún sobrevivían como oasis en un desierto de barro. Caminaron en línea recta, giraron dos veces a la derecha bordeando la manzana de edificios que les separaba de la avenida y en unos pocos pasos localizaron el quiosco.

Entre los dos reunieron el dinero suficiente y compraron un ejemplar del mismo periódico que el orejas les había enseñado en clase. Jaime sacó las llaves de su mochila y abrió el portal de su casa.

–¿Subimos? –le preguntó a Pablo una vez dentro.

–No, da igual, no tengo mucho tiempo.

Arrojaron las mochilas al suelo y se sentaron juntos en la escalera de la entrada.

«MISTERIOSO ASALTO EN EL ARCO DE SANTA MARÍA», leyeron los dos al mismo tiempo en la portada del diario que indicaba la ampliación de la noticia en la página siete.

Pasaron las hojas deprisa, nerviosos, hasta que dieron con el artículo, un reducido texto acompañado de una fotografía del Arco, que Pablo leyó en voz alta:

«Según han informado fuentes policiales,
la pasada noche se registró un asalto
en el Arco de Santa María, donde actualmente
se expone una pequeña muestra
de la cultura y caballería medievales,
así como varias piezas de incalculable valor,
algunas pertenecientes al Cid Campeador,
a quien se dedica una sala de la exposición.
Al parecer los hechos fueron descubiertos

cuando el agente de seguridad,
que procedía a efectuar el cambio de guardia
a las once en punto de la noche, encontró
a su compañero maniatado y sin sentido.
La policía ha comprobado que los
mecanismos de seguridad y los dispositivos
de alarma habían sido hábilmente desconectados.
En una primera valoración no se aprecian
daños de consideración ni la sustracción
de ninguna pieza.
El único desperfecto hallado es una urna de
cristal totalmente destrozada que protegía
la pieza estrella de la colección: un casco
de hierro que se cree perteneció a don Rodrigo
Díaz de Vivar, el Cid.
El casco, aunque muestra signos evidentes
de haber sido manipulado, dada la posterior
ubicación del mismo, no presenta daño alguno.
Efectivos policiales han interrogado
en las inmediaciones del lugar. Algunos vecinos
y los camareros de un mesón cercano declararon:
"no hemos visto ni oído nada sospechoso".
La policía científica encargada de la investigación
ha tomado las pruebas pertinentes para
la resolución del misterioso asalto.»

Cuando terminaron de leer el artículo, Pablo y Jaime se miraron. Cada uno podía leer en la cara del otro los interrogantes que la noticia les había suscitado.

–Pues esto tampoco aclara mucho –le dijo Jaime a su amigo.

–Pues no, o sea que nadie ha visto nada, ni siquiera saben cuántos han sido y para colmo no roban nada. No lo entiendo. Te digo yo que aquí hay algo raro.

–No sé Pablo, a lo mejor todo es más sencillo y solo han sido unos gamberros.

–Sí, claro y, ¿lo de la desconexión de las alarmas? Para eso tendrían que estar preparados y no creo yo que unos gamberros acertaran por casualidad.

–Puede que no robaran nada porque no les dio tiempo –repuso Jaime intentando dar una razón coherente a un hecho aparentemente inexplicable.

–¡Pero si nadie les sorprendió! Mira lo que dice el periódico, para cuando llegó el guardia de seguridad ya había pasado todo –le debatió Pablo cada vez más confuso–. Parece que lo único que les interesaba era el casco –añadió despacio, casi deletreando las palabras como cuando uno piensa en voz alta.

–¿Y entonces por qué no se lo han llevado? –le inquirió Jaime que ya empezaba a estar un poco harto del tema.

Entonces de repente una idea luminosa brilló en la mente de Pablo como una estrella fugaz.

–A lo mejor sí se lo han llevado –dijo mirando fijamente a los ojos de su amigo que comprendió enseguida.

–¡Claro, se llevaron uno y dejaron otro falso! –contestó Jaime al mismo tiempo que movía afirmativamente la cabeza.

Aquello era la única explicación posible.

–Seguro que la policía ha pensado lo mismo y lo están investigando. Jaime, ¿qué hora es? –le preguntó Pablo a su amigo olvidando su propio reloj.

–La una y media.

–Es tardísimo –dijo dando un salto para ponerse en pie recogiendo la mochila del suelo–. Tengo que irme. Todavía tengo que recoger la habitación antes de que llegue mi madre del trabajo –añadió mientras abría la puerta que daba a la calle.

–¡Eh! ¿Y el periódico? –le gritó Jaime mientras el otro se alejaba.

–¡Guárdalo tú, nos vemos esta tarde! ¡Hasta luego!

Pablo salió del portal, giró a la derecha y caminó avenida arriba en dirección a su casa. Los escasos cinco minutos que duraba el trayecto apenas pudo pensar en otra cosa que no fuera el asalto al Arco, que en realidad para él se había convertido en el asalto al casco. ¡Todo era tan extraño! Por más vueltas que le daba la única explicación posible era que los asaltantes se hubieran llevado el verdadero y hubieran dejado uno falso, porque si no, ¿para qué habían entrado y habían corrido tantos riesgos?

Cuando llegó a su casa y la llave giró dos veces en la cerradura suspiró aliviado. Su madre todavía no había llegado. Isabel trabajaba como enfermera en una clínica privada del centro. El horario a jornada partida le permitía comer con su marido y sus hijos todos los días, pero eso exigía del resto de la familia un reparto justo de las tareas del hogar. Pablo y su hermana Esther se encargaban cada uno de su habitación, en cuanto a las comidas: Pablo ponía la mesa, su madre calentaba la comida que previamente había cocinado el día anterior, Esther quitaba la mesa y su padre recogía la cocina.

Pablo fue directo a su habitación, dejó la mochila en el suelo, se quitó el anorak y lo colocó sobre la silla del escritorio. Durante unos pocos segundos se quedó absorto mirando el desorden acumulado sobre la cama.

No sabía por dónde empezar. Junto a la pequeña montaña formada por el pijama, se extendía una cordillera de sábanas, mantas y el edredón, coronado todo por un pico del que sobresalía la almohada. Justo en el momento en el que acababa de recoger toda la ropa oyó un taconeo conocido por el pasillo y se abrió la puerta. Los ojos claros de Isabel le miraban con cariño.

–¿Qué tal la mañana? –le preguntó en tono casi profesional como lo haría con uno de sus pacientes–. Habrás disfrutado de la nieve.

–Bueno, un poco antes de entrar a clase pero se nos ha jorobado el recreo –le contestó Pablo algo lastimero. Él, a diferencia de su hermana, sí sabía cómo ganarse a su madre.

Se dirigieron a la cocina y comenzaron a prepararlo todo para la comida. Cuando Carlos, su padre, entró en casa ya estaba la mesa puesta. Dio un beso a su mujer y acarició la cabeza de su hijo.

–¿Qué, has tirado muchas bolas de nieve? –le preguntó.

–Al pobre se le ha fastidiado el recreo –contestó Isabel.

Pablo miró a su padre. A él no podía engañarle y le lanzó una mirada cómplice seguida de un guiño que quería decir «aun así he hecho lo que he podido».

Se sentaron todos a la mesa y en ese momento llegó Esther. Era la hermana mayor de Pablo, tenía los mismos ojos color esmeralda de su madre. Llevaba el cabello rubio suelto sobre los hombros y a menudo lo hacía oscilar con un movimiento coqueto de su cabeza.

Era muy guapa y presumida. Además tenía mucho éxito con los chicos. Salía con el chaval más pijo de todo el colegio, Borja, un niño bien, creído y chulo, a quien Pablo odiaba casi tanto como al orejas. Esther se pasaba el día llamando por teléfono a sus amigas, mandando mensajes por el móvil a su novio y admirándose en el espejo. En definitiva, estaba atrapada en plena adolescencia y sus padres estaban deseando que esa etapa se le pasara cuanto antes.

–Hola, ¿qué hay de comer? –preguntó sin dirigirse a nadie en concreto.

–Lentejas y pechuga de pollo a la plancha –le contestó su madre–. Venga, siéntate, que llegas a tiempo.

Una vez acomodados todos, Esther rompió el silencio inicial.

–Ya sé dónde voy a ponerme el *piercing* –anunció a bocajarro y sin previo aviso, como si la decisión fuera de ella solita.

Pablo miró primero a su madre luego a su padre. ¡Mira por dónde la comida iba a ser entretenida! Aquella discusión no era nueva en la familia. Su hermana ya había intentado en muchas ocasiones que sus padres le dieran permiso para ponerse el dichoso *piercing* y, como el asunto no colaba, de vez en cuando arremetía de nuevo dándoles la tabarra. Pablo por su parte no entendía esa moda de los chicos mayores. ¡Perforarse el cuerpo con esa especie de clavos, con lo que tenía que doler eso!

—Me lo voy a hacer en la lengua —repitió Esther con autoridad, por si acaso no la habían oído.

—De todas formas aún te queda mucho tiempo, todavía puedes cambiar de opinión —le contestó Isabel muy tranquila, despacio, como de pasada sin hacerle mucho caso.

—Pero yo quiero hacérmelo ahora —protestó Esther, que empezaba a perder la seguridad del principio.

—Y yo te he dicho que podrás ponértelo cuando cumplas los dieciocho años —le respondió su madre en el mismo tono pausado de antes.

—Pero yo no sé si querré hacérmelo dentro de tres años. Yo quiero ahora —dijo Esther cada vez más exaltada.

Pues esa era la idea, pensó Pablo que creía que su hermana mayor a veces era un poco ingenua.

Pablo miraba a su padre que seguía el combate verbal entre madre e hija callado, al margen, aunque eso no significaba que no estuviera totalmente de acuerdo con su mujer.

—¡Es mi cuerpo y decido yo! —desafió su hermana.

Pablo la observaba divertido, con los años que llevaba discutiendo con su madre y no había aprendido nada.

Él, en cambio, tenía su propia táctica para salirse con la suya. En primer lugar, nada de enfrentamientos directos, lo primero era suplicar, si eso no funcionaba le añadía unos mimos zalameros y, por último, si no conseguía su objetivo, se mostraba triste y compungido, se arrastraba por la casa con el semblante serio como alma en pena con el fin de hacer que su madre se sintiera culpable. Y todo esto unido a la debilidad genética que todas las madres sentían por sus hijos varones hacía que muchas, muchas veces, se saliera con la suya.

–Es tu cuerpo pero yo decido hasta que cumplas los dieciocho –le contestó Isabel, que estaba empezando a perder la paciencia.

–Pues mi amiga Tania ya se lo ha hecho –dijo en un último intento.

Y aquí sí que Pablo vio claro el final de la discusión. Ahora su madre soltaría su dichosa frasecita, algo cruel pero imposible de rebatir.

–¿Y si tu amiga Tania se tira por un puente, tú irás detrás?

Y fin de la discusión.

–¡Pero mamá! –se enfurruñó Esther.

–Ni peros ni peras –zanjó Isabel.

–¿Sabéis que han asaltado el Arco de Santa María esta noche? –preguntó de improviso Carlos con la única intención de relajar el tenso ambiente que la conversación del *piercing* había dejado–. ¿Tú fuiste ayer a la exposición con los de tu clase, no hijo?

–Sí –contestó Pablo un poco parado y sorprendido. Ni por un momento se habría imaginado que en su casa comentaran la noticia que a él tanto le había impresionado–. Lo del asalto lo he visto en el periódico –se le escapó casi sin pensar y para cuando ya lo había soltado ya se había arrepentido.

–¿En el periódico? –le preguntó su hermana en tono burlón–. Ahora va a resultar que el niño lee periódicos –añadió irónica y resentida descargando su rabia interior con el más débil.

–Pues a lo mejor más que tú –le contestó Pablo defendiéndose– que te pasas el día leyendo revistas de cómo estar guapa en cinco minutos, ¡cinco horas es lo que tú necesitas!

–Bueno, ya está bien –moderó Isabel.

–Resulta que la empresa de seguridad del Arco es la misma que la nuestra y nuestro agente de seguridad es íntimo amigo del que descubrió el asalto –comenzó a decir Carlos–. Nos ha contado que todo el asunto es muy raro, que ni siquiera la policía se lo explica.

Pablo miraba embobado el rostro sereno de su padre, tenía la mirada profunda, los ojos oscuros y el pelo entrecano de los hombres interesantes. Desde muy joven había comenzado a trabajar en una entidad financiera de la ciudad. Había empezado desde abajo, y con humildad y esfuerzo se había merecido cada uno de los ascensos que le habían concedido hasta que, hacía un par de años, le habían nombrado uno de los responsables de la Casa del Cordón, un viejo palacio del siglo xv, situado en el centro de la ciudad que había sido restaurado para convertirlo en la sede central de la entidad financiera.

–¿Pero qué es lo que ha pasado? –preguntó Isabel que no se había enterado de nada.

–Según parece entraron por la noche –repuso Carlos– desconectaron las alarmas e inmovilizaron al guarda jurado.

–¿Cómo? –interrumpió Pablo–. ¿Le dieron un golpe? –preguntó morboso al mismo tiempo que recordaba haber leído en el periódico cómo el guarda jurado había sido encontrado maniatado y sin sentido.

–No, nada de golpes, le narcotizaron con cloroformo. Rápido y sencillo. Eso les permitió estar tranquilos durante un buen rato.

–¿Y qué es lo que hay de raro? –volvió a preguntar Isabel que hasta el momento no veía nada extraño.

–Pues eso, que después de todo no se llevaron nada –le contestó Carlos–. Nada de nada, ni piezas de la exposición, ni los ordenadores de la entrada, ni siquiera tocaron una caja de caudales con dinero en metálico que había en el cajón de una mesa.

–A lo mejor no les dio tiempo –comentó Isabel.

–¡Que va!, todo lo contrario, la policía calcula que desde que drogaron al guardia jurado hasta que su compañero lo encontró, por lo menos transcurrieron dos horas.

Pablo estaba encantado. Aquello sí que era información privilegiada. Estaba deseando llegar a clase y contárselo a su amigo Jaime.

–¿Y no tocaron nada? –preguntó de nuevo su madre.

–Bueno, lo único que rompieron fue una urna de cristal que protegía el casco del Cid.

–¿El casco del Cid? –repitió extrañada Isabel.

–Sí –le respondió Pablo contento de poder aportar al relato su propia experiencia–, la exposición iba sobre la caballería medieval y había una sala entera dedicada al Cid. Yo vi el casco, es de hierro y también vi la urna –dijo rememorando su propia imagen reflejada en el cristal– es el casco que se ponían los caballeros para ir a la guerra. Solo que este es mucho más valioso porque se cree que perteneció al Cid.

–¿Y no se lo llevaron? ¿Rompen la urna y no se lo llevan? Pues sí que es raro –rezó su madre en voz alta.

Justo ese era el momento que había reservado Pablo para revelar a su familia su secreta teoría acerca de la autenticidad del casco, cuando su hermana Esther le fastidió la exclusiva.

–Seguro que le han dado el cambiazo –dijo de pronto anteponiéndose a los pensamientos de Pablo.

–No –respondió con seguridad su padre– precisamente ahí está lo extraño del caso. Eso es lo primero que pensó la policía así que rápidamente llamaron a un experto para hacerle unas pruebas. El casco no es una falsificación. Es el verdadero.

Al oír aquello los ojos de Pablo se abrieron desmesuradamente. ¡El casco era auténtico! Entonces, ¿para qué demonios habían asaltado el Arco? No entendía nada. La única explicación era que lo hubieran cambiado por otro, pero si eso no había ocurrido ahora el asalto era mucho más misterioso de lo que en un principio parecía.

–Todo esto nos lo ha contado el encargado de seguridad de mi trabajo. Dice que en su empresa están muy preocupados a pesar de no haberse llevado nada. Al fin y al cabo ellos eran los responsables de la seguridad del Arco de Santa María y han burlado sus sistemas. Incluso se llevaron la cinta de las cámaras de vigilancia, así que la policía no tiene nada, ni siquiera han encontrado huellas.

Pablo percibía las palabras de su padre como un murmullo lejano. Aunque oía cada una de ellas, era aún mayor el rumor de sus propios pensamientos.

Terminó de comer y se dirigió al salón. Aún le quedaba tiempo suficiente para descansar un rato antes de tener que volver al colegio. Estaba sentado en el sofá, con el cuerpo desparramado y la mente ensimismada cavilando sobre el asalto. ¿Para qué entran si no roban nada? ¿Para qué rompen la urna si no se llevan el casco? Como no sea para verlo mejor... Aquella frase quedó flotando en su cabeza y esbozó una sonrisa desganada por lo estúpido de la idea. ¿Quién iba a arriesgar tanto solo para ver el casco de cerca?

Recordó la impresión que le había causado la primera vez que lo vio, bajo el brillo de los cristales la luz ambarina de los focos le arrancaban destellos metálicos. Allí estaba recio, orgulloso de su propia historia. ¡Lo que daría Pablo por volver a verlo!

En un momento despertó a la realidad y consultó su reloj. Se le había pasado el tiempo volando y tendría que darse prisa si no quería llegar tarde a la clase de dibujo del orejas. Cogió el anorak y la mochila de su habitación y se despidió de sus padres.

Cuando salió a la calle vio los restos blancos que todavía quedaban. En el techo de los coches, en el centro, donde los brazos infantiles no llegaban, permanecían pequeños islotes de nieve intacta. Por las aceras y carreteras, el barrillo sucio del deshielo hacía que los peatones caminaran más despacio y las ruedas de los coches describieran un arco de salpicaduras que, como un sistema de aspersión, lo regaban todo a su paso.

Pablo pensó que la nieve era muy bonita pero que duraba muy poco. Caminó ligero, sin pausa, no solo no quería llegar tarde a la clase, sino que además estaba deseando contarle a Jaime todo lo que su padre les había contado.

Por el camino recordó de pronto al tío raro que vio en la exposición. Más bien tenía pinta de pringado, como mucho parecía un delincuente de poca monta. No se lo imaginaba desconectando alarmas ni organizando el asalto. En ese momento desechó la idea de que aquel tipo tuviera algo que ver. Además Pablo estaba seguro de una cosa, si aquel tío hubiera asaltado el Arco, fijo que se habría llevado algo.

Llegó al colegio con el tiempo justo. Subió los escalones hasta el segundo piso a trompicones y entró en su clase. La mayoría de sus compañeros ya estaban sentados. Se quitó el anorak, que colgó al fondo del aula, y se sentó junto a Jaime.

–Tengo que contarte una cosa –le dijo medio exaltado.

Nada más decir eso, la figura de don Félix se recortó en el umbral de la puerta y avanzó por el aula con paso marcial. Los alumnos, en un gesto inconsciente, arqueaban la espalda a su paso como si se cuadraran ante un general.

–Buenas tardes –dijo solemne–. Como todos ustedes saben según les he comentado esta mañana, el tema de dibujo será la exposición sobre caballería medieval y el Cid que visitamos ayer. Cualquier cosa que recuerden o que les llamara la atención servirá. Espero que no haya dudas. Pueden comenzar.

De todas las clases que impartía el orejas, la de dibujo era la menos asfixiante. Era la única en la que permitía un leve nivel de susurro como excusa para el intercambio de pinturas entre compañeros. Mientras, él permanecía sentado frente a su mesa leyendo el periódico o un libro.

Pablo no aguantaba más y volvió a repetir en voz baja:

–Tengo que contarte una cosa.

–¿Qué cosa? –le respondió Jaime casi sin curiosidad.

–¡No te lo vas a creer! La empresa de seguridad del trabajo de mi padre es la misma que la del Arco Santa María y uno de los guardas jurados le ha explicado lo raro que es el asalto.

–¿Y qué le ha contado? –quiso saber Jaime a quien empezaba a picar la curiosidad.

–¿Te acuerdas que encontraron al guarda atado y sin sentido?

–Sí.

–Pues parece que le dejaron inconsciente con cloroformo, como en las películas, y además dice mi padre que no se llevaron nada, ni piezas de la exposición como ponía en el periódico, ni los ordenadores, ni el dinero de una caja que había en la entrada. ¡Nada!

–O sea, que no fueron ladrones normales –contestó Jaime pensativo al mismo tiempo que trazaba las líneas maestras de lo que sería su dibujo.

En la parte derecha de la lámina se veía el esbozo de un caballero a lomos de su caballo con lo que parecía una espada en alza. Exactamente igual a una reproducción de una estatua real del Cid que se mostraba en la exposición.

Pablo, por su parte, alternaba la concentración en su dibujo con miradas furtivas dirigidas al orejas.

Aún le quedaba lo mejor por contarle a su amigo y no quería que don Félix les pillara.

–Y, ¿te acuerdas de lo que hablamos del casco? –preguntó en voz baja.

Jaime paró su actividad durante unos instantes y miró fijamente a su compañero.

–¡Han descubierto que es falso! –dijo entre susurros con una sonrisa triunfal.

Pablo demoró la respuesta unos segundos para aumentar la sorpresa final.

–¡No! ¡Es el auténtico! La policía pensó lo mismo que nosotros y le hicieron unas pruebas. No es falso, no le dieron el cambiazo. ¿A que es increíble?

Jaime miró atónito la cara de su amigo.

–¿Y para qué rompen la urna si no se lo llevan y no lo cambian por otro? No entiendo nada.

–Ni tú, ni yo, ni la policía.

Pablo al fin se atrevió a exponer la idea que desde el mediodía le rondaba en la cabeza.

–¡Jaime, tenemos que volver a la exposición! –dijo de pronto.

–¿Qué? ¿Para qué? ¿Tú crees que nos van a dejar entrar? Seguro que ahora está supervigilado.

–No lo sé, pero tenemos que intentarlo. Quiero volver a ver el casco. Mañana es sábado y ni tú ni yo tenemos nada que hacer así que he pensado que podríamos darnos una vuelta por la mañana.

–Bueno, no sé qué esperas encontrar pero si quieres vamos. Total, seguro que está cerrado al público y no nos dejan pasar... –se resignó Jaime, que sabía que era inútil discutir con su amigo. Se había empeñado en volver y no pararía hasta conseguirlo.

Pablo contemplaba su dibujo con satisfacción. Era la primera vez que no se había pasado los primeros quince minutos de la clase pensando qué dibujar. En su lámina se podía ver como elemento central un pedestal coronado por una urna de cristal y en su interior el misterioso casco del Cid, que tanto le obsesionaba y que muy pronto volvería a ver.

3. El casco del Cid

La mañana del sábado apareció despejada, ausente de nubes. Solo la humedad del suelo, que teñía las aceras de un gris más oscuro, recordaba la nevada del día anterior.

Pablo había quedado en recoger a su amigo Jaime en su casa para acercarse al Arco de Santa María y ver de nuevo la exposición y más concretamente el casco.

No sabía exactamente por qué, pero desde el principio aquel objeto poseía para él un poderoso magnetismo que se multiplicó a raíz del asalto. ¿Qué tenía de especial el casco del Cid? Y, ¿por qué no se lo llevarían? En cualquier caso estaba claro que había más personas, aparte de él, interesadas en el famoso casco.

Pablo presionó a intermitencias uno de los timbres del portero automático sin obtener ninguna respuesta y volvió a intentarlo. Entonces a sus espaldas la puerta se abrió de forma brusca y alguien le gritó:

–¡Eh, tú, chaval! ¿Se puede saber qué haces?

Un hombre grueso, de modales ásperos, le sujetaba por el brazo. Su cara era redonda, roja y, los mofletes hinchados recordaban el aspecto de un fiero bulldog, uno de esos perros agresivos con los carrillos colgando que enseñaban los dientes a la menor provocación. Era Rogelio, el portero del edificio que casualmente había librado el día anterior, cuando Pablo y Jaime entraron en el portal para leer en el periódico la noticia del asalto. Para Rogelio todos los chicos eran gamberros en potencia que se dedicaban a tocar los timbres indiscriminadamente para darse a la fuga después.

Pablo, sorprendido y algo asustado, intentó poner una expresión de serenidad en su rostro travieso y con la voz más inofensiva que pudo, le contestó:

–Voy al quinto D, a la casa de Jaime.

Justo detrás de ellos se abrieron las puertas del ascensor y apareció Jaime.

–¡Hola, Pablo! –le saludó.

El portero se giró y directamente interrogó al chico:

–¿Conoces a este chaval? –ladró con cara de pocos amigos.

–Claro, es amigo mío.

Y en ese mismo instante Rogelio soltó la zarpa del brazo de Pablo.

–¡Hasta luego! –se despidió Jaime y los dos amigos salieron a la calle.

Ya se habían alejado algunos metros de la portería cuando Pablo recobró la serenidad y se atrevió a bromear.

–Vosotros no recibiréis mucha publicidad –dijo con sorna.

–¿Por qué lo dices?

–¿Que por qué lo digo? Pues porque seguro que a los repartidores de propaganda les tortura y ya se ha corrido la voz.

Jaime se echó a reír por la ocurrencia de su amigo.

–¡Qué exagerado eres! El hombre solo intenta cumplir con su deber.

–¿Cumplir con su deber? Pero si deberíais poner un cartel en la puerta: CUIDADO CON EL PORTERO; MUERDE.

Los dos rompieron a reír a carcajadas al tiempo que caminaban avenida abajo en dirección al centro de la ciudad.

Los burgaleses poblaban las calles realizando las habituales compras del fin de semana. Los chicos continuaron su camino por la calle Santander. Era una calle estrecha plagada de pequeños comercios y franquicias internacionales, además de algunas tiendas con solera que vendían los productos típicos de la ciudad, sobre todo la famosa morcilla de Burgos.

Hacia la mitad de la calle, en la acera opuesta a la que ellos paseaban, se podía ver un lateral de la Casa del Cordón. El palacio restaurado, desde hacía algunos años, albergaba la sede central de la entidad financiera donde trabajaba el padre de Pablo.

Desde el principio habían decidido que para llegar al Arco atravesarían todo el paseo del Espolón. Un paseo, que como en todas las ciudades pequeñas, los domingos, los burgaleses recorrían una y otra vez vestidos con sus mejores galas.

Dejaron a la izquierda el Teatro Principal y se internaron en el paseo que transcurría paralelo al río Arlanzón. Según avanzaban, iban dejando a ambos lados una hilera de árboles. Las ramas, ahora desnudas por el invierno, se entrelazaban formando una sucesión de arcos naturales. Justo cuando llegaban al final del paseo, sus ojos contemplaron el Arco de Santa María.

A pesar de haberlo visto infinidad de veces, aquella mañana le encontraron un matiz diferente. Su fachada de castillo señorial había sido testigo de un misterioso asalto. Pablo y Jaime sintieron una punzada de emoción en el estómago.

Casi inmediatamente sus ojos se posaron en un policía apostado en la entrada del Arco, en la pequeña portezuela interior por la que se accedía a la exposición. Pablo y Jaime cruzaron una mirada de incertidumbre al tiempo que observaban cómo la puerta permanecía despejada de público. Parecía que aquella mañana nadie quería acercarse a la cultura medieval.

–Mira, Pablo, un policía y no hay gente alrededor, seguro que no dejan entrar a nadie. Ya te lo dije yo –exclamó Jaime convencido de que aquel viaje iba a ser inútil.

–Puede ser eso o puede que nadie se haya atrevido a entrar. De todas formas, ya que estamos aquí vamos a intentarlo –contestó Pablo pensando que en ese momento solo unos pocos metros le separaban del casco del Cid.

Jaime, que en realidad no comprendía la obsesión de su amigo por aquel objeto, intentó disuadirlo de nuevo:

–Pero tú, ¿por qué quieres volver a ver el casco? ¿Qué es lo que esperas encontrar?

—Pues no lo sé —comenzó diciendo—. Es que todo me parece muy raro, asaltan la exposición y no se llevan nada y lo único que parece que les interesa es el casco del Cid pero tampoco lo roban, entonces, ¿para qué rompen la urna? Además yo no soy el único que ve algo extraño en el asalto, acuérdate de que en el periódico ponía: «misterioso asalto».

—¿Y qué hacemos? —preguntó Jaime—. ¿Le decimos al poli si nos deja subir?

—No, yo creo que lo mejor es subir directamente como si no supiéramos nada y si nos para, pues ya veremos.

Nada más decir eso, Pablo avanzó con paso decidido hacia la portezuela excavada en el lateral de semicírculo de piedra bajo el Arco. Jaime le seguía cabizbajo, con las manos en los bolsillos. A medida que se acercaban al policía, sentía un rubor creciendo en sus mejillas.

Cuando atravesaron la puerta, los dos aguantaron la respiración y ambos esperaban que de un momento a otro el policía de la entrada les cogiera por el hombro y les diera el alto. Sin embargo nada de eso sucedió. Subieron por la estrecha escalera de caracol hasta el primer piso. La sala que apenas hacía dos días habían visitado ahora les parecía mucho mayor.

Justo a la izquierda, detrás de una mesa con montones de folletos, había un apartado que hacía las veces de oficina, con dos mesas sobre las que se veían sendos ordenadores y teléfonos. Entonces Pablo recordó las palabras de su padre: «ni siquiera se habían llevado los ordenadores de la entrada», y eso que estaban bien a la vista, pensó él.

La sala central de forma cuadrada aparecía despejada de gente. Sobre el suelo de mármol blanco y en las paredes de piedra recién restauradas destacaba el conjunto de vitrinas con los más diversos objetos exóticos y coloristas. Mientras cruzaban el enorme salón, casi vacío a diferencia del día en que ellos visitaron la exposición con el colegio, sus ojos tropezaban sin esfuerzo con una sucesión de cajas y botes de marfil; ropas y vestidos medievales; armas, como escudos, espadas, lanzas y armaduras de metal oxidado que les transportaban a otra época. En toda la sala solo vieron a una pareja mayor contemplando el panel de la cetrería sin prisas, seguramente ajenos al incidente del asalto.

Pablo y Jaime decidieron no entretenerse e ir directamente a la Sala de Poridad, donde se encontraba el casco y todo lo relacionado con el Cid. Cuando divisaron la entrada a la sala, sus esperanzas se vieron truncadas de nuevo: otro policía con los brazos cruzados sobre el pecho y las piernas ligeramente separadas se interponía en la puerta. Esta vez pensaron que lo mejor sería pedir permiso y Pablo, utilizando el tono suplicante con el que engatusaba a su madre y poniendo cara de niño formal, le preguntó al agente:

—Oiga, ¿podemos pasar a ver la exposición sobre el Cid?

El hombre miró fijamente a los chicos evaluando durante unos breves segundos sus caras inocentes y les dio permiso.

—Está bien, pero no toquéis nada —les advirtió.

Cuando entraron en la Sala de Poridad, sus ojos se clavaron en el centro de la habitación. Una cinta de un amarillo chillón sujeta por cuatro pivotes constituía el cordón policial. En el interior los cuatro postes dorados unidos por un grueso cordón granate protegían el pedestal de mármol oscuro, y sobre éste descansaba el famoso casco del Cid.

Lo primero que les llamó la atención fue que el yelmo aparecía al aire libre, sin ningún tipo de protección. Entonces recordaron cómo la urna de cristal que lo cubría había sido destrozada por los asaltantes, y sus ojos bajaron hasta la base del pedestal para comprobar si los cascotes de vidrio aún continuaban allí. Sin embargo el suelo estaba despejado. Estaba claro que el escenario del asalto había sido debidamente analizado y habían retirado los restos de cristal para analizarlos como pruebas.

El casco se sujetaba sobre una especie de peana. Situado a la misma altura que sus ojos, a una distancia de un metro escaso, solo estaba iluminado por la luz natural. Aun así la ausencia de los focos, de luces brillantes y del reflejo entre cristales no le restaban un ápice de espectacularidad. Ahora los golpes, las magulladuras de espadas y lanzas, los sablazos, todo se apreciaba con mayor nitidez y le confería al casco un aspecto mucho más real.

Pablo y Jaime se acercaron todo lo que pudieron procurando que en ningún momento sus cuerpos rebasaran el cordón policial.

–¿Qué? ¿Has visto algo? –preguntó Jaime en voz baja a su amigo, procurando que el poli de la entrada no les oyera y que el eco de la sala vacía no multiplicara su voz.

–No –le contestó Pablo–. Si al menos pudiéramos acercarnos más... Si pudiéramos saltar dentro... –le dijo mientras le señalaba con la mirada la cinta amarilla.

–¿Y si se da la vuelta de repente y nos pilla? –preguntó de nuevo Jaime haciendo gestos con la cabeza, como si fuera un jugador de mus, señalando en la dirección de la puerta.

El agente uniformado hacía guardia obstaculizando la entrada a la Sala de Poridad de espaldas a ella, aunque de vez en cuando abandonaba su puesto unos segundos para estirar las piernas paseando por el resto de la exposición en la sala contigua.

–He pensado una cosa – Pablo susurró la frase seguida de un prolongado silencio.

–¿Qué cosa? –Jaime ya había notado el tono de peligrosidad y se temía lo peor.

–Pues que mientras tú vigilas al tío... –dijo señalando al policía– yo me cuelo por debajo.

A Jaime aquel plan le parecía muy vago. Ya se imaginaba él que su amigo no se conformaría solo con volver a la exposición y ver el casco. Él, de naturaleza prudente y poco amigo de meterse en líos, veía los inconvenientes por todos lados. ¿Y si entraba alguien en la sala? ¿Y si el poli se daba la vuelta y a él no le daba tiempo de avisar a Pablo? No estaba muy de acuerdo, pero de todos modos lo haría. Al final siempre se dejaba arrastrar por el espíritu aventurero de su amigo.

Pero, justo en el momento en el que se disponían a ejecutar su plan, vieron acercarse a la pareja mayor que visitaba la otra sala. Iban directos hacia el agente que custodiaba la entrada a la Sala de Poridad donde ellos se encontraban. Cruzaron unas palabras con él, seguramente para pedirle permiso como ellos y finalmente entraron.

Jaime emitió un suspiro de alivio. Parecía que les habían adivinado el pensamiento, un poco más y les hubieran pillado *in fraganti*.

Pablo, algo molesto por la interrupción, le dio un ligero codazo a su amigo y se alejaron del casco, disimulando por el resto de la exposición. Fueron directamente a la pared del fondo, donde se encontraba la hornacina esculpida en la piedra que contenía objetos relacionados con el Cid. Contemplaron de nuevo el tubo cilíndrico con el hueso del Campeador, aunque esta vez les causó una menor impresión. Se señalaban el uno al otro el resto de las antigüedades expuestas, como si fuera la primera vez que las veían, aparentando ser dos visitantes más.

Además aquella parte de la habitación era el lugar perfecto para espiar los movimientos de la pareja intrusa, ya que a través del cristal que cubría la hornacina podían ver el reflejo de toda la sala. El matrimonio tendría alrededor de unos setenta años.

Él tenía una espesa mata de pelo gris y se apoyaba en una cachava de madera. Ella, amarrada a su brazo, completaba su seguridad. Caminaban juntos, sin prisas, con la tranquilidad del que lo ha hecho todo en la vida. No obstante, a pesar de sus pasos lentos, Pablo y Jaime observaron que no se detenían demasiado tiempo en las vitrinas, en las fotografías ni en los paneles, y calcularon que en unos pocos minutos terminarían por recorrerlo todo. Solo tenían que tener un poco de paciencia.

Miraron hacia el techo, admiraron el artesonado de madera, el suelo de baldosas rústicas y los dos estuvieron de acuerdo en que aquella sala medieval era el marco perfecto para homenajear a un personaje tan ilustre como el Cid.

Al poco rato, la pareja abandonó la exposición y los chicos se pusieron manos a la obra. Se aproximaron de nuevo al centro de la habitación donde la pieza estrella les estaba esperando. Se acercaron con sigilo recorriendo todo el perímetro del cordón policial, buscando el mejor lado del cuadrilátero para que Pablo se deslizara bajo la cinta amarilla. Encontraron un punto adecuado de espaldas a la puerta y se detuvieron. Estaban concentrados hablando en voz baja, perfilando los últimos detalles del plan, mirando fijamente el casco cuando, de repente, alguien se acercó por detrás y tocó en el hombro a Jaime.

El corazón le dio un vuelco. Estaba seguro de que era el policía el que le estaba llamando la atención y ya se veía a sí mismo en un interrogatorio dando explicaciones acerca de su interés por el casco. Sin embargo, cuando se giró su sorpresa fue aún mayor.

–¿Qué hacéis vosotros dos aquí? –preguntó María, su compañera de clase.

Pablo enseguida reconoció su voz, se dio la vuelta y contempló la melena lisa de color castaño y sus ojos fijos en los de ellos.

Había que fastidiarse, pero, ¿es que no iban a tener un momento de tranquilidad? Jaime estaba a punto de abrir la boca para responder a María cuando Pablo se le adelantó con el fin de ganar algo de tiempo. Necesitaba pensar algo; alguna excusa creíble para justificar su presencia allí.

–Y tú, ¿qué haces tú aquí? –le preguntó a la niña.

–He venido con mi abuelo –contestó ella–. Está por ahí –dijo señalando hacia la sala contigua–. El jueves por la tarde fui a su casa a visitarle y le comenté que había estado con el colegio en una exposición sobre cultura medieval en Arco de Santa María. Le dije que lo que más me había gustado había sido la parte dedicada al Cid, y eso le interesó mucho, porque él ha sido profesor de historia en la universidad y uno de sus personajes favoritos es el Cid, así que me insistió para que le acompañara esta mañana.

Mientras las neuronas de Pablo trabajaban a toda velocidad para inventar una excusa.

–Pero vosotros aún no me habéis contestado –observó María y es que una simple pregunta no era motivo suficiente para desviar su atención–. ¿Qué hacéis aquí? ¿Por qué habéis vuelto? –les preguntó de nuevo.

Pablo y Jaime se miraron aturdidos. No sabían qué le iban a decir. Además Jaime notaba cómo toda la sangre de su cuerpo ascendía hasta su rostro. Era algo que no podía controlar, cada vez que se sentía nervioso o incómodo su timidez afloraba en un rojo intenso que adornaba su cara de forma involuntaria. Pablo decidió aventurarse con lo primero que se le ocurrió.

–Pues es que nos gustó tanto la exposición que hemos vuelto para verla otra vez –dijo con rotundidad, como si fuera un político intentando creerse sus propias palabras.

–Eso –corroboró Jaime, añadiendo escasa credibilidad a la pobre explicación que había dado su amigo.

–Sí, claro –contestó María socarrona mirando a uno y a otro. Ni por un momento se lo había tragado–. Y, ¿por qué estabais cuchicheando y mirando fijamente el casco?

Los dos chicos se quedaron un rato parados y callados. Estaba claro que les había pillado y María era demasiado lista como para conformarse con cualquier respuesta.

A María, por su parte, aquella situación la divertía bastante. Era obvio que ellos estaban allí por la noticia que había salido en el periódico y que el orejas les mostró en clase: el misterioso asalto en el Arco de Santa María. Así que muy astutamente decidió ganarse su confianza confesándoles que a ella el asalto también le había parecido muy raro.

–Yo tampoco lo entiendo –comenzó–. Primero desconectan las alarmas, luego no roban nada y si lo único que les interesaba era el casco, ¿por qué no se lo llevan?

Pablo estaba encantado de oír aquello. Por fin había encontrado a una persona que compartía sus dudas en aquel asunto.

Con Jaime era distinto. Él le apoyaba en todas sus locuras y aunque casi siempre conseguía arrastrarlo a cualquier tipo de aventura, su carácter reflexivo y tranquilo frenaba en parte su entusiasmo y le aportaba la sensatez que a él le faltaba. La verdad es que tenían caracteres totalmente opuestos que se complementaban a la perfección. Quizás precisamente por eso fuera su mejor amigo.

Pablo decidió revelarle a María todo lo que su padre le había contado el día anterior durante la comida acerca de la investigación del asalto: la ausencia de huellas, la confirmación de que ni siquiera habían tocado los ordenadores de la entrada y una caja con dinero en metálico. Y lo más sorprendente de todo, la sospecha de que hubieran dejado un casco falso y hubieran robado el auténtico, con la posterior demostración, tras el análisis de los expertos, de que en realidad el yelmo era el verdadero, el centenario, casi milenario, casco del Cid.

María también aportó su granito de arena:

–Mi abuelo dice que es imposible robar una pieza así porque luego es muy difícil colocarla en el mercado negro de antigüedades. Él siempre ha pensado que no le habían dado el cambiazo, que por alguna razón los asaltantes solo querían acercarse al casco.

A Pablo aquellas palabras le sonaban a música celestial. Eso era justo lo que él pensaba, así que acabó confesando a María su particular intento de aproximación hacia el objeto del delito.

–¡Eso es lo que pensamos nosotros! –exclamó exaltado entre susurros–. Por eso queríamos acercarnos todo lo posible, pero desde aquí –dijo señalando la cinta amarilla que hacía las veces de frontera– es muy difícil ver nada. Cuando tú nos has visto estábamos a punto de colarnos dentro –continuó diciendo bajando aún más la voz y mirando de lejos las fornidas espaldas del policía que custodiaba la entrada de la sala y que permanecía totalmente ajeno a su conversación.

–Si queréis, yo puedo ayudaros –se ofreció María.

Jaime no daba crédito a lo que oía, era lo último que le faltaba a su amigo, que alentaran y animaran sus ideas descabelladas. Intentó disuadirles razonando con ellos los peligros a los que se exponían, total por nada, por una tontería, por un exceso de imaginación infantil. ¡Como si ellos solitos fueran a resolver el misterio del asalto!

Pablo y María le oían sin escucharle pero ya era demasiado tarde, la mecha de la aventura ya había prendido en su interior. Jaime se dio por vencido, eran dos contra uno y, pensándolo bien, sin su ayuda tenían más posibilidades de que les pillaran, así que contra su voluntad decidió echarles una mano. Por eso y porque de ninguna manera quería que los dos pensaran que era un cobarde.

Los tres se reunieron en un extremo de la sala, en la parte más alejada de la puerta. Tenían muchas cosas de que hablar, tenían que establecer un plan que les permitiera traspasar el cordón policial y acercarse al casco sin que nadie les viera. Además desde ese lugar, a pesar de que en todo momento se comunicaban en voz baja, se aseguraban que el agente no oiría nada y podrían planear mejor sus próximos movimientos.

Al final concretaron el plan. El papel de Jaime consistiría en entretener al policía que custodiaba la entrada a la Sala de Poridad. Para ello pensaron que lo mejor sería que le hiciera algunas preguntas e intentara charlar con él. María sería una especie de enlace, y se ocuparía de vigilar si Jaime le hacía alguna señal para avisar cuanto antes a Pablo, que sería el encargado de colarse por debajo de la cinta amarilla.

Cuando cada uno tuvo clara su participación comenzaron a ocupar sus puestos.

Jaime atravesó la sala en dirección a la entrada. Tuvo que darle un golpecito en la amplia espalda al agente, que no se había percatado de su presencia, para que se apartara y le dejara cruzar hacia la otra habitación, la sala principal donde se hallaba la mayor parte de la exposición, y de esa manera poder charlar con él, frente a frente.

Pablo y María se acercaron al casco y se colocaron en el lado en el que podían observar al policía de espaldas y a Jaime hablando con él para entretenerle de frente, de esa forma podían controlarlo todo.

Jaime intentó calmar sus nervios paseando unos segundos entre los objetos medievales que ahora podía admirar casi en absoluta soledad. Solo un hombre mayor de aspecto venerable se hallaba concentrado frente a una vieja armadura al principio de la sala, se encontraba muy lejos de él y sin ninguna duda debía de tratarse del abuelo de María.

Era evidente que aquella mañana de sábado nadie se había animado a visitar la exposición. Claro que también podía ser que el morbo que pudiera haber despertado la noticia acerca del asalto se viera en parte frenado por la presencia policial en la puerta del Arco.

Jaime notaba cómo de nuevo sus mejillas se teñían de un rojo intenso. Tenía que pensar qué le iba a contar al agente. Tenía que captar su atención mientras Pablo y María se ocupaban de la otra parte del plan. Sus pasos le llevaron sin darse cuenta hasta una pared ocupada por tres ventanales. Se aproximó hacia uno de ellos y miró al exterior.

La ventana tenía la forma del arco ojival en que se hallaba enmarcada y los cristales aparecían divididos en cuadrados imperfectos por unos finos barrotes de hierro negro que se cruzaban entre sí. A través de ellos pudo ver la plaza empedrada del Rey San Fernando, a su izquierda, una sucesión de viejos bares y mesones y, al fondo, la catedral con sus agujas perfilándose en el azul del cielo.

De repente suspiró hondo y se volvió derecho al policía. No tenía claro del todo cómo saldría aquello pero al menos lo intentaría. Cuando Pablo y María vieron a su amigo desde la otra sala aproximarse al agente y escucharon la primera pregunta con la que Jaime intentaba entablar una conversación, casi se parten de la risa. Tuvieron que hacer grandes esfuerzos para reprimir una carcajada que hubiera dado al traste con su aventura.

–¿Y usted hace mucho que es policía? –comenzó Jaime su parte del plan.

Mientras y sin perder más tiempo, Pablo cogió el móvil del bolsillo de su anorak que previamente se había quitado con el fin de que le estorbase lo menos posible, y se deslizó bajo el cordón policial. Una vez dentro colocó el móvil en el suelo. Habían decidido que si en el último momento el agente al que estaba entreteniendo Jaime se giraba de pronto y les pillaba, siempre podían alegar que el teléfono se les había caído dentro y solo pensaban recuperarlo.

Una vez traspasada la cinta amarilla se acercó sin rebasarlo al cordón granate sujeto por cuatro pivotes dorados. En el interior se hallaba el pedestal de mármol con el casco. Ahora sin la urna de cristal que lo protegía estaba realmente cerca. Observó con fijeza cada magulladura, golpe o arañazo por todos lados mientras lo rodeaba. Lanzó una mirada de complicidad a María que comprendió enseguida. No había encontrado nada raro y ella en un susurro casi inaudible le dijo: –Cógelo y mira por dentro.

Pablo no se lo pensó dos veces, extendió los brazos y levantó el viejo yelmo de la peana sobre la que descansaba.

Durante un segundo sintió el deseo irrefrenable de colocárselo en su propia cabeza como si él mismo fuera un caballero medieval, pero se contuvo. No había tiempo que perder, no podía cometer ninguna tontería.

Pablo, con el casco del Cid entre las manos, estudió su interior. En un primer vistazo no vio nada que le llamara la atención pero, cuando sus ojos se iban a dar por vencidos, en la parte de atrás, a la altura de la nuca, vio algo extraño. Llamó a María, ésta abandonó durante unos instantes su vigilancia y se acercó a su amigo que le mostraba lo que había descubierto: una marca toscamente labrada en forma de V aparecía en el viejo yelmo. Un cosquilleo les recorrió la espalda. ¿Sería eso lo que los asaltantes buscaban? O por el contrario esa señal no significaba nada y ellos tenían demasiada imaginación.

Fuera lo que fuera deberían dejarlo en su sitio cuanto antes. Pablo colocó de nuevo el casco sobre la peana procurando dejarlo en la misma posición en la que estaba situado. Después recogió su móvil del suelo y se agachó para pasar debajo de la cinta amarilla colocada por la policía para proteger el escenario del asalto.

Cuando estuvo del otro lado María le ayudó a levantarse rápidamente y Pablo se sacudió las rodilleras de los pantalones.

–¿Lo has visto?

–Sí –le contestó María–. ¿Tú crees que es eso lo que buscaban?

–No lo sé –susurró Pablo– vamos a llamar a Jaime.

Pablo y María dirigieron la vista hacia la entrada de la Sala de Poridad en la que ellos se encontraban. Vieron al policía de espaldas ocupando buena parte del umbral de la puerta y a Jaime charlando frente a él.

Intentaron establecer contacto visual con su amigo pero no era tan fácil. La musculosa figura del agente ocultaba casi por completo a Jaime y les impedía comunicarse con él. Caminaron unos pasos hacia la derecha mientras le hacían toda clase de señas con los brazos para indicarle que ellos habían terminado y ya podían dar por finalizado su parte del plan. La verdad es que lo había hecho a la perfección. El policía no se había enterado de nada.

Por fin Jaime se dio cuenta de las señales que emitían sus amigos, sin embargo continuó charlando con el agente unos minutos más como si aquello no fuera con él.

Pablo y María que no comprendían la situación comenzaron a desesperarse.

–¿Pero, qué hace? ¿Es que no nos ha visto? –le decía Pablo a María en voz baja.

–Pues claro que nos ha visto. No, si al final se harán amigos.

Después de tres minutos interminables vieron cómo se despedía del poli y se dirigía hacia ellos.

–Ya era hora –le recriminó Pablo–. El plan consistía en que tú le entretuvieras a él, no él a ti.

–¿Se puede saber qué le has contado? –le preguntó María más curiosa que enfadada.

–Pues veréis, al principio no sabía qué decirle –repuso Jaime entre tímido y orgulloso porque en lo que a su parte del plan se refería había cumplido perfectamente. Ahora el sofoco de sus mejillas se iba apagando poco a poco y daba paso a un sudor frío–, pero luego se me ocurrió comentarle que yo también quería ser policía y entonces el tío se ha emocionado, un poco más y me apunta él en la academia.

Pablo y María se miraron divertidos llevándose la mano a la boca para disimular una enorme sonrisa. Los dos observaban a su amigo, su carácter tranquilo, su aspecto nada agresivo, el pelo rubio, las pecas diseminadas en su cara. Definitivamente no, no se imaginaban a Jaime de policía con un uniforme azul marino y con la porra en la mano.

–Y a vosotros, ¿qué tal os ha ido? ¿Habéis descubierto algo?

Justo cuando iban a contarle su hallazgo, una voz grave resonó en la sala:

–¡María, estás aquí!, te he buscado por toda la exposición.

Un hombre alto de ademanes elegantes se dirigía hacia ellos. Caminaba erguido, como si los años no hubieran doblegado un ápice su compostura.

–¡Hola abuelo! Estaba con unos amigos, van a mi clase. Mira te presento a Pablo y a Jaime –dijo la niña–. Él es Alejandro, mi abuelo.

Alejandro Revilla le tendió su mano primero a Jaime y luego a Pablo en un apretón firme pero controlado. Un gesto adulto que gustó mucho a los chicos. Sus manos cuidadas denotaban que el trabajo que había realizado durante toda su vida había sido más intelectual que físico. Los cabellos grises camuflaban unas prominentes entradas y la barba recortada con esmero adornaba su aspecto regio.

Alejandro contempló con un vistazo general la Sala de Poridad durante unos segundos. La cantidad de información reunida en homenaje a un personaje tan ilustre como el Cid le llenaba de orgullo no solo como historiador, sino también como burgalés.

–¿Qué? ¿Os ha gustado la exposición? –le preguntó Alejandro a Jaime. Su voz sonora y bien modulada, como la de un locutor de radio, transmitía determinación.

–Sí, mucho.

–Pero vosotros ya habíais estado con María en la visita que organizó el colegio –observó el abuelo de la niña– así que sí ha debido gustaros –señaló satisfecho aflorando en ese momento el profesor que llevaba dentro.

–Sí, por eso hemos vuelto –contestó rápidamente Pablo, recordando que aquella había sido su primera justificación ante María y que ella nunca se había tragado. Ahora que al propio Alejandro parecía convencerle, a él también le parecía mucho mejor.

María le miró de soslayo negando ligeramente con la cabeza. Daba igual que su abuelo se lo hubiera creído, aquella excusa era muy mala, aunque por supuesto permaneció callada confirmando su coartada.

Tras la presentación transcurrieron unos segundos de silencio y se hizo evidente que entre ellos ya no podían hablar más. El abuelo de María les había interrumpido y por el momento los tres no podrían comentar su hallazgo de la extraña marca en el casco del Cid. Así que Pablo decidió tomar la iniciativa y dijo:

—Nosotros nos vamos ya.

María enseguida comprendió la situación y se despidió de ellos:

—Bueno, pues nos vemos el lunes en clase y ya hablamos.

Sus palabras cargadas de intención tenían una segunda lectura para los chicos, que captaron al instante. Mientras, Alejandro Revilla asistía a su conversación ignorando por completo el verdadero significado de todo el asunto.

Pablo y Jaime abandonaron la Sala de Poridad por la única entrada, custodiada por el agente, que unía las dos salas.

—¿Qué, ya te vas? —le preguntó el poli a Jaime.

—Sí, gracias por todo —repuso éste la mar de educado.

—De nada hombre, si quieres saber más cosas ya sabes dónde estamos —le contestó el agente satisfecho de haber contribuido a reforzar la vocación policial de un chaval.

—Pues sí que se lo ha creído —le dijo Pablo a su amigo al oído, con renovada admiración—, no sabía yo que tenías ese poder de convicción.

Jaime sonrió y le preguntó:

–Bueno, ¿qué? ¿Habéis encontrado algo o no?

Pablo le contestó escueto y misterioso mirando a todos lados:

–Más o menos, ahora te cuento.

En ese mismo instante Pablo volvió la cabeza atrás. Quería tener una última imagen del casco del Cid y, cuando lo miró, junto a él estaba Alejandro, el abuelo de María, que observaba el yelmo absorto, como en trance. Estaba visto que por alguna razón, el casco ejercía un fuerte influjo en algunas personas, él mismo incluido, pensó Pablo.

Atravesaron la sala principal, bajaron la escalera de caracol y abandonaron el Arco de Santa María.

Salieron a la calle, giraron a la izquierda, hacia el río y cruzaron hasta la mitad del puente Santa María que se extendía perpendicular al Arco. Desde allí podían contemplar en perspectiva una buena parte del paseo del Espolón. A lo lejos, entre las ramas desnudas de los árboles, pudieron divisar la cúpula del templete, una pequeña construcción semejante a un tiovivo desde la que en las tardes de verano se ofrecían conciertos de música.

Jaime ya no podía aguantar más la expectación y comenzó a interrogar a su amigo:

–Bueno, ¿qué? ¿Habéis encontrado algo sí o no? ¿Qué significa eso de más o menos?

–Pues que algo sí hemos encontrado –le contestó Pablo–. Ahora, lo que no sabemos es si significará algo o no será nada.

–¿Y qué es? Venga, dilo ya, no te hagas el interesante.

–Una marca –respondió mirando fijamente a los ojos de Jaime. Después de un breve silencio, calculado para aumentar la intriga, continuó desvelando su hallazgo–. Una marca en forma de uve, parece como si alguien hubiera grabado una letra, una uve mayúscula.

–¿Dónde? –quiso saber Jaime.

–Está por dentro del casco, en la parte de atrás. Al principio por fuera yo no veía nada y a María se le ocurrió que mirara el interior.

–Así que lo cogiste... –murmuró para sí Jaime que cerró los ojos durante unos segundos intentando imaginarse la escena. «¡Madre mía!, si les llegan a pillar se les hubiera caído el pelo.» Por suerte no había pasado nada, nadie les había visto.

–¿Y cómo es? A lo mejor es solo un arañazo hecho por casualidad. No sé, algún golpe de una batalla –propuso Jaime siempre poniéndose en lo peor.

–No lo creo –le contestó Pablo–. No te olvides de que está por dentro, no puede ser un sablazo ni una herida con una lanza. Además es una marca profunda, está hecha aposta, te lo digo yo.

–Y María, ¿qué piensa?

–No lo sé, no hemos podido hablar, primero te estábamos esperando a ti y luego llegó su abuelo. De todas formas, el lunes la veremos en clase.

–Y tú, ¿de verdad crees que era eso lo que buscaban los asaltantes? ¿De verdad crees que se iban a arriesgar tanto solo por una especie de señal en el casco?

Pablo reflexionó unos instantes. Hasta aquel momento ni él mismo se había parado en serio a considerar si la extraña marca en el casco del Cid era el verdadero motivo de los asaltantes. Aunque, por otro lado, ¿qué otra cosa podía ser? Estaba claro que el robo no había sido el objetivo del asalto. El viejo yelmo era lo único que les había interesado hasta el punto de romper la urna que lo protegía y sortear un montón de medidas de seguridad. Además tampoco se lo habían llevado. Fuera lo que fuera lo que buscaban se conformaban solo con verlo.

—Sí —respondió Pablo con seguridad—, creo que esa uve grabada en el casco es la verdadera razón del misterioso asalto.

Jaime escuchaba a su amigo con atención intentando convencerse a sí mismo. Todo le parecía un poco surrealista. Allí estaban los dos en medio del puente. Contempló la fachada de castillo señorial del Arco, donde minutos antes ellos mismos se habían saltado el cordón policial. Luego bajó la vista al río.

La nieve derretida del día anterior había engordado el caudal de agua, que ahora bajaba furiosa y parecía ansiosa por recorrer otro cauce. Abajo, en los márgenes del río, unos patos y unas ocas buscaban refugio en el calor de los juncos y los matorrales de hierba alta.

—¿Y tú qué crees que significará? —preguntó Jaime intrigado.

—Ni idea, pero te aseguro que para alguien esa marca significa mucho. ¡Lo que yo daría por descubrirlo! —concluyó Pablo con la mirada perdida, una mirada que Jaime conocía muy bien.

Regresaron unos metros hacia atrás encaminándose hacia el paseo del Espolón. Ya era cerca de la una y media de la tarde y tenían que volver a sus respectivas casas si no querían llegar tarde para comer.

Caminaron bajo las ramas entrelazadas de los árboles, que desnudas parecían esqueletos vegetales, recordando que el mismo paseo en verano ofrecía un frondoso túnel de sombra.

4. Nolo

No muy lejos de allí, a dos calles de la parte vieja de la ciudad, un hombre se hallaba postrado en la cama de una habitación. La habitación se encontraba en el segundo piso de una pensión cutre.

Manuel Álvarez, más conocido entre sus compañeros de prisión como *Nolo*, estaba recostado sobre un edredón floreado y descolorido y junto a él, desordenados y manoseados, aparecían esparcidos por la cama un montón de periódicos. Algunos eran del día anterior y otros del mismo sábado. Leía y releía la noticia con orgullo.

No tenían ni idea. Los había ojeado todos detenidamente, de cabo a rabo, buscando entre sus páginas alguna referencia del asalto. Algunos mencionaban el incidente con una breve reseña. Solo encontró uno del viernes con un impactante titular en la portada: «MISTERIOSO ASALTO EN EL ARCO DE SANTA MARÍA». Sin embargo, en el interior, junto a una fotografía del Arco, unas pocas líneas relataban lo sucedido. Según daba a entender el artículo, el asalto no habría tenido por objeto el robo, puesto que una vez inspeccionado el recinto de la exposición, los responsables no habían detectado que faltase absolutamente nada, lo cual no explicaba el motivo por el que habían desconectado los sistemas de seguridad. Y además no habían destrozado nada. Bueno, casi nada. El único desperfecto hallado era una urna de cristal que protegía una de las piezas expuestas más importantes: el casco del Cid. No obstante, sorprendentemente, el casco no presentaba daño alguno.

Por lo demás no tenían nada. Habían interrogado en las inmediaciones del lugar, pero nadie había visto nada sospechoso. Así que el asalto sin móvil aparente y sin ninguna pista era un verdadero misterio.

Aun así, él estaba seguro de que seguirían investigando y por lo tanto no podía descuidarse. Mientras la realidad era que no tenían ni idea de lo que había sucedido y la verdad es que nadie en el mundo se imaginaría lo que había hecho. Ni siquiera él mismo lo entendía muy bien. ¡Qué diferente había sido aquello del resto de sus trabajitos!

Nolo, tendido sobre la cama, con las manos detrás de la cabeza, cerró los ojos durante unos segundos. Por su mente pasó casi toda su vida laboral. Durante un tiempo su especialidad habían sido los coches de lujo. Él se encargaba de robarlos y un fulano que conocía hacía de intermediario para venderlos. Éste había sido el trabajo que más le había gustado de todos. Además, de alguna manera, tenía la conciencia tranquila. Se sentía como un Robin Hood moderno que robaba a los ricos para que un pobre como él se quedara un poquito. Más tarde, durante una temporada corta, le dio por el atraco a los bancos. Tenía un socio que era quien realmente robaba y su tarea se limitaba a esperarle fuera, en un coche con el motor encendido, siempre alerta para la fuga.

Los últimos años se especializó en la desconexión de alarmas, cerraduras blindadas y cajas fuertes. Una sabiduría que utilizaba para desvalijar casas durante las vacaciones de sus dueños.

En fin, un currículum extenso, salpicado de entradas y salidas de la cárcel, en el que presumía de no haber empuñado nunca un arma y de no haber agredido a nadie.

A él le gustaba trabajar así, solo, en la oscuridad de la noche. Por eso había aceptado este trabajo. Estaba hecho a su medida. Por eso y por los enormes beneficios que le reportaría. Por lo demás, era lo más extraño que había hecho en toda su vida. Si sus colegas de la cárcel supieran por lo que había arriesgado tanto se hubieran cachondeado de él. Fotografías, multitud de fotografías, eso era lo que realmente había hecho.

Él sabía exactamente lo que debía encontrar. Aquel mismo día se había dado una vuelta por la exposición del Arco. Tenía que estudiar el escenario del asalto, la ubicación de las cámaras de vigilancia, los horarios de los agentes de seguridad, los dispositivos de alarma, en fin, todo.

Descubrió un cuadro electrónico que lo controlaba todo y al instante supo qué hacer.

El día del asalto, una vez dentro del Arco, se dirigió hacia el puesto del guardia de seguridad. Se acercó por detrás, en silencio. No pensaba hacerle daño. Le aplicó sobre la cara un paño impregnado en cloroformo que le sumió en un profundo sueño y le maniató. Luego se dirigió al panel electrónico y sencillamente desconectó todos los sistemas. Ya podía pasear a sus anchas por toda la exposición. Después de eso, fue directamente a la Sala de Poridad que se hallaba iluminada por la luz tenue de emergencias. Allí estaba su objetivo, el famoso casco del Cid. Cuando penetró en la sala paseó la mirada por las esquinas del techo. Tal y como había comprobado por la mañana no había cámaras en aquella estancia, el único obstáculo era la urna de cristal. Intentó levantarla pero no pudo. Entonces recordó que algunos museos tenían un sistema adicional de seguridad que conectaba de forma independiente las piezas más importantes con la vidriera que las protegía. No le quedaba más remedio que romperla. Aun así, por un momento pensó que todo saldría mal, que saltaría una alarma oculta que avisaría directamente a la policía y que al final todo sería una trampa. Una trampa que le atraparía a él en el interior con las manos en la masa.

Afortunadamente desechó esos pensamientos de su cabeza y se centró en lo que tenía que hacer. Buscó en su mochila de trabajo algunas herramientas que siempre llevaba consigo para posibles emergencias y encontró una pequeña bola de acero del tamaño de una pelota de tenis. La envolvió en un grueso paño, que también extrajo de la bolsa para amortiguar el ruido, y comenzó a golpear la urna. El cristal empezó a resquebrajarse y aparecieron infinidad de pequeñas grietas que recorrieron el vidrio como si tuvieran vida propia.

Con una leve presión de su mano, los cristales comenzaron a ceder. Hizo un pequeño boquete en la parte superior y apartó algunos trozos que se desmenuzaron por sí solos, procuró en todo momento que el casco no sufriera daño alguno.

Llevaba puestos unos guantes que se había colocado nada más salir de la pensión. Había pensado en todo y, aunque en un principio su única misión era evitar dejar impresas sus propias huellas, la verdad es que le estaban siendo de gran utilidad.

Cuando la parte de arriba de la urna quedó completamente despejada, extrajo con sumo cuidado el viejo yelmo y lo examinó con detenimiento. Sabía exactamente lo que tenía que encontrar.

Pasó el dedo índice de la mano enfundada en el guante por la superficie castigada del casco. Detectó varios golpes, muescas, heridas de guerra sobre el metal pero no lo que buscaba. Entonces le dio la vuelta y estudió el interior. Allí estaba, en la parte trasera a la altura de la nuca, una uve mayúscula.

Derribó el resto de los cascotes de vidrio que se desplomaron contra el suelo alrededor del pedestal de mármol oscuro. Colocó el viejo yelmo sobre la peana que inicialmente lo sostenía de forma que pudiera ver bien la letra grabada.

Sacó de la mochila una cámara de fotos, algo que nunca antes había utilizado en cualquier otro trabajo, y comenzó a disparar una ráfaga de fotografías. Aquello era curioso, casi gracioso. Allí estaba él rodeado de antigüedades, piezas de incalculable valor y lo único que estaba haciendo eran fotografías.

Apenas tardó unos minutos, luego se dirigió al puesto de seguridad, observó al agente tendido en el suelo dulcemente dormido y se llevó la cinta de vídeo correspondiente a las cámaras, aunque estaba seguro de haberlas desconectado, no quería cometer ningún error. No podía dejar ninguna pista y se fue.

Lo dejó todo como estaba, todo excepto la urna de cristal, claro.

Cuando salió del Arco de Santa María respiró hondo. Un frío invernal se le coló en los pulmones que le hicieron sentir vivo. La noche lo tenía todo de oscuro y las calles parecían desiertas.

Consultó el reloj de su muñeca izquierda. Aún faltaban unos minutos para las diez. El tiempo suficiente para alejarse caminando por las callejas oscuras del casco antiguo antes de que se produjera el cambio de guardia del agente de seguridad y se descubriera todo.

Cuando el día anterior se paseó por la exposición estudiando hasta el último detalle también se ocupó de vigilar el exterior. Conocía con exactitud los horarios de los agentes y los cambios de guardia. Por eso sabía cuánto tiempo tenía para actuar. Nada podía salir mal. Todo estaba calculado al milímetro.

Ahora, en la pensión, acostado en la cama, todo le había parecido muy fácil. Sus ojos vagaron hacia arriba. En el techo de la habitación se adivinaban nubes de humedades pasadas. Se levantó y se fue directo a la ventana. Apartó las cortinas confeccionadas con la misma tela estampada a juego con el edredón y observó la calle.

La pensión en la que se encontraba estaba situada a dos calles de la catedral, en una zona que los más mayores conocían como la Flora. Era una plaza rectangular y espaciosa rodeada de casas centenarias de balconadas blancas, donde hacía años se celebraba el rastro.

Ahora, el lugar había sido invadido por los jóvenes y los locales, las mercerías y tiendas de ultramarinos de antes se habían convertido en pubs y bares.

Miró a través de los cristales. No había ni un alma por la calle a pesar de que ya no era tan temprano. Solo los servicios de limpieza de la ciudad parecían estar despiertos aquella mañana de sábado y se afanaban en recoger del suelo las botellas, botes y vasos de plástico que regaban toda la plaza.

Corrió las cortinas y se dirigió hacia una cómoda de la pared de al lado. El mueble, que parecía haber sido colocado allí por casualidad, tenía un color más claro que la cama y el armario. Sobre la cómoda descansaba un espejo ovalado con el marco arañado. Intentó abrir el primer cajón aunque se le resistía.

Dio un fuerte tirón y al fin logró abrirlo. Rebuscó entre algunos jerséis que había colocado el primer día, cuando se instaló en la pensión. Sacó una pequeña cubeta de plástico negro perfectamente tapada y, mientras la sostenía con los dedos índice y pulgar, se miró al espejo. La luna de cristal envejecida le devolvió una imagen turbia de sí mismo. Moreno, con los ojos castaños y el rostro ligeramente alargado, era un tipo de lo más común. La cara perfecta para pasar inadvertido. Se quedó un rato pensativo mirando la cubeta de plástico. Dentro estaba la tarjeta de memoria con las fotografías que había hecho del casco del Cid.

La primera parte del trabajo ya estaba hecha. Había sido relativamente fácil. Solo esperaba tener la misma suerte la próxima vez.

5. Asalto en la catedral

La casa de María estaba situada una calle detrás, paralela a la avenida del Cid. Era una calle curiosa compuesta por una fila de diez chalets adosados, camuflados entre bloques de pisos altos.

Las casas eran casi todas iguales; tenían dos pisos y se accedía a ellas por unos pocos escalones. Las fachadas estaban abrigadas por piedras irregulares de color claro y contraventanas blancas. De las diez chimeneas escapaba un humillo gris que les daba el aspecto de hogares calientes y confortables. En la parte de atrás todas tenían una especie de patio amurallado que algunos vecinos utilizaban como jardín y otros, los más prácticos, como huerto.

La casa de María era la segunda empezando por la derecha. Dentro, Diego, su hermano mayor, golpeó con los nudillos la puerta de su habitación, en el piso de arriba.

—María, despierta, son las ocho y media –le susurró con ternura.

Diego era el encargado de despertarla todas las mañanas. Sus padres madrugaban mucho para irse muy pronto a sus respectivos trabajos.

Teresa, su madre, ejercía de trabajadora social en el Instituto de la Mujer, un organismo que dependía del ayuntamiento, donde tenía que presentarse todos los días a las ocho en punto. Era una mujer idealista y luchadora que siempre intentaba ayudar a los demás y combatir las injusticias. María se parecía mucho a ella en el carácter y seguramente había heredado también el mismo espíritu crítico.

Por otro lado, Ricardo, el padre, tenía su propio negocio: un taller mecánico. Era un hombre muy trabajador que se debía a sus clientes y a sus empleados de forma que siempre llegaba el primero y se marchaba el último.

Visto así el panorama y aprovechando que Diego tenía el turno de tarde en la facultad de arquitectura, se había convertido en el cuidador oficial de María. Diego tenía veinte años y estudiaba el tercer curso de arquitectura en la universidad. Por las mañanas estudiaba en casa y de esa manera podía ocuparse de María. Sentía debilidad por su hermana pequeña. Cualquier cosa que ella le pidiera era una orden para él. Siempre que podía se la llevaba al cine o la recogía de casa de sus amigas, y algunas aburridas tardes de los domingos de invierno jugaba con ella a las cartas mientras hacía un descanso en sus estudios.

María, por su parte, adoraba a Diego. Siempre tenía tiempo para ella. Además él era la única persona que no la trataba como si fuera una niña pequeña.

Diego subió de nuevo al piso de arriba. Habían pasado cinco minutos y María todavía no había bajado. Apoyó su mano en el picaporte y lo giró despacio entreabriendo la puerta lo suficiente como para comprobar que la habitación aún seguía sumida en la más profunda oscuridad.

–Vamos, perezosa, despiértate que se te va a enfriar el desayuno –le dijo al mismo tiempo que encendía y apagaba el interruptor de la luz una y otra vez haciendo guiños con las luces como si estuvieran en una discoteca.

–Ya va, pesado –le gruñó María.

Diego cruzó la habitación, levantó la persiana y María se sentó en la cama con los ojos cegados por la claridad y el cabello revuelto. El lunes era el día de la semana que más le costaba levantarse.

Miró fijamente a su hermano y una idea le dibujó una sonrisa. Seguro que ella tenía ahora los mismos pelos que él.

Diego era un chico alto y delgado. Tenía las facciones suaves de María y los ojos expresivos. El cabello oscuro estaba tejido en infinidad de rastas que parecían tirabuzones de lana y le llegaban a la altura del hombro. Un *piercing* le pellizcaba la ceja izquierda y en la barbilla tenía sembrada una especie de barba que no acababa de crecerle nunca.

María conocía a sus amigos y más o menos todos tenían la misma pinta que él. La mayoría llevaba el pelo largo, otros tenían coleta y algunos un pendiente.

Sus padres también se metían con su aspecto medio en serio medio en broma. Teresa, su madre, le decía que parecía un *hippie* huérfano y su padre le contaba que antiguamente se peinaban así los feriantes que iban a su pueblo en las fiestas de la Candelaria.

–Venga, no tardes, voy a calentarte otra vez el desayuno –dijo Diego abandonando la habitación.

–Que síííí, pesado –contestó María todavía en trance.

De rodillas en la cama, descorrió las cortinas. Borró con la mano el vaho de los cristales y contempló la calle tranquila. Observó cómo tiritaban las hojas de los árboles de enfrente. Saltó de la cama, se dirigió a la cómoda, sacó un pantalón y un jersey, se vistió deprisa y bajó a la cocina.

–Buenos días –dijo.

–Ya era hora, mira que eres perezosa, en vez de María tendremos que llamarte *la bella durmiente*.

María le respondió con una mueca. Cogió una banqueta y se sentó. Sobre la mesa la esperaba un tazón de leche con dos magdalenas.

–Un día de éstos voy a tener que ir yo por ti a la clase –la chinchaba Diego.

María, con la taza entre las manos y bebiendo a pequeños sorbos, le sonreía socarrona.

–¡Que te crees tú que el orejas te iba a dejar entrar con esa pinta! –se defendió María, que ya se había despertado por completo.

A Diego se le escapó una sonrisa, aunque a él no le había dado clase el orejas estaba seguro, por las historias que contaba su hermana, de que ella tenía razón; seguramente no le dejaría entrar.

María apuró de un último trago el vaso de leche. Abandonó la cocina y subió a su habitación. Se puso el anorak, que abrochó hasta el último botón, un gorro, la bufanda y los guantes y se echó a los hombros la pesada mochila cargada de sabiduría.

Descendió las escaleras hasta la planta baja y se encaminó hacia el salón. Diego estaba tirado en el sofá con un libro de cálculo sobre las rodillas.

–Bueno, me voy.

–Vale, abrígate bien.

–Que síí –dijo María arrastrando las palabras.

–Y ten cuidado con los cruces.

–Que síí, pesado –respondió la niña mecánicamente.

María abrió la puerta, la cerró rápidamente y bajó los cuatro escalones hasta la acera.

La calle, como siempre, estaba tranquila. No había coches circulando por la calzada. Y a pesar de que solo una manzana de edificios les separaba de la avenida del Cid apenas si se oía el rumor del tráfico agitado en hora punta. Casi parecía mentira aquella paz rural a tan solo unos pasos del ajetreo urbano.

María cruzó la vía, se encaminó hacia la izquierda, bordeó algunos bloques de pisos altos y salió a la avenida. Se dirigió al semáforo, esperó a que se pusiera verde y cruzó al otro lado. Siguió caminando unos instantes, giró a la derecha y enfiló la calle que la llevaría directamente al colegio.

Justo en ese instante se fijó en el chaval que cruzaba la calle perpendicular a la que ella transitaba y lo reconoció de inmediato.

El chico llevaba las manos escondidas en los bolsillos de la trenca. Caminaba con la cabeza baja, en parte por el esfuerzo de cargar con la mochila a la espalda y en parte resignado por el inicio de la semana. Aquel sin duda era su amigo Pablo.

María alzó la mano en un saludo y esperó a que cruzara.

—¡Hola! —dijo María apartándose la bufanda con la mano.

—¡Hola! —le respondió Pablo sin apenas levantar la vista del suelo.

—Tranquilo, ya solo quedan cuatro días para el fin de semana, si no contamos el día de hoy, claro —dijo María adivinando el pensamiento de Pablo.

Reanudaron la marcha hacia la entrada del colegio. El Miguel de Cervantes se extendía en un espacio rectangular a lo largo de una manzana entera. Pablo y María se hallaban situados frente a uno de los patios exteriores en el extremo oeste. Caminaron bordeando la fachada hasta la puerta principal, situada en el centro del edificio.

—¿Y el sábado, qué? ¿Estuvisteis mucho tiempo más en el Arco de Santa María? —preguntó Pablo a bocajarro ya que no encontraba otra manera de sacar el tema.

—No, no mucho —contestó María ignorando la verdadera intención de Pablo—. Estuvimos dando una vuelta por la sala dedicada al Cid.

Pablo la oía pero no la escuchaba preocupado por cómo plantearle el tema que tenía en mente sin que se ofendiera.

–Bueno, mi abuelo se quedó un buen rato mirando el casco –dijo titubeando, haciendo un esfuerzo mental por recordar con exactitud todo lo acontecido la mañana del sábado, después de que ellos se fueran–. La verdad es que le impresionó muchísimo, no paraba de mirarlo por todos lados, dando vueltas alrededor de él, diciendo que era una pieza única.

Pablo recordó una última imagen del sábado, cuando él y su amigo Jaime abandonaban la sala de exposiciones, él se giró de pronto sorprendiendo a Alejandro, el abuelo de María, observando ensimismado el casco como si estuviera hipnotizado.

–Oye, ¿tú no le habrás dicho nada de lo que hicimos, lo de colarnos dentro del precinto de la policía? –la abordó directamente–. ¿Ni lo de la marca grabada en el casco?

María se paró en seco. Se quedó unos segundos varada en la acera con la mirada herida por la duda como si ella no supiera guardar un secreto.

–¡Pues claro que no! ¿Por quién me has tomado? –repuso al final con aire ofendido acuchillándole con el pensamiento.

Avanzaron unos pasos más en silencio, despacio, un silencio tirante que se podía cortar con cuchillo.

A medida que se iban acercando a la puerta principal del colegio, se iba congregando una multitud de chavales de diferentes edades y padres que acompañaban a los más pequeños tirando de los carritos de sus mochilas. En el bullicio general se mezclaron las despedidas de los padres y los niños con el griterío de los adolescentes, como si aquello fuera un gran gallinero escolar.

Y justo en la puerta principal, compuesta por dos enormes verjas de barrotes de hierro que daban al interior de un patio cerrado, apoyado en uno de los portones, Pablo vio a Borja, el gallito del corral.

—¡Lo que faltaba! —exclamó fastidiado.

—¿Qué pasa? —preguntó María sorprendida cuando ya casi le había perdonado.

—Es el *sobrao* del novio de mi hermana —le dijo Pablo desganado señalando al chico rubio rodeado de chicas cacareando a su alrededor.

Pablo giró la cabeza a ambos lados como si se sintiera acorralado. Aquella era la única entrada al colegio y a la fuerza tenían que pasar por allí. ¡Con lo poco que le apetecía ver al tío ese! Como si no le viera ya suficiente en su casa, campando a sus anchas cada vez que venía a ver a su hermana Esther, invadiendo su sofá y secuestrando el mando de la tele.

Pablo se escudó en la figura de María e intentó pasar inadvertido sin conseguirlo.

—¿Qué, enano, has visto a tu hermana? —preguntó el estirado de Borja.

—No, pero he visto a la tuya, si te sirve —contestó Pablo con sorna, pasando de largo sin hacerle caso.

Borja le miró con suficiencia, con la mirada altiva de los guapos. Hablaba con chulería, acostumbrado a que todos le hicieran caso. Lucía en la cresta un pelo corto engominado en punta y presumía vistiendo las mejores marcas.

Pero lo que más gracia le hacía a Pablo eran sus andares. Caminaba despacio, balanceando las caderas, andando a cámara lenta como si su sola presencia fuera un regalo para la vista.

–Sí, se nota que te cae bien –señaló María mientras atravesaban la puerta.

El patio interior parecía más bien un patio carcelario. De los cuatro muros asomaban tres hileras de ventanas, una por cada piso del edificio. Sin embargo las ventanas no servían para iluminar ningún aula. Todas inundaban con su luz los pasillos y corredores que como en un hormiguero se extendían por todo el colegio.

En el patio interior había dos puertas. Pablo y María se dirigieron a la de la izquierda, la del pabellón oeste que albergaba a los alumnos de secundaria.

Nada más entrar sintieron el calor de la calefacción central. Se aflojaron las bufandas y se quitaron los gorros y los guantes. Solo faltaban cinco minutos para que comenzaran las clases y subieron las escaleras hasta el tercer piso mezclándose con otros chicos.

–¿Qué toca ahora? –preguntó Pablo despistado.

–Lengua –le contestó María sin rencores.

–¡Uf, menos mal! Lo último que me faltaba es tener una clase del orejas ahora.

–Ahora no, pero no te emociones, después del recreo tenemos ciencias naturales –dijo María.

–Bueno pero para esa hora ya estaré más despierto.

–Eso sí. Oye, –empezó diciendo María, –en cuanto a lo del sábado, la marca que vimos en el casco... –le susurró al oído– ¿Tú qué opinas?

Pablo se moría de ganas de hablar sobre eso.

El sábado por la mañana, en el Arco, cuando él se coló bajo el precinto de la policía y descubrieron la letra uve grabada en el interior del viejo yelmo, los tres tenían que haberlo comentado. Sin embargo, la interrupción del abuelo de María se lo había impedido.

–No lo sé, si te digo la verdad yo creo que significa algo.

–¿Sí? ¿Tú crees que fue eso por lo que asaltaron la exposición? –preguntó de nuevo María con los ojos brillantes de emoción recordando su incursión privada.

Pablo había conseguido contagiarle su intriga hasta el punto de que, durante el fin de semana, no había podido pensar en otra cosa.

–Sí –le contestó con firmeza el chico –piénsalo bien, no hay otra explicación. Los asaltantes fueron directos al casco del Cid, no tocaron ninguna otra cosa y, por si fuera poco, tampoco se llevaron nada. Solo se conformaron con verlo y lo único extraño es esa marca.

–¿Qué significará? –María dejó la pregunta en el aire.

Cuando entraron en su clase, la mayoría de sus compañeros ya se hallaban sentados en sus respectivos asientos.

Y de entre todos el que más sobresalía era Raúl, el empollón. La raya lateral que separaba su cabello parecía que estaba hecha con escuadra y cartabón. Sobre el pupitre había desplegado el libro de lengua y toda una suerte de lápices y bolígrafos de colores aparecían alienados con disciplina militar, de mayor a menor, listos para hacer la instrucción.

Pablo se sentó junto a su amigo Jaime y María se encaminó hacia el otro extremo de la clase, en la pared de enfrente, donde bajo un enorme ventanal, la esperaba sentada su amiga Cristina.

Al cabo de unos segundos apareció sonriente Merceditas. Cruzó el aula con la misma agilidad de siempre. Su diminuta figura iba envuelta en un moderno plumas de color verde pistacho. Cada paso que daba se hacía acompañar de un gracioso balanceo de su melena. Cuando les dio los buenos días una nubecilla tóxica delató su peor vicio, el tabaco. Había intentado dejarlo infinidad de veces y siempre les decía a sus alumnos que el peor error de su vida había sido fumarse el primer cigarrillo.

–¿Qué tal el fin de semana? –les preguntó con la voz ronca.

–Corto –dijo Javier, *el pelirrojo*, al fondo de la clase, mientras un puñado de risas le coreaban la gracia.

–Venga, vamos a empezar. Abrid el libro de lengua por la página ciento siete, hoy vamos a hacer el comentario de texto –comenzó Merceditas.

En medio de un leve murmullo de protestas todos los chicos se dispusieron a obedecer y abrieron sus libros por la página indicada.

Pasada casi hora y media de análisis sintáctico, morfológico, verbos, adjetivos, metáforas y símiles, Pablo le propinó un codazo silencioso a Jaime con quien compartía pupitre. Le mostraba a su amigo los números dibujados con los dedos de su mano: cinco, cuatro, tres, dos, uno y sonó la alarma del final de la clase. Y es que Pablo había cronometrado su reloj con el de secretaría, el mismo por el que se guiaba Mariano el conserje, para hacer sonar el timbre del colegio.

Todos los chicos cerraron sus libros, guardaron los estuches y las libretas y se agruparon en corros para ir saliendo al recreo.

Algunos, como María y sus amigas, Ana y Cristina, preferían quedarse dentro de la clase, charlando sentadas encima de la mesa al calor de los radiadores.

Pablo y Jaime se habían retrasado un poco. Habían quedado en que Javier y Alberto les esperarían abajo, en el patio. Salieron de la clase corriendo por los pasillos, bajando los escalones de dos en dos intentando recuperar el tiempo que por culpa de Jaime habían perdido.

Cuando estaban ya en la planta baja, en el pasillo que conducía al patio, vieron muy cerca de la salida al orejas, a Merceditas y a otra profesora, Carmen, que les daba geografía e historia. Los tres tenían una expresión extraña en el rostro, mezcla de asombro y de indignación.

Pablo y Jaime intentaron pasar lo más desapercibidos posible aminorando el ritmo de sus correrías.

Justo en el momento en el que los dos pasaban por su lado, le escucharon al orejas cuatro palabras sueltas de la conversación que mantenían: «cofre», «Cid», «asalto» y «catedral».

De repente, un escalofrío les recorrió la espalda. Ambos se miraron incrédulos por lo que habían oído. Al mismo tiempo, Merceditas le arrebataba de las manos el periódico a don Félix y mientras leía la noticia de corrido murmuraba entre dientes: –Es increíble, ¡dos asaltos en una semana en una ciudad tan pequeña!

Pablo, que en su cabeza ya había encadenado una teoría, se dejó arrastrar por el ímpetu y les interrumpió sin miramientos.

–¿Qué ha pasado? –preguntó ávido de información, con la curiosidad reflejada en la cara.

A su lado, Jaime palidecía por el atrevimiento de su amigo y observaba de reojo la reacción del orejas.

Don Félix se giró hacia los dos alumnos. Tenía la frente fruncida y una expresión de contrariedad en el rostro por la insolencia del chico. No soportaba la mala educación de los jóvenes. ¿Cómo osaban interferir en una conversación de mayores? Él no tenía por qué dar explicaciones a mocosos. Sus ojos se clavaron como cuchillos en la figura de Pablo. Éste le sostuvo la mirada unos segundos. Para su sorpresa no tenía miedo. Podía más la curiosidad que las posibles represalias.

Don Félix miró primero a Merceditas y luego a Carmen. Gracias a ellas el chaval se iba a librar de una bronca y un castigo, pero estando presentes las profesoras no le quedaba más remedio que darle al menos una breve respuesta porque si dejaba que lo hicieran ellas estaba seguro de que atenderían todas sus preguntas.

El orejas resumió en una frase con el menor número de palabras posible toda la información que contenía la noticia.

–Ha habido un asalto al cofre del Cid en la catedral. Y ahora vayan al recreo –dijo más seco que la mojama. Añadiendo la coletilla «sin derecho a réplica», zanjando por completo la conversación.

Sin más demora, Jaime tiró de su amigo hacia el patio y se alejaron. Bajaron en silencio los escalones y se sentaron en el último.

–¿Estás loco? –le recriminó Jaime–. ¿Has visto cómo te miraba el orejas? Estaba que echaba humo. Ahora ten cuidado en clase. Ya verás, seguro que te pregunta.

Pero Pablo no estaba para reprimendas.

–¿Has oído? Ha habido otro asalto. El cofre del Cid –pensaba en voz alta.

–¿Tú sabías que el cofre del Cid estaba en la catedral?

–¡Yo qué voy a saber! No tenía ni idea –le contestó Jaime.

–¿Sabes lo que significa esto? ¡Seguro que está relacionado con el asalto al casco! Estoy casi seguro. Tenemos que encontrar un periódico.

Jaime, sentado junto a su amigo, sentía cómo el frío del escalón de cemento le traspasaba los pantalones hasta las posaderas. Se sujetaba la cabeza con las manos mientras miraba al frente.

El patio poblado de chicos y chicas estaba en plena ebullición. Unos corrían detrás de otros y el resto se agrupaba en corrillos charlando animadamente en medio del griterío.

Jaime estaba pensando en que Pablo tenía razón. Desde el principio él había sido muy reacio en el asunto del casco, y durante todo este tiempo todo lo había hecho por apoyar a su amigo más que por convicción propia.

Sin embargo, ahora era distinto. Un nuevo asalto a un objeto del Cid lo cambiaba todo. No podía ser casualidad. Algo extraño estaba sucediendo. Pablo tenía razón, necesitaban saber qué había pasado. Necesitaban un periódico para leer la noticia.

–¡Mariano! –exclamó Jaime exaltado de pronto.

–¿Qué pasa con Mariano? –le preguntó Pablo que no entendía nada.

–Mariano, el conserje, seguro que él tiene un periódico.

–¡Sí, es verdad!, ¡Venga vamos! –se levantó Pablo de un brinco.

–¡Espera! –dijo Jaime sujetándolo por el brazo– ¿y María?

–Está en clase, vamos a por ella.

Se levantaron de un salto dándose palmadas en el trasero adormecido por el frío.

Primero se asomaron con cautela al pasillo para comprobar si los profesores aún continuaban allí. Cuando advirtieron que tenían el camino libre, se lanzaron a la carrera por los pasillos de la planta baja hasta encontrar la escalera. En aquella parte del edificio se hallaban alojadas las clases de los más pequeños. A medida que avanzaban se encontraban las puertas entreabiertas de aulas llenas de colores, animales pintados en las paredes y dibujos pegados en los cristales de las ventanas expuestos como si fueran pequeñas obras de arte.

Llegaron hasta la escalera y subieron deprisa hasta el piso siguiente. Apenas encontraban a otros chavales obstaculizando el paso. La mayoría estaban repartidos entre los patios y las clases. Cuando por fin llegaron a la segunda planta, se pararon un segundo para recuperar la respiración entrecortada. Caminaron unos pasos sin correr pero a grandes zancadas hasta la puerta de su clase, que estaba entreabierta. Se asomaron discretamente y vieron a María al fondo junto a Ana y Cristina. Estaban sentadas encima de las mesas junto a las ventanas, charlando y mirando al patio.

Pablo y Jaime atravesaron el aula directos hacia donde ellas estaban.

—Oye, María —empezó diciendo Pablo—, ¿puedes venir un momento con nosotros?

María y sus amigas se giraron en redondo. No habían visto llegar a los chicos y se habían sorprendido.

—¿Para qué? —preguntó ella desconfiada, observando sus rostros sonrosados por el sofoco, todavía jadeantes.

—Tú sal un momento —dijo Jaime con un atisbo de autoridad.

A María, de repente, la situación le intrigó, les veía ahí parados frente a ella, nerviosos, con la mirada llena de urgencia. Se bajó de la mesa y se unió a ellos atravesando la clase hasta la puerta. Mientras sus amigas se reían divertidas cuchicheando entre sí.

Cuando salieron al pasillo, ella les preguntó:

—Bueno, ¿qué pasa?

Pablo y Jaime no sabían por dónde empezar, al final fue Pablo quien tomó la palabra intentando resumir la historia todo lo posible.

—Mientras bajábamos al recreo hemos visto al orejas con Merceditas y Carmen en el pasillo de abajo con un periódico en las manos. Estaban muy raros y les oímos algunas palabras sueltas. Total que les pregunté qué había pasado y el orejas nos dijo que se había cometido otro asalto —dijo mirando fijamente a María y, haciendo una breve pausa, continuó con la voz cargada de emoción— ...al cofre del Cid.

—¿El que está en la catedral? —les preguntó ella de pronto, que empezaba a notar cómo se le ponía la piel de gallina.

Pablo y Jaime se miraron alucinados.

–¿Es que tú lo has visto? –preguntaron los dos al mismo tiempo.

–Sí, mi abuelo me llevó a verlo un día, el año pasado. Pero, ¿qué es lo que ha pasado?

–No lo sabemos –contestó Jaime– el orejas no ha dicho nada más.

–Así que hemos pensado que como Mariano siempre tiene un periódico en la portería vamos a ver si nos lo deja –explicó Pablo que ya había comenzado a descender la escalera hasta la planta baja.

María y Jaime siguieron a su amigo con el corazón palpitando de curiosidad y con la sospecha de que este hecho también estaba relacionado de alguna manera con el asalto del casco del Cid.

La portería de Mariano era un cuartucho escuálido desterrado en la planta baja, frente a la puerta de la entrada del colegio. La habitación era la primera de un pasillo largo ocupado por secretaría, la sala de profesores y una sala de reuniones. Al fondo dos portones verdes, con dos espacios circulares recortados como las ventanas de un submarino, sellaban la entrada de la biblioteca.

La portería apenas ocupaba los diez metros cuadrados y hacía tiempo había sido utilizada para guardar los utensilios de limpieza. En el interior, un fluorescente incrustado en el techo emitía una luz mortecina. Todo el mobiliario lo componían una mesa y una silla recicladas de un destino anterior. Además, hacia poco tiempo habían instalado una fotocopiadora para el servicio de los profesores y los alumnos. Junto a la puerta, una pequeña ventana hacía las veces de mostrador.

Cuando llegaron a la portería estaban exhaustos. Habían bajado los dos pisos del edificio en unos pocos segundos.

Vieron a Mariano despachando unas fotocopias a unos chavales del último curso y esperaron a que éstos se fueran.

–¡Hola, Mariano! –saludó Pablo.

–Hola, chaval –le contestó Mariano con voz de cascarrabias.

A la mayoría de los chicos del colegio, el portero les inspiraba cierto temor. Sin embargo, se había establecido una corriente de simpatía entre ellos dos.

A Mariano, el carácter alegre y travieso de Pablo le recordaba a su nieto que vivía en Barcelona y al que casi nunca podía visitar. Veía en él la misma picardía y la misma ausencia de temor. Ninguno de los dos le tenía miedo a nada.

–¿Tienes el periódico de hoy? –le preguntó el chico.

–Sí, claro.

–¿Nos lo dejas? –inquirió Pablo de nuevo.

Mientras Jaime y María permanecían a su lado con el estómago encogido.

–¿Y vosotros para qué lo queréis?

–Pues es que vamos a ver cómo va la bolsa, a ver si han subido nuestras acciones –le respondió Pablo muy gracioso.

Mariano tronó una carcajada y se dio la vuelta para buscar en un cajón de su mesa el periódico.

Mariano arrastraba los cincuenta años largos, además de la pierna izquierda. Su corpulencia le semejaba más a un portero de discoteca que al de un colegio. La mitad de su cabeza era un terreno estéril a modo de calva reluciente, y en la otra mitad el cabello le brotaba en forma de pelusilla blanca.

Tenía en el rostro una expresión de brutalidad que le infundía sobre todo su nariz aplastada como la de un boxeador.

Durante toda su vida laboral había sido funcionario de prisiones, pero un accidente fatal en el ejercicio de sus funciones le dejó incapacitado para ejercer su puesto de trabajo y a su más de medio siglo de vida se vio obligado a buscar otro empleo, para el que la invalidez de su pierna izquierda no fuera un obstáculo.

Cuando le llamaron de la oficina de empleo, le ofrecieron dos alternativas bien distintas. La primera opción consistía en portero de una urbanización de lujo situada a las afueras de la ciudad. Era un trabajo cómodo y reposado, bien remunerado, perfecto para sus condiciones físicas que cualquiera no hubiera dudado en aceptar. La segunda opción era una vacante que no acababa de ser cubierta de conserje en un colegio público del centro. Su labor se centraría en encender las calderas del edificio, el mantenimiento del mismo, dar el toque de entrada y salida a las clases y mantener a raya a un montón de indisciplinados niños y adolescentes en sus correrías por los pasillos del colegio.

A Mariano este trabajo se le antojaba más cercano que ningún otro. Las aulas le parecían celdas y los alumnos sus pequeños prisioneros. No lo dudó ni un momento.

–Aquí tenéis –dijo Mariano tendiéndoles el periódico desmadejado–. ¡Ah! y con vuelta, ¿eh? –añadió con la voz que le salía de lo más profundo de la garganta.

Se alejaron unos metros por el pasillo opuesto para leer la noticia más tranquilos. Localizaron un banco aislado, arrinconado, bajo el zaguán de la escalera y se sentaron los tres muy juntos. María, en medio, con el periódico desordenado sobre las rodillas y Pablo y Jaime escoltándola a ambos lados.

Lo más rápido y fácil sería encontrar la portada por si la noticia aparecía en primera plana. Pasaron hojas y hojas de anuncios clasificados, deportes y economía hasta que dieron con la primera hoja. Tres pares de ojos nerviosos escrutaban la portada con ansia.

Jaime vio lo que estaban buscando en la parte inferior de la hoja, en el centro, un titular en negrita rezaba así: «HALLAN ABIERTO EL COFRE DEL CID»; y les remitía para mayor información a la página número treinta y cinco.

Tardaron unos segundos más en dar con ella. La noticia ocupaba la cuarta de una sección titulada como «sucesos».

En la parte superior una fotografía ilustraba el texto. En la foto apenas se apreciaban los detalles de un viejo arcón, de dimensiones a simple vista considerables. Aparecía colgado de la pared, perfectamente cerrado y con las palabras «foto de archivo» al pie de la ilustración. Justo debajo se detallaba la información que contenía la noticia:

«Los hechos acontecieron la pasada noche del domingo, cuando el capellán de la catedral hacía un recorrido rutinario por las múltiples capillas que componen el conjunto catedralicio, a fin de desalojar a los últimos turistas.

En un primer momento no vio nada sospechoso, pero fue en la segunda vuelta de comprobación cuando algo llamó su atención.

El cofre del Cid, que se halla permanentemente expuesto en la capilla del Corpus Christi de la catedral, aparecía misteriosamente abierto.

De inmediato el capellán dio la voz de alarma e informó a su superior que, a su vez, procedió a dar parte a la policía.

No es la primera vez que un objeto relacionado con el Cid sufre algún tipo de ataque.

El supuesto asalto del cofre no pasaría de mero incidente si no fuera por el asalto al casco del Campeador que se registró la pasada noche del jueves en el Arco de Santa María.

No obstante, fuentes policiales han descartado cualquier tipo de vinculación entre los dos hechos, tachándolos de mera coincidencia.

Según la leyenda, el cofre del Cid contenía un preciado cargamento de monedas de oro con el que don Rodrigo hacía frente a las campañas militares que emprendía siendo ya caballero independiente en el destierro. Sin embargo, la realidad era muy distinta, ya que de lo que realmente estaba lleno el cofre cuando se descubrió era de arena.»

–¡Ja, mera coincidencia! –exclamó Pablo indignado.

Jaime y María alzaron la vista para comprobar que los pasillos del colegio seguían vacíos y nadie les escuchaba.

–¡Chssss! Baja la voz –le dijo Jaime.

–Es que... ¡es increíble! Hasta en el periódico insinúan que hay una posible relación entre los dos asaltos y la policía piensa que no. ¡Pero si está clarísimo! –insistió Pablo.

–Hombre raro es, en una semana han atacado dos objetos del Cid –expresó Jaime con objetividad, sin entrar en ningún tipo de valoración

–Además los dos casos se parecen muchísimo. No los roban y no les hacen daño. ¡Parece que solo se conforman con verlos! –apuntó María.

–¡Con verlos y tocarlos! –señaló de nuevo Pablo– porque en el caso del casco, si solo querían verlo, no necesitaban romper la urna y en el cofre se dejaron la tapa abierta, así que algo estarían buscando.

Pablo dejó las palabras en suspenso. Su mirada vagó durante unos segundos con cierto aire ausente hasta que una idea aterrizó en su mente.

–¡La marca! La letra que encontramos grabada en el casco. ¡Eso es lo que buscaban!

–¿Tú crees que en el cofre también habrá una marca, una letra uve como en el casco? –preguntó María al tiempo que calibraba la posibilidad.

De repente los dos se miraron al mismo tiempo, con el mismo pensamiento entre ceja y ceja. Jaime les adivinó la intención.

–O sea, ¿que vamos a ir a la catedral, a la capilla esa del Corpus no sé qué? –dijo con un tonillo de resignación temiendo el lío en el que se iban a meter.

Ya habían arriesgado mucho en el Arco pero por lo visto sus amigos no habían tenido suficiente.

–¿Y cuándo vamos a ir? –preguntó Jaime esperando que el momento elegido coincidiera con algún compromiso que no pudiera eludir, algo así como ir al dentista.

–No lo sé, ya lo pensaremos luego –le contestó Pablo ensimismado imaginándose en la capilla, frente al cofre, con los nervios carcomiéndole el estómago por la emoción y el misterio.

En ese mismo instante se oyó el eco estridente de la sirena que anunciaba el final del recreo.

Los chavales, que regresaban del patio, inundaron los pasillos en un mar de griterío.

Jaime se levantó el primero del banco:

–Venga vámonos, tenemos que devolverle el periódico a Mariano y subir a clase antes de que llegue el orejas.

María y Pablo también se levantaron siguiendo a Jaime por un pasillo lleno de chavales que caminaban a contracorriente.

Cuando llegaron a la portería, vieron a Mariano apoyado en el quicio de la puerta. Su fornido cuerpo ocupaba casi toda la entrada a la portería. Estaba recostado en el marco derecho, con los brazos cruzados delante del pecho, con una expresión en la cara que traslucía cierto orgullo. Contemplaba cómo los chavales acudían obedientes a sus celdas ante el toque de su timbre.

–¿Qué, ya habéis terminado? ¿Y cómo va la bolsa? –le preguntó a Pablo siguiéndole la broma anterior.

–Nuestros valores se mantienen estables aunque si sube el tipo de interés nos hace polvo –contestó el chico de carrerilla, con el gesto apesadumbrado de un experto *broker*.

La frase se la había oído a su padre, que trabajaba en una entidad financiera, infinidad de veces y de tanto escucharla se le había quedado grabada.

Mariano meneaba la cabeza de lado a lado, sonriendo y recogiéndoles el periódico.

–¿Qué os toca ahora? –les preguntó a los tres.

–Ciencias naturales con el orejas –contestó María a quien el portero cada vez le caía mejor.

–Pues si no queréis llegar tarde tendréis que daros prisa. Ése no creo que perdone ni una –dijo Mariano con disgusto.

A Mariano no le gustaba el orejas, no solo por algunas cosas que le había contado Pablo, sino por cómo lo trataba a él.

Para don Félix él era invisible. Le trataba con la indiferencia del que mira sin ver. Como si en su calidad de profesor no pudiera mezclarse con un portero. Además, Mariano nunca se fiaba de los hombres que no miraban a los ojos y jamás sonreían.

Merceditas en cambio le parecía otra cosa. La catalana era muy simpática con él, cada vez que venía a hacer fotocopias le preguntaba por su salud, por cómo se encontraba de la pierna y le pedía que le contara historias de la prisión. Ella le guiñaba un ojo y le decía que era para aplicar las mismas técnicas con sus alumnos.

–Venga, iros ya –les repitió Mariano, esta vez en un tono más familiar, como de abuelo.

Pablo, Jaime y María salieron corriendo en dirección a la escalera. Subieron los dos pisos lo más rápido que sus piernas les permitieron y llegaron a clase justo a tiempo.

Todos sus compañeros ya se hallaban correctamente ubicados cada uno en su sitio. Justo cuando ellos terminaron de sentarse, apareció el orejas caminando con un paso cadencioso hasta la mesa, los hombros echados hacia atrás, la cabecita erguida, asomando por encima. Vestía un jersey gris de espiguilla, de una lana tan áspera como su carácter, y unos gruesos pantalones de tergal con la raya bien dibujada. Todos los alumnos apagaron por completo el volumen de sus voces. Se sentó y desalojó una mota de polvo inexistente de su mesa con un gesto despreciativo de su mano derecha. Depositó el libro de ciencias a un lado y la carpeta negra a otro con movimientos geométricos.

Abrió su carpeta negra e hizo el amago de extraer de ella una hoja de papel repleta de nombres y apellidos. Aquella era su famosa lista negra. A veces le gustaba pasar revista de uno en uno a todos los nombres de alumnos que contenía y otras, las más, la utilizaba para elegir al alumno que corregiría los ejercicios del día anterior.

Don Félix guardó la hoja y cerró la carpeta de golpe. Levantó la vista y con un brillo de venganza en sus ojos miró a Pablo fijamente.

–Señor Ruiz Campos, salga a corregir los ejercicios –dijo.

–Lo ves, ya te lo dije yo –le susurró Jaime a su amigo por lo bajo.

El orejas le miraba desafiante pero Pablo no quería echar más leña al fuego y decidió bajar la vista. Se levantó, cogió su libreta y caminó hasta la pizarra.

Escribió las soluciones en el encerado que consistían en definir algunos términos que habían aprendido la lección anterior sobre las capas de la atmósfera. Cuando terminó su intervención absolutamente correcta, don Félix le espetó:

–Haga el favor de repasar su caligrafía y ahora siéntese –ordenó lo más cortante que pudo insatisfecho porque no había podido reprender al chaval–. Y ahora escúchenme atentamente –dijo dirigiéndose a toda la clase–. Lo que vamos a estudiar esta semana son los volcanes, su formación, en qué momento de la historia se crearon, las distintas partes que los componen. Conoceremos los volcanes más famosos del mundo y los de España, naturalmente. Ustedes tendrán que hacer un trabajo que entregarán el próximo lunes. Como ven les doy el fin de semana para que tengan más tiempo.

Don Félix dejó caer la última frase con una sonrisilla de falsa generosidad que no engañó a nadie. Todos tenían muy claro que lo que en realidad quería era fastidiarles el sábado y el domingo.

–Tienen cinco minutos para formar los grupos de cuatro personas como máximo. El trabajo lo presentarán en una cartulina e irá acompañado de un dibujo representando un volcán. En este apartado puntuará la imaginación de cada equipo. Pueden levantarse de sus sitios pero no quiero oír ni un ruido.

Y dicho esto el orejas clavó los ojos en su reloj para cronometrar los cinco minutos exactos, ni uno más ni uno menos, que les concedía.

–¿Oye y si lo hacemos con María? –le propuso Pablo a Jaime–. Sería la excusa perfecta para poder reunirnos. Decimos todos en nuestras casas que tenemos que hacer un trabajo de ciencias y así podremos ir a la catedral y echar un vistazo al cofre.

Jaime asintió. Estaba conforme. De todos modos, él estaba seguro de que su amigo iría a ver el dichoso cofre, así que cuanto antes mejor.

Llamaron la atención de María que se acercó enseguida a ellos.

–¿Qué queréis? –les preguntó ella que ya había hecho planes para formar equipo con sus amigas.

–Hemos pensado que si hacemos el trabajo los tres juntos con la excusa de quedar en casa de alguno podemos escaparnos para ir a la catedral.

–Pero yo ya he quedado con Ana y Cristina –titubeó María dubitativa.

–Ya, pero si lo hacemos nosotros tres, es la mejor oportunidad para acercarnos a la catedral y ver si el cofre también tiene una letra grabada.

–Además, tú ya lo has visto y sabes dónde está la capilla –apuntó Jaime de manera muy inteligente, así aportaba una idea para que diera la sensación de que ella era imprescindible.

–Podemos ir esta misma tarde –dijo Pablo en voz baja tentándola para tomar una decisión.

–Bueno, vale, ya veré lo que les digo a ellas –contestó María mirando a sus amigas, haciéndose de rogar aunque en realidad se moría de ganas por ir con Jaime y con Pablo.

Al igual que ellos, estaba convencida de que algo raro estaba sucediendo. Aquella misma tarde intentarían comprobar si el cofre también tenía la misma marca que el casco, aquella uve grabada en el yelmo era de lo más misteriosa y ahora, para colmo, alguien había asaltado el cofre. No podía ser casualidad.

¿Para qué querían los objetos si no los robaban? O quizás todo fuera obra de un loco, un fanático que admiraba la figura del Cid. Si así fuera se arriesgaba mucho.

–Abran sus libros por la página ciento doce –anunció don Félix dando por concluido el tiempo para formar equipos.

Sus palabras se perdieron en los oídos de Pablo, Jaime y María. Ellos solo se podían concentrar en lo que les esperaba aquella tarde.

6. El cofre del Cid

La clase de historia de la tarde del lunes estaba llegando a su fin. Cuando sonó el timbre a las cinco y media, casi todos los chicos comenzaron a recoger sus cosas con lentitud por la modorra del calor acumulado de los radiadores.

Solo Pablo, Jaime y María escapaban a esa sensación; ellos estaban más despiertos que nunca. Permanecieron cada uno en su sitio, haciéndose los remolones procurando al mismo tiempo pasar inadvertidos. Esperaban pacientemente que sus compañeros fueran saliendo para no tener que dar explicaciones si alguien les veía irse juntos caminando hacia el centro de la ciudad.

Cuando el último chico desapareció por la puerta, los tres se reunieron en el centro del aula.

–¿Qué, estamos listos? –les preguntó Pablo a los otros dos, con una expresión radiante en el rostro.

–Sí –contestaron ellos con firmeza, totalmente decididos.

–Oye, María, tú te acuerdas de dónde está la capilla del Corpus Christi, ¿verdad? –le preguntó Pablo.

–Más o menos –contestó ella.

–¿Cómo? ¡Vaya guía que nos hemos echado! ¿Y para qué te crees que te hemos invitado? –bromeó Jaime que estaba de un excelente humor.

María le regaló una sonrisa de picardía.

–Pues por la misma razón que vienes tú, por si hay que hacerse amigo de algún policía –le contestó la otra con una agilidad mental impresionante.

Pablo estalló en una carcajada y le dio una palmada en el hombro a su amigo.

–¿Vosotros creéis que habrá alguien vigilando el cofre como en el Arco de Santa María? –preguntó Jaime como si nada.

–¡Claro que no! Si según la policía los asaltos son «mera coincidencia» –contestó Pablo con cierto retintín–. No, en serio, no creo que haya nadie, esta vez tendremos que tener cuidado con algún turista despistado, pero digo yo que tampoco habrá muchos en invierno.

–También nos podemos cruzar con gente que vaya a oír misa o con algún cura o el capellán de la catedral, el que encontró el cofre abierto –apuntó María.

–Pues venga, vámonos ya –capitaneó Pablo.

Cargaron con sus mochilas a cuestas, como unos excursionistas ilusionados decididos a comenzar la expedición y abandonar el colegio.

Una luz azulada e invernal les sorprendió en la calle. Fueron a dar a la avenida del Cid, caminaron unos pocos minutos para continuar después por la calle Santander y más tarde atajaron por la vieja calle de San Juan. Recorrieron la callejuela estrecha y empedrada del centro histórico de la ciudad hasta dar con la peatonal Laín Calvo que les conduciría directamente a la plaza del rey San Fernando, donde se encontraba la catedral. Desde allí podían observar cómo el perfil de sus esbeltas torres se recostaba en el cielo gris.

Por el camino no se tropezaron con mucha gente, solo el trasiego normal de padres e hijos yendo del colegio a casa.

Pablo, Jaime y María se detuvieron unos segundos conscientes de lo que estaban a punto de hacer.

La plaza se extendía como una alfombra adoquinada de un extremo al otro y en el centro sobrevivía un islote de césped en forma de jardín. A la izquierda se prolongaban una sucesión de casa antiguas con balconadas blancas, y más adelante se encontraba la parte de atrás del Arco de Santa María.

A la derecha, con orgullo y majestuosidad, resistía tras cientos de años la catedral. La catedral gótica comenzó a construirse en el siglo XIII. El monumento, recién restaurado, estaba tallado en piedra blanca y siempre les sorprendía por su aspecto ligero.

Jaime, más decidido que nadie, comenzó a ascender un sinfín de escalones muy anchos que comunicaban directamente con una de las puertas de la catedral, la del Sarmental.

María enseguida le echó el alto.

–¿Dónde vas?

–Pues vamos a entrar, ¿no? –le contestó Jaime.

–¿Y la entrada? –le preguntó María.

–¿Qué entrada? –preguntó a su vez Pablo.

María suspiró.

–Desde que restauraron la catedral para poder visitarla hay que comprar un billete. Lo que recaudan es para su mantenimiento, y para los estudiantes y los jubilados la entrada es gratis. Aun así tenemos que recoger en recepción un billete, si no, no nos dejarán pasar.

–¿Y dónde está recepción? –quiso saber Jaime que aún estaba plantado en mitad de la escalera.

–Aquí, un poco más adelante, es la tienda de recuerdos –dijo María señalando un portón de madera enmarcado en uno de los muros del templo, seguido de la escalera.

Jaime bajó los escalones con el mismo ímpetu con el que los había subido y los tres atravesaron la puerta.

La tienda parecía una gruta de piedra dentro de la misma catedral. Las paredes estaban forradas de estanterías de madera oscura y vitrinas que exhibían una gran cantidad de recuerdos: pequeñas reproducciones en cerámica, gruesos volúmenes acerca de la construcción de la catedral, estudios detallados del arte que contenía en su interior, como pinturas, esculturas, etc.

El espacio central estaba ocupado por un mostrador rectangular, de forma que los turistas y curiosos lo podían bordear a su antojo. Sobre él, los más diversos objetos se apiñaban para la venta. Había calendarios de bolsillo, llaveros, un buen surtido de postales, guías de la ciudad, planos de la propia catedral para seguir mejor la visita... y muchas otras cosas. En el interior del mostrador había una azafata vestida de azul atendiendo a los escasos clientes de aquella tarde.

Se respiraba un aire sacro y una luz tenue y cálida relajaba la vista.

A la derecha, un muro transparente de cristal dividido en dos hojas blindaba la entrada a un pasadizo ascendente que se perdía en el interior de la catedral.

Jaime y María se adelantaron un poco para contemplar más de cerca las compuertas de vidrio y curiosear aquel túnel de piedra, columnas y arcos. Pablo, un poco rezagado, oyó que alguien por detrás se dirigía a él.

−¿Te puedo ayudar en algo? −preguntó una voz femenina, dulce y aterciopelada.

Pablo se giró. «En todo, me puedes ayudar en todo.» Pensó para sí mientras la miraba embelesado incapaz de articular palabra.

Una chica joven, de unos veintidós años, le miraba con la sonrisa más blanca que había visto en su vida. Vestía un traje de chaqueta y falda azul marino con un gracioso pañuelo anudado en la garganta. Era la misma azafata que atendía el interior del mostrador. El largo cabello se le encogía en bucles del color del oro negro. Tenía una belleza racial. Largas pestañas abanicaban su rostro de pómulos marcados y la piel morena resaltaba su aspecto natural.

Era la primera vez que Pablo se había quedado sin palabras. Jaime y María se dieron la vuelta y al ver que su amigo no reaccionaba tuvieron que intervenir.

—Hola, queremos tres entradas para ver la catedral –dijo María salvando la situación.

—Muy bien, venid por aquí –dijo ella caminando hacia el interior del mostrador, con el paso corto y elegante que su estrecha falda de tubo le permitía.

Abrió un cajón y sacó una cinta de papel continuo enrollado. Cortó tres tiras por los puntos marcados y le entregó una a cada uno. Cada billete era de color sepia apagado y tenía esbozado el frontal de la catedral. En la parte de arriba, escrito en letras góticas se podía leer «Catedral de Burgos». Y en la parte de abajo, en letra de imprenta se precisaba la dirección del monumento arquitectónico.

—¿De qué colegio sois? –preguntó la joven, muy simpática, con la sonrisa perenne en la cara.

—Del Miguel de Cervantes –se apresuró a contestar Pablo para romper el hielo consciente de lo fácil de la respuesta.

—¿Y en qué curso estáis? –volvió a interrogarles– Es que tengo que anotarlo para el archivo –dijo justificándose–. Me llamo Jimena –dijo de nuevo señalando una plaquita blanca con su nombre prendida del pecho.

—¡Como la mujer del Cid! –exclamó Pablo– ¡Qué nombre tan bonito! –Se le escapó el pensamiento en voz alta. Hasta él mismo se había sorprendido al escuchar las palabras saliendo de su boca, claro que en su mente no habían sonado tan cursis.

María y Jaime se miraron un segundo con el ceño fruncido y los labios apretados para no reírse.

–Muchas gracias, sabes mucho de historia –le contestó Jimena a Pablo con mirada de hermana mayor– ¿Y para qué queréis visitar la catedral? ¿Tenéis que hacer un trabajo para el colegio? –se interesó ella por amabilidad.

–No, en realidad es una visita turística –se apresuró a decir Jaime midiendo las palabras. Técnicamente, eso era exactamente lo que iban a hacer. Ellos querían ver el cofre del Cid, que a su vez estaba en una capilla dentro de la catedral.

La tienda, a excepción de ellos tres, se había quedado vacía de clientes y parecía que Jimena quería alargar el momento lo máximo posible.

María miró alrededor la ausencia de turistas y enseguida comprendió su intención. Ella jamás podría tener un trabajo así.

–¿No te aburres un poco, ahora en invierno? –preguntó María por entablar conversación.

–Pues sí –suspiró Jimena–. La verdad es que ahora hay muy poca gente y menos aún por la tarde. Pero este trabajo solo es temporal, en realidad yo soy profesora y estoy preparando oposiciones para conseguir una plaza.

Pablo la escuchaba atentamente y un pensamiento rápido cruzó por su mente: «¡Pero por qué no tendría él una profesora así en vez de al orejas! Seguro que con ella obtendría el expediente académico más brillante de toda la historia.»

–Bueno –dijo Jimena consultando su reloj–, esta tarde ya no me queda mucho.

De repente, los tres fueron conscientes de que tenían un tiempo limitado para llegar hasta la capilla donde se encontraba el cofre y buscar alguna marca o señal, como en el casco, que les confirmara que algo extraño estaba sucediendo con los objetos del Cid.

–¿Hasta qué hora estás aquí? –le preguntó Pablo.

–Yo cierro a las ocho, pero en la catedral desalojan a los turistas a eso de las siete y media –contestó Jimena.

Entonces los chicos simultáneamente y de forma independiente recordaron el billete sepia que tenían en la mano y comenzaron una despedida rápida.

–Bueno, pues nosotros vamos a entrar ya –dijo Jaime deletreando las palabras para que sus amigos se percataran.

Su única preocupación consistía en que les pillaran y si se demoraban mucho aumentarían las posibilidades de que esto ocurriera.

–¡Hasta luego! –se despidieron todos.

Pablo y Jaime se adelantaron rápidamente y por una especie de intuición se dirigieron del mostrador hacia las compuertas de cristal, en la parte derecha de la tienda, detrás de las cuales un pasadizo de arcos de piedra se adentraba en las profundidades de la catedral, sin embargo, las dos hojas de vidrio se aferraban la una a la otra sin abrirse ante la presencia de los chicos.

–Pero, ¿qué hacéis? –Jimena y María sonreían divertidas–. Por ahí no es –les dijo Jimena mostrando su sonrisa de perlas blancas–, a todos los turistas les pasa lo mismo, esa es la salida de la visita. Las puertas solo se abren del otro lado.

Jaime y Pablo contemplaron las puertas con más respeto. ¡Lo que inventaba la tecnología! ¿Cómo era posible que solo se abrieran de un lado?

—Tenéis que salir de la tienda, girar a la izquierda y subir por la escalera. Se entra por la puerta del Sarmental. Allí un funcionario os sellará la entrada —les indicó Jimena gesticulando con las manos con profesionalidad de azafata de vuelos.

—¡Ah, se me olvidaba! —dijo cuando los chicos estaban saliendo por la puerta—. Tomad, es un plano del interior de la catedral, con él podréis seguir mejor la visita —dijo tendiéndoles un folleto azul que se plegaba sobre sí mismo.

Salieron a la calle. El gris del cielo había mudado hacia un gris más oscuro, más nocturno.

Giraron hacia la izquierda y subieron la ancha escalera deprisa, en parte por la emoción de la aventura, con un gusanillo de intriga en el estómago.

Llegaron a la puerta del Sarmental. No era muy grande. Una viga vertical en el centro dividía la puerta tallada en madera oscura en dos. Giraron el picaporte de hierro sin detenerse a contemplar el detalle de su labrado.

Cuando entraron en la catedral, un calor solidario les acogió en el interior. Se desabrocharon las ropas de abrigo y caminaron unos pocos pasos hacia la zona de peaje.

La entrada al interior del templo estaba bloqueada por una valla de un metro escaso de altura extendida de un extremo del muro al otro. En la parte izquierda de la cerca, una pequeña puerta custodiada por un funcionario permitía el acceso al sagrado templo.

Le tendieron el billete al funcionario que lo picó con rapidez mecánica, con la rutina de muchos años, sin apenas mirarles las caras.

Una vez situados en el corredor principal, contemplaron el techo alto cruzado de bóvedas y arcos. La luz difusa invitaba a la oración y un silencio pacífico lo invadía todo.

María desplegó el folleto que les había dado Jimena. Pablo y Jaime se colocaron a ambos lados para mirar la guía. En una de las páginas se hallaba representado un plano del interior de la catedral, con multitud de particiones numeradas, mientras que en la página de al lado, cada número se identificaba con su correspondiente denominación, una capilla dedicada a un determinado santo, un claustro, una puerta tallada de tal autor...

María enseguida localizó lo que estaban buscando. Señaló con el dedo índice un pequeño rectángulo de la parte superior del plano.

–¡Mirad, aquí está! –dijo.

–¿Ahí es donde está el cofre? –preguntó Pablo tan ansioso que no veía el momento de tenerlo enfrente.

–Sí, esta es la capilla del Corpus Christi, está casi al final del recorrido, más o menos como yo lo recordaba.

–¿Entonces tenemos que hacer toda la visita turística? –preguntó Jaime calculando el tiempo.

–Sí, venga, vamos. Es por la izquierda –indicó María resuelta.

Giraron por el pasillo hacia la izquierda. Avanzaron siguiendo el movimiento de las agujas del reloj. A la derecha, durante toda la ruta, quedaba la Nave Central, y a la izquierda se sucedían las capillas dedicadas a diferentes santos custodiadas por rejas de hierro forjado. Una multitud de velas encendidas, que lo salpicaban todo de puntitos de luz, como si fueran luciérnagas de interior, iluminaban el espacio.

En un momento del recorrido Jaime señaló hacia lo alto de uno de los muros.

–¡Mirad, es el Papamoscas! –les anunció a los otros.

Los tres se acercaron unos segundos para admirar la figura más grotesca y famosa de toda la catedral.

En lo alto de una de las paredes, rozando el techo se hallaba encasquetado el Papamoscas. Era mitad figura humana y mitad reloj. Tenía el rostro de duende endemoniado y cada vez que el reloj marcaba las horas enteras, a él se le descolgaba la boca, abriéndola y cerrándola, al mismo tiempo que la mano derecha hacía sonar una campanilla.

–Mira –dijo Jaime dirigiéndose a María–, es igualito que Pablo mirando a Jimena.

Los dos dejaron sueltas las risas que con anterioridad habían reprimido en la tienda de recuerdos. Pablo les miraba fastidiado. Él no estaba acostumbrado a ser objeto de las burlas.

De pronto, sin saber muy bien de dónde había salido, un cura viejo con cara de disgusto, se les acercó arrastrando la sotana. Se apretó el dedo índice contra los labios ordenándoles silencio y se alejó barriendo el suelo con sus faldones negros.

Pablo se adelantó en el camino con media sonrisilla interpretando el suceso como un castigo divino; ellos le habían tomado el pelo y como consecuencia les habían reprendido.

A lo largo del pasillo de la catedral se intercalaban varios carteles prohibiendo a los turistas la utilización de cámaras fotográficas.

Ya habían rodeado casi la mitad de la nave central cuando Pablo miró a la derecha. Un grupo de extranjeros velaba un gran rectángulo diferenciado en el suelo.

Pablo asomó el cuello, miró hacia un lado y reconoció el Altar Mayor y en el lado opuesto enseguida identificó el coro, un conjunto de sillas adosadas a las paredes, talladas en madera muy oscura. Volvió a fijar la vista en el rectángulo del suelo e inmediatamente supo lo que estaba contemplando.

Se dirigió a sus amigos, que estaban más retrasados en el corredor principal, y les hizo una seña para que se acercaran. Jaime y María apretaron el paso y se unieron a Pablo.

–¿Qué pasa? –preguntó Jaime.

–Mirad –le contestó Pablo mostrándoles la losa del suelo –creo que es la tumba del Cid y doña Jimena.

–Sí, sí que lo es –afirmó María rememorando la visita que hizo a la catedral con su abuelo el año anterior.

Los tres se mezclaron entre los extranjeros, dos parejas de sesenta y tantos años, muy altos, con los cabellos plateados y los mofletes encarnados, para admirar la sepultura del Cid.

En realidad, la tumba consistía en una sencilla lápida de mármol rojo con vetas blancas a ras del suelo, donde una inscripción que no entendían señalaba que allí reposaban los restos del Campeador. Jaime miró al techo y vio el famoso crucero de la catedral: una estrella de ocho puntas calada en el techo que más que tallada en piedra parecía tejida a ganchillo.

María miró su reloj, eran casi las seis y media de la tarde y, aunque no quedaba mucho para llegar a la capilla del Corpus Christi, tampoco podían perder más el tiempo. Dio un ligero codazo a sus amigos y con el guiño de un ojo les indicó que deberían regresar al corredor principal.

Siguieron caminando según el itinerario marcado en el plano. A ambos lados del pasillo se apostaban esculturas de ángeles y santos que les observaban con ojos inertes. El único color del monumento lo aportaban algunas vidrieras dispersadas aquí y allá formando un mosaico de cristales de colores.

–¿Queda mucho? –protestó Jaime.

–No, ya casi estamos –le respondió María–. Tenemos que ir por allí –le dijo al mismo tiempo que atravesaban una sala que les condujo a un claustro cerrado.

–¿Y ahora qué? –preguntó Pablo.

–Solo hay que seguir por aquí, es la primera capilla que encontraremos.

Los tres caminaron deprisa por el pavimento de piedra gris. De repente sintieron una sensación de frío.

La sucesión de arcos de la izquierda, que formaban el claustro, estaban cerrados mediante ventanales que filtraban el aliento del invierno. Fuera había anochecido por completo. Las galerías del claustro estaban iluminadas por apliques eléctricos en las paredes simulando velones de cera natural.

Por fin llegaron al último pasillo en el que se alineaban una tras otra cuatro capillas. En cada una de ellas, junto a la puerta de entrada, una placa de mármol las identificaba con su correspondiente nombre. Cuando se encontraron frente a la primera, la pequeña losa de mármol blanco desvelaba su nombre: «capilla del Corpus Christi.»

Por un momento notaron como si cientos de cuchillos les apuñalaran el estómago. Tragaron saliva y cruzaron el umbral.

La sala era rectangular y bastante espaciosa. No era una capilla como las otras que habían visto, con un gran altar, bancos o un confesionario. Aquella estancia tenía un poco de todo. Sin embargo, ellos no repararon en nada, de inmediato sus ojos se posaron hacia el final de la pared izquierda. Allí, colgado a media altura, destacaba sobre todo lo demás el famoso cofre del Cid.

Jaime, Pablo y María se acercaron hasta tenerlo justo enfrente para contemplarlo unos segundos en silencio, casi con devoción religiosa. Les pareció más grande de lo que se habían imaginado. Además tenía aspecto de pesar una tonelada. Estaba firmemente sujeto a la pared. La base del cofre se sustentaba mediante dos barras de hierro clavadas en el muro de piedra formando un ángulo recto y, por encima, una cadena de eslabones, bien tirante, caía vertical desde la pared hasta la mitad del viejo arcón.

Era de madera muy oscura y estaba tachonado de listones de hierro. La parte inferior del cofre aparecía salpicada de puntitos negros, roída por la carcoma y los siglos. Justo debajo había una placa de cerámica en color claro, a modo de etiqueta que rezaba así: «Cofre del Cid.»

María, a pesar de que era la segunda vez que lo veía, parecía igual de impresionada que sus amigos.

–¿Qué, os gusta? –les susurró.

–¡Es increíble! –le contestó Pablo bajito– ¿Y todo esto estaba lleno de monedas de oro?

–Eso según la leyenda, acuérdate de que lo que encontraron de verdad fue arena –le aclaró Jaime más realista.

Pablo alargó una mano tímida para acariciar la superficie del cofre.

–Y lo más sorprendente es que no hay nadie que lo vigile. ¡Ni siquiera han puesto barreras o cualquier otra cosa! ¡Como si fuera lo más normal del mundo que apareciera abierto! No lo entiendo –se indignaba Pablo en voz baja–. ¿Y después de lo del asalto al casco, es que nadie se mosquea?

En ese preciso instante, un siseo humano les indicó que no estaban solos en aquella sala. Una mujer pequeña, muy mayor, rebozada en negro apareció a su izquierda como por arte de magia. Al entrar en la capilla ni siquiera se habían dado cuenta de su presencia, como si su silueta estuviera camuflada con el entorno. La anciana, enlutada de arriba abajo, tenía un rosario entrelazado entre las manos y los ojillos desgastados fijos en un Cristo del principio de la pared izquierda.

María, Pablo y Jaime se retiraron unos metros hacia atrás.

–¡Qué susto! –suspiró María con la cara blanca como la cera.

–Y que lo digas –le contestó Pablo al que le había dado un vuelco el corazón–. ¿Creéis que nos habrá oído?

–Sí, pero no creo que haya entendido nada –señaló Jaime.

–¡Qué mala suerte! ¡Con la poca gente que hay en toda la catedral y para una persona que reza tiene que ser en esta capilla! –protestó María

–Desde luego –dijo Pablo contrariado–. Espero que acabe pronto porque mientras no se vaya nosotros no podremos hacer nada.

–Pues ya son las siete menos cuarto –comentó Jaime bajando aún más la voz.

Mientras esperaban ansiosos en un rincón a que la mujer terminase sus plegarias, se dedicaron a observar la capilla.

En la pared de la izquierda se alineaban a media altura, por este orden, el cuadro del Cristo que la anciana veneraba, la imagen de una Virgen con un Niño Jesús y, por último, el cofre del Cid. Justo debajo, a lo largo de toda la pared, se extendía un armario oscuro y pesado a modo de cómoda gigante.

El suelo era de piedra gris brillante, encerado sin ninguna duda por las suelas de muchos turistas y creyentes durante cientos de años. En el muro de la derecha, una escalera reptaba por la pared hacia una pequeña maya, justo por encima de sus cabezas.

La capilla además contenía un pequeño altar plano decorado en nácar y, presidiendo la sala, en una sepultura de mármol, descansaba un caballero con su espada.

–¡Eh, mirad! Aquí hay otra sala –reveló Jaime.

Al final del muro de la derecha una puerta conducía a otra estancia. Se asomaron los tres a un tiempo, más por comprobar que no había nadie que por curiosidad.

La Sala Capitular parecía más un museo que una capilla, con las paredes color vainilla repletas de cuadros religiosos.

–Aquí no hay nada más que cuadros –dijo Pablo aliviado cuando vio la habitación vacía.

Justo cuando volvieron la vista a la capilla del Corpus Christi, vieron a la anciana santiguarse muy despacio y alejarse con paso de procesión.

–¡Por fin! –exclamó Pablo mirando alrededor para asegurarse de que estaban solos–. Tenemos que darnos prisa.

–Vale, alguien tiene que vigilar la entrada –propuso Jaime consciente de que a él no le iba a tocar ya que lo había hecho la vez anterior en el Arco.

Los dos chicos se volvieron hacia María, mirándola fijamente.

–¿Por qué yo? –preguntó protestona.

–Te toca –le contestó Pablo algo mandón.

–¿Y a ti cuándo te va a tocar? –le preguntó de nuevo María.

–La próxima vez –repuso el chaval sonriendo.

–Sí, claro y, ¿si no hay próxima vez?

–Me arriesgaré –le contestó el otro orgulloso de su pequeña trampa.

–Bueno, vale. Yo vigilo pero luego cambiamos –le dijo María señalándolo con el dedo índice amenazante frente a su cara.

María se encaminó hacia la entrada de la capilla refunfuñando. En realidad la puerta de la capilla daba al claustro que estaba bastante apartado del resto de la catedral, y seguramente a esas horas ya no se acercaría nadie más, así que su vigilancia iba a ser de lo más relajada.

Mientras, Pablo y Jaime planeaban su acercamiento al cofre.

–Lo mejor será que nos subamos al armario –le propuso Pablo a su amigo.

El viejo arcón estaba clavado en el muro de piedra a media altura. Pablo y Jaime podían acceder a él casi en su totalidad alzando los brazos, sin embargo, la tapa que lo cubría quedaba fuera de su alcance así que resolvieron subirse a la enorme cómoda. De esa forma, sobre el mueble, tendrían un mejor acceso a la superficie total del baúl y podrían examinarlo mejor.

El armario ocupaba un metro y medio de altura en la pared.

Pablo se agachó con las manos entrelazadas para que Jaime apoyara en ellas su pie.

–¡Venga, sube! –le animó.

Cuando Jaime alcanzó la cima del armario, Pablo apoyó las manos en el borde superior del mismo y se impulsó hasta arriba con su propio cuerpo.

Una vez instalados sobre la cómoda, cada uno a un lado del cofre, se arrodillaron con el fin de comenzar la inspección.

–¡Oye! ¿Estamos buscando una uve, no? Como en el casco –quiso asegurarse Jaime.

–Sí –le contestó su amigo– aunque también podría ser otra marca o cualquier otra letra; no sé, tú fíjate para ver si encuentras algo raro.

Se dividieron el trabajo del lado en que se encontraban, Jaime del izquierdo y Pablo del derecho. Cada uno palpaba su parte con la mayor concentración.

María, entre tanto, tenía un ojo puesto en el claustro por si venía alguien y con el otro observaba a sus amigos, con la intriga dándole vueltas las tripas.

Mientras, Pablo y Jaime clavaron la vista en el arcón buscando cualquier irregularidad en la madera. En algunas partes, donde la carcoma se había acumulado en la superficie, se detenían un poco más por si la plaga hubiera borrado las huellas de una posible marca.

Examinaron cada rasguño, cada corte o arañazo con la esperanza de descubrir una señal o incluso una letra seccionada. Además revisaron los listones de hierro pero encontraron solo algunas burbujas de óxido.

Después de cinco minutos de exhaustiva inspección por todos lados, incluida la tapa, sus miradas de decepción se encontraron dándose por vencidos.

–¿Nada?

–Nada.

–Yo tampoco la veo –dijo Jaime.

María, aburrida también abandonó su puesto de guardia y se dirigió hacia ellos.

–¿Qué tal vais? ¿Habéis encontrado algo? –preguntó ansiosa.

No hizo falta que sus amigos le contestaran para ver la respuesta en su cara.

–¿Y ahora qué hacemos? –preguntó.

Pablo y Jaime se sentaron en el borde de la gigantesca cómoda con las piernas colgando en el abismo. Los tres tenían en el rostro una expresión de profundo desánimo.

Pablo, en un gesto de impaciencia se rascaba nerviosamente la cabeza como si fuera un mastín con pulgas.

De pronto los picores cesaron y Pablo lo vio todo claro. Parpadeó dos veces seguidas como para quitarse el velo que durante todo ese tiempo lo había cegado.

–¡Claro! –afirmaba moviendo la cabeza de arriba abajo.

–¿Claro qué? –quisieron saber los otros dos.

–Pues que es lógico que no hayamos encontrado nada –les contestó Pablo.

–¿Y eso por qué? –le interrogaron a la vez Jaime y María.

–Porque sea lo que sea lo que estamos buscando está dentro del cofre. Por eso el capellán de la catedral lo encontró abierto, porque los asaltantes no vieron nada por fuera.

–Entonces, ¿tenemos que abrirlo? –preguntó Jaime a quien no le gustaba nada esa complicación del plan.

Pablo y María asintieron en silencio. Tenían que abrirlo, aquella era la única solución. Inmediatamente Jaime y Pablo, cada uno desde un lateral, apoyaron las manos en la tapa del arcón e intentaron empujarla hacia arriba con todas sus fuerzas. Sin embargo, pese al esfuerzo ésta no se desplazó ni un solo milímetro, entonces comprendieron la verdadera utilidad de la cadena de hierro que nacía de la pared de piedra, justo encima del cofre, y caía sobre él bien amarrada hasta el centro de uno de los cierres centrales.

María, que los estaba observando desde el suelo sin pestañear, enseguida comprendió el inconveniente de la situación y la solución le brotó de repente.

–¡Pablo! –exclamó algo exaltada– ¡Busca en la cadena un eslabón abierto!

A Pablo la idea de María le traspasó con claridad meridiana y comenzó a palpar cada anilla.

La lámpara medieval colgada del techo, un gran aro de hierro circundado de velas artificiales, desparramaba una luz ambarina. En el suelo, la sombra de María se removía inquieta.

Pablo por fin se detuvo en uno de los eslabones, uno que estaba justo al lado de la argolla crucificada en el muro de piedra.

Tenía una abertura mayor que las otras. Sin duda, aquella era la misma que los asaltantes habían utilizado para soltar la cadena.

Pablo la rodeó con los dedos índice y pulgar y comenzó a girarla sobre sí misma. Cuando la ranura quedó frente a otra anilla, un pequeño tirón sirvió para que la cadena se desmayara sola.

El eco del hierro sobre la madera provocó un ruido seco. Los tres permanecieron quietos un segundo. Inmediatamente María se encaminó hacia la entrada para cubrir de nuevo su puesto de centinela. Salió al claustro para comprobar que nadie lo había oído y permaneció en su sitio con el corazón palpitando muy deprisa. Volvió la cabeza hacia el interior de la capilla y observó cómo sus amigos continuaban con la tarea.

Jaime apartó la cadena de hierro que estaba hecha un ovillo de eslabones sobre la tapa y la soltó. La cadena quedó prendida del cierre central del cofre, oscilando en el vacío.

Volvieron a apoyar las manos en los bordes laterales de la tapa y la empujaron hacia arriba con todas sus fuerzas.

Aunque la tapa pesaba bastante, soportaron el peso repartido entre los dos. Las bisagras oxidadas chirriaron por el desuso al abrirse y un aliento rancio se escapó del interior del cofre.

Una vez abierto, Jaime y Pablo no perdieron un minuto en contemplaciones inútiles. Comenzaron a examinar de nuevo el arcón por dentro. Palparon la madera más castigada del interior y en algunos casos casi astillada. Inspeccionaron las paredes, el fondo, todo milímetro a milímetro sin encontrar ninguna marca o señal, nada.

–¡No puede ser! ¡Tiene que haber algo! –dijo Pablo derrotado.

–Sí, pero, ¿dónde? Ya lo hemos revisado todo –apuntó Jaime.

–Pero si no hay nada... ¿qué sentido tienen los asaltos? No lo entiendo.

Ya se iban a dar por vencidos cuando de repente Jaime hizo algo sorprendente. Comenzó a golpear el interior del cofre con los nudillos aporreando suavemente la superficie de la madera.

–¿Qué haces? –le preguntó Pablo extrañado.

–Se me ha ocurrido una cosa. A lo mejor hay un compartimento secreto por algún lado y una parte del cofre podría estar hueca.

No había acabado de decir esto cuando de pronto una pequeña lámina de madera se desprendió del fondo del cofre, y un reducido espacio rectangular de uno de los lados quedó al descubierto.

La zona despejada presentaba una tonalidad más clara.

Dos surcos en forma de uve labrados hacía siglos se hundían en la madera.

Pablo y Jaime sintieron una punzada de satisfacción. Se miraron paralizados por lo que aquello significaba con media sonrisa boba en el rostro. No se lo podían creer. La marca era claramente una uve.

María, cansada de su aburrida guardia, giró la cabeza hacia sus amigos y los vio quietos, inmóviles. Al instante intuyó que habían encontrado algo y corrió hacia su encuentro.

—¿Qué, lo habéis encontrado verdad? —les preguntó ansiosa.

—Sí —contestaron los chicos reaccionando por fin.

—¿Y qué es? —preguntó María muerta de curiosidad.

—¡Otra uve, como en el casco! —le dijo Pablo orgulloso con la mirada verde cargada de razón.

Él estaba en lo cierto. Algo estaba pasando con los objetos del Cid.

—¡Venga daos prisa! Dejadlo todo como estaba y bajad cuanto antes —les sugirió María mirando de un lado a otro. No era plan de que les pillaran justo ahora que lo habían encontrado.

Pablo y Jaime echaron un último vistazo a la letra tallada en el interior del cofre. Querían asegurarse de que aquello no era una visión. Jaime recogió la lámina rectangular del fondo del arcón y la acopló en su sitio. Encajaba perfectamente, nadie diría que todo aquel lado no era una pieza única. Si él no hubiera golpeado el lateral, seguramente la pieza no habría saltado.

Después se encargaron de cerrar el cofre. Sujetaron con las manos la tapa recostada en la pared de piedra y dejaron que su peso les venciera lentamente hasta que el cofre quedó totalmente sellado. Luego, Pablo rescató la cadena de hierro. La tomó por el último eslabón buscando la ranura y la engarzó en la argolla clavada en el muro. Por último la hizo rotar entre sus dedos asegurándose de que la abertura quedaba lejos de las otras dos anillas.

Cuando comprobaron que todo estaba tal y como lo habían encontrado, se sentaron en la cómoda con los pies suspendidos en el aire. Apoyaron las manos sobre el armario y de un brinco aterrizaron en el suelo.

María les había estado observando impaciente durante toda la operación. Se dirigió hacia los chicos exaltada. Un montón de preguntas se agolpaban en su mente.

Pablo y Jaime se incorporaron sacudiéndose el polvo.

–¿Cómo es la marca? ¿Es muy grande? ¿Dónde estaba? –les acribilló María.

Jaime, que en un principio era el más reacio a embarcarse en aquella aventura, le respondió emocionado.

–¡Si la hubieras visto! Estaba escondida. Cuando saltó la lámina y vimos la letra creíamos que estábamos alucinando.

–¿Cuándo saltó la lámina? ¿Qué lámina? –repitió María que no entendía nada.

Pablo se dispuso a explicárselo todo pero un gesto sombrío en el rostro de María le disuadió al instante.

Giró la cabeza y vio que una figurilla espectral se recortaba en la puerta de la capilla. Se aproximó hacia ellos lentamente sin hacer ningún ruido como si estuviera levitando.

La túnica negra que lo envolvía estaba adornada con una pequeña cinta blanca en el cuello. Y los ropajes parecían dos tallas más grandes que el cuerpecillo, disminuido por los años, que lo ocupaba.

Era el mismo cura viejo con cara de disgusto que los había reprendido cuando se detuvieron a mirar el Papamoscas. Caminaba hacia ellos con los labios apretados. Cuando lo tuvieron delante observaron en su cara los surcos de muchos rezos. Les hizo un gesto brusco con la mano derecha señalando el reloj de la izquierda sin necesidad de despegar los labios, como si los sermones de muchos años le hubieran agotado las palabras.

Ellos enseguida comprendieron. Eran las siete y veinticinco y por lo visto el sacerdote era el encargado de desalojar a los visitantes de todas las capillas. Le vieron alejarse como había llegado, en silencio y muy despacio.

Cuando el cura desapareció por la puerta, los tres estuvieron de acuerdo sin necesidad de decir nada. Era la hora de irse.

Se dirigieron hacia la puerta y salieron al claustro.

Pablo, Jaime y María se detuvieron un segundo en la entrada de la capilla Corpus Christi. Sentían un vínculo extraño de familiaridad como cuando se comparte un secreto.

A la izquierda, los ventanales que daban al jardín del claustro transparentaban la oscuridad total de la noche.

María consultó el plano de la catedral que le había entregado Jimena y les indicó a los chicos el camino hacia la salida.

Pasaron por delante de otra sala y al llegar a la última de aquella galería comprobaron que la pared de enfrente se cerraba en un muro.

–¿Y ahora qué? –preguntó Jaime que se sentía confundido–. ¿Por dónde salimos?

–Según el mapa tenemos que entrar por aquí –les señaló María atravesando la última capilla.

Cruzaron la estancia sin advertir el altar plateado, las cruces y las imágenes de santos, concentrados solo en los carteles que dibujaban la flecha de la salida.

El último les indicaba hacia abajo. Los tres se asomaron a las profundidades. Una escalera de caracol se zambullía en el piso inferior. Descendieron los escalones de piedra de uno en uno hasta que llegaron a un pasadizo.

El corredor, adornado de columnas y de arcos, continuaba hacia el interior de la catedral en un leve descenso. Cada pocos pasos, un cartel con una flecha les indicaba que seguían por el buen camino. María miró alrededor, estaban completamente solos. Ya no podía contener más su curiosidad.

–¡Venga, contadme! –dijo dirigiéndose a los dos–. ¿Qué es eso de que saltó la lámina?

Jaime y Pablo se miraron, por un momento habían olvidado que todavía no se lo habían contado.

–Al principio no veíamos nada, ni siquiera por dentro del cofre –comenzó Jaime.

–Pero aquí, nuestro amigo, tuvo una brillante idea –siguió Pablo–. Empezó a dar pequeños golpes por todo el cofre por si había un compartimento secreto.

–¿Y eso se te ocurrió a ti? –preguntó María con una mezcla de ironía y admiración.

–A mí solito –contestó Jaime orgulloso.

–Total, que en un lado del cofre por dentro saltó una lámina de la propia madera y allí estaba, una uve como en el casco, exactamente igual –abrevió Pablo–. ¿Lo veis? Esto demuestra que los dos asaltos están relacionados.

–O sea, que hace siglos, alguien grabó las letras en los objetos del Cid pero, ¿por qué? –se preguntó María en voz alta.

–Y ahora alguien lo sabe y las están buscando –apuntó Jaime una última observación.

–Lo que yo me pregunto es cuántos objetos más estarán grabados –añadió Pablo.

–¿Es que tú crees que habrá más? –saltó Jaime viéndoselas venir.

–Estoy seguro.

A medida que avanzaban por el pasadizo, la inclinación del suelo se iba haciendo más evidente. Los arcos se cruzaban en el techo formando una sucesión de bóvedas.

En el último recodo aparecieron ante ellos las compuertas de vidrio que los separaban de la tienda de recuerdos.

Al otro lado pudieron vislumbrar la figura de Jimena recogiendo folletos y colocando recuerdos. Se plantaron delante de las puertas y éstas se rindieron ante su presencia dejándoles pasar hacia el otro lado.

Jimena levantó la cabeza y se dirigió hacia ellos.

–¿Qué, os ha gustado la visita? –les preguntó tan simpática como siempre.

–Sí, mucho –contestaron los tres con rotundidad.

—Mucho más de lo que pensábamos –se dejó escapar María.

Pablo y Jaime se volvieron de nuevo hacia las puertas comprobando por sí mismos cómo de repente se habían convertido en un muro de cristal inexpugnable. Jimena y María se sonrieron.

—Tenemos que irnos ya, muchas gracias por el plano, nos ha sido muy útil –comenzó a despedirse María.

—Muy bien –contestó Jimena –me alegro de que os haya gustado. ¡Hasta luego!

—A lo mejor volvemos otro día –dijo Pablo volviéndose cuando abandonaba la tienda, mientras sus amigos, ya en la calle, no disimulaban sus carcajadas.

Cuando salieron a la plaza, notaron que el frío se había hecho más fuerte. Los adoquines del suelo brillaban de escarcha y la noche lo cubría todo.

Se plantaron en medio de la plaza y admiraron el monumento iluminado. Las agujas de la catedral se asomaban de puntillas vigilando el resto de los tejados.

Se alejaron por las callejas del centro en dirección a sus casas, totalmente satisfechos.

Había sido una tarde perfecta. No solo habían encontrado lo que buscaban, sino que gracias a su coartada, nadie se enteraría de dónde habían estado en lugar de realizando el trabajo de ciencias.

7. La segunda tarjeta

Una grieta en la pintura del techo, varias manchas de humedad y una tela de araña en una esquina, no era el hotel más lujoso del mundo pero de momento no podía permitirse nada más que la habitación de una pensión. Cuando todo eso acabase las cosas serían distintas, al fin tendría todo lo que siempre había soñado.

Podría comprarse una casa y empezar una vida nueva en algún lugar donde nadie le conociera. Y todo eso por hacer unas fotos, ni siquiera tendría que robar nada. Ése iba a ser el golpe más sencillo de toda su carrera. Ya estaba cansado. Cansado de la vida que había llevado, de arriesgar el pellejo para ganar casi nada, cansado de ver cómo otros se llevaban el trozo grande del pastel. Esta vez él, Nolo, sería el ganador, ya estaba bien de pensiones cutres, de mala comida, de no tener un euro en el bolsillo, de las temporadas en la cárcel... Después de esto se retiraría.

Su cuerpo todavía era joven pero su mente era como la de un octogenario, repleta de vivencias y de sensaciones de una larga vida, solo que las suyas eran ecos de violencia, odio y desesperación en las temporadas en la cárcel, y angustia y miedo en los robos. De repente había recordado su primer robo.

Había pasado tanto tiempo... Apenas era un adolescente con la cara manchada de granos. Su intención no era robar un coche para venderlo, eso vendría después. Aquella primera vez solo era un juego. Vivía con su madre en un barrio de las afueras. Ella era la única persona que lo había querido con todos sus errores. Le hubiera gustado ser otra persona y que su madre se hubiese sentido orgullosa de él. Ella siempre había trabajado muy duro para sacarlo adelante y darle un futuro mejor.

Aquel sábado él y su pandilla estaban aburridos, habían ido a los futbolines y habían bebido unas cervezas. Aún no tenían edad para comprarla pero las cazadoras amplias facilitaban mucho la compra gratuita en el súper del barrio.

Estaban aburridos y uno de ellos tuvo la idea. El *Traca* dijo que si tuvieran un coche podrían ir a dar una vuelta, y el *Chispas* les contó que solo tenían que coger uno y hacerle el puente, que era muy fácil. A todos les pareció una buena idea, en realidad les pareció una aventura, se convencieron a sí mismos de que no estaban haciendo nada malo porque después de darse una vueltecita lo devolverían y en paz.

Se dirigieron a una calle oscura, eligieron un coche viejo, pensaron que si era viejo no tendría alarma y así al romper el cristal no saltaría. Lo demás fue sencillo, el *Chispas* hizo el puente y arrancó a la primera. Se montaron todos y se fueron a dar una vuelta. Pero cuando ya habían salido del barrio y estaban en una avenida que conducía al centro, se saltaron un semáforo y chocaron con otro coche.

Ahí acabó su aventura y comenzó la pesadilla.

No les había pasado nada a ninguno ni a los ocupantes del otro vehículo pero vino la policía, hizo preguntas, vio el coche, el puente, sus caras adolescentes y la aventura terminó primero en comisaría y luego, más tarde, en un reformatorio de esos que no reforman a casi nadie.

Aquel primer robo había sido el primer error de su vida, luego vendrían otros.

Nolo se levantó de la cama y miró por la ventana.

El trabajo de anoche había sido un poco más complicado.

Ya era tarde cuando entró en la capilla del Corpus Christi. Esa era parte de su estrategia, llegar unos minutos antes de que desalojaran a los visitantes, mezclarse con la gente y ocultarse en algún lugar seguro hasta que todo el mundo se fuese.

Observó la sala desde la entrada. Era muy diferente a las otras capillas, no había un gran altar, ni confesionarios ni bancos.

El centro estaba ocupado por un enjambre de turistas que zumbaban en un idioma extraño. Le pareció perfecto, se confundió entre ellos como si realmente le interesara el arte gótico. Enseguida localizó su objetivo. Colgado de uno de los muros, a media altura, divisó el cofre. Se abrió paso entre el grupo de turistas para inspeccionar la estancia. Pasó rozando el sepulcro de un caballero tendido en el suelo de piedra y vio una puerta por la que se accedía a otra sala. Se dirigió hacia ella con paso despreocupado. Había solo tres o cuatro personas contemplando los cuadros que colgaban de todas las paredes.

En realidad, parecía más la sala de un museo, había varios óleos y trípticos en tablas de madera, todos con motivos religiosos.

Observó la puerta que dividía las dos salas. Parecía que solo estaba de adorno y que siempre permanecía abierta en un ángulo máximo. Justo detrás, entre la puerta y una de las paredes de esa habitación, quedaba un recoveco oscuro, lo suficientemente grande para ocultar a una persona.

Aquel sería un escondite perfecto.

Esperó a que aquellas personas fueran desapareciendo de la sala. Cuando se quedó el último, se ocultó en el hueco que encajaba la puerta vuelta contra la pared. Permaneció en silencio mientras vigilaba la capilla del Corpus Christi a través de la rendija que despejaban las bisagras.

En un par de minutos, el bullicioso grupo de turistas se dirigió al claustro para encontrar la salida. La sala se quedó sumida en su propio silencio. Aun así él no se movió de su escondrijo.

Pasados unos pocos minutos, un sacerdote mayor echó el último vistazo a las salas para comprobar que estaban vacías, una mirada rápida y rutinaria con unos ojos ancianos.

Cuando el capellán se fue, él salió de su escondite. Se situó frente al cofre, buscó la cámara de fotos en su mochila y se dispuso a hacer su trabajo.

Hizo fotos por todos los lados, de frente, por los costados, pero aun así no veía nada. No había ni rastro de lo que esperaba encontrar. Pensó que la marca estaría por dentro. No tenía más remedio que abrir el cofre. Dejó la cámara de fotos sobre la cómoda que se extendía por todo el muro. Se subió a ella con facilidad. Imaginó que la cadena que sujetaba la tapa del cofre a la pared tendría un eslabón desbocado. Tuvo mucha suerte, lo encontró, soltó la cadena y abrió el cofre. Con una linterna alumbró el interior. Al principio hizo un barrido rápido de toda la superficie y no encontró nada. Se estaba poniendo nervioso, la vez anterior había sido todo tan fácil, justo en el interior del casco estaba la letra grabada. Sin embargo, ahora pensaba que no iba a tener tanta suerte. A lo mejor se había equivocado de capilla y de cofre. Bajó la vista hacia la placa de cerámica que había bajo el arcón y leyó: «Cofre del Cid.»

No, no se había equivocado. Su información era correcta, así que lo que fuera tendría que estar ahí.

Él sabía muy bien lo que tenía que buscar, tenía que ser algo parecido a la otra vez, la misma señal, una uve o quizás otra letra, pero en el interior no había visto nada. De todos modos había mirado muy rápido, volvería a intentarlo.

Respiró hondo, se armó de paciencia y comenzó a registrar el interior del cofre, milímetro a milímetro, la madera era observada minuciosamente bajo un haz de luz alcalina.

Escudriñó el fondo, las paredes laterales, el interior de la tapa, pero no veía nada, sin embargo él sabía que estaba ahí.

Su paciencia se estaba agotando, los nervios le traicionaron y, en un gesto impreciso, se le cayó la linterna al interior del arcón golpeando uno de los laterales del cofre, de repente se oyó un chasquido, y una pequeña lámina de madera pareció desencajarse de un lado, recogió la linterna del fondo, alumbró directamente y lo vio claro. Los músculos de su cara se relajaron y el esbozo de una sonrisa reflejaba la seguridad de que ya lo había encontrado. Suavemente tiró hacia atrás del borde de la lámina, un pequeño rectángulo quedó al descubierto y allí estaba, una uve. La misma letra que en el casco. Se agachó para recoger la cámara de fotos, ajustó el objetivo y comenzó a hacer su trabajo. Esta vez había tenido mucha suerte, la letra estaba escondida y él no contaba con eso. De todas formas, eso le enseñaría para el futuro, no siempre estarían a simple vista.

Estaba pensando cómo ocurrió todo mientras miraba a través de los cristales empañados de su habitación en la pensión de la Flora. Estaba oscureciendo y no veía a nadie por la calle.

Encendió la luz del cuarto, fue hacia la silla que había a los pies de la cama, cogió la mochila, la abrió y sacó la cámara de fotos. Extrajo la tarjeta y la metió en una pequeña funda de plástico. Ahora ya solo tenía que hacérsela llegar a él, igual que la otra, y esperar las siguientes instrucciones.

Se volvió hacia la cama y cogió el periódico que descansaba sobre el edredón floreado. En el diario se hacían eco de una extraña noticia: el cofre del Cid que estaba en una capilla de la catedral había aparecido misteriosamente abierto.

La primera vez que lo leyó casi le da algo, no se lo podía creer: ¡Se había olvidado de cerrar la tapa! ¡Qué tonto había sido! Si la hubiera cerrado nadie se habría enterado de nada.

Igual que en el casco, el periódico reproducía casi la misma noticia, las palabras «asalto misterioso», «no se han producido daños», «en principio no se descarta ninguna posibilidad», se repetían de la misma manera. Sin embargo no tenían ninguna pista, nada. En ninguno de los dos casos se habían encontrado huellas, nadie había visto entrar o salir a alguien sospechoso.

Lo único que relacionaba los dos casos es que ambas piezas pertenecían al Cid.

De todas formas, después del primer asalto, compraba los periódicos todas las mañanas y ninguno hacía mención al primer trabajo. Había sido perfecto.

Ya solo quedaba un último encargo y sería libre para comenzar una nueva vida.

8. El abuelo de María

En la mañana del martes, una húmeda neblina descendía sobre la ciudad.

A las nueve y veinticinco los chicos se agolpaban a las puertas del colegio ansiosos por entrar en el edificio.

Cuando María entró en su clase, todos sus compañeros estaban bien colocados, cada uno en su sitio, inmóviles como las figuritas de una exposición.

Era algo más tarde que de costumbre. En realidad se había retrasado un poco. Había hecho el camino de su casa al colegio un poco distraída, sin prisas, rememorando la tarde anterior.

Se había levantado de un excelente humor recordando la visita a la catedral, las capillas, el claustro y el cofre. Ellos, los tres, habían descubierto el secreto que ocultaba el cofre y que al mismo tiempo les planteaba multitud de preguntas. ¿Qué significarían las dos uves grabadas en los objetos del Cid? ¿Habría más objetos marcados? ¿Quién los grabó? Y lo más importante de todo, ¿por qué?

María enseguida reparó en el orejas, sentado en su mesa, rígido, con el rostro duro de juez acusador. Todo su cuerpo manifestaba lo que quería expresar: «aquí mando yo».

Don Félix la miró con cara de disgusto sin mover un solo músculo de su cara. No consentía la impuntualidad. Cuando él entraba en clase todos sus alumnos debían esperarle en su sitio y en silencio. Lo contrario era una falta de respeto imperdonable.

–Entre y cierre la puerta.

Sus palabras, expresadas con dureza, resonaron en el aula. Todos los chicos se encogieron un poco más.

María cerró la puerta, se quitó el abrigo, el gorro, la bufanda y los guantes y se dirigió a su asiento. Apretó los labios para que no se le notara el temblor de la barbilla e intentó tragar saliva para tragar así el mal rato.

Odiaba al orejas y odiaba las matemáticas, claro que no sabía muy bien si esa antipatía por la asignatura era culpa del profesor que la daba. Ella, en su interior, sospechaba que sí, que tenía mucho que ver.

Don Félix observó satisfecho su rebaño, todos sentados, bien domados. Abrió la carpeta negra que tenía sobre la mesa y extrajo una hoja repleta de nombres y apellidos. Iba a pasar lista. De vez en cuando le daba por ahí. Como si no supiera de antemano que no faltaba nadie. Solo con echar un vistazo se veía a la legua que no había ningún sitio vacío.

Comenzó a repasar los nombres desde Alcázar Bustillo, María Elena hasta Zuloaga Hernández, Sergio, en total veintiocho alumnos. Su voz sonaba hueca, acerada, incluso anónima, como si no conociera de nada a aquellos chicos.

Después, la misma rutina de siempre, durante unos segundos interminables el orejas escudriñaba la lista en busca del nombre que corregiría los ejercicios del día anterior.

Mientras eso ocurría los chicos bajaban la vista hacia el pupitre, quietos, para no llamar su atención, esperando de todo corazón que su nombre no saliera elegido.

Sus labios pronunciaron el fatídico nombre: señor Gutiérrez Milá.

¡Uf! Por poco, pensó María. Esta vez se había librado. Le había tocado el turno a David, un niño tímido que se sentaba junto a la ventana. David cogió su cuaderno y se dirigió a la pizarra cabizbajo, como un reo a punto de cumplir su condena.

Mientras escribía los resultados en el encerado, María le miraba con compasión. Todavía faltaba lo peor. Si los tenía bien nada de felicitaciones o de amabilidad, simplemente dos palabras secas: «correcto, siéntese». Pero si las respuestas estaban equivocadas entonces el orejas descargaba su ira sobre el alumno, gritándole y avergonzándole delante de toda la clase.

Cuando David terminó de escribir los ejercicios en la pizarra, miró al orejas esperando una orden.

–Siéntese, señor Gutiérrez –dijo el profesor mientras se levantaba para explicar la lección del día.

María lo había pensado muchas veces. Cuando fuera mayor, saliera del colegio y él ya no tuviera ninguna influencia sobre ella, un día le diría a la cara todo lo que pensaba de él. Que era un hombre soberbio, antipático e injusto, que su forma de enseñar no era la adecuada, solo inspiraba temor a sus alumnos, nada de confianza, ni siquiera se atrevían a preguntar las dudas que tenían.

María miró el reloj. Ya solo quedaban quince minutos para el recreo. Bueno, cuando fuera mayor estaba segura de que lo haría. Ya tenía una lista muy larga de cosas que haría cuando fuera mayor, pero esa estaba de las primeras.

Cuando Mariano, el conserje del colegio, hizo sonar la alarma, todos los chicos suspiraron aliviados.

Por fin había terminado la clase de matemáticas y estarían libres hasta el jueves. Aunque al orejas volverían a verle aquella misma tarde, ya que tenían ciencias naturales, pero como el día anterior no había puesto deberes no habría nada que corregir. Al menos de esa forma la clase sería menos estresante. Don Félix explicaría y ellos escucharían atentos su monólogo.

El orejas salió por la puerta del aula a su ritmo, despacio, saboreando los preciosos segundos de recreo que les estaba robando. Cuando desapareció estalló la tensión acumulada.

Las voces, las risas y las sillas rozándose contra el suelo ahogaron el silencio anterior. Todos los chicos se amontonaban en la puerta ansiosos por recobrar la libertad.

María se estaba poniendo el gorro y los guantes para salir al patio con sus amigas. Entonces giró la cabeza y vio a Jaime y a Pablo, todavía en la mesa, rezagados como siempre.

–Esperadme un momento –le dijo a Cristina–. Es que tengo que hablar con ellos del trabajo de ciencias –se justificó.

–Bueno te esperamos abajo, pero no tardes mucho –repuso Cristina dándose la vuelta con un gracioso movimiento de sus rizos negros.

María fue directa a sus amigos.

–¿Qué hacéis? ¿No vais a salir? –les preguntó.

–¡Claro que sí! –contestó Pablo impaciente–. Es que Jaime tarda una eternidad en recogerlo todo.

–Ya voy –repuso Jaime con voz cansina, agachado, guardando la calculadora en la mochila.

–¡Vaya mirada te ha echado el orejas! Por un momento he pensado que no te iba a dejar entrar –exclamó Pablo.

–Ya, yo he pensado lo mismo. ¡Es insoportable el tío! Tampoco he llegado tan tarde. En realidad eran justo las nueve y media cuando entraba en clase.

–Pues sí, él acababa de sentarse y ni siquiera habíamos empezado. ¡Qué ganas tengo de perderle de vista! –suspiró Pablo.

–¡Y yo! –apuntó Jaime que por fin había terminado de recoger sus cosas.

María giró la cabeza en derredor. Tenía que asegurarse de que nadie iba a oír lo que tenía que decir a continuación.

–Oye, ¿habéis pensado en lo de ayer por la tarde? ¿Qué significado tendrán las uves en los objetos del Cid? –preguntó María mirando fijamente a los chicos.

–¿Qué si lo he pensado? Casi no he pegado ojo en toda la noche –le contestó Pablo a quien de repente se le había iluminado la cara.

–A mí no se me ocurre nada –comentó Jaime recordando la letra grabada en el cofre, oculta tras una lámina de madera.

–Ni a mí. Por más vueltas que le he dado, no tengo ni idea de lo que significan las dos uves –les confesó María–, a lo mejor necesitamos ayuda.

–¿Qué? –saltó Pablo como una fiera–. ¡Ni se te ocurra contárselo a nadie! ¿me oyes?

–Bueno, vale, solo era una sugerencia, pero está claro que nosotros solos no vamos a averiguar nada y esto es algo muy serio.

–¿Y qué vamos a decir? ¿Que después de los dos asaltos nosotros también hemos tocado el casco y hemos abierto el cofre? –le preguntó Jaime más preocupado por lo que pudiera pasarle a él si sus padres se enteraban.

Pablo abrió los ojos desmesuradamente aprobando las razones de Jaime, mostrando la palma de sus manos hacia arriba mientras asentía con la cabeza.

–Gracias –le dijo– menos mal que hay alguien sensato. De momento no le vamos a decir nada a nadie, ¿vale María? –le advirtió a la niña mirándola a los ojos en un tono cordial pero firme–. Más tarde, ya veremos.

–Está bien, solo era una idea. Bueno otra cosa, he pensado que podríamos quedar esta tarde en mi casa para hacer el trabajo de ciencias. Os recuerdo que tenemos que entregarlo el lunes y aún no tenemos nada.

–Por mí bien –dijo Pablo.

–De acuerdo –contestó Jaime.

Los tres salieron del aula en dirección a la escalera para aprovechar los últimos minutos del recreo.

Cuando subieron, todos los chavales tenían los mofletes sonrosados por el frío. Se quitaron los abrigos y se sentaron en su sitio esperando a Carmen, la profesora de geografía e historia.

Charlaban animadamente los unos con los otros cuando Carmen Alonso atravesó el aula sonriendo. Carmen vivía ajena a las modas. Vestía con largas faldas de vuelo y gruesos jerséis de cuello vuelto que parecía tejer ella misma. Su media melena despreocupada, salpicada con algunas hebras plateadas, le confería un aspecto distinguido, incluso interesante.

Tenía los ojos castaños, no muy grandes, la nariz recta y unos labios de sonrisa permanente. En general, su rostro pregonaba una absoluta paz interior. Era una persona conforme con el mundo que le había tocado vivir.

Su edad era un misterio para todos. Llevaba muchos años en el colegio y, aunque algunos le calculaban unos cincuenta años, lo cierto es que aparentaba bastantes menos. En realidad, era una mujer muy guapa. Todo el mundo sabía que estaba casada ya que ella misma comentaba en clase, con la mayor naturalidad, algunas anécdotas familiares. Tenía varios hijos y a nadie le extrañaba que los debía manejar con la misma facilidad que a sus alumnos.

Carmen se dirigió a su mesa y se sentó frente a todos con su sonrisa perenne. Poco a poco el murmullo de las charlas se fue apagando. Todos estaban deseando que su clase comenzara. Tenía una forma muy peculiar de enseñar. Ella tenía la teoría de que la mejor manera de aprender era jugando, así que para que sus alumnos estudiaran a diario había ideado una especie de concurso.

Había dividido la clase en cuatro equipos, de manera que, como eran un total de veintiocho alumnos, cada grupo estaba formado por siete niños. Los equipos estaban organizados alfabéticamente. De ese modo el sistema era totalmente aleatorio y se evitaban los amiguismos y los niños marginados que nadie quería en su grupo.

El juego consistía en lo siguiente. Carmen explicaba durante la primera media hora la lección del día. En aquellos momentos le estaba dando un repaso a la cuenca fluvial española: el nacimiento de los ríos, las principales ciudades que atravesaban, los afluentes y la desembocadura.

La lección de ese día sería el tema para el concurso del siguiente, así tenían toda la tarde para repasar. En la segunda media hora de la clase es donde realmente comenzaba el juego.

Se colocaban cuatro mesas frente al encerado, una por cada equipo y cada día se sentaba un alumno diferente con el fin de que participaran todos. Había veinte preguntas y cada pregunta valía un punto. La primera pregunta iba dirigida al primer equipo, la segunda al segundo, etc. El tiempo para responder se había establecido en un minuto y si alguno de ellos no sabía la respuesta, le pasaba el turno al siguiente grupo.

Carmen se levantó de su asiento. Se dirigió al encerado y desplegó un mapa físico de la Península Ibérica enrollado en lo alto de la pizarra.

–Hoy os voy a explicar algunos ríos de la cuenca cantábrica, vamos a comenzar por el Miño.

Transcurridos los treinta minutos de rigor, comenzaron los preparativos para el concurso.

Los chicos se encargaron de trasladar las cuatro mesas hacia la parte delantera del aula, procurando hacer el menor ruido posible. Ellos mismos elegían al alumno que iba a representar a su grupo.

En la primera mesa se había instalado Javier, *el pelirrojo*. Nervioso, sacudía su cabellera roja de un lado para otro saludando entre el público al resto de su equipo, como si el concurso se emitiera en directo por televisión. En el segundo lugar estaba Raúl, el empollón, más sosegado, reconcentrado en sí mismo, convencido de que no iba a fallar ninguna. La tercera mesa le correspondía esa vez a Cristina, la amiga de María, ella sonreía divertida, jugueteando con uno de sus rizos. Y en el último pupitre se encontraba Pablo, el más payaso de todos, alzaba las manos entrelazadas por encima de su cabeza, a derecha e izquierda en señal de victoria, arrancando una secuencia de risas en el resto de sus compañeros.

Carmen ignoraba voluntariamente todas aquellas tonterías. Aquello era parte del plan. Los chicos tenían que sentir que se divertían. Extrajo una hoja con las veinte preguntas sobre los ríos que había explicado en la clase anterior y comenzó a interpretar su papel de presentadora.

–¡Suerte! –gritó una voz extraviada entre el público.

–Venga, silencio –moderó Carmen con su infinita paciencia–. Primera pregunta para Javier –dijo leyendo la hoja por encima de sus gafas–. Dime tres ciudades o poblaciones por las que discurre el río Tajo. Tiempo –concluyó, cronometrando el tiempo con su propio reloj.

Javier cerró los ojos para aislarse de todos. Movía los labios en silencio hablando para sí mismo mientras que con la mano derecha iba enumerando una a una la respuesta.

–Aranjuez, Toledo y Talavera de la Reina –contestó el chico de carrerilla.

–Muy bien, correcto.

Le llovieron los aplausos después de dar la respuesta.

–A ver, esas muestras de efusividad que sean en silencio por favor, os recuerdo que en las aulas de al lado están dando clase –reprendió Carmen a los componentes de su equipo–. Segunda pregunta para Raúl. Dime dos afluentes por la izquierda del río Duero.

–El Eresma, Adaja y el Tormes –contestó sin pestañear Raúl, sin ninguna necesidad de pensárselo siquiera, respondiendo en el segundo siguiente al que se le formuló la pregunta.

–Correcto –confirmó Carmen mientras anotaba el punto correspondiente en el equipo del chico.

Ahora le tocaba el turno a Cristina, que ya había dejado de dibujar muelles con sus rizos.

–La tercera pregunta es la siguiente. ¿Dónde nace el Guadiana? –le preguntó Carmen mirándola directamente.

Cristina respiró aliviada. ¡Vaya suerte había tenido! Justo el verano pasado había acampado con sus padres en un *camping* muy cercano al nacimiento del Guadiana. Así que no solo conocía la respuesta, sino que también conocía el lugar.

–En las Lagunas de Ruidera –contestó la niña tranquilamente.

–Muy bien. A ver, la siguiente es para Pablo –comentó Carmen.

Mientras leía mentalmente la pregunta que le iba a formular, una sonrisa asomó a sus labios. «Vaya, precisamente ésta le tenía que tocar a él.»

–El Pisuerga es un afluente del Duero que a su vez tiene sus propios afluentes. Dime uno de ellos.

Toda la clase, menos los de su equipo, se deshizo en protestas envidiosas.

–¡Qué fácil! –se quejaba uno.

–Ésa no vale –interpelaba otro.

–¡Chssss, silencio! –cortó Carmen–. Le ha tocado a él pero os podía haber tocado a cualquiera de vosotros.

Pablo sonreía satisfecho. De pronto se puso muy serio y comenzó a poner cara de estar estrujándose los sesos.

–¡Uf! No caigo, no caigo –decía mientras controlaba el tiempo en su reloj.

–Pues o caes ya o paso de turno –le amenazó Carmen con la única intención de acabar con la polémica.

–Vale, vale –le contestó el chico haciéndose el ofendido–. El Arlanzón –pronunció con toda claridad.

Daba la casualidad de que el Arlanzón era el río que regaba, más bien poco, el centro de la ciudad de Burgos, el mismo que acompañaba en paralelo todo el recorrido del paseo del Espolón.

Carmen siguió con la ronda de preguntas hasta finalizar las veinte que como siempre había preparado. Anotó los tantos que había ganado cada grupo en un folio que hacía las veces de marcador.

Al final del curso haría el recuento total de puntos que había logrado cada equipo y el vencedor obtendría un premio. Carmen había conseguido que una parte de los fondos escolares se desviara hacia su pequeño proyecto. Así los siete alumnos del grupo vencedor podrían disfrutar de un día de excursión a algún parque de atracciones o un parque natural, lo que ellos prefirieran.

De esta forma, Carmen Alonso había conseguido que casi todos los niños estudiaran más o menos al día, aprendieran con ilusión y se tomaran las clases como un juego. Además los chicos aprendían a trabajar en equipo. Por un lado, no querían fallarse a sí mismos, por la vergüenza de ver expuesta su ignorancia delante de todos sus compañeros si fallaban alguna respuesta y, por otro lado, no querían defraudar al equipo. En consecuencia, gracias a su sistema, sus clases eran las que mejores notas de geografía e historia sacaban de todo el colegio.

Cuando regresaron al colegio por la tarde, sabían que les esperaba una hora de literatura con Merceditas, que transcurrió con la cordialidad de siempre, y después tendrían la clase de ciencias naturales con el orejas.

Sin embargo, aquella tarde, para sorpresa de todos, había dejado la hora entera para que los chicos adelantaran en el trabajo sobre los volcanes. Todos los alumnos se redistribuyeron en el aula conforme a los grupos que habían formado. María acercó su silla a las mesas que ocupaban Pablo y Jaime.

–¡Qué bien! Así podemos organizarnos el trabajo antes de ir a mi casa –comentó a los chicos.

–¿Tú crees? –le dijo Pablo mirando de reojo los progresos de los demás–. Como nos pregunte cómo vamos la llevamos clara, somos los únicos que no tenemos nada.

–Siempre le podemos decir que está todo en casa de María –propuso Jaime como excusa.

–Mira ves, eso sí que es cierto –le contestó María irónica–. La cartulina la he comprado esta misma mañana.

Los tres sonrieron intentando ver el lado positivo del asunto. Por lo menos habían aprovechado muy bien el tiempo descubriendo la letra grabada en el cofre.

–Yo me he metido en Internet después de comer y he mirado algunas cosas. Si queréis os cuento lo que se me ha ocurrido y decidimos –propuso tímidamente Jaime.

Pablo y María sorprendidos, se miraron mutuamente encogiéndose de hombros. Les venía fenomenal. Total, ellos no habían pensado nada.

–He pensado que yo, si queréis –les explicó Jaime– podría hacer el dibujo del volcán, se me han ocurrido algunas ideas y por ese lado podíamos ganar muchos puntos. Pablo, tú te podías encargar de resumir la teoría del libro de ciencias, ya sabes, definición, las diferentes partes que lo componen, su clasificación, vamos, el rollo de siempre. Y además he encontrado un montón de páginas sobre curiosidades y fotografías de los volcanes más famosos de la historia, tú María, te podías encargar de esa parte –concluyó Jaime descansando un segundo para tomar aire–. Bien, ¿qué os parece?

–Pues que a partir de ahora, vamos a hacer todos los trabajos contigo –dijo María.

–¡Estupendo, ya lo tenemos todo! –exclamó eufórico Pablo pasando del pesimismo más absoluto a un estado eufórico en un tiempo récord.

Mientras don Félix, con talante de guardia urbano, las manos entrelazadas a la espalda y paso marcial, se paseaba entre las mesas haciendo la ronda siempre alerta para la posible infracción. Espiaba las mesas y las conversaciones imponiendo con su mirada el tono de las voces que él podía tolerar.

Jaime ya había empezado a esbozar su dibujo en una libreta y comenzó a explicárselo a sus amigos.

–¡Eh! ¿Qué os parece esto? –les dijo mostrándoles las líneas maestras de lo que sin duda era un volcán–. He pensado que el dibujo podría ir en el centro de la cartulina. Lo dividiré en dos partes con un corte transversal de arriba abajo. La parte de la izquierda mostraría el volcán por dentro, diferenciando sus partes. Justo al lado podemos poner la teoría que resuma Pablo.

–Vale –contestó el chaval–. ¿Y la parte derecha del volcán cómo la vas a dibujar?

Jaime le sonrió con un brillo especial en los ojos. Aquella era su parte preferida. Se le había ocurrido una idea estupenda.

–He pensado que esa parte será un poco más realista –les dijo con la mirada perdida, imaginando al mismo tiempo que les hablaba–. El volcán será de esponja, la recortaré y le daré la forma adecuada y luego lo pintaré con témperas de color marrón y gris. ¡Ah! y los ríos de lava los haré en papel de seda rojo empapado en cola para darles la forma que yo quiera.

Pablo y María le observaban embobados. ¿Pero de dónde sacaba su amigo las ideas en tan poco tiempo?

Transcurrieron los minutos casi sin darse cuenta, leyendo, subrayando y resumiendo los unos y dibujando el otro. Trabajaron tan concentrados que casi se sobresaltaron cuando el timbre anunció el final de las clases del día.

Don Félix se dirigió a su mesa con el gesto altivo, recogió todas sus cosas y abandonó el aula con una mueca de hastío no sin darles antes la última orden.

–Hagan el favor de recoger todo esto –dijo señalando el desorden de las mesas.

Los chicos se levantaron y fueron colocando todo en su lugar. Después cogieron los abrigos y se apresuraron hacia la salida.

Pablo, Jaime y María salieron juntos del colegio. Los tres habían quedado en casa de María para continuar el trabajo de ciencias.

–¿Por dónde vamos? –le preguntó Jaime a la niña.

–Está muy cerca de aquí, en la calle Juan Albarellos, detrás de la avenida, pero tenemos que cruzar al otro lado –contestó ella.

Pablo y Jaime la siguieron. Bordearon la manzana de edificios que les separaba de la avenida del Cid. Se dirigieron al semáforo más próximo y cruzaron entre la procesión de coches que desfilaban por la carretera para llegar a sus casas. Una vez en el otro lado de la avenida, giraron a la izquierda hasta alcanzar la calle de atrás. Nada más abandonar el jaleo del tráfico tropezaron con una estampa casi rural. Parecía como si en un segundo hubieran traspasado la barrera del espacio.

Una familia de diez casas apareció ante sus ojos. Los chalets adosados, pegados los unos a los otros, tenían las fachadas de piedra y las chimeneas fumaban un humo gris de leños secos.

Había luz en algunas ventanas. La acera era muy ancha y un árbol vigilaba la entrada de cada casa.

–María, ¿tú vives ahí? –le preguntó Pablo.

–Sí, en la segunda –señaló ella desde la esquina en la que se encontraban.

–Mi madre siempre ha querido vivir en una casa así, como la que tenía en el pueblo, pero en medio de la ciudad –le confesó Pablo.

–Sí, está muy bien. Mi padre la heredó de mi abuelo. La hemos arreglado poco a poco, pero no te creas, antes de que yo naciera estaban todas en ruinas y algunas abandonadas.

–Pues ahora están muy bien, ¿y tenéis jardín? –preguntó Jaime observando las copas de algunos árboles asomando por un muro en la parte de atrás.

María le miró dudando un momento.

–Pues eso depende. Mi madre dice que tiene un jardín y mi padre que tenemos un huerto.

–¿Y tú qué dices? –insistió Jaime.

–Pues yo creo que tenemos un huerto con jardín.

Subieron los cuatro escalones que llevaban hasta la puerta de entrada. María rebuscó sus llaves en un bolsillo interior de su mochila y abrió la puerta.

–¿No hay nadie? –preguntó Jaime.

–No, mis padres están trabajando y mi hermano en la facultad. Llegarán a eso de las ocho y media.

Subieron la escalera hasta el piso de arriba y María les guió hasta su cuarto.

Se notaba que aquella era la habitación de una chica. Era muy amplia y espaciosa. Dos tonos de malva aparecían divididos por el ecuador de una cenefa de flores que abrazaba toda la habitación. Los muebles estaban lacados en blanco. El cabezal de la cama era de forja esmaltado en un tono muy claro y sobre ella se acostaba un mullido edredón de cuadros en color vainilla.

–¡Qué mona! –dijo Pablo de cachondeo imitando el tono de voz de su hermana Esther.

Jaime respondió con una carcajada a la payasada de su amigo.

–Vale, vale, os recuerdo que la próxima vez quedaremos en vuestras casas y yo veré vuestras habitaciones –les respondió María reservando el momento de la venganza.

A Pablo, de pronto se le indigestaron las risas. Acababa de recordar que junto a los posters de Alonso y Dani Pedrosa había una estantería repleta de ridículos peluches, de cuando era niño, que su madre se negaba a tirar. Anotó mentalmente que nada más llegar a casa los haría desaparecer todos, por si acaso.

–¿Os apetece merendar antes de que empecemos? –propuso María.

–Sí, vale –contestaron a la vez.

María bajó a la cocina para preparar unos bocadillos, mientras Pablo y Jaime se acercaron a un corcho repleto de fotografías colgado en la pared. En algunas reconocieron al abuelo de María y también a dos compañeras de clase, Ana y Cristina.

María subió con los bocadillos de jamón y se sentaron a devorarlos en una mesa redonda que había en el centro de la habitación.

Cuando terminaron, María fue a buscar la cartulina que había comprado por la mañana y la desplegó sobre la mesa para empezar a trabajar.

Jaime empezó a dibujar el volcán conforme al esquema que había realizado en clase. Al mismo tiempo, Pablo comenzó a transcribir los resúmenes que había hecho de las partes de un volcán: el cráter, la chimenea, el cono volcánico, la cámara magmática, etc. Y María, por su lado, se había ido a la habitación de su hermano Diego a buscar en las páginas de Internet que le había dado Jaime los volcanes más famosos del mundo para imprimir sus imágenes y su historia.

Regresó a su cuarto al cabo de media hora con un montón de folios que se dispuso a recortar y pegar en la cartulina, en el lado opuesto al que estaba trabajando Pablo.

Eran las siete de la tarde y el trabajo ya estaba bastante adelantado, considerando que lo habían hecho todo en un día, y Pablo propuso un descanso.

–¿Paramos un rato? –les dijo a los demás mientras se desperezaban desplegando los brazos y batiéndolos como si fueran alas.

–Vale –contestaron los otros dos.

–¿Habéis pensado algo más sobre las uves? –preguntó Jaime– Porque yo por más vueltas que le doy...

–No, ni idea –contestó Pablo algo frustrado–. No se me ocurre qué pueden significar y tiene que ser algo porque de lo contrario no hubieran asaltado el casco y el cofre.

—Solo hay una explicación –dejó caer María misteriosa.

—¿Qué? –le preguntaron los dos a la vez con un atisbo de esperanza.

—Pues que a lo mejor las dos letras no significan nada porque nos faltan más. Como tú dijiste ayer Pablo. A lo mejor hay más objetos del Cid marcados por ahí, pensadlo.

—Sí, puede ser, eso también se me había ocurrido a mí –dijo Pablo sopesando las posibilidades–. ¿Pero cómo vamos a descubrir nosotros si hay más objetos?

—Quizás mi abuelo conozca alguno más, ya sabéis que es un experto en la historia del Cid.

Pablo la miró con cara de reproche.

—¿En qué quedamos esta mañana María? No vamos a contarle nada a nadie.

—¿Y quién ha dicho que tengamos que hacerlo? Yo lo único que digo es que vayamos a casa de mi abuelo y le preguntemos si conoce más objetos del Cid. No le vamos a contar que nos hemos colado en el Arco y en la catedral, ¿es que creéis que estoy loca?

Pablo y Jaime se miraron ladeando la cabeza y María les arrojó una goma de borrar como respuesta.

—A mí me parece buena idea –concilió Jaime.

—Bueno vale, si no le decimos nada... –se convenció Pablo al fin–. ¿Y cuándo se lo preguntamos?

—Podemos ir ahora mismo. Su casa solo está a cinco minutos de aquí.

—Vale, vamos –dijo Jaime levantándose de la silla para coger su anorak.

Los tres salieron de casa de María. A pesar de que solo eran las siete de la tarde había oscurecido por completo y una luna de nácar aparecía suspendida en el cielo. Dejaron atrás la calle residencial para internarse en la avenida. Caminaron unos tres minutos hacia el centro de la ciudad hasta que encontraron una bifurcación a la derecha. La nueva calle se llamaba Sanz Pastor. Era una vía de acera y calzada anchas que confluía en Capitanía General.

La mayoría de los edificios eran casas antiguas de tres o cuatro pisos con adornos de escayola en cornisas y balcones. Cuando llegaron al número tres, María presionó el timbre 2D en el portero automático. Una voz masculina y profunda contestó.

–¿Sí? ¿quién es?

–Abuelo abre que soy yo, María.

–¿María? –preguntó extrañado Alejandro.

–Sí, abre que vamos a subir un momento.

Entraron en el portal que parecía conservado de otra época.

En el techo, una lámpara de lágrimas de cristal hacía rebotar la luz en mil rayos. Las paredes estaban forradas hasta la mitad de láminas de madera oscura y en la otra mitad unos espejos de gruesos marcos dorados multiplicaban el espacio.

Enfrente, un armario transparente tenía aspiraciones de ascensor. El ascensor era muy antiguo, casi prehistórico con los mecanismos, poleas y engranajes a la vista.

–¿Por qué no subimos por la escalera? –propuso Jaime

–Es por hacer ejercicio.

–¡Venga cobardica! Pero si a ti no te gusta la gimnasia –le contestó Pablo agarrándole por el brazo y arrastrándole al interior.

Cerraron la puerta manualmente y el rugido del motor les avisó de que aquello aún funcionaba.

Se pararon con un golpe seco en el segundo piso. Jaime salió el primero y María les dirigió a la derecha. Ella tocó el timbre mientras los tres esperaban delante de una puerta grande, muy alta, con una mirilla dorada y redonda que giraba sobre sí misma.

De repente, escucharon un galope violento procedente del interior de la vivienda. Cuando se abrió la puerta, Pablo y Jaime echaron un pie atrás.

–¡Hola, *Aníbal*! –saludó María a un enorme pastor alemán que se abalanzó sobre ella–. ¡Hola chiquitín!

–¡Chiquitín, dice! Si es como nosotros de grande –susurró Pablo al oído de su amigo, manteniendo una distancia prudencial.

–Pero si es muy joven, solo tiene un año –les dijo María volviéndose hacia ellos.

Alejandro, el abuelo de María, observaba la escena en el umbral de la puerta con una media sonrisa camuflada tras la barba gris.

–No os preocupéis –les tranquilizó–, no va a haceros nada, solo quiere jugar.

–Mira, *Aníbal*, estos son mis amigos, Pablo y Jaime.

Aníbal se puso muy serio unos instantes y lanzó un ladrido como respuesta a la presentación. Pablo alargó una mano trémula para acariciar la cabeza del can. El perro levantó el hocico haciendo círculos en el aire, olisqueando hasta que por fin se decidió a degustar la mano del chico con un sonoro lametón. Ya eran amigos.

–Pasad, no os quedéis ahí fuera –insistió Alejandro.

María amarró al animal por el collar del cuello adentrándose en un largo pasillo, seguida por sus dos amigos. Llegaron hasta una sala al fondo del corredor. Sin duda aquello era la biblioteca. Ni siquiera la del colegio contenía tantos volúmenes.

Pablo y Jaime se quedaron con la boca abierta, admirando las paredes cargadas de conocimientos.

Un ejército de libros se alineaba en filas de estanterías empapelando la habitación. La tarima del suelo parecía estar fabricada con la misma madera caoba de las librerías. A medida que avanzaban, el parqué emitía pequeños crujidos como avisando de la invasión de intrusos. Al fondo había una bonita mesa de escritorio y tras ella, en la única pared desnuda, había un balcón. El resto del mobiliario lo componían un sofá y un sillón de cuero granate.

Alejandro les invitó a tomar asiento. Los tres se sentaron en el sofá mientras él se acomodaba frente a ellos en el sillón. *Aníbal*, como si fuera un perrito faldero se recostó a los pies de María.

–Abuelo, ¿te acuerdas de mis amigos Pablo y Jaime? Los conociste el otro sábado cuando fuimos a ver la exposición en el Arco de Santa María.

–Sí, claro que me acuerdo, os gustó tanto que regresasteis para volver a verla.

–¡Exacto! –exclamó María a quien de repente se le había ocurrido una idea para llevar la conversación a su terreno–. Por eso estamos aquí. A Pablo le impresionó mucho el Cid y quiere saber si existe algún museo en la ciudad o algún otro sitio dedicado a él.

A Pablo el cambio de estrategia le pilló por sorpresa. Se quedó rígido un instante, con los ojos inquietos fijos en ninguna parte hasta que por fin reaccionó.

–Don Alejandro, hemos pensado que quizá usted nos podría ayudar –acertó a decir.

Alejandro Revilla tuvo un brote de risas. Hacía mucho tiempo que nadie le llamaba así. Solo sus alumnos lo hacían, pero de eso hacía ya mucho tiempo. En su memoria se despertaron un montón de recuerdos y sus ojos se impregnaron de un brillo especial. Aún lo echaba de menos.

–No, por favor, me podéis llamar solo Alejandro –ordenó cariñosamente a los chicos–, pero no sé si voy a ser de gran ayuda, que yo recuerde no hay ningún museo dedicado al Cid y es una pena porque sería una gran idea: un homenaje permanente al héroe burgalés –les dijo con aire casi docente–. En realidad debería existir un lugar donde se recogiera todo lo relacionado a él, su historia, sus hazañas, sus pertenencias...

De pronto a los tres se les agrandaron los oídos. No podían creer lo fácil que estaba resultando todo. Justo ése era el punto al que querían llegar. María no perdió comba y se dispuso a interrogar a su abuelo.

–¿Y qué pertenencias se conocen del Cid, aparte del casco?

–Pues, además del casco hay otra muy famosa que tú y yo fuimos a ver el año pasado: el cofre que está en la capilla del Corpus Christi de la catedral, ¿no te acuerdas María?

–¡Ah sí! Ya me acuerdo –le dijo la niña recordándolo perfectamente–. ¿Y hay algo más? ¿Algún otro objeto? –preguntó ansiosa.

–Sí, claro –contestó Alejandro.

Los tres inconscientemente adelantaron sus cuerpos unos centímetros expectantes ante la revelación.

–La Tizona, la famosa espada del Cid –reveló el antiguo profesor.

–¡Claro! –dijo Jaime de repente–. ¡Es verdad! En la exposición del Arco, junto al hueso del Cid, había una reproducción de la espada.

Ninguno de los tres había caído hasta ese momento.

–¡Podríamos ir a verla! –les propuso Pablo muy entusiasmado a los demás.

Alejandro meneó la cabeza como expresando algún tipo de dificultad.

–Pues para eso tendréis que ir a Madrid. Actualmente se encuentra expuesta en el Museo del Ejército de Madrid.

Una sensación de decepción nubló los rostros de Pablo, Jaime y María, aun así Pablo apuró hasta el último cartucho.

–¿Y hay algún objeto más? –preguntó esperanzado.

–No –declaró el abuelo sin necesidad de pensarlo mejor–. Por desgracia no se conserva nada más.

–¿Pero es posible que exista algo que no se conozca, que se haya perdido a lo largo de los siglos? –preguntó Pablo en un último intento de desesperación.

A Alejandro la pregunta del chico le sorprendió. Un titubeo se le reflejó en la mirada hasta que finalmente dijo:

–Hombre, puede ser. Constantemente se descubren obras y cuadros desconocidos de pintores y autores famosos, pero es muy difícil.

Un silencio de desilusión se instaló en la habitación. *Aníbal* permanecía tranquilo en el mismo sitio, a los pies de María, medio adormilado por el calor del cuarto.

–Bueno, abuelo, tenemos que irnos ya –dijo María fingiendo mirar su reloj– solo hemos venido un momento. Estábamos haciendo un trabajo de ciencias y necesitábamos un descanso.

–Muy bien, como deseéis –dijo Alejandro–. De todas formas, os agradezco mucho la visita y siento no haber sido de más ayuda.

Los cuatro se levantaron de sus respectivos asientos. *Aníbal*, imitando el comportamiento humano se puso en pie sobre sus cuatro patas. Jaime, convencido de que el perro ya no era una amenaza para nadie, le acarició la cabeza mientras admiraba la colección de libros almacenada en las paredes.

–¿Se los ha leído todos? –preguntó mirando en derredor, sin poder contener la curiosidad.

Alejandro dibujó una sonrisa enterrada bajo la barba y el bigote grises.

–Claro, si quieres te puedo prestar alguno –respondió con voz grave de locutor de radio.

–Muchas gracias, lo pensaré –dijo considerando el grosor de los volúmenes.

Se dirigieron todos al pasillo. Cuando llegaron a la puerta, *Aníbal* lanzó dos ladridos en señal de protesta. Había comprendido que la niña y sus amigos se iban y se había puesto juguetón alzando las patas en los hombros de María para impedir que se fuera.

–Tranquilo *Aníbal*, María y sus amigos se tienen que ir –le dijo Alejandro.

–Adiós, *Aníbal* –se despidieron los chicos saliendo al rellano.

–Adiós, abuelo –le dijo María despidiéndose con un beso en la mejilla.

–Espero que volváis pronto a hacerme otra visita –les dijo a los chicos.

–¡Claro que sí! –se despidieron entrando en el viejo ascensor que descendió los dos pisos con un inquietante traqueteo.

Cuando salieron a la calle, el manto de la noche lo cubría todo y un sudor de fría escarcha se había acumulado sobre los coches. Eran casi las ocho de la noche. Aquel día ya no iban a hacer nada más del trabajo de ciencias. Lo único que querían era volver a casa de María y recogerlo todo. Se subieron los cuellos de los anoraks y se guardaron las manos en los bolsillos mientras caminaban deprisa por la avenida.

–¡En Madrid, la espada está en Madrid! –repetía Pablo indignado–. A ver, ¿qué hace allí?

–Y ya has oído a mi abuelo, no hay más pertenencias del Cid.

–¡Qué chungo! ¡Estamos atascados! –dijo Jaime en un sentimiento general de frustración.

–Estamos en un callejón sin salida, ¿de qué nos sirve haber descubierto las dos letras? –se preguntaba María en voz alta.

–A lo mejor por sí solas ya significan algo pero nosotros no sabemos verlo –apuntó Jaime intentando infundir un poco de esperanza.

–No sé, tiene que haber algo más. Es muy raro que justo ahora, en una semana asalten dos objetos del Cid. Tiene que haber algo que haya provocado eso –insistía Pablo.

–Lo que está claro es que de momento no podemos hacer nada más que pensar en el significado de las dos uves –concluyó Jaime.

Siguieron caminando bajo las estrellas hasta que llegaron a la casa de María. Allí, sumidos en una nube de decepción, Pablo y Jaime recogieron sus cosas despidiéndose de María hasta la mañana siguiente.

9. El tapiz

Pablo aún estaba sumido en la última ola de sueño cuando el murmullo de una conversación en el pasillo de su casa le medio despertó. Hasta sus oídos llegaban las voces apagadas de sus padres.

–¿Pero no sabes nada más? –susurraba su madre con curiosidad–. ¿Qué es lo que quieren de vosotros? ¿Por qué os llama el alcalde?

–Ya te he dicho que no. No nos dijeron nada, si no te lo habría contado –oía a su padre contestar con infinita paciencia.

–Pero es que es muy raro, a ver, exactamente, ¿qué fue lo que os dijeron?

–Ya te lo he dicho, llamó el asistente personal del alcalde al director de nuestra entidad y le dijo que el alcalde quería reunirse con nosotros en el ayuntamiento a las once por una cuestión de interés cultural y nada más –repitió Carlos por enésima vez.

–¿Me llamarás en cuanto salgas de la reunión? –volvió a interrogar Isabel a su marido, aunque la pregunta había sonado más bien como una orden.

–Que sí, si puedo te llamaré cuando salga de la reunión y si no te lo contaré cuando llegue a casa a mediodía, ¿vale? –la conformó el hombre sellando sus palabras con un beso y caminando rápidamente hacia la puerta para intentar escapar del acoso periodístico de su mujer.

Pablo se acurrucó de nuevo bajo la protección de su edredón. Aunque todavía luchaba contra la inconsciencia, una cosa le había quedado clara: el alcalde de la ciudad quería hablar con su padre.

El edificio donde trabajaba el padre de Pablo estaba en el centro de la ciudad. Las calles de alrededor eran peatonales y la plaza empedrada donde se hallaba estaba rodeada de tascas y viejos mesones que conferían al conjunto un aspecto muy medieval. Por dentro, sin embargo, era un edificio funcional y moderno, adaptado a las necesidades de la entidad, con espacio suficiente para el público, salón de actos, sala de reuniones, etc.

A los pocos minutos, Pablo oyó la voz de su hermana Esther golpeando el pasillo con sus tacones.

–¡Adiós, mamá! Me voy ya –dijo la joven.

–Adiós, hija –le contestó Isabel.

Entonces calculó que aún le quedaban unos diez minutos para que su madre le llamara. Saboreó los últimos minutos de sueño hasta que unos pequeños golpes en la puerta le condujeron a la realidad.

–Venga, arriba, que ya es la hora.

Pablo intentó abrir los ojos pero una luz cegadora se lo impidió.

–Espera un poco que abro la persiana –le dijo su madre.

Fuera el cielo amenazaba lluvia.

–Vístete mientras yo te hago el desayuno.

Se levantó de la cama y comenzó a andar despacio, muy torpe, como si en las horas de sueño se le hubiera olvidado caminar.

Apenas podía entreabrir los ojos anegados de legañas. Se dirigió al baño, se aseó y regresó a su habitación para vestirse. Fue hacia la cocina y se desplomó sobre una banqueta.

–¿Qué día es hoy? –preguntó soñoliento.

Isabel clavó la mirada en el techo con un gesto de resignación maternal.

–Miércoles –contestó.

–Mamá, esta mañana os he oído hablar a papá y a ti, ¿para qué quiere el alcalde hablar con papá?

–No lo sé cariño, ni siquiera él lo sabe. Cuando venga más tarde para comer ya nos lo contará.

Pablo se acabó los cereales y fue a su habitación para recoger la mochila y el anorak.

–Mamá, me voy –le gritó desde la puerta.

–Muy bien, coge un paraguas.

Pablo salió a la calle, vio el cielo atascado de nubarrones grises. De camino hacia el colegio su cabeza no paraba de darle vueltas a la conversación que les había escuchado a sus padres. La verdad es que estaba intrigado. De cualquier manera pronto tendría la respuesta. Solo tenía que esperar hasta la hora de la comida.

Caminó deprisa hacia el colegio esperando que no le sorprendiera la lluvia. Aquella mañana a primera hora tenía literatura y, después del recreo, lengua y como las dos asignaturas las daba Merceditas se consoló pensando que el tiempo pasaría muy rápido.

Llegó al colegio justo a tiempo, antes de que las primeras gotas empaparan el asfalto. Se sentó junto a Jaime y esperó distraído a que Merceditas finalizara su clase de literatura.

Cuando sonó el aviso para el recreo, María se acercó a ellos.

–¡Hola! He pensado que esta tarde podríamos quedar para continuar el trabajo de ciencias.

–Vale, ¿en qué casa quedamos? –le preguntó Jaime.

Pablo tenía un aire ausente y la mirada verde perdida a lo lejos, más allá de los cristales de las ventanas.

–¿Y a este qué le pasa? –preguntó María extrañada.

–Ni idea, lleva así toda la mañana –contestó Jaime.

–¿Nos has escuchado? ¿Que si quedamos esta tarde? –le repitió María en voz alta por si era un problema de oído.

–Vale –dijo lacónico.

María y Jaime se encogieron de hombros y decidieron dejarlo así.

La siguiente clase de lengua a Pablo se le hizo eterna, cuando por fin sonó la campana recogió sus cosas con una rapidez asombrosa. Se despidió de su amigo Jaime y salió corriendo en dirección a su casa. Nada más llegar se dirigió a su habitación para recogerlo todo. Hizo la cama y ordenó algunos libros y los videojuegos esparcidos por el escritorio.

Un poco más tarde llegó Isabel del hospital en el que trabajaba. Se deshizo del nudo de la bufanda y se quitó el abrigo colgándolo en el perchero de la entrada. Se encaminó hacia el baño y abrió el paraguas salpicando el suelo con algunas gotas de lluvia.

–¿Pablo? –gritó desde el pasillo.

Pablo acudió obediente a la llamada de su madre.

–¿Te has mojado? –le preguntó acariciando su cabeza preocupada por una posible gripe en un exceso de celo profesional.

–No –dijo sin más, acostumbrado ya a una madre hipocondríaca.

Se dirigieron los dos a la cocina. Mientras Isabel calentaba la comida, Pablo puso la mesa. Después los dos se sentaron en el sofá del salón aguardando la llegada de su padre.

Pablo observaba de reojo a su madre: se estrujaba las manos nerviosa y miraba el reloj como queriendo adelantar el tiempo.

Por fin se oyó el sonido metálico de las llaves encajando en la cerradura y Carlos entró en la casa como si nada, saludando con su sonrisa serena.

Le preguntó a su hijo por el colegio y a su mujer por su hija Esther al ver la mesa de la cocina con tres servicios.

–Y Esther, ¿no come con nosotros? –preguntó como lo hubiera hecho cualquier otro día.

–No, hoy come en casa de Borja.

Pablo observaba a su madre a punto de estallar y a su padre haciéndose el interesante estirando el momento todo lo que podía.

Al final, desbordada de curiosidad, Isabel estalló con una ráfaga de preguntas.

–¿Y tú qué? ¿Qué tal en el ayuntamiento? ¿Para qué os quería ver el alcalde?

El padre de Pablo aún enmudeció unos segundos más para desesperación de su mujer.

–No os lo vais a creer –comenzó diciendo–. Por lo visto tenemos una antigüedad de mucho valor en la Casa del Cordón, una pieza de museo y casi no nos enteramos –las caras de Isabel y Pablo reflejaban la máxima expectación–. Cuando el palacio estaba en ruinas –continuó– y decidieron restaurarlo, en el interior de una de las habitaciones, que hacía de desván, encontraron varios objetos antiguos, arcones, estandartes, tapices y un montón de legajos que supongo que estarían almacenados y olvidados desde hace siglos. La verdad es que nadie pensó que pudieran tener mucho valor y después de la restauración algunos de esos objetos se intentaron colocar como elementos de decoración en el salón de actos, en la sala de juntas y en algún despacho –hizo una pausa para recuperar el aliento y prosiguió–. Pues bien, uno de los tapices que se colgó decorando la sala de juntas, representa dos escudos de armas. Nosotros no teníamos ni idea de a quién pertenecía, pensábamos que sería de algún conde sin mucha importancia, pero alguien en un recorrido por la Casa del Cordón reparó en el tapiz y nos dijo que le parecía muy antiguo y que los escudos le resultaban conocidos. Total, que contratamos a un experto y nos desveló su procedencia.

Isabel y Pablo permanecían callados, cada vez más intrigados.

—¿Y a quién pertenecen? —preguntó Isabel que no podía aguantar más.

—Los escudos de armas pertenecen al Cid y a doña Jimena —reveló Carlos.

Pablo, que estaba bebiendo un vaso de agua, casi se atraganta de la impresión, tosiendo sin parar. Su madre intentó calmarlo con unos golpecitos.

—Pero hijo, ¿qué es lo que te pasa? ¿Quieres hacer el favor de beber más despacio, que te va a dar algo?

No podía creerlo. Era como si el universo entero confabulara y todo lo que oía desde hacía una semana de alguna manera tuviera que ver con el Cid. De todos modos él estaba en lo cierto: era posible la existencia de otras pertenencias desconocidas del Cid. Intentó tragar saliva y con el picor de la garganta amenazando continuas tosecillas acertó a preguntarle a su padre.

—¿Pertenece al Cid? ¿El escudo es del Cid? ¿Pero, estáis seguros? ¿Y le ha pasado algo? —preguntó Pablo ansioso a la espera de la confirmación de sus sospechas.

—¿Al tapiz? Nada, ¡qué le va a pasar! Anda, no digas tonterías —le contestó su padre.

«Sí, sí, tonterías. ¡Qué casualidad! Justo ahora que asaltan los objetos del Cid aparece uno desconocido para todo el mundo.» Él estaba seguro de que todo estaba relacionado.

–Bueno, y todo esto, ¿qué tiene que ver con el alcalde? –preguntó Isabel a su marido retomando el tema principal.

–Pues ahí está el asunto. Cuando el experto concluyó con su estudio: la procedencia del tapiz, inmediatamente hubo que comunicarlo a la concejalía de cultura y el alcalde ahora que sabe que lo tenemos quiere que se lo cedamos unos días.

–¿Que se lo cedáis? Pero, ¿para qué lo quiere él? –volvió a insistir Isabel a quien la historia le estaba resultando de lo más curiosa.

–Pues por lo visto, en el Arco de Santa María hay una exposición sobre el Cid, su vida, sus hazañas y su historia integrado todo en un contexto medieval, la misma a la que fuiste tú con el colegio –le dijo a Pablo, mirándolo– y el alcalde quiere completar la exposición con un homenaje en el ayuntamiento para lo cual va a traer la Tizona, la espada más famosa del Cid. Por eso necesita el tapiz. Tienen pensado exponerlo junto a la espada para que dé realce y autenticidad o algo así. Se lo llevarán mañana para tenerlo todo listo para el sábado que será el día del homenaje.

–O sea, que para eso os quería ver el alcalde –respiró satisfecha Isabel.

Mientras, Pablo padecía un estado de coma transitorio. Cuando oyó la palabra Tizona, fue como si el filo de la espada atravesara su mente. Permanecía inmóvil sin poder reaccionar. «¡La espada!» pensaba. «¡Van a exponerla en la ciudad!»

–Pero Pablo come, que no has probado bocado –le riñó su madre.

Pero Pablo no comía, no oía y no veía. Estaba en otro mundo. Un millón de ideas daban vueltas centrifugando en su cabeza. El tapiz con los escudos de armas del Cid y doña Jimena y además la Tizona. De repente dos objetos más entraban en el juego y todo eso en el mismo día. Era demasiado. Pensó en lo raro que era todo y en si las nuevas pertenencias habrían sufrido algún tipo de asalto recientemente. En el caso del tapiz, era poco probable ya que hasta hacía poco tiempo ni ellos mismos sabían que lo tenían. Pero la espada era mundialmente conocida y se sabía que estaba en el Museo del Ejército en Madrid. Podrían haberle hecho una visita sorpresa y no dejar huellas. En cualquier caso estaba deseando llegar a clase para contárselo todo a Jaime y a María. Estaba deseando ver la cara que pondrían.

Tan ensimismado estaba pensando e imaginando que no oía la melodía de fondo que su madre le estaba recitando.

–Pero bueno, ¿se puede saber qué te pasa hoy? No has comido nada y estás como alelado, ¿es que estás enfermo? –le preguntó Isabel posándole la mano sobre la frente.

Siempre con la misma historia. ¡Qué manía con lo de estar enfermo! En su casa no había manera, en cuanto te descuidabas y te dejabas un poco de comida en el plato, ya estaba. Que si estás enfermo, que si te voy a dar unas vitaminas. ¡Qué suplicio! Y es que lo que le ocurría a su madre tenía un nombre: «deformación profesional.» Como era enfermera y por su trabajo veía cantidad de cosas, su obsesión era la salud de su familia por eso de... en casa del herrero, cuchillo de palo. No iba a consentir ella que en su casa entrara una gripe, un catarro o unas anginas. Así que su lema era prevenir antes que curar y con las mismas tenía sacrificados a su marido y a sus hijos. Ni un estornudo, ni una tos, ni un plato de comida sin acabar. ¡Qué martirio! Claro que había que reconocer que en teoría todo era por su bien así que nervioso como estaba, ansioso porque llegara la hora de ir a clase, hizo un intento por aplacar las iras hipocondríacas de su madre y se acabó el plato, no sin antes someter a su padre a un interrogatorio.

–Oye, papá, ¿tú crees que podríamos ir a ver el tapiz antes de que se lo llevaran? –le preguntó Pablo con el tono de voz que reservaba cuando quería conseguir algo.

–¿Podríamos? –repitió Carlos extrañado.

–Sí, mis amigos y yo, Jaime y María. Estoy haciendo con ellos el trabajo de ciencias –aclaró sin necesidad–. Como todos fuimos a la exposición del Cid, yo creo que también les gustaría ver el tapiz.

Su padre miraba a su madre extrañado, un poco sorprendido por esa incipiente curiosidad por la historia que de repente le había entrado a su hijo.

–Está bien, si tanto os interesa podéis venir esta tarde. Yo mismo os acompañaré a la sala de juntas donde está el tapiz.

A Pablo aquello le pareció perfecto. ¿Para qué iban a dejarlo más? Además al día siguiente se lo llevarían al ayuntamiento y no lo devolverían hasta el lunes. No podían esperar tanto. Aquella misma tarde después del colegio irían los tres al trabajo de su padre. Cuando les contara a sus amigos que él no solo conocía la existencia de otro objeto del Cid, sino que además unas horas después podrían verlo con toda tranquilidad, no se lo iban a creer. Porque una cosa era colarse en el Arco o en la catedral, a escondidas para ver el casco y el cofre, y otra muy distinta entrar por la puerta grande como invitados.

Ya lo tenía todo pensado. En un momento dado, le diría a su padre algo para que les dejara solos y poder examinarlo con tranquilidad. Ahora bien, lo que iba a ser más difícil era ver la espada, la auténtica Tizona y eso, aún no sabía cómo, pero lo tenía que conseguir.

Salió de su casa en dirección al colegio. El cielo gris escupía algún goterón extraviado estrellándose contra el suelo.

Caminó más deprisa que nunca y justo a las puertas de la escuela se encontró con Jaime.

–¡Ostras! ¡Lo que tengo que contarte, no te lo vas a creer!

Jaime se quedó un poco parado al principio, estaba algo desconcertado ante el entusiasmo de su amigo y el único gesto que salió de su cuerpo fue encogerse de hombros.

–No, no insistas que ya te lo cuento –dijo Pablo ante la apatía del otro–. ¡Madre mía, cuánta impaciencia! ¡Tú sí que sabes sonsacarle información a uno!

Una sonrisa desganada apareció en la cara de Jaime. Pablo siempre le hacía reír.

–Venga dímelo, ¿qué es lo que no me voy a creer?

–¡Existe otro objeto del Cid! –reveló Pablo mirando entusiasmado a los ojos de su amigo.

–Claro, la espada, como dijo Alejandro, pero te recuerdo que nos pilla un poquito lejos.

–No, listo, no es la espada y por cierto recuérdame que luego te cuente otra cosa –le dijo Pablo dosificando la información–. Es algo que se ha descubierto hace poco.

Entraron en el colegio y Jaime se paró al pie de la escalera.

–¿Qué se ha descubierto hace poco? –se extrañó– Y tú, ¿cómo lo sabes?

–Verás, te habrás fijado en que esta mañana estaba un poco...

–Atontado –dijo Jaime.

–Despistado, diría yo. Había oído a mis padres comentar por la mañana algo sobre que el alcalde quería hablar con mi padre y otros responsables de la Casa del Cordón donde él trabaja.

–¿Y eso qué tiene que ver con el Cid? –preguntó Jaime impaciente.

–Pues a eso voy, ya sé lo que quería el alcalde de la Casa del Cordón.

–¿Qué? –Jaime seguía sin ver la relación con el Campeador. Mientras subía lentamente los escalones.

–¡Un tapiz con los escudos del Cid y doña Jimena! –confesó Pablo al fin.

Jaime se detuvo bruscamente incapaz de levantar un pie, como si tuviera las suelas de los zapatos infestadas de chicle.

–¿Estás seguro? –le dijo mientras un calambre le recorría la espina dorsal–. ¿Y ese tapiz está en la Casa del Cordón?

–Ya lo creo, mi padre me lo ha contado todo. Cuando restauraron el palacio encontraron un montón de cosas antiguas y luego las han ido colocando en salas y despachos para decorar. Alguien vio el tapiz y pensó que era muy antiguo. Total que llamaron a un experto y certificó que pertenecía al Cid. Mi padre dice que esto hace muy poco que lo han descubierto.

–¿Y no te parece todo muy extraño? Justo ahora en medio de los asaltos –preguntó Jaime incapaz de moverse del sitio.

–Creo que se descubrió antes de que comenzaran los asaltos, pero en cualquier caso yo creo que todo está relacionado –continuaron subiendo la escalera hasta que llegaron al segundo piso–. Espera que falta lo mejor, esta misma tarde María, tú y yo podemos verlo en exclusiva –anunció Pablo–. Le he pedido a mi padre si podíamos ir y me ha dicho que sí. Si el tapiz también está marcado con una letra, muy pronto lo sabremos.

Jaime no se lo podía creer. Por una vez no iban a ir en plan furtivo, como unos delincuentes cualquiera.

No les dio tiempo a hablar nada más porque estaban entrando en clase. Vieron al fondo a María y detrás de ellos, a sus espaldas, llegó Carmen. Les tocaba historia y luego naturales, así que tendrían que esperar a las cinco y media para explicarle a María la ruta turística de la tarde.

Les pareció que las dos clases habían durado dos días en vez de dos horas. No veían el momento de que acabara la tarde cuando por fin sonó el timbre. No hubo ni un solo movimiento de sillas hasta que el orejas sentenció: «Pueden irse.» Recogieron sus cosas en un santiamén y esperaron a que María se acercara a ellos. Por la mañana habían quedado para hacer el trabajo de ciencias en casa de Pablo y, de momento, eso era lo que ella creía.

Cuando salieron los tres del colegio ella se dirigió a la derecha. Pablo y Jaime se quedaron parados.

–¿Pero qué hacéis ahí parados? ¿No íbamos a tu casa? –le preguntó María a Pablo–. Éste sonrió alargando un poco la sorpresa.

–Sí, pero eso será un poco más tarde. De momento nos vamos todos al trabajo de mi padre.

Mientras se encaminaban a la Casa del Cordón, Pablo le explicó a María todo lo sucedido en su casa, la conversación de la mañana entre sus padres, el descubrimiento del tapiz del Cid y la posibilidad de verlo aquella tarde. Caminaban a la altura de la calle Santander y María no salía de su asombro.

–No puede ser, entonces, ¿existe otro objeto del Cid? ¡Es increíble! –repetía una y otra vez.

–Ah, por cierto –intervino Jaime–. Y a todo esto, ¿se puede saber para qué quería el alcalde hablar con tu padre y los otros jefes?

Pablo, de repente, recordó que hasta el momento solo les había contado la mitad de la noticia. Sus amigos le miraban con expectación y su ego sonrió de nuevo satisfecho. Le encantaba ser el centro de atención.

–Pues resulta que lo quiere para colocarlo al lado de la Tizona, la auténtica –matizó–, en un homenaje que se celebrará el sábado en el ayuntamiento.

–¿La van a traer desde Madrid? –preguntó Jaime incrédulo.

–¡Esta es nuestra oportunidad! –exclamó María– ¡Tenemos que verla!

–Sí, bueno, eso será más difícil. Tú piensa que al homenaje solo se podrá asistir con invitaciones –contestó Pablo algo pesimista.

Pasaron por delante de una de las principales puertas de la Casa del Cordón. La puerta, recubierta de escamas de acero y plata, tenía un corte moderno y futurista que sorprendentemente encajaba a la perfección entre aquellos muros históricos.

Giraron a la izquierda, donde la fachada principal del palacio se extendía ante un lago de adoquines llamado plaza de la Libertad. En la orilla de enfrente acampaban varios mesones y tascas. Los tres se plantaron en la plaza contemplando la Casa.

Era un edificio cuadrado, de solo dos pisos, lo que le daba un aspecto robusto. Los muros estaban construidos por pequeñas piedras blancas y en los dos extremos se alzaban dos torreones. Sobre la puerta principal estaba enmarcado un gran cordón franciscano en forma de lazo, lo que daba nombre al palacio.

Pablo hizo una llamada perdida con su móvil, tal y como había acordado con su padre para que éste supiera que ya se encontraban fuera.

Una pequeña puerta lateral se abrió y apareció el rostro sereno y moreno de Carlos. Saludó a su hijo con un gesto cariñoso revolviéndole el pelo de la cabeza.

–¡Hola! Ya me ha dicho Pablo que os interesa mucho el Cid –dijo dirigiéndose a los otros.

Jaime y María se miraron tímidamente sin saber muy bien qué contestar.

Carlos les acompañó hacia el interior del palacio, mientras que en su papel de anfitrión les relató muy brevemente la historia del edificio.

–La Casa del Cordón comenzó a construirse en el siglo xv por los Condestables de Castilla. Y además por ella han pasado muchos personajes históricos. Por ejemplo, aquí recibieron los Reyes Católicos a Colón a la vuelta de su segundo viaje a América.

«Pues sí que viajaba el tío», pensó Pablo para sí, aunque se abstuvo de decir nada.

Atravesaron un patio cubierto que en otros tiempos fue un claustro. Tras los arcos góticos se integraban multitud de ventanillas para atender al público. El techo estaba formado por tablones de madera cruzados en forma de paneles que arrojaban una luz ambarina.

A medida que avanzaban se asombraron por la modernidad de todo lo que veían. Pasaron a lo largo de un pasillo con multitud de despachos ocupados por mesas de acero y cristal, sillas giratorias y varios ordenadores. Por fin llegaron a la sala de juntas. Una gran mesa alargada invadía casi en su totalidad la habitación junto a un montón de sillas reunidas a su alrededor.

Al fondo, presidiendo la sala, vieron el impresionante tapiz. Se acercaron muy despacio temiendo que aquel momento fuese irreal. Ocupaba casi todo el espacio de la pared. Los colores parecían apagados por el tiempo y por el borde, algún tramo se veía deshilachado. Aun así los dos escudos que representaban al Cid y a su esposa doña Jimena se diferenciaban claramente.

–Mirad, el de la izquierda representa el escudo de armas del Cid y el de la derecha, el de su mujer –explicó Carlos.

Se acercaron un poco más con los ojos fijos en la anciana tela. En el escudo del Campeador se representaban dos espadas cruzadas con las puntas hacia arriba; en el punto en el que éstas se cruzaban había estampada una cruz y todo ello estaba rodeado por una cadena. En el escudo de doña Jimena, el de la derecha, se veía dibujado un castillo rodeado también por una cadena.

–¿Qué, os gusta? –les preguntó el padre de Pablo.

–Es muy grande –dijo Jaime no muy ocurrente.

–Y tiene pinta de ser muy antiguo –continuó Pablo.

–Claro, tenéis que pensar que tiene casi mil años. En realidad está muy bien conservado considerando que ha estado siglos metido en un baúl –apuntó Carlos.

–Parece tan delicado –dijo María apreciando algunos espacios ralos por los bordes.

En ese momento sonó el móvil del padre de Pablo, quien intercambió unas breves palabras con su interlocutor.

–Tengo que subir al despacho unos minutos pero enseguida vuelvo –les dijo volviéndose hacia los chicos–. Podéis quedaros aquí o venir conmigo, como prefiráis.

Los tres se miraron encantados. Ni siquiera ellos lo hubieran podido planear mejor.

–Nos quedamos –dijeron al mismo tiempo.

Cuando Carlos salió por la puerta de la sala de juntas María fue la primera que tomó la palabra.

–¡Deprisa! ¡No tenemos mucho tiempo! Tenemos que comprobar si el tapiz tiene una marca.

–¿Y por dónde empezamos? –preguntó Jaime.

–Yo creo que primero deberíamos mirar la parte de atrás antes de que venga mi padre.

–Sí, es buena idea –contestó María.

El tapiz sólo estaba sujeto a la pared por la parte de arriba. Pablo y Jaime se colocaron en los extremos inferiores y ahuecaron la tela lo suficiente como para que María pudiera colar su cabeza y examinar el reverso. Observó concienzudamente cada palmo de la tela, prestando especial atención por si había alguna parte con una tonalidad diferente o alguna cosa bordada, como por ejemplo una letra. Al cabo de un minuto abandonó la tarea negando con la cabeza mientras Pablo y Jaime soltaban los bordes del tapiz.

–Por la parte de atrás no hay nada. Si el tapiz está marcado, está ahí –dijo señalando la tela–, a la vista de todos.

Los tres se concentraron de nuevo en los escudos, en cada detalle intentando captar algo, cualquier cosa que les llamara la atención y les diera una pista.

Recorrieron con la mirada cada centímetro del tejido hasta que Jaime interrumpió la concentración.

–Yo creo que esto lo he visto antes –dijo para sorpresa de sus amigos.

–¿El tapiz? –le preguntaron los otros dos.

–No, el tapiz no –aclaró–. Me refiero a los escudos, estoy casi seguro de que los he visto antes.

Pablo y María le escuchaban mientras intentaban recordar dónde podrían haber visto los escudos con anterioridad.

–¡Ah, ya lo tengo! –dijo de repente Pablo–. En uno de los folletos que cogí de la exposición del Arco de Santa María, en la portada junto al casco había unos escudos. ¡Tiene que ser ahí!

—Sí, es verdad, en los folletos —se acordó Jaime de pronto—, aunque hay algo diferente en estos —dijo mirando el tapiz con los ojos entrecerrados como si estuviera cegado por un sol inexistente.

A Jaime le encantaba todo lo referente a la pintura y el dibujo, se fijaba en cada detalle. Cuando contemplaba una imagen, un grabado o una pintura, nada escapaba a su atención. Si él decía que había algo distinto en los escudos, sin lugar a dudas lo habría.

Los tres se dispusieron a contemplar una vez más el tapiz. Giraban sus cabezas como si fuera la propia tela la que girase a su alrededor intentando adivinar qué sería aquello que había llamado la atención de Jaime.

—Las empuñaduras de las espadas del escudo del Cid son diferentes —observó María sin mucha convicción.

La empuñadura de la izquierda estaba formada por una especie de semicírculo simple del que sobresalía una parte recta en el lado opuesto de la hoja. Por otro lado, la empuñadura de la otra espada era un círculo completo y ligeramente ovalado del que sobresalía un gusanillo retorcido en el extremo inferior.

—Sí, puede ser eso —dijo Jaime exaltado—. ¡A lo mejor es esto lo que estamos buscando! Lo ideal sería verlos juntos al mismo tiempo.

—Pablo, tú has dicho que cogiste uno de esos folletos del Arco, ¿verdad? ¿Todavía lo tienes? —preguntó María con la mirada pensativa.

–Sí, creo que está en mi habitación, eso si no lo ha tirado mi madre haciendo limpieza, claro.

–Jaime, ¿por qué no dibujas los escudos del tapiz?, luego vamos a casa de Pablo y los comparamos con los del folleto –propuso María.

A todos les pareció una buena idea. Inmediatamente Jaime sacó un cuaderno de su mochila, lo abrió por una hoja en blanco y comenzó a hacer un esbozo del tapiz. Esquematizó los dos escudos y luego, poco a poco se centró en dibujar con todo lujo de detalle el interior de los mismos, prestando especial atención a las empuñaduras de las espadas. Mientras, María y Pablo miraban admirados la obra de Jaime. En unos pocos minutos había calcado el tapiz en el papel, detalle a detalle, tan real y tan exacto en las proporciones y en las sombras que más bien parecía un grabado a carboncillo como los que vendían en la plaza Mayor.

Solo quedaban los últimos retoques cuando entró el padre de Pablo en la sala de juntas. Casi se habían olvidado de él.

–Perdonadme chicos, he tardado un poco más de lo que esperaba.

En ese momento se fijó en el boceto que estaba haciendo Jaime y asombrado ante el resultado le dijo a su hijo:

–Mira, Pablo, ya podrías tú dibujar así, mira lo que es capaz de hacer tu amigo.

A lo que Pablo, que de alguna manera se esperaba la odiosa comparación le contestó:

–Ya, papá, Jaime tiene un talento y yo tengo otros.

Y Carlos que conocía las salidas de su hijo también tenía preparada la respuesta:

–Ya, hijo, pero de momento los tuyos están ocultos.

María soltó una carcajada. Le encantaba la respuesta que había dado el padre de Pablo. Era muy parecida al tipo de contestación que perfectamente se le podía haber ocurrido a ella.

Jaime, por su parte, había terminado su trabajo. Solo bastó un cruce de miradas para que sus amigos le comprendieran al instante. Había acabado, ya no tenían nada que hacer allí y estaban deseando llegar a casa de Pablo para comparar los escudos.

–Bueno, papá, nos vamos, ya hemos visto lo que queríamos. Ahora nos vamos a casa para seguir con el trabajo de ciencias.

–Muchas gracias por haber perdido su tiempo con nosotros –dijo María lo más educada y correcta que pudo.

–Sí, ha sido muy amable –añadió Jaime.

–No ha sido ninguna molestia y ninguna pérdida de tiempo –se despidió Carlos con una sonrisa sincera en el rostro–. Al contrario, da gusto comprobar que os interesan otras cosas aparte de los videojuegos.

Salieron todos de la sala de juntas y se dirigieron a la salida cuando el padre de Pablo se acordó de algo.

–Si os interesan tanto estos temas, a lo mejor os gustaría asistir a un homenaje de la espada del Cid que se celebrará el sábado en el ayuntamiento, no sé si os lo habrá dicho Pablo, pero el alcalde nos ha pedido prestado el tapiz para el acto y esta tarde nos ha enviado las invitaciones.

–Sí, sí, claro –acertaron a decir.

Cuando salieron por la puerta principal de la Casa del Cordón estalló su alegría contenida.

–¡Qué suerte hemos tenido! –exclamó Pablo.

–Y que lo digas, no nos podía haber salido mejor, ¡vamos a ver la Tizona, la verdadera! –repetía Jaime presa de una gran excitación.

–¡Es perfecto! –dijo María–. ¿Sabéis a quién le encantaría ir al homenaje?

–¿A quién? –preguntaron Pablo y Jaime al mismo tiempo.

–Pues a mi abuelo –contestó la niña–. Estoy segura de que le gustaría mucho asistir, él admira mucho al Cid.

–Si quieres le puedo pedir a mi padre una invitación más, por si le sobra –se ofreció Pablo.

María le sonrió agradecida y añadió:

–Además, si fuéramos con él nos contaría cantidad de historias y anécdotas del Cid; yo le he visto un montón de recortes de periódico en su estudio.

Todos estuvieron de acuerdo en que estaría muy bien que Alejandro les acompañara.

Enfilaron la calle Santander hacia arriba, directos a la casa de Pablo. Estaba anocheciendo y un velo de oscuridad se mezclaba con los nubarrones grises. Caminaban deprisa, ansiosos por comprobar los escudos y descubrir si en ellos también se ocultaba algo. María fue la primera en comentar la idea que les rondaba a todos por la cabeza.

–¿Vosotros creéis que la Tizona también estará marcada como el casco y el cofre?

–Yo estoy casi seguro –le contestó Pablo.

–Pero no hemos oído que haya sufrido un asalto como los otros objetos –observó Jaime.

–Ya pero eso no significa que no haya ocurrido. En los otros casos la policía se enteró porque rompieron la urna de cristal y se dejaron abierta la tapa del cofre. Pero eso pudieron ser descuidos, ¿y si la siguiente vez lo hicieron bien? A lo mejor ya se han acercado a la Tizona y no se ha enterado nadie –explicó Pablo su teoría.

–Y nosotros, ¿cómo lo haremos? –planteó María.

–Lo único que podemos hacer es acercarnos todo lo que podamos a la espada durante el homenaje y esperar que tengamos suerte –le contestó Jaime.

–Sí, yo estoy de acuerdo con Jaime –añadió Pablo–. Es la única solución

–Y el tapiz, ¿vosotros creéis que habrá recibido una visita? –preguntó de nuevo María.

–No lo sé, en el banco es muy difícil, además hasta hace un mes ni siquiera sabían que lo tenían. De todas formas, todo es muy raro, primero aparece el tapiz, se descubre que pertenece al Cid y luego ocurren los asaltos... –expresó Pablo dejando la incertidumbre en el aire.

Cuando llegaron a la casa de Pablo no había nadie. Isabel, su madre, estaba trabajando en el hospital y no llegaría hasta las ocho y media.

Entraron en su habitación y se aseguraron de cerrar la puerta por si aparecía la pesada de su hermana Esther.

Encendieron la luz del cuarto y Jaime sacó el cuaderno donde había dibujado los escudos y lo abrió. Ahora solo faltaba que el desastroso de Pablo encontrara los folletos que había recogido del Arco.

Primero registró los cajones de su escritorio. Sacó todos los objetos inimaginables, algunos eran juguetes de su infancia, como un viejo yoyo, una peonza, unos cromos, cómics y videojuegos pasados de moda, pero nada, ni rastro de los folletos. María y Jaime le miraban impacientes.

Pablo rebuscó entre sus libros de clase. Los cogió por las tapas y los zarandeó boca abajo para comprobar si los folletos estaban aprisionados dentro. De vez en cuando, consciente de su mala memoria y del nerviosismo de sus amigos, mascullaba entre dientes pequeñas frases de auto reproche del estilo «¿dónde habré dejado yo los dichosos folletos?» intercaladas con otras de auto exculpación, como «seguro que mi madre me los ha tirado todos».

Por fin su mente dio con la solución, abrió la puerta de su armario y del último cajón sacó una vieja carpeta con un montón de recortes de periódicos deportivos y pósters de futbolistas. La abrió, rebuscó entre todos pasando de uno en uno lo más deprisa que pudo hasta que al fondo del archivador encontró lo que buscaba, los folletos que recogió en el Arco de Santa María.

Desechó uno de inmediato y centró su atención en el otro. Sobre un fondo granate brillante destacaba en el centro de la mitad superior la joya de la exposición: el famoso casco del Cid. Y justo debajo, entrelazados en un destino común, se revelaban los escudos del Cid y doña Jimena tal y como él recordaba.

Pablo cogió el folleto y los tres se sentaron en la cama bajo un haz de luz que procedía de la lámpara del techo. Jaime colocó al lado su dibujo y contemplaron las imágenes de los escudos superpuestas. El de doña Jimena era idéntico en los dos casos. En él se podía ver claramente un castillo rodeado por una cadena. Todo era exactamente igual, había los mismos picos en la torre del castillo y el mismo número de eslabones en la cadena que lo rodeaba, tanto en el folleto como en el dibujo que Jaime había hecho a conciencia.

Pero el escudo de don Rodrigo Díaz de Vivar era el que tenía la clave. No les bastó más que una leve mirada para darse cuenta de la diferencia. En el folleto del Arco las empuñaduras de las espadas eran gemelas, idénticas punto por punto. Es más, parecía que la una era el propio reflejo de la otra. Ambas se representaban mediante un semicírculo del que sobresalía una pequeña parte recta en el lado opuesto de la hoja. Por el contrario, en el dibujo de Jaime, la espada de la derecha era un círculo ovalado terminado en un gusanillo retorcido en uno de los extremos.

–La empuñadura de la derecha es diferente – María dijo en voz alta lo que los tres observaban y pensaban al mismo tiempo.

–Ahora solo tenemos un pequeño problema –apuntó Jaime.

–¿Qué problema? –preguntaron sus amigos a la vez.

–Pues tenemos que averiguar cuál es el verdadero escudo y cuál es el que está manipulado, el que han marcado después, como en las otras pertenencias del Cid –aclaró Jaime.

–Eso sí que va a ser difícil, ¿cómo lo vamos a hacer? –expresó María preocupada.

–No, no te creas –dijo Pablo de pronto–. ¡Qué tontos somos! ¡Lo teníamos tan cerca y no hemos caído!

–¿Qué? –preguntaron María y Jaime al mismo tiempo sin comprender la reacción de su amigo.

–¡El libro de historia! –repuso exaltado–. En el capítulo en el que hablan del Cid, en una de las páginas hay algunas ilustraciones, ¿no os acordáis? Hay una pintura de *Babieca*, su caballo, y un poco más abajo hay un escudo.

María y Jaime se quedaron con la boca abierta, desencajada. Casi les da un pasmo, ninguno de los dos había caído.

Pablo buscó el libro de historia en su mochila, ya que aquella misma tarde lo habían utilizado durante la clase de Carmen. Cuando lo encontró lo fue hojeando hasta dar con la página en cuestión. Se detuvo unos segundos observando la hoja, levantó la cabeza y sonrió a sus amigos.

–¡Trae, déjanos verlo! –le dijo María impaciente, con el corazón acelerado, arrebatándoselo de las manos para mostrárselo a Jaime.

Ya no tenían ninguna duda de cuál era el escudo que ellos estaban buscando. En el margen izquierdo del libro de historia se podía ver un escudo con dos espadas cruzadas. Donde se unían las espadas se representaba una cruz y todo estaba rodeado por una cadena. En cuanto a las empuñaduras de las espadas... eran idénticas: dos semicírculos de los que sobresalía un pequeño trocito recto. Luego el tapiz de la sala de juntas de la Casa del Cordón había sido manipulado, marcado, grabado o como se le quiera llamar. Ahora solo tenían que descubrir qué significaba ese círculo ovalado.

De nuevo los tres se apiñaron en la cama junto al dibujo de Jaime. Miraban el dibujo de un lado, de otro, lo giraban por si de esa manera encontraban algo que hasta el momento se les hubiera pasado. María resumió en voz alta lo que todos estaban pensando.

–En el casco descubrimos lo que nos parecía una uve, aunque también podía significar otra cosa, y luego en el cofre también vimos grabada claramente una uve, o sea dos letras. Así que la empuñadura falsa tiene que ser otra letra, la cuestión es averiguar a qué letra se parece más.

Cuando María dijo esto ya no tuvieron ninguna duda. ¡Cómo habían sido tan tontos! Estaba ahí desde el principio y no se habían dado cuenta. Ahora todo cobraba sentido y no necesitaban girar el papel para reconocer a primera vista lo que veían. Un círculo ligeramente ovalado con una especie de gusanillo retorcido en un extremo era una Q mayúscula. Tan fácil y tan difícil de reconocer. Pero ahora cuanto más la miraban más convencidos estaban. No había duda, era claramente una cu mayúscula.

Por unos segundos enmudecieron quedándose vacíos de palabras. Esto justificaba una vez más que algo estaba pasando. Alguien había grabado letras en los objetos del Cid, seguramente esas alteraciones llevarían siglos pero, ¿para qué? ¿Cuántos objetos más estarían marcados? Y, sobre todo, ¿qué significado tenían las letras?

De momento dos uves y una cu no eran mucho. No querían decir nada o por lo menos a Pablo, Jaime y María no se les ocurría nada. Si al menos tuvieran alguna vocal podrían formar una palabra.

Después de la tensión de hacía unos segundos se miraron sonrientes unos a otros. Pablo fue el primero en expresar su alegría:

–Me encanta. Tengo la sensación de que nosotros sabemos un secreto que nadie se imagina.

Pero fue Jaime quien le sacó de su error.

–Te equivocas, al menos otra persona sabe lo mismo que nosotros. Lo mismo no –rectificó borrando de su rostro la alegría de unos instantes atrás–, sabe mucho más que nosotros.

Al menos otra persona en el mundo conocía ese secreto y probablemente más. La persona o personas que asaltaron el museo y la catedral. Él o ellos seguramente sabrían lo que estaban buscando. Por eso tenían que estar atentos.

Los tres estaban pensando en el sábado, en la espada, la Tizona.

Seguro que ella también escondía un secreto.

10. El señor García

Poco a poco se iba acercando el gran día, el sábado, el día del homenaje a la espada del Cid: la Tizona.

Desde el momento en que el padre de Pablo les había hablado de las invitaciones y de la posibilidad de asistir al acto, no pensaban en otra cosa.

Pablo quería que los dos días que faltaban pasaran rápidamente. Estaban seguros de que la espada sería uno de los objetos grabados. Era casi el objeto más importante del Cid, algo que junto con su inseparable caballo de batalla, *Babieca*, tenía nombre propio. Unos nombres propios que habían permanecido en el tiempo hasta nuestros días. Su vida, sus batallas y sus conquistas, toda su historia fue pasando de padres a hijos a través de los siglos hasta convertirse en una leyenda. Todo el mundo conocía la figura del Cid, su espada Tizona y su caballo *Babieca*, era una especie de cultura popular que uno aprende de niño y ya no olvida jamás.

Solo tendrían que esperar dos días y podrían ver con sus propios ojos lo que para ellos era la espada más famosa del mundo. En realidad se les iba a pasar pronto, el día que les esperaba no era de los más duros y el siguiente ya sería viernes.

Acababan de volver del recreo. Por la mañana, a primera hora habían soportado una de las estresantes clases de matemáticas del orejas, así que lo peor ya había pasado.

Ahora tenían clase de historia con Carmen y por la tarde repetirían con Carmen pero esta vez con geografía y música, o sea que en general era un buen día.

En la asignatura de historia, Carmen también utilizaba su particular método de enseñanza, convirtiendo los temas de estudio en preguntas y respuestas de un concurso imaginario. Sin embargo, cuando explicaba no necesitaba ningún juego para captar la atención de sus alumnos. Ella simplemente entraba en clase y se sentaba en su silla. Encima de la mesa no había ningún libro, solo su vieja carpeta de la que sacaba una hoja de papel garabateada en rojo. Ella siempre escribía en ese color, era una de sus pequeñas extravagancias. Y ahí, en sus apuntes, apenas unas notas esquemáticas, estaba toda su clase.

No era de esos profesores acomodados que abrían el libro por la hoja tal y se limitaban a leer la lección que tocara con voz monótona y cansina produciendo en sus alumnos un efecto somnífero inmediato.

Carmen se sentaba, cogía el bolso y buscaba entre el revoltijo de sus cosas la funda de las gafas, a continuación se las ponía distraídamente en la mitad del arco de la nariz, de forma que parecía que de un momento a otro, ante cualquier leve movimiento, se le iban a resbalar estrellándose contra la mesa.

Siempre seguía el mismo ritual, echaba un vistazo rápido a su esquema, lo dejaba sobre la mesa, se quitaba las gafas y comenzaba su relato. Ella contaba la historia como si fuera un cuento o una película que hubiera visto recientemente.

Primero situaba a sus alumnos en el entorno cronológico, les describía los aspectos sociales de la época y los personajes históricos, con tal vehemencia que por unos minutos todos los chicos sentían que vivían en otra época. Las guerras, las conquistas, las revoluciones, todo lo revivían. Cuando Carmen estaba en plena narración, las atentas miradas de sus alumnos reflejaban que ella había conseguido captar toda su atención, todo su interés.

A ella le encantaba enseñar y provocar la curiosidad en sus alumnos. A veces, deliberadamente, se callaba unos segundos hasta que alguno de ellos la instaba a continuar. Necesitaban saber el final, ella había conseguido eso.

Cuando apenas faltaban cinco minutos para el final de la clase, dio por concluida la lección de historia, no obstante les dijo que no se movieran de sus asientos ya que tenía algo importante que decirles. Los chicos se miraban entre sí un poco sorprendidos, no acertaban a imaginar aquello tan importante que tendría que decirles Carmen. Muchos habían comenzado ya a recoger sus bártulos y guardarlos en las mochilas. Algún avispado incluso se había levantado y había tenido que arrastrar la silla para sentarse de nuevo dejando en el ambiente un eco chirriante.

Cuando todos guardaron silencio, Carmen comenzó a decirles que al día siguiente, viernes, las tres clases de segundo harían una visita cultural a un monasterio. La visita comenzaría a la hora del recreo. A eso de las once, un autobús les recogería del colegio y les llevaría hasta el monasterio de San Pedro Cardeña, que estaba a unos diez kilómetros de la ciudad.

Iba a decirles que no se preocuparan, que estarían de vuelta a la una, como cualquier otro día, cuando de repente un murmullo se extendió como la pólvora por toda la clase.

Los chicos se miraban y sonreían, estaban encantados. Carmen los observaba sorprendida, nunca hubiera imaginado que la visita a un monasterio les hiciera tanta ilusión. Lo que ella no se imaginaba era el motivo de alegría de sus alumnos y es que el viernes, justo después del recreo, les tocaba la clase de matemáticas con el orejas. Ése y no otro era el verdadero motivo de la alegría general.

No se podían creer su buena suerte, se iban a librar de las mates, ¡como para no celebrarlo!

Cuando cesó el alboroto, Carmen continuó indicándoles la razón de la visita:

–Hacía mucho tiempo que teníamos concertada la visita al monasterio, pero por una serie de motivos, entre ellos las obras de algunas de sus dependencias, se había ido retrasando. Quiero que sepáis que el monasterio está muy ligado a la ciudad de Burgos por diversas razones. Por ejemplo, en la capilla real están enterrados varios reyes y reinas de los siglos X y XI. Por último, deciros que el propio Cid mantuvo una relación muy especial con el monasterio de

San Pedro Cardeña. Durante el primer destierro, fue precisamente aquí donde se refugiaron doña Jimena y sus hijos, igual que a la muerte del Cid, doña Jimena vivió sus últimos años en recogimiento tras los muros del monasterio. Además, aunque actualmente los restos del Campeador y su esposa reposan bajo el crucero de la catedral, en un primer momento fueron enterrados en el monasterio que aún conserva los sepulcros originales.

Cuando Carmen acabó de decir todo esto, las cabezas de Pablo, María y Jaime giraron como resortes buscándose las unas a las otras. Otra vez el Cid.

Esperaron rezagados a que saliera todo el mundo de la clase. Por fin podían hablar libremente sin que nadie les escuchara.

–¿Habéis oído? ¡El Cid está muy relacionado con el monasterio! A lo mejor conservan algo suyo –exclamó Pablo exaltado.

–Sí, claro, y a lo mejor tiene una letra oculta –dijo María.

–¿Y por qué no? –contestó Pablo.

–Pues porque no. Porque si conservaran alguna pertenencia del Cid, ¿tú crees que no lo hubieran dicho? Si tuvieran algo, cualquier cosa, se sabría y lo dirían, así el monasterio hubiera sido más importante y más famoso –argumentó María.

–¿Y si tuvieran algo y no lo supieran, como el tapiz de la Casa del Cordón? –preguntó Jaime–. Ya habéis oído a la profesora, el Cid siempre estuvo muy relacionado con el monasterio, no es raro pensar que se conserve alguna cosa, pensad que en su época ya era una figura muy importante, la gente le conocía perfectamente, conocía sus batallas, su historia y sobre todo sus victorias. Es muy posible que quedara algo de su permanencia en el monasterio y que con el paso del tiempo se olvidara.

—Sí, claro y llegamos nosotros y lo descubrimos —replicó María irónicamente.

—Hoy no estás muy optimista, ¿eh, María? —le contestó Pablo—. De todas formas existe otra posibilidad, puede que haya algo y que solo lo sepa el que está detrás de los asaltos. Si hubiera un incidente en el monasterio, si por ejemplo alguien entrara por la fuerza y no se llevara nada, ¿a que pensarías que sí que habría alguna pertenencia del Cid?

—Pues sí, pero te recuerdo que solo se conocen dos asaltos según los periódicos: el del Arco de Santa María y el de la catedral, porque con el tapiz tampoco se ha oído nada. No sabemos si quien está detrás de todo esto ya le ha hecho una visita —respondió María.

—Pues por eso mismo, que no haya noticias de un asalto no significa que no haya ocurrido o que no exista un objeto del Cid marcado con una letra, la prueba es el tapiz con los escudos del Cid y doña Jimena —volvió a replicar Pablo.

Ahora le tocaba el turno a Jaime, su carácter tranquilo y reflexivo hacía que sus amigos le escucharan con verdadera atención.

—Yo estoy de acuerdo con Pablo —dijo pausadamente—, yo creo que quien quiera que sea que esté detrás de todo esto sabe perfectamente los objetos que busca, los que están marcados con una letra, y además sigo pensando que los asaltos que conocemos son errores y que si todo hubiera salido bien tampoco nos hubiéramos enterado. Pensadlo bien, en el caso del Arco rompieron la urna de cristal para poder ver bien el casco, sobre todo el interior que es donde se encontraba grabada la uve, quizás él o ellos no habían contado con tener que romper la urna. Y en el caso de la catedral, el capellán se dio cuenta de que había pasado algo porque encontraron el cofre abierto pero si no, nadie se hubiera enterado. Y a mí eso me parece más bien un descuido.

María, que escuchaba atenta a sus amigos, iba asimilando poco a poco en su interior los argumentos que ambos esgrimían, y se iba convenciendo de que los razonamientos de Pablo y Jaime se podían acercar bastante a la realidad.

Pablo, viendo en el rostro de María que casi estaba de acuerdo con ellos, hizo un breve resumen de la situación:

–A ver, lo que sabemos es que ha habido dos asaltos a objetos del Cid que han salido en el periódico y que en los dos casos, más o menos escondida, ambos objetos tenían grabada una letra.

–Claro que de eso los periódicos no dicen nada –interrumpió María.

Pablo, que se había puesto muy serio intentando relatar los hechos lo más objetivamente posible, le lanzó una mirada de leve reprimenda por la interrupción y continuó.

–Además, nosotros por nuestra cuenta hemos descubierto otro objeto, el tapiz con los escudos de armas que da la casualidad de que también contiene una inicial. O sea que esto demuestra que hay más objetos del Cid marcados por ahí y, como dice Jaime, que no se conozcan otros asaltos no significa que no hayan ocurrido y que quien esté detrás de todo esto no les haya hecho una visita, solo que esta vez sin dejar huellas.

–Vamos, que tú crees que en el monasterio de San Pedro Cardeña tiene que haber algo –sintetizó Jaime.

–Sí, lo creo. Si como dice Carmen, el Cid estuvo tan ligado al monasterio, es posible que haya algo y también creo que la espada es otro de los objetos grabados –concluyó Pablo.

–Pues entonces estaremos atentos mañana y el sábado en el homenaje a la Tizona –apuntó María contagiada y convencida por las teorías de sus amigos que ahora veía con muchísima más claridad.

–¡Ah, por cierto! –se acordó Pablo de repente–. Le pregunté a mi padre si nos podía conseguir una invitación más para tu abuelo y me dijo que sin problemas.

–¡Qué bien! Así nos podrá acompañar y nos contará un montón de cosas. Muchas gracias, se lo diré enseguida, ya verás la ilusión que le hace.

Nolo había salido a dar un paseo. Necesitaba salir de esa habitación, sentía que se ahogaba allí dentro.

La soledad, la incertidumbre y la tensa espera del siguiente golpe, todo había hecho mella en él. Sentía que se le oprimía el pecho.

Salió de la pensión sin rumbo fijo. Sus pies vagaban caprichosos arrastrando su cuerpo. Sorteó varias callejas y cruzó la plaza Mayor hasta el paseo del Espolón.

Con las manos en los bolsillos y la mirada perdida, caminó hasta la otra orilla del río Arlanzón. Se apoyó en la barandilla. La mañana era fría y gris. Un golpe de viento fresco le golpeó en las sienes despertándolo de su hipnosis.

De pronto, sin saber muy bien cómo había llegado hasta allí, reconoció el paisaje. Cuando era pequeño su madre lo traía a menudo hasta ese mismo lugar.

El discurrir del río, las agujas de la catedral que se recortaban en el horizonte, los puentes que irrumpían sobre el cauce del río. Desde donde él estaba podía ver la orgullosa fachada del Arco de Santa María, con sus torreones y sus esculturas. Sin embargo, ahora lo veía todo distinto, como si fuera la primera vez que lo observaba y, de repente, entendió lo que ocurría. Hasta ahora siempre lo había visto con los ojos de la costumbre, pero en ese mismo instante era como si no conociera la ciudad y la ciudad no lo conociera a él.

Miraba el caudal pobre del río. Solamente cuando llovía y la nieve se derretía arriba en las montañas, bajaban las aguas abundantes y revueltas y hacían del Arlanzón un río orgulloso.

Su mirada se detuvo en los anchos márgenes del río. Hasta no hacía mucho, la maleza, los matorrales y las malas hierbas acompañaban el paso de las aguas a lo largo de su camino. Sin embargo, el aspecto salvaje y descuidado se había trocado en cuidados espacios donde el césped y la hierba segada habían sustituido a los cardos y las ortigas.

En verano, cuando el tiempo lo permitía, los espaciosos márgenes del río se poblaban de familias felices que merendaban bajo los castaños, de niños jugando con la pelota y de parejas de enamorados.

Un sonido de fondo le devolvió a la realidad. Era una de esas melodías polifónicas de los móviles de última generación. Se giró, un hombre trajeado con un maletín sacó del bolsillo interior de la chaqueta un pequeño teléfono y se fue alejando poco a poco, paseo arriba.

Él lo observaba mientras su figura se hacía más y más pequeña. Su vida era tan distinta a la de ese hombre... En realidad era distinta a la de casi todos los hombres.

El sonido del móvil le recordó que él también había recibido una llamada esa misma mañana. Era la cuarta llamada que recibía desde que todo esto había comenzado y si lo había entendido bien, también sería la última.

Todo estaba llegando a su fin.

Al otro lado del teléfono siempre estaba la misma voz. No conocía de nada a ese hombre, solo su voz y su nombre, señor García, aunque tampoco creía que ese fuera su verdadero nombre. Se lo imaginaba mayor, de unos sesenta o setenta años.

Su forma de hablar, correcto y educado, le hacía suponer que era una persona culta, de cierto nivel. Nada que ver con la gentuza con la que él estaba acostumbrado a tratar.

La primera llamada le sorprendió la misma tarde que salió de la cárcel. De eso hacía ya más de quince días.

Había cumplido una condena de ocho meses en la prisión de otra ciudad. En realidad, la pena había sido mayor pero la junta de libertad condicional le rebajó dos meses por buena conducta, total su delito no había sido de los más graves, simplemente fue acusado de intento de robo con allanamiento de morada.

Había recibido un soplo de un «compañero». En teoría, los dueños del chalé no iban a estar en casa y no tenían alarma. Lo único que se le olvidó a su informador fue el pequeño detalle de dos mastines ingleses que le estaban esperando en el jardín nada más saltar la tapia.

La verdad es que esa era la historia de su vida, una sucesión de robos cutres que en el mejor de los casos, cuando la policía no le pillaba, le suponían un botín escaso que le permitía ir tirando hasta el siguiente golpe.

Aquella tarde, sin embargo, pensó que su suerte, su mala suerte había cambiado.

Cuando descolgó el teléfono, la venerable voz de su interlocutor, su tono tranquilo y relajado, le indujo a pensar que estaba ante un señor.

–¿Es usted Manuel Álvarez o Nolo? –escuchó al otro lado del teléfono.

–Sí, ¿quién es?

–Buenas tardes, mi nombre es García y su teléfono me lo ha facilitado, ¡ejem! –tosió con un leve carraspeo –digamos que un compañero suyo. Necesito saber si le interesa un trabajo.

Al principio se quedó un poco parado, acababa de salir del trullo y ya le ofrecían un trabajo. Al cabo de unos pocos segundos reaccionó y acertó a decir:

–Sí, bueno, dígame lo que tengo que hacer.

—Lo que necesito de usted es muy sencillo. No quiero a ningún matón, tengo entendido que su especialidad es la visita a ciertos lugares donde previamente no ha sido invitado, por decirlo educadamente –dijo el señor García, articulando las palabras muy despacio–. Corríjame si me equivoco, usted se dedica a... digamos pequeños hurtos, allanamiento de moradas o intromisión de la propiedad privada, es decir, delitos menores.

O sea, que el tío creía que él era un raterillo de poca monta, entonces, ¿para qué lo había llamado? Aquello le había dolido en lo más profundo de su orgullo de delincuente.

Una cosa es que tú sepas que en el escalafón de la delincuencia nacional ocupas un lugar irrelevante, y otra muy distinta que te lo digan así, por las buenas y a la cara. No obstante, su situación actual, recién salido de la cárcel y con unos pocos euros en el bolsillo, no le permitían ese tipo de arrebatos de orgullo herido. A fin de cuentas el tío podía pensar de él lo que quisiera y él necesitaba un trabajo, cualquier trabajo.

Le dijo que sí, que lo haría.

El señor García no mostró ningún tipo de emoción, como si supiera la respuesta de antemano.

A continuación le dio las primeras instrucciones.

El asunto era sencillo. Debería entrar en determinados lugares sin ser visto por supuesto, para lo cual él le facilitaría toda clase de planos, medidas de seguridad, horarios de vigilantes, según el caso, claro.

Una vez dentro, debería localizar un objeto determinado, del que previamente le habría informado, y después, y esto era lo más sorprendente de todo, ya que llegado a este punto cualquiera pensaría que el tío lo que quería era que lo robara, pues no, simplemente quería fotografías. Fotografías desde todos los ángulos posibles, del interior y del exterior, según los casos.

Fotografías y ya está, a salir por donde había entrado. No tenía que robar nada, así que, aunque le pillaran, la condena esta vez sería mínima, había pensado para sus adentros.

Además, sorprendentemente, estaba muy bien pagado. No había ningún motivo por el que no debiera aceptar. Todo era tan sencillo, entrar, hacer unas fotos y salir.

Le preguntó cuántos lugares tendría que asaltar y, en un intento de demostrar su eficiencia, le dijo que lo haría todo muy rápido, en unos pocos días tendría las fotos de todos los objetos que quisiera.

–No –escuchó después de un incómodo silencio. Por un momento, Nolo pensó que el señor García estaba reconsiderando su propuesta laboral–. Lo haremos a mi manera –dijo al fin–. Yo dirijo la operación –su tono severo, autoritario no dejaba espacio a la réplica–. Usted y yo no nos conocemos –continuó –y no nos conoceremos jamás. Yo le indicaré en qué lugar y en qué momento deberá actuar. Para ello le haré llegar las instrucciones precisas con lo que necesite saber. Le llamaré por teléfono el día antes de cada operación y le daré el número de un apartado de correos. En él encontrará un sobre con toda la información referente al primer lugar, la hora en la que deberá entrar y las medidas de seguridad que deberá esquivar. Solo tendrá que seguir mis instrucciones al pie de la letra y no ocurrirá nada. Por último encontrará una breve descripción del objeto que usted debe fotografiar junto a una pequeña cámara y tarjetas de memoria suficiente. ¿Alguna pregunta? –le espetó a bocajarro el señor García.

A Nolo aquello le había pillado por sorpresa. No es que estuviera distraído, ni mucho menos, pero pensaba que en el monólogo del señor García no había lugar para ruegos y preguntas.

–Pues sí, me gustaría saber qué tengo que fotografiar exactamente, no sé..., todo en general o alguna parte del objeto –respondió tímidamente.

–Quiero fotografías desde todos los ángulos posibles, del exterior y del interior si procediera, según el objeto claro, y en especial quiero que se fije en cualquier marca... –justo en ese punto, la voz firme y segura del señor García titubeó unos segundos. Hasta ese momento todo lo había calculado con precisión, lo que le diría y lo que no, pero en ese instante sopesó los pros y los contras de suministrarle más información. Si le decía lo que estaba buscando, quizás se volvería avaricioso, quizás era más inteligente de lo que parecía y empezara a atar cabos y a descifrar el enigma. Enseguida desechó estas ideas de su cabeza. No parecía la clase de hombre capaz de pensar por sí mismo. Por otro lado si no le contaba lo de las marcas en forma de letra no sabría exactamente lo que debería buscar y las fotografías no valdrían para nada. Todo el trabajo sería inútil. Lo mejor sería decírselo. Así que, después de este punto de inflexión, decidió continuar la frase que había dejado a medias –...deberá fijarse especialmente en cualquier marca que parezca una letra mayúscula.

–Ah –fue lo único que acertó a decir Nolo. Ahora ya lo tenía todo claro.

–Ya lo sabe, justo el día anterior a cada trabajo recibirá una llamada, yo solo le diré un número que corresponderá a un apartado de correos distinto cada vez y colgaré. Usted recogerá el sobre con toda la documentación, la estudiará y la destruirá. Posteriormente, cuando haya concluido el trabajo, introducirá la tarjeta de memoria en un sobre y la dejará en el mismo apartado de correos. Por cierto, en el sobre junto a la documentación también encontrará sus honorarios. Como ve, cobrará cada trabajo por adelantado. Espero que no me defraude y no me arrepienta de la confianza que deposito en usted. Eso es todo. Pronto recibirá noticias mías.

Ésa había sido la primera llamada. Cuando colgó el teléfono móvil apenas si podía ordenar sus ideas. Todo le parecía tan extraño y al mismo tiempo tan fácil. La verdad es que era un dinero fácil que no podía rechazar, todo estaría arreglado, le facilitarían toda la información acerca de las alarmas, las cámaras de seguridad y él solo tenía que hacer unas fotos.

Había hecho bien en aceptar, ¿cuántas oportunidades así le iban a surgir en la vida? Total, por una vez que tenía suerte no era cuestión de dejarlo pasar.

Desde aquel primer contacto telefónico habían pasado dos semanas y tres llamadas más. Aquella misma mañana había sido la última. Como siempre en la pantalla del móvil aparecían las palabras: número privado. Era imposible localizar la llamada.

Sin embargo ésta no había sido como las otras. Esta vez el señor García no se limitó a decir el número de un apartado de correos y colgar. Esta vez sus palabras seguían resonando en la mente de Nolo.

–Esta será la última llamada que recibirá. Nuestro pequeño proyecto en común finaliza aquí. Esta vez el trabajo será diferente. En el sobre, junto a la información del objeto que deberá fotografiar no encontrará ningún plano de museos ni catedrales, ni documentación sobre medidas de seguridad. Lo que encontrará será una acreditación a su nombre, un carné de prensa. El sábado habrá una recepción en el ayuntamiento en la que se exhibirá públicamente el objeto que nos interesa, una espada del siglo XI. Habrá mucha gente invitada, autoridades, periodistas... Usted se hará pasar por uno de ellos, podrá acercarse y fotografiar la espada tranquilamente. Ya sabe lo que debe buscar. Nadie se fijará en usted. Pasará totalmente desapercibido. Será uno más. Cuando haya concluido su trabajo, depositará la tarjeta con las fotos en el apartado de correos número quince. En el sobre, junto al carné de prensa, además de sus honorarios encontrará una gratificación adicional. Creo que he sido bastante generoso. Espero que todo salga correctamente. Si todo se desarrolla según lo previsto esta será la última vez que me pondré en contacto con usted. No volveremos a hablar y usted olvidará nuestra pequeña aventura, ¿le ha quedado claro?

–Sí –fue lo único que acertó a decir Nolo–, no habrá ningún problema.

–Eso espero, suerte y adiós.

Nolo, con el teléfono móvil pegado aún al oído, se quedó ensimismado escuchando el largo pitido que indicaba que el señor García había colgado.

Así que todo había acabado, un trabajito más y listo.

Al principio le pareció todo muy complicado, nunca había hecho nada parecido. ¡Tenía que hacerse pasar por un periodista! Pero poco a poco le encontró el lado positivo al asunto. En realidad, si lo pensaba bien esto era más fácil y menos peligroso que los trabajos anteriores. Entraría por la puerta grande sin que nadie le dijera nada con su carné de prensa, haría las fotos y se iría.

Estaba deseando acercarse al apartado de correos. Quería ver con sus propios ojos a cuánto ascendía la gratificación.

Ya había ganado bastante dinero. Había hecho muy bien en aceptar el trabajo, lástima que se acabara tan pronto. El sábado todo habría terminado y podría continuar con su vida, aunque lo que él tenía pensado era comenzar una nueva vida.

Aquella mañana le llamó por última vez. Esta vez la conversación había durado un poco más que las otras veces, acostumbrado a decir un número y colgar, le había costado un esfuerzo mayor del que creía tener que explicarle el plan.

Le molestaba hablar con ese hombre, tratar con esa clase de gente de la que él se sentía tan lejos y sin embargo le necesitaba. Necesitaba que alguien le hiciera el trabajo sucio.

Le explicó que debería hacerse pasar por periodista, que en la documentación que había en el apartado de correos encontraría unas credenciales: un carné de prensa falso, por supuesto. Pero nadie notaría la diferencia. Los agentes de seguridad que controlarían la entrada a las puertas del ayuntamiento durante el homenaje del sábado, le dejarían entrar sin ningún problema.

Lo único que tenía que hacer era mezclarse con los demás periodistas, seguramente los colocarían a todos en fila para comprobar sus identidades. Echarían un ligero vistazo a los carnés sin fijarse en nada más. Siempre era igual. En todos los actos, homenajes, conferencias y presentaciones a los que él había asistido a lo largo de toda su vida, que eran muchos, los agentes asignados de comprobar las identidades y las invitaciones de los asistentes lo hacían con la indiferencia del trabajo rutinario y tedioso del que no espera ningún tipo de sorpresa, ¿quién iba a querer colarse en ese tipo de acto? Si todavía fuera un partido de fútbol... pensarían muchos.

Nada podía fallar. Cuando tuviera la última tarjeta de fotos, las de la espada Tizona, la primera parte del trabajo habría acabado. Ya no necesitaría a nadie. Después todo dependía de él, de su inteligencia para descifrar el enigma.

Sentado en su escritorio, su mirada se paseó de derecha a izquierda. Las paredes estaban ocultas por estanterías repletas de libros. Una hilera tras otra de sabiduría revelaba que aquel era el despacho de un hombre de letras y humanidades.

Había muchos libros sobre la historia de diversos países, pero la mayor parte de las estanterías de la derecha estaban invadidas por la Historia de España, la España medieval... Estos y otros títulos se agolpaban en modernas encuadernaciones de gruesos volúmenes. Los llamativos colores chocaban mucho con la sobriedad y antigüedad de los de la izquierda, protegidos por una vitrina de cristal, revelaban el valor y los cuidados que su dueño les profesaba.

Sobre el viejo escritorio, un modelo isabelino que adquirió a muy buen precio en una subasta gracias a sus contactos, acampaban a sus anchas multitud de fotografías. En ellas se podía ver claramente un cofre, un casco y algún otro objeto que él mismo había fotografiado. Había fotos desde diversos ángulos, pero sobre todas destacaban algunas ampliaciones de detalles, éstas últimas tenían algo en común. En todas se adivinaba una letra mayúscula. Y mezclada entre las fotos, había una invitación para un acto en el ayuntamiento el sábado por la mañana.

Al final había conseguido una invitación. Estaría allí observándolo todo. En un principio no había pensado siquiera en la posibilidad de asistir, pero cuando la tarde anterior le trajeron la invitación no dudó ni por un momento que acudiría.

En primer lugar, a nivel personal y profesional era una oportunidad única. Ya la había visto en otras ocasiones, en su juventud, aun así volvería a ver con sus propios ojos la auténtica Tizona, él que admiraba tanto la figura del Cid. Había adquirido multitud de libros sobre el héroe burgalés. Algunos los había conseguido en subastas, otros eran ediciones antiguas que había encontrado por casualidad, merodeando por los rastrillos de la ciudad, mezclados con infames noveluchas de vaqueros y otras de corte romántico. Su buen ojo crítico localizaba las piezas con notable precisión y las rescataba del olvido devolviéndolas al lugar que se merecían: su vitrina de joyas literarias.

Por fin volvería a ver la espada pero esta vez lo haría con otros ojos. Actualmente se encontraba custodiada en el Museo del Ejército de Madrid y en muy raras ocasiones dejaban que abandonara el lugar para ocasionales exhibiciones.

Él, por su trabajo, estaba acostumbrado a ver réplicas más o menos fieles de la espada, pero, precisamente por su experiencia, sabía que éstas siempre perdían detalles claves de las piezas originales. Además, el lunes tendría la última tarjeta de fotos. Esperaba que el trabajo de Nolo fuera tan bueno como los anteriores, entonces tendría una reproducción exacta de la verdadera Tizona, milímetro a milímetro y, por lo tanto, la última letra que necesitaba.

No obstante, había otro motivo para aceptar la invitación. Estaría allí observándolo todo. Solamente él sabría que entre los periodistas había un impostor. Alguien a quien él había facilitado el acceso para realizar el trabajito que le había encargado.

Nadie sospecharía nada, ni siquiera Nolo podría imaginar que la persona que le llamaba por teléfono para darle las instrucciones precisas estaría allí, vigilando sus pasos. Nunca se habían visto, solo conocía su voz y su nombre, señor García, en cambio él sí lo reconocería.

Retiró la silla hacia atrás y se levantó echando un rápido vistazo a la pila de fotografías que había sobre el escritorio. Cruzó el despacho hasta llegar a un sillón, mientras sonreía para sus adentros, señor García era el primer nombre que se le había ocurrido. Por supuesto, nadie podía conocer su verdadera identidad. Él era un hombre respetado y conocido por la comunidad. ¡Si sus colegas supieran lo que se traía entre manos! No se lo podrían imaginar. Tampoco él sabía exactamente qué era lo que habría al final del camino pero estaba seguro de que todo conduciría a algo muy valioso y muy antiguo, algo que permanecía oculto al mundo desde hacía siglos. Alguien hace cientos de años se había tomado la molestia de marcar algunos objetos personales del Cid con una letra. Pero, ¿para qué? ¿Qué escondían las iniciales? Ésa era la parte que a él le correspondería averiguar.

Su mente era un torbellino de ideas. Las más dispares surcaban su cabeza dejando una estela de curiosidad. Podía sentir el poder del que sabe algo único en el mundo que los demás ignoran.

Sus ojos aparcaron sobre uno de los ejemplares de su vitrina favorita. Sacó una pequeña llave de un bolsillo interior de su pantalón y la abrió. Primero acarició el lomo del libro y lo tomó entre sus manos con la dulzura de un padre acunando a su hijo. No era antiguo, era pretérito. Con mucho cuidado lo abrió y extrajo una hoja de papel doblada por la mitad. Lentamente la desdobló. El papel, grueso y amarillento, parecía haber sobrevivido a lo largo de los siglos. Él releyó de nuevo los cinco objetos que contenía la lista. Ésta había llegado a sus manos por casualidad, como casi todos los grandes descubrimientos del mundo. Cuando la encontró, no entendió su significado pero algo en su interior le despertó la curiosidad del investigador, del estudioso y, en un impulso irrefrenable, se guardó la hoja en su maletín. Sabía que ni debía ni podía hacerlo, no era ni ético ni profesional, aun así no pudo evitarlo.

Apenas habían pasado unas semanas desde que encontró la lista, cuando en uno de los muchos trabajos en los que le requerían por sus conocimientos históricos se topó con uno de los objetos que se detallaban en ella. Al principio no lo relacionó.

Tenía que autentificar un tapiz que representaba un escudo de armas. Desde el principio estuvo casi seguro de que pertenecía al Cid, había leído y estudiado mucho sobre su figura. No obstante, había algo en el dibujo que no encajaba. Después de estudiarlo con detenimiento y compararlo con los grabados de la época, leer las crónicas históricas y sobre todo visitar el sepulcro original del Cid y su esposa doña Jimena que los monjes de San Pedro Cardeña habían construido, entendió qué era lo que no encajaba en el tapiz. Había un pequeño detalle que saltaba a la vista para el ojo crítico del investigador. Casi no podía dar crédito a lo que su rigor histórico le acababa de revelar. Había una letra disimulada en el escudo.

Después, en un segundo las conexiones de su mente hicieron el resto. La lista, los cinco objetos. El tapiz era uno de ellos. O sea, la lista no era una sucesión arbitraria de objetos relatados al azar. Pensó dónde la había encontrado y lo entendió todo. Los cinco objetos estaban relacionados entre sí, todos pertenecían a un mismo dueño: el Cid. Si uno estaba marcado, seguramente los otros también pero, ¿por qué? ¿Quién los marcó? Quién escribió la lista? Y, sobre todo, ¿qué significado tenían las letras?

Decidió que tenía que averiguarlo, estaba seguro de que escondían un gran misterio pero él solo no podía hacer todo el trabajo. Sabía dónde encontrar cada uno de los objetos, eso no era muy difícil aunque, si como sospechaba, todos ellos pertenecían al Cid, la mayoría estarían en museos o iglesias perfectamente custodiados. Era evidente que él no podía acercarse y examinarlos detenidamente sin despertar sospechas, tendría que contratar a alguien que le hiciera el trabajo sucio, alguien que estuviera acostumbrado a adentrarse en los sitios furtiva y sigilosamente. Alguien que se acercara a los objetos, los tocara y buscara las letras grabadas que él intuía se encontraban ocultas o, en el mejor de los casos, disimuladas.

Para eso contrató a Nolo. Y por fin el lunes tendría en su poder la última tarjeta de fotos, la de la espada Tizona. Después de esto su trabajo habría concluido. Ya no necesitaría más sus servicios y podría olvidarse de él, a fin de cuentas ya había sido bastante generoso con él.

¿Cuál sería la letra que contenía la espada? Estaba ansioso por saberlo. Era el último eslabón para descifrar el misterio. A partir de ahí empezaría su trabajo. Estaba seguro de que lo averiguaría. Encontraría la conexión entre todas las letras, tenía material suficiente. Se giró sobre sus pasos y observó de nuevo los viejos volúmenes de su vitrina favorita, muchos de ellos referentes al Cid. Leyendas, historias, crónicas y biografías de un hombre valiente al que casi mil años después de su muerte todo el mundo recordaba.

11. El monasterio de San Pedro Cardeña

Solo faltaban quince minutos para que la clase de lengua finalizara.

Merceditas, siempre paciente y comprensiva, notaba cómo sus alumnos se revolvían inquietos en sus asientos. Era comprensible, todos estaban ansiosos por subirse en el autobús que les conduciría al monasterio de San Pedro Cardeña, la excursión que el día anterior les anunció Carmen en la clase de historia.

Por fin sonó el timbre, y un estallido de alegría y alboroto inundó el aula.

Los chicos saltaban de las sillas como si estuvieran provistas de invisibles resortes sensibles al sonido del dichoso timbre.

Era tanta la algarabía que Mercedes intentó hacer audible su ronca y castigada voz, el tabaco la estaba matando, un día de estos debería dejarlo.

Poco a poco fueron cesando los molestos ruiditos escolares, como el chirriar de las sillas contra el suelo, las carpetas sobre la mesa, las cremalleras de las mochilas y el constante griterío de los alumnos.

Les anunció que los autobuses les estaban esperando en la puerta principal del colegio y que ella también les acompañaría en la visita al monasterio. Por último, les dijo que salieran ordenadamente y sin atropellos. Eso era lo más difícil de cumplir ya que apenas terminó de decir esto, los chicos salieron en estampida y se mezclaron en los pasillos con el resto de chavales que salían al recreo.

Una vez en la calle, esperaban alegres a que llegaran los tutores que les acompañarían.

Las tres clases de segundo sumaban casi un total de noventa alumnos que los profesores tendrían que repartir en dos autocares. El regreso al colegio se había programado para la una de la tarde, de esa forma, los padres que quisieran podían recoger a sus hijos como cualquier día normal.

Los chicos estaban encantados ya que de esa forma se perdían una clase. Pero los que más contentos estaban eran los de la clase de Pablo, Jaime y María. Ellos no solo se perdían hora y media de colegio, sino que se libraban de la clase más angustiosa que tenían, las matemáticas, y por si fuera poco del insufrible orejas. Un sueño que algunas veces se permitían imaginar cuando, por ejemplo, acostumbrados a su puntualidad británica se retrasaba algún que otro minuto. Claro que eso solo había ocurrido dos veces en todo lo que llevaban de curso.

Sin embargo, la alegría que sentían de pronto se vio interrumpida por la súbita aparición de don Félix. Por lo visto, él también sería uno de los tutores que acompañarían a los chicos en la excursión.

Un murmullo de fastidio recorrió el nutrido grupo que formaban los alumnos de segundo A.

—Hay que fastidiarse, el tío tiene que jorobar hasta el último momento —dijo Javier, a quien algún débil rayo de sol hacía brillar su cabellera roja.

—Y que lo digas —contestó Pablo—. Y seguro que encima sube en nuestro autocar.

—No, si es que parece nuestro carcelero, hasta cuando tenemos libertad vigilada nos sigue los pasos —comentó Alberto, cuya cabeza sobresalía entre las demás.

Todos formaban parte del mismo corrillo en el que también estaban Jaime y Enrique.

María, por su parte, charlaba animadamente con sus amigas: Cristina, que no paraba de jugar con sus rizos y siempre tenía algo que decir; y Ana, su otra mejor amiga, más tímida, siempre dispuesta a escuchar. Las tres formaban un perfecto triángulo escaleno de amistad. Tres personalidades totalmente diferentes que se unían en auténtica armonía.

Pablo, Jaime y María habían acordado por su parte, justo al salir de clase se habían quedado rezagados, que durante el trayecto en el autocar se mantendrían separados. De ninguna manera querían despertar sospechas sobre lo que se traían entre manos y últimamente por uno u otro motivo se les veía mucho juntos. Eso sí, cuando comenzara la visita, los tres disimuladamente se reunirían de nuevo. Estaban convencidos de que en el monasterio encontrarían un cuarto objeto del Cid, pero para eso tenían que estar atentos a cualquier detalle, nada se les podía escapar. Además sabían qué tenían que buscar, una letra, una inicial mayúscula y también sabían que podía ser cualquiera. Hasta ahora tenían dos uves y una cu, ¿cuál sería la próxima? Y sobre todo, ¿cuántas habría en total?

Habían hablado mucho sobre el tema, en los recreos, en los trayectos hasta el colegio, y al final los tres habían llegado a una conclusión, lo más probable sería que las letras formasen una palabra. Pero de momento había un pequeño problema, no tenían ninguna vocal, algo imprescindible para que el conjunto debidamente ordenado tuviera algún sentido; y que ellos supieran en cualquier idioma, hasta el inglés, se necesitaba al menos una vocal, claro que en este caso habían pensado que necesitarían dos, ya que, si no, con las tres consonantes que tenían tampoco le veían el significado por ningún lado. No tenían ni idea de cuántos objetos más estarían marcados. Suponían que tampoco habría muchísimos, los justos para que las letras grabadas en cada uno de ellos tuvieran una lógica.

Merceditas era la encargada de repartir a los alumnos en los autocares. Su escasa estatura le permitía mezclarse ágilmente entre los grupillos de chicos y chicas, éstos sonreían mecánicamente al descubrir a la profesora y obedecían voluntariosos las indicaciones que ella les comunicaba.

Se había dispuesto que la clase de segundo A junto con la mitad de los de segundo B se dirigieran al autocar azul aparcado en primer lugar. Y el resto de segundo B y todos los de segundo C se montarían en el segundo autocar.

Una vez sentados charlaban animadamente. El rugido mecánico del motor y un leve ronroneo les indicó que la excursión estaba a punto de comenzar. Solo faltaba que subiera alguno de los profesores que controlarían a los chicos.

María, Cristina y Ana estaban sentadas al principio mientras que Jaime, Pablo y sus amigos habían escogido los asientos del fondo.

Todos estaban expectantes para ver quién les acompañaría. Al final, su mal presentimiento se había cumplido: el orejas subía en el autocar al mismo tiempo que las puertas se cerraban y le indicaba al conductor que podían marcharse.

—Ya os dije yo que el tío se venía con nosotros —dijo Pablo.

—No, si hay que tener mala suerte —contestó Alberto.

Don Félix, apoyando sus manos en el respaldo de los asientos delanteros a derecha e izquierda se plantó a la cabecera del pasillo. Visto así, de frente, con la mirada de superioridad perdida en el horizonte, parecía un *sheriff* a punto de desenfundar su arma.

Uno a uno, todos los alumnos se fueron callando justo en el momento en el que solamente se oía el murmullo de la conducción, se dignó a despegar los labios.

–Quiero que sepan que la clase de matemáticas se va a recuperar. Seguramente nos quedaremos una hora y media más la semana que viene. En vez de salir a las cinco, saldremos a las seis y media.

Y dicho esto se sentó.

Una sensación de malestar y desazón se apoderó de los chicos, que se miraban y murmuraban entre sí girando las cabezas de un lado para otro en señal de negación. No se lo podían creer, había que ser mezquino y cruel para intentar amargarles el día de esa manera.

Le conocían bien, estaban casi convencidos de que al final no lo haría, él no pasaría ni un minuto más de lo que le correspondía con ellos. Los niños no eran su compañía favorita. Solamente lo había dicho para castigarles porque intuía la alegría que había supuesto para ellos la pérdida de su clase.

Poco a poco, los guiños de complicidad de la inesperada decepción se volcaron en tímidas sonrisas y en murmullo de conversaciones cruzadas. En cuestión de un minuto habían pasado de la indignación generalizada al inocente entusiasmo del principio.

El monasterio de San Pedro Cardeña estaba situado a las afueras, a unos diez kilómetros de la ciudad.

Los autobuses cruzaban las calles y avenidas del centro en un intento de escapar del molesto tráfico de mediodía.

Nada más cruzar uno de los puentes que cruzaban el río Arlanzón, giraron hacia la izquierda enfilando el largo paseo de la Quinta.

El paseo, que se perdía por el este de la ciudad, era una sucesión arbolada de las más diversas especies que discurrían en paralelo al río.

Poco a poco se fueron internando en el parque de Fuentes Blancas.

Una estrecha carretera dividía en dos un paraje de frondosos castaños, nogales y pinos que hermanados por sus ramas constituían una única sombra que se extendía a lo largo de kilómetros. En verano, las familias y numerosos grupos de jóvenes disfrutaban de los columpios y barbacoas que se encontraban diseminados por toda la superficie del parque. Un agua cristalina y fría manaba con generosidad de diversas fuentes.

Ya faltaba poco para llegar y el paisaje aparecía ahora más yermo y austero. La arboleda daba paso a los campos labrados de cereales.

A lo lejos se podía divisar al fin el monasterio. A medida que se iban acercando, una fortaleza de espiritualidad aparecía ante sus ojos. Era un edificio sencillo de planta cuadrada. En la fachada principal dos torreones flanqueaban sendos lados.

Los autobuses pararon, y los chicos y los profesores comenzaron a bajar.

Un viento gélido les golpeó en la cara. El cierzo, el viento del norte, no perdonaba, y tanto en invierno como en verano aparecía traicionero en el momento más inesperado.

Carmen, que también les acompañaba en la excursión, se bajó del otro autocar e intentó agrupar a los alumnos de los tres cursos junto a un pedestal que había en la entrada.

Mientras esperaban a uno de los monjes que sería su guía en la visita, intentó explicarles qué significaba aquella columna que tenía una placa conmemorativa. Se arremolinaron todos a su alrededor atentos a sus palabras.

–A ver, los del fondo que se callen un poco. Bueno, ya sabéis que el origen del monasterio es muy antiguo, más o menos data del siglo VI y al principio solo era una ermita. Posteriormente fue creciendo y su momento de gran expansión coincidió en el tiempo con la época en la que vivió el Cid.

Justo cuando iba a continuar su explicación un hombrecillo rechoncho, que se acercaba con celeridad divina, la interrumpió. El hombre, sofocado por la carrera, respiró hondo antes de presentarse a los profesores.

–Hola, buenos días, soy el hermano Pedro, supongo que ustedes vienen del colegio Miguel de Cervantes, les estábamos esperando –acertó a decir con frases entrecortadas por la asfixia momentánea, al tiempo que estrechaba la mano de los tres.

Vestía un grueso hábito de tela marrón que protegía sus carnes del frío helor. En su cara, unos diminutos ojillos sonreían complacidos a todos los chicos, transmitiendo la serenidad adquirida tras los muros.

Carmen fue la última que le saludó muy cordial mientras le invitaba a explicar a sus alumnos el significado del pedestal.

–Bueno, chicos –comenzó diciendo–, primero quiero daros la bienvenida al monasterio de San Pedro Cardeña, y para que nos situemos todos os contaré algunos datos históricos del lugar, pero no os preocupéis que no os daré mucho la brasa, ¿se dice así, no? –preguntó simpático a uno de los chicos. Una risotada general calentó el ambiente–. La fundación del monasterio, según las crónicas que se conservan, tiene lugar cuando la reina doña Sancha ordenó la construcción de una ermita que diera sepultura a su hijo muerto violentamente, el infante Teodorico, allá por el año 535. Desde ese momento, el monasterio ha conocido épocas de expansión y crecimiento y otras en las que fue abandonado o invadido como en 1808 cuando lo ocuparon los franceses –hizo una pausa para tomar aire y prosiguió–. Bien, sigamos. Actualmente somos unos ochenta monjes trapenses los que vivimos, oramos y trabajamos aquí, si alguno de vosotros quiere unirse a nosotros este es el momento de decir algo –comentó escrutando la cara de los chicos, mientras les guiñaba un ojo. Todos los alumnos contestaron con risas y carcajadas la ocurrencia del monje–. Ya sabéis que el Cid durante toda su vida estuvo muy ligado a San Pedro Cardeña. A ver, bajo este pedestal, bajo nuestros pies, está enterrado el compañero más fiel que le siguió en todas sus batallas –paseó una mirada interrogante por las atentas caras de los alumnos. Durante unos segundos dejó la respuesta en el aire, al final, satisfecho por la posibilidad de descubrirles un dato curioso dijo con voz teatral...–: ¡*Babieca*, el caballo del Cid!

La sorpresa general inundó los rostros de los chicos que esperaban como respuesta el nombre de algún hidalgo caballero o escudero. A continuación agacharon las cabezas mirando al suelo e intentando imaginar tan ilustre corcel. Todos menos Pablo, Jaime y María que se buscaban con la mirada intentando aproximarse entre sí.

Pues mira tú por dónde, sí que había un objeto del Cid, nada más y nada menos que el caballo más famoso de la historia y eso que la visita no había hecho nada más que comenzar.

Adivinando las intenciones de sus amigos, Pablo fue el primero que se aproximó a la placa que había en el pedestal. Los tres leyeron las palabras que contenía. Sin embargo, nada indicaba que aquello fuera lo que estaban buscando. Lo que ellos buscaban eran letras grabadas donde normalmente no deberían estar, como en el casco y en los demás objetos. Acordaron no separarse más y estar muy atentos a cualquier indicación del monje. Algo en su interior les decía que las huellas que había dejado el Cid en aquel lugar eran más de las que muchos se imaginaban.

Después de unos segundos de contemplación a tan singular sepultura, el hermano Pedro invitó a todos a que le siguieran hasta la puerta principal. Atravesaron la vasta explanada rodeando el jardín central que se extendía como una alfombra verde hasta la fachada.

Una vez allí, les explicó brevemente que el estilo arquitectónico comprendía tanto partes románicas y góticas como barrocas. Seguidamente, bordeó la pared principal del monasterio girando a su izquierda. Al fondo, como un apéndice añadido, aparecía otro edificio que curiosamente tenía forma piramidal, sobre todo en los recortes escalonados que apuntaban al cielo. Sobre un arco de medio punto que enmarcaba una puerta, una sonora campana anunciaba que estaban ante la iglesia.

La comitiva presidida por el monje, don Félix, Merceditas, y en último lugar Carmen, entró en la iglesia seguida del tropel de alumnos.

Una vez dentro, el hermano Pedro les guió hacia una sala interior. Una sola mirada les bastó para comprender dónde se hallaban y la clase de estancia que era. Una luz tenue iluminaba las paredes de color vainilla adornadas con una serie interminable de lápidas en las paredes.

A continuación, a una indicación del monje trapense se acercaron todos formando un gran círculo.

–Como habéis podido adivinar estamos en una de las salas más famosas del monasterio. Esto es la capilla Cidiana o de los Héroes y os preguntaréis qué significa esto. Pues este es el primer lugar donde fueron enterrados los restos del Cid y su esposa doña Jimena. A ver, el Cid tuvo una relación muy estrecha con San Pedro Cardeña a lo largo de muchas etapas de su vida. En su juventud, según cuentan los historiadores, aquí fue donde se formó académicamente en las materias que por aquel entonces estudiaban los jóvenes de la nobleza: latín, leyes y letras. Posteriormente, en los destierros que Alfonso VI le impuso, dejaba a doña Jimena y a sus hijos al cuidado del monasterio, así que, a su muerte, doña Jimena trajo el cuerpo de su marido a este lugar.

El monje señaló el centro de la sala. Dos sepulcros principales presidían la capilla, sobre los que descansaban sendas esculturas yacentes.

Pablo, Jaime y María, que hasta ese momento estaban distraídos mirando los nombres de las lápidas, se internaron sigilosamente en el grupo hasta alcanzar los primeros puestos. Los tres, ajenos a las explicaciones del hermano Pedro, inspeccionaban con sus ojos hasta el último detalle en busca de una pista, una señal que les indicara que en aquellas tumbas se escondía un capítulo más del enigma que perseguían. Lo primero que llamó su atención fueron los escudos de armas de los sepulcros. Eran exactamente los mismos que ellos habían estudiado en casa de Pablo. El del Cid consistía en dos espadas cruzadas con las puntas hacia arriba y donde se unían había una cruz, todo rodeado de una cadena, y el de doña Jimena era un castillo rodeado también de una cadena. María discretamente y en voz baja se dirigió a sus amigos:

–Mirad, son los escudos que estuvimos mirando el miércoles en casa de Pablo.

–Sí –dijo Jaime– y además, si os fijáis, las empuñaduras de las espadas son iguales, como en el folleto del Arco y en el grabado del libro de historia.

–Así que esto demuestra que no estábamos equivocados –contestó Pablo entre susurros– y que el escudo del tapiz de la Casa del Cordón estaba manipulado. Alguien se tomó muchas molestias para ir dejando grabadas por ahí las dichosas letras pero yo me pregunto ¿para qué?

Alrededor del sepulcro del Cid había grabadas además una serie de palabras incomprensibles para ellos: «BELLIGER INVICTUS, FAMOSUS MARTE TRIUMPHIS,

CLAUDITUR HOCTUMULO MAGNUS DIDACI RODE-
RICUS. OBIITERA MCXXXVII»

La leyenda, escrita en latín, venía a decir que era un caballero invicto y famoso guerrero. Por un momento pensaron que quizás detrás de las frases se escondiera alguna
letra de las que ellos buscaban, pero pronto rechazaron esta hipótesis y se recordaron a sí mismos que las que ellos
habían encontrado estaban ocultas o disimulas en objetos
y no tan claramente.

Una severa mirada de don Félix interrumpió sus re-
flexiones y les instó a guardar silencio. Mientras, el hermano Pedro continuaba con su animada charla.

–Como todos vosotros sabéis, los restos del Cid y doña
Jimena ya no se encuentran enterrados aquí, ¿alguno de
vosotros sabe dónde están?

Un mar de manos alzadas confirmó al monje la sencillez de la pregunta que había formulado. Fue Cristina, la
amiga charlatana de María, la que contestó de carrerilla.

–Actualmente los restos mortales del Cid y su esposa
reposan en la Capilla Mayor de la catedral bajo el crucero.

Un estallido de risas recorrió la sala Cidiana ante la respuesta tan académica que había soltado la niña.

–En efecto –confirmó el hermano trapense–. En 1808
durante la invasión de los franceses, ocuparon el monasterio y profanaron las tumbas de don Rodrigo y doña Jimena, así que sus restos fueron trasladados a Burgos en 1823
y un poco más tarde regresaron, pero por poco tiempo. En
numerosas ocasiones, por diversos motivos, los restos del
Cid han sido enterrados y desenterrados en varios lugares.

–¿Y en qué otros sitios fue enterrado? –preguntó Raúl.

–Pues además de aquí y en la catedral también estuvo en el paseo del Espolón, muy cerquita del Arco de Santa María y durante un breve período los restos fueron albergados por la casa consistorial –las miradas de desconcierto entre los chicos alertaron al hermano Pedro que matizó la respuesta–. Bueno lo que vosotros conocéis como el ayuntamiento.

De repente, una fugaz idea cruzó por la mente de Pablo. Bajando el tono de su voz todo lo que sus cuerdas vocales le permitían comentó con sus amigos.

–Escuchadme, se me ha ocurrido una cosa, ¿y si hay alguna relación entre los enterramientos y los objetos marcados, por ejemplo, en el Arco y en la catedral? En los dos casos coincide que han sido enterrados y ha habido asaltos.

Jaime se quedó pensativo unos segundos y, mirando hacia la posición del orejas, para comprobar que no les vigilaba contestó:

–No estoy muy seguro de eso. El monje no ha dicho nada de enterramientos en la Casa del Cordón y, sin embargo, había un objeto marcado: el tapiz.

–Sí –añadió María–, es una posibilidad pero yo tampoco creo que tenga nada que ver.

Mientras el monje estaba a punto de concluir la visita a la capilla Cidiana.

–Bueno, para finalizar podéis observar en las paredes de la capilla una serie de lápidas. Todas ellas corresponden a familiares y amigos de don Rodrigo. Aquí, por ejemplo, están enterradas sus hijas y algunos reyes de la época. Por último –dijo volviéndose hacia una de las paredes de la capilla–, quiero que admiréis la última aportación hecha a esta capilla por un conocido pintor de la tierra.

Dos lienzos imponentes de asombroso realismo vestían uno de los muros de la sala. En ellos podía verse dos de los momentos cruciales de la vida del héroe burgalés, la despedida de su familia en el primer destierro y la famosa Jura de Santa Gadea, donde el Cid le hizo jurar al rey Alfonso VI que no tuvo nada que ver en la muerte de su hermano.

A continuación, el monje les anunció que pasarían a ver otra de las salas representativas del monasterio: el *scriptorium*, es decir, el lugar donde desde hacía siglos se desarrollaba una de las actividades propias de los monjes de la Edad Media: la reproducción y posterior encuadernación de los códices y manuscritos.

Salieron de la capilla Cidiana volviendo sobre sus pasos hasta la fachada principal. Atravesaron la puerta que les condujo hasta un laberinto de pasillos idénticamente decorados que hacían muy difícil la vuelta atrás.

Siguieron al hermano Pedro a través de la encrucijada de corredores, sus pasos cortos y extremadamente ágiles, a pesar de la redondez de sus formas, sorprendían a los chicos y a los mayores que se afanaban por seguir su ritmo.

De las paredes colgaban, alternándose, imágenes de santos y pequeños crucifijos de madera que delataban la religiosidad del recinto. La luz que se filtraba a través de los ventanales lo inundaba todo de un aura de claridad.

Por fin se detuvieron ante una enorme puerta que el monje trapense abrió con una de esas viejas llaves de hierro. Uno a uno fueron pasando al interior todos los alumnos y los profesores.

La sala, de forma rectangular, albergaba en su interior una hilera de antiguas mesas en forma de pupitre, cada una con su banco individual.

El hermano Pedro echó un vistazo general para confirmar que todos habían pasado al interior de la misma y comenzó su exposición con una pregunta directa a los chicos. Le encantaba ser el guía del monasterio, era una de las tareas que el abad le había encomendado y disfrutaba especialmente cuando los visitantes eran colegios.

–A ver –dijo.

Los niños se sonrieron, cómplices entre sí, al oír las dos palabras. Apenas llevaban tres cuartos de hora escuchando al simpático monje y ya se habían dado cuenta de la coletilla con la que arrancaban sus explicaciones.

–Esto es el *scriptorium*, o sea la sala donde los hermanos se dedicaban a la tarea de copiar los manuscritos. ¿Alguno de vosotros sabe cuándo se inventó la imprenta?

Raúl, como siempre, ni siquiera levantó la mano, muy seguro de que sus compañeros no sabían la respuesta.

–Fue Gutenberg en el año 1445 –contestó el chaval orgulloso de sí mismo.

–En efecto –alegó el hermano Pedro–. No fue hasta 1445 cuando el señor Gutenberg ideó una original máquina que permitía reproducir textos de una manera revolucionaria para la época. El invento era el siguiente: en una placa metálica colocaban cada una de las letras que constituía una página, se le aplicaba tinta, a continuación se ponía el papel encima y sobre el mismo se extendía un rodillo y así tantas veces como copias se necesitaran. Pero hasta ese momento la reproducción de libros antiguos era muy diferente. Ese trabajo únicamente se realizaba en los monasterios, eran los propios monjes quienes con paciencia infinita copiaban a mano durante horas, meses y, en algunos casos, años hasta que completaban un códice o un manuscrito.

Merceditas, camuflada entre un grupo de alumnos como si fuera uno más, asomaba la cabeza de vez en cuando para contemplar la hilera de mesas de madera oscura, comparándolas mentalmente con las que había ahora en las clases. Eran bastante altas y el tablero principal aparecía muy inclinado.

–Además, si os fijáis todos, en el lado superior de las mesas hay un pequeño agujero que es donde se depositaba la tinta, ya que por aquel entonces y hasta no hace mucho, se escribía con plumas de aves y tinta líquida. Y ahora seguidme todos. Lo que os voy a enseñar a continuación es la obra maestra del *scriptorium* de San Pedro Cardeña.

El hermano Pedro se dirigió al fondo de la sala en la que había una gran mesa con una serie de libros que parecían viejísimos, algunos estaban partidos por la mitad, con las páginas salidas y con manchas borrosas.

Detrás de la mesa, apoyada en uno de los muros de la habitación había una vitrina de madera. En las estanterías superiores e inferiores, viejos tomos de considerable grosor reposaban en un largo descanso. En el centro, tras los cristales, aparecía un viejo códice abierto y expuesto al público.

En la hoja de la izquierda se exhibía, ocupando toda la página, un grabado de vivos colores en el que figuras de ángeles convivían con extraños monstruos. La otra página la ocupaba un texto escrito en letra antigua muy ornamentada.

–Este es nuestro códice Beato de Liébana. Bueno, en realidad éste es una reproducción porque el original se conserva en el Museo Arqueológico Nacional –repuso el monje con orgullo.

Uno de los chicos señaló las obras de las estanterías superior e inferior y le preguntó al hermano qué tipo de libros eran aquellos.

El hermano Pedro enseguida intuyó que el chico se refería a las materias que trataban sus páginas y como explicación para toda la clase, dijo:

–Muchos de vosotros quizás ya sabéis que en la Edad Media los monasterios eran los centros del saber y que aquí venían los hijos de los nobles para aprender. El propio don Rodrigo estudió aquí, el Cid era un gran entendido en leyes, incluso representó al rey en algunos juicios. ¡Quién sabe! Puede que utilizara alguno de estos libros en su juventud –dijo señalando la vitrina y los libros destartalados de la mesa–. Muchas de las obras que veis son de matemáticas, ciencias y otras de leyes. Y aquí termina nuestra visita al *scriptorium* –continuó diciendo el monje mientras que, como acto reflejo, escondía sus rechonchas manos bajo el canesú del hábito–. Ahora nos vamos a dirigir hacia el Claustro de los Mártires.

Y entonces a Jaime se le encendió una idea en la cabeza. ¿Cómo no se les habría ocurrido antes? Si él estaba en lo cierto, entonces ya sabrían por dónde empezar a buscar. Solo necesitaba confirmar un pequeño detalle.

Justo al lado de la vitrina que contenía los códices había una pequeña puerta de una madera muy oscura, casi negra. Habían entrado por la otra, mucho más grande y majestuosa situada al principio de la sala.

El monje se disponía a girar el picaporte de hierro cuando una voz tímida a sus espaldas captaba su atención. Era Jaime, quien para sorpresa de todos, incluidos Pablo y María, tenía algo que preguntar.

–¿Y las obras que hay sobre la mesa del fondo? Parecen muy antiguas y destartaladas.

–¡Ah, sí! –sonrió el hermano Pedro–. Hace poco, haciendo obras en el sótano del monasterio descubrimos una pequeña habitación con la entrada tapiada. En ella había tres viejos arcones cubiertos de polvo y telarañas. Al abrirlos encontramos algunos objetos religiosos como un cáliz, la imagen de una virgen, algunas prendas de ropa apolillada y una serie de viejos códices, aunque en muy malas condiciones. Llamamos a un experto para tasar las piezas y en el caso de los libros para una posible restauración ya que algunos presentaban muchos desperfectos debido a la humedad –continuó diciendo el buen monje–. Normalmente trabaja en esta sala intentando recuperar la mayor parte del material pero precisamente hoy tenía que ausentarse. Si le hubierais conocido con mucho gusto os habría explicado los avances de su tarea. Es un señor mayor que en su juventud se dedicó a la enseñanza y un experto en historia medieval.

Cuando Jaime escuchó esto, supo que su corazonada era acertada. ¡Qué casualidad! De pronto empiezan a aparecer objetos muy antiguos olvidados o escondidos y exactamente igual que con el tapiz de la Casa del Cordón llaman a un experto. Aquello era demasiada coincidencia.

Inmediatamente Jaime buscó la mirada de sus amigos. Aunque los tres estaban desperdigados entre el grupo de alumnos, comprendieron al instante que deberían volver a reunirse.

–¿Y de qué materia son las obras encontradas? –siguió preguntando Jaime. Vaya, hoy le había dado fuerte, pensarían sus compañeros puesto que casi nunca preguntaba en clase.

–Pues en su mayoría son leyes de Castilla del siglo XI.

Ahora Jaime estaba más seguro que nunca.

El silencio general le indicó al hermano Pedro que la curiosidad sobre los viejos libros de la mesa había cesado. Giró el picaporte de hierro de la puerta y se apresuró a avisar a los profesores para que pasaran ligeramente agachados, ya que la curiosa altura de la portezuela había provocado algún que otro incidente en anteriores visitas. Salieron de uno en uno hasta el último alumno, y fue el propio monje quien cerró las puertas tras de sí con un simple portazo. Como les había dicho anteriormente, a continuación pasarían a ver el Claustro de los Mártires.

Encabezaba la marcha y seguido por todos los chicos y los maestros se dirigieron al patio a través de un largo pasillo.

María, que se había quedado de las últimas, algo despistada, sintió de pronto cómo dos manos le aprisionaban los brazos por detrás. Eran Pablo y Jaime quienes cada uno por un lado intentaban detener sus pasos y, procurando no llamar la atención, le susurraron al mismo tiempo:

–Tenemos que hablar.

María, sorprendida miraba a uno y a otro alternativamente.

–A Jaime se le ha ocurrido una cosa –dijo Pablo.

–Sí, creo que he descubierto algo –añadió el chico con los ojos muy abiertos–. En cuanto veamos la oportunidad en el claustro, nos reuniremos para hablar –continuó Jaime– y ahora sigamos a los demás antes de que nos vean.

A lo lejos divisaron a sus compañeros y se apresuraron a alcanzarlos, justo en el momento en que Carmen, que encabezaba la marcha junto al monje, echó la vista atrás en señal de recuento, por si alguno de los suyos se había despistado.

Al final del corredor, giraron a la derecha y se encontraron un pasadizo corto y una puerta de doble hoja abierta de par en par les anunciaba que habían llegado a su destino.

Salieron al exterior. El aliento frío y la claridad del día les recordó que de nuevo estaban al aire libre. Una vez allí, en el centro del jardín, el hermano Pedro comenzó su exposición sobre lo que él denominaba su rincón favorito.

–Como podéis ver, el claustro es un patio rodeado de galerías de arcos.

En efecto, desde donde ellos estaban una sucesión de arcos de medio punto rodeaban un cuadrilátero casi perfecto.

El jardín eran retales sembrados de pobre césped alrededor de un rudimentario pozo sin agua. Los arcos, en su parte superior, alternaban una piedra clara y otra oscura y ofrecían al visitante un aspecto de austeridad.

–El claustro es muy característico de iglesias y monasterios y servía para comunicar los diferentes edificios a través de corredores y techados. Éste se denomina Claustro de los Mártires porque aquí mismo hubo una masacre en el año 872 y murieron muchos hermanos. Ahora, como sé que estáis todos un poco cansados, os dejaremos quince minutos mientras esperamos a que vengan los autobuses que os devolverán de regreso a vuestras casas. Muchas gracias a todos por escucharme. Habéis sido un grupo muy atento y simpático, concluyó el monje trapense.

Los profesores continuaron charlando con el monje que atendía cortés todas las curiosidades que éstos le presentaban.

Mientras los chicos y chicas se dispersaron por el claustro formando corrillos, unos se asomaban al pozo, otros jugaban a bordear los jardines y los más recorrían las galerías de arcos tocando sus columnas como si les costara creer el tiempo que llevaban allí.

Era el momento que estaban esperando Pablo, Jaime y María. Disimuladamente se perdieron en uno de los corredores menos transitados, así ellos tras una columna podían ver al resto sin ser vistos.

María, que desde que sus amigos la habían asaltado minutos antes no podía soportar por más tiempo la intriga, fue la primera que les abordó con sus preguntas.

—Antes casi me dais un susto de muerte, ¿habéis oído lo del experto que restaura los libros? ¿No os parece mucha casualidad? Y tú Jaime, ¿qué es lo que has descubierto? –les interrogó ansiosa.

—Pues de eso tenemos que hablar, Jaime tiene una teoría –anunció Pablo.

—Puede que sí haya un objeto que perteneció al Cid, y si no me equivoco yo creo que sé cuál es y por qué nadie lo conoce –comenzó a explicar Jaime.

Pablo y María se miraban el uno al otro, ¿que Jaime sabía lo que llevaban buscando toda la mañana?

Antes de que pudieran decir palabra, su amigo empezó a revelarles la información que intuía.

—¿Os acordáis de lo que dijo el hermano Pedro, eso de que el Cid era un gran experto en leyes y que había representado al rey en varios juicios?

—Sí –contestaron Pablo y María que por más que se esforzaban no conseguían entender qué tenía que ver eso con lo que estaban buscando.

—Y, ¿recordáis que el Cid, precisamente donde había estudiado leyes era en el monasterio de San Pedro Cardeña? –siguió preguntando Jaime.

Pablo y María escuchaban atentos lo que su amigo les decía, sin embargo, no veían a dónde quería ir a parar.

—¿No lo veis? –Jaime, cuyo carácter era el más sosegado de los tres, estaba a punto de perder la paciencia–. ¡Pues está muy claro! ¡Los viejos códices, los que estaban en la mesa del *scriptorium* y que aparecieron en una habitación oculta son leyes de Castilla del siglo xi, justo el siglo en el que vivió el Cid! Estoy seguro de que alguno de esos libros fue estudiado y consultado por el Cid y en uno de ellos puede ser que encontremos una letra marcada como en los otros objetos del Cid.

María asentía con la cabeza cada una de las explicaciones de Jaime y empezaba a encontrarle sentido a sus razonamientos.

—Pero eso no es exactamente una pertenencia del Cid —empezó a decir Pablo— como el casco, el cofre o incluso el tapiz.

—Pues precisamente por eso no lo conoce nadie, aunque si lo pensáis bien sí es algo que de alguna manera le perteneció y quizás la persona que grabó los otros objetos sí que pudo considerarlo como uno más —concluyó Jaime. Durante unos breves segundos se impuso el silencio—. Además —comenzó de nuevo—, ¿no os parece muy extraño que todos esos libros estuvieran ocultos en una habitación en el sótano de la que nadie sabía nada? ¿Y no os parece raro que aquí también haya un experto en arte medieval investigando y restaurando?

—Sí, es verdad, eso es demasiada casualidad —dijo Pablo con los ojos chispeantes. Justo en ese momento empezaba a creer la teoría de su amigo.

—¿Cómo dijo tu padre que se había descubierto el tapiz? —preguntó de repente María.

—Había una habitación en el desván con un montón de cosas antiguas arrinconadas y cuando se restauró el edificio las colocaron como decoración. El tapiz lo colgaron en la sala de juntas y alguien en una visita dijo que podría ser muy antiguo, así que llamaron a un experto que fue el que averiguó que los escudos pertenecían al Cid y a su mujer.

–¿Y si fuera el mismo experto en los dos casos? –preguntó María.

–Si fuera el mismo entonces estoy casi seguro de que Jaime está en lo cierto. Tiene que haber algo en los códices que encontraron.

–Bueno –empezó a explicar María–, si Jaime tiene razón y uno de esos libros de la mesa del *scriptorium* es el objeto que buscamos, tenemos que darnos prisa, está claro que tenemos que volver allí y mirar lo que podamos.

En ese mismo instante fueron conscientes de dónde se hallaban. Habían estado tan absortos en sus ideas que por un momento se habían olvidado de que estaban en una de las galerías de arcos del Claustro de los Mártires. Instintivamente los tres levantaron las cabezas y miraron a su alrededor. Todo seguía igual, los profesores continuaban hablando con el hermano Pedro y sus compañeros mataban el tiempo dando vueltas por el jardín y por el resto del claustro. Si querían volver al *scriptorium* tendrían que hacerlo rápido. Miraron los relojes. En un cuarto de hora vendrían los autobuses a recogerlos. Alzaron la vista hacia el final de la galería en la que se hallaban. Habían tenido mucha suerte. Justo al fondo se encontraba la puerta de doble hoja que les había llevado desde el interior del monasterio hasta el claustro. Tenían que llegar hasta allí sin que nadie les viera.

Comenzaron a caminar como si no pasara nada, lentamente, lo último que querían era levantar sospechas.

Cuando alcanzaron la puerta, desaparecieron tras ella sin que nadie se diera cuenta, no obstante aguardaron unos segundos por si alguno de los profesores, de repente, notaba su ausencia. Nada, no oyeron nada. Ahora solo tenían que seguir el camino pero a la inversa. Frente a ellos se encontraba el pasadizo corto y después, girando a la izquierda, el largo corredor que daba directamente al *scriptorium*.

El pasadizo estaba desierto, así que sin pensarlo dos veces echaron a correr los tres al mismo tiempo. Se detuvieron justo cuando éste terminaba. Después Pablo asomó la cabeza y al ver que el resto del camino también estaba despejado hizo una señal a sus amigos para que lo siguieran. No tenían tiempo que perder, solamente quedaban doce minutos para que finalizara la visita y regresaran todos a sus casas. Ésta era la última oportunidad que tenían de descubrir si realmente uno de los viejos códices encontrados en el sótano del monasterio era también uno de los objetos del Cid misteriosamente grabados.

Justo delante de la portezuela que daba a la sala de escritura, María se acordó de un pequeño detalle.

–¿Y la llave? –preguntó de pronto.

Una leve sonrisa de Jaime le indicó que el chico lo tenía todo pensado.

–El monje cerró esta puerta solo de un portazo, me fijé bien cuando nos íbamos –dijo el chaval entre susurros.

En efecto, al girar la manilla un sonoro clic les confirmó que la puerta no estaba cerrada con llave. Abrieron muy despacio y lo justo para captar algún posible ruido del interior. Tenían que comprobar que en la sala no había nadie, ni un monje ni algún otro grupo de colegiales en una visita guiada.

Después de unos segundos, entraron sigilosos y cerraron la puerta tras de sí. Inmediatamente se dirigieron hacia la mesa en la que reposaban los viejos libros heridos por el tiempo y por el olvido.

No sabían por donde empezar, había algunos volúmenes enteros que eran los que mejor estado presentaban. Tenían las páginas amarillentas y quebradizas pero conservaban su estructura original, solamente su encuadernación de piel, manchada de cercos oscuros y endurecidos por la humedad, delataba el paso del tiempo.

Había otros, en cambio, en los que se podía apreciar claramente la mano restauradora del experto; junto a las páginas nuevamente cosidas aparecían extendidas las portadas y contraportadas brillantes embadurnadas en aceites y líquidos para recuperar el estado primigenio de la piel. Por último, algunas hojas inconexas se agrupaban en un lado de la mesa. Estas aparecían desgajadas, profundamente dañadas y con la tinta borrosa.

No tenían tiempo que perder. Habían decidido repartirse el trabajo. María se ocuparía de los primeros códices, los más enteros que todavía faltaban por restaurar, Pablo de los segundos, los que habían comenzado su proceso de recuperación y, por último, Jaime trataría de rebuscar entre el montón de hojas sueltas que podían pertenecer a cualquiera de los anteriores.

Sabían lo que tenían que buscar. Una letra, una inicial mayúscula, como en los casos anteriores, sin embargo, podría ser cualquiera. Ya tenían dos uves y una cu, así que no tenían ni idea de cuál podría ser la siguiente. Pero, si como ellos pensaban, detrás de las letras se ocultaba un mensaje, para que todo tuviera algún sentido necesitaban desesperadamente una vocal o más.

Jaime ojeaba una a una las páginas sueltas todo lo deprisa que podía. Como no conseguía encontrar nada se detuvo unos instantes. Cogió una de las hojas sueltas, se giró y la puso frente a la ventana al trasluz. Pablo y María que estaban afanados en lo suyo se giraron también y le preguntaron:

–¿Se puede saber qué es lo que estás haciendo?

A lo que el chico les respondió:

–Ya le he echado un vistazo a casi todo el montón y no he encontrado nada, así que se me ha ocurrido que quizás las hojas podrían estar marcadas como los billetes que a simple vista no se ve pero que si los pones contra la luz tienen la cara de algún señor o algo por el estilo.

Pablo y María esperaron impacientes mientras Jaime cogía varias hojas y, dirigiéndose hacia los ventanales de la sala, los colocaba al trasluz. Sin embargo, las gruesas hojas hechas de un papel casi milenario apenas dejaban traspasar los rayos de luz. Era imposible que se transparentara nada. Un poco decepcionados y apremiados por el poco tiempo que les quedaba volvieron a sus respectivas ocupaciones, solo que esta vez Jaime ayudaba a Pablo a revisar las portadas restauradas.

De repente, María llamó su atención. Los chicos dejaron lo que estaban haciendo, ya que ellos no encontraban nada y el tiempo se les echaba encima.

–¿Has encontrado algo? –preguntó Pablo.

María, cautelosa, comenzó a explicarles su vaga sospecha:

–Pues no lo sé, no sé si esto significa algo o es una tontería pero antes cuando cogí aquel códice –dijo, señalando uno que estaba al fondo de la mesa en el montón de los que aún faltaban por restaurar con la piel de las cubiertas manchada de cercos de humedad–. Me pareció que las tapas eran muy gruesas pero tampoco reparé demasiado en ello, solo que ahora comparándolas con los otros es como si aquel estuviera encuadernado dos veces.

Ahora sí que Pablo y Jaime captaron su atención. Miraron el reloj nerviosos, solo les quedaban cinco minutos y no tenían ni idea de si alguien habría reparado en su ausencia. Pablo fue el más rápido de los tres, cogió el códice que señalaba María y comenzó a examinarlo al tiempo que decía:

–Si Jaime tiene razón y uno de estos libros tiene una letra escondida la mejor solución es esconderla en la portada, bajo otra capa de cuero.

Abrieron el volumen e intentaron fijarse en los dobleces internos por si algo delataba una doble encuadernación.

María tuvo una idea, acercó su nariz a las tapas internas ante el asombro de sus amigos. Un olor familiar le indujo a pensar que estaban por el buen camino y que alguien más había descubierto el secreto. Levantó la vista y sonrió enigmáticamente a sus amigos.

—No os lo vais a creer pero para no estar restaurado huele a pegamento que tira para atrás. Pegamento del de ahora como el que usamos en clase –matizó María.

Primero Jaime y después Pablo se acercaron al códice olisqueando su interior. No había la menor duda, hacía muy poco tiempo que alguien se había entretenido en pegar todo el reborde.

Se miraron los unos a los otros y decidieron hacerlo. No había más remedio que despegar los dobleces y ver qué se ocultaba tras esa primera capa de piel.

Muy despacio e intentando ocasionar el menor destrozo posible consiguieron separar todos los lados. Pablo cogió el códice y María apartó la encuadernación con una especie de estilete que había encima de la mesa. Lo que quedó al descubierto hizo que enmudecieran por unos segundos. Una segunda capa de piel curtida cubría el códice, ésta aún parecía más antigua que la primera, no obstante su conservación era notablemente mejor. En el centro de la portada había un símbolo que representaba una balanza, pero en el lomo del libro, en la parte inferior aparecía flamante lo que tanto anhelaban encontrar: una bonita *E* mayúscula, bellamente decorada, escrita en forma gótica. Ahí estaba, lo que en un principio era una sospecha, un deseo, el hecho de que ellos creyeran que el monasterio de San Pedro Cardeña pudiera ocultar otro objeto del Cid marcado con una misteriosa letra, se había convertido en una realidad.

Rápidamente y sin tiempo para recrearse en su hallazgo, intentaron dejarlo todo como estaba. Colocaron la segunda encuadernación sobre la primera y aunque se notaban ligeramente los dobleces despegados decidieron dejarlo así, total en el peor de los casos, si alguien se diera cuenta nadie podría imaginar que habían sido ellos. Eso contando con que no les hubieran descubierto claro. Echaron un último vistazo para asegurarse que todo estaba en su sitio. Se dirigieron de nuevo a la portezuela, contentos y alegres por el nuevo descubrimiento, tenían la e grabada en sus mentes. Giraron el picaporte despacio, muy despacio, uno de ellos asomó lentamente la cabeza y miró a derecha e izquierda.

Campo libre. Salieron todos sin hacer ruido y se lanzaron a la carrera pasillo arriba. Cuando llegaron al final del mismo, se detuvieron y volvieron a repetir la operación, se asomaron de nuevo para controlar el pasadizo corto que acababa en la puerta de doble hoja. También estaba vacío. Echaron a correr con todas sus fuerzas. Ya no les debía quedar mucho tiempo. Una vez llegaron a la puerta que daba al Claustro de los Mártires decidieron salir de uno en uno.

Primero fue Pablo quien con aire disimulado avanzó por la galería de arcos hasta llegar a media altura. Nadie se había dado cuenta. Le hizo un gesto a Jaime para que se acercara y después a María.

Justo cuando María por fin se reunía con ellos, Carmen comenzó a hacer gestos con la mano y a llamar en voz alta a todos los alumnos para que se agruparan en torno a ella. Había finalizado la visita al monasterio de San Pedro Cardeña.

Lo habían conseguido. Habían encontrado un objeto más del Cid marcado con una letra y lo mejor de todo era que su ausencia había pasado inadvertida para todo el mundo. Conscientes y seguros de que nadie les había echado en falta también ellos se internaron entre el grupo de sus compañeros.

El hermano Pedro les guió de nuevo por el entramado de corredores del monasterio hasta la puerta principal. Los autobuses que les llevarían de vuelta a casa estaban aparcados junto al pedestal de la entrada, bajo el que se hallaba sepultado *Babieca*, el fiel caballo del Cid.

Fueron subiendo uno a uno, primero los alumnos y por último los profesores. Con los motores en marcha y cada uno sentado en su sitio, los chicos pegaron sus caras a los cristales haciendo efusivas señales de despedida al monje que aguardaba paciente la partida de todos.

Él, a su vez, también alzaba su robusto brazo mientras sonreía complacido.

Pablo, María y Jaime habían decidido sentarse con sus respectivos amigos, como a la ida. Apenas habían tenido tiempo para comentar su último hallazgo. Estaban tan contentos y todo había ocurrido tan deprisa. Ninguno de sus compañeros se imaginaba la aventura que acababan de vivir. Sin embargo, pronto volverían a reunirse de nuevo. Tenían una cita pendiente.

Al día siguiente, sábado por la mañana, estaban invitados al acto homenaje de la espada del Cid: la Tizona.

¿Y si fuera ese otro de los objetos marcados? A fin de cuentas era uno de los más importantes y conocidos.

12. La Tizona

Un tímido sol intentaba asomarse aquella mañana de invierno. Por fin era sábado, el día que tanto llevaban esperando desde que a mitad de semana el padre de Pablo les invitó al acto homenaje de la espada del Cid.

Apenas habían tenido tiempo para hablar. El día anterior, cuando el autobús les dejó a las puertas del colegio, la madre de Jaime le estaba esperando y no pudieron cruzar palabra. Además, por la tarde, en dibujo, el orejas, aún molesto por la pérdida de su clase de matemáticas, acechaba a sus alumnos con especial insidia ante el menor movimiento de éstos.

Solamente cuando sonó el timbre que les liberaba de todos sus deberes escolares hasta el próximo lunes pudieron quedar para el día siguiente. Acordaron que se verían todos en el portal de Jaime, ya que les venía de camino.

El homenaje a la espada del Cid era un acto organizado por el ayuntamiento y, como tal, se desarrollaría en el salón de plenos de la casa consistorial. La hora prevista para el acontecimiento eran las doce de la mañana y se preveía un gran aforo de personalidades de la cultura, profesores e historiadores, algunos políticos y sobre todo muchos periodistas.

El alcalde quería que se reflejara en la prensa el enorme interés y el orgullo que la ciudad mostraba por todo lo relacionado con su héroe particular.

Habían quedado en casa de Jaime a las once y cuarto. Era un poco pronto pero querían estar allí con tiempo suficiente para no perder detalle.

Pablo llevaría las invitaciones de los tres. En cuanto al abuelo de María, Alejandro, él tenía ya su propia invitación. Su nieta se había apresurado a llevársela a su casa cuando el padre de Pablo le consiguió una extra. Decidieron que se verían en el mismo acto homenaje. A los chicos les apetecía mucho que les acompañara.

Había sido muy amable la tarde que pasaron con él en su despacho. Alejandro era un gran estudioso del Cid y, aunque por su trabajo estaba acostumbrado a ver numerosas réplicas de la espada, esperaba ansioso poder ver la verdadera Tizona con sus propios ojos.

Cuando María llegó al número treinta y cuatro de la avenida del Cid, ya estaban allí sus amigos esperándola. Comenzaron a caminar avenida abajo comentando la aventura del día anterior.

–¿Habéis pensado algo sobre lo que encontramos ayer? –preguntó Pablo.

María y Jaime sabían perfectamente a qué se refería. Recapitulando todas las letras que habían encontrado, dos *V*, una *Q* y una *E* por más vueltas que le daban no conseguían encontrar un significado. Jaime, que se había pasado la tarde anterior combinando las iniciales, expresó el temor que en el fondo les invadía a todos:

–¿Y si no significan nada? ¿Y si nos estamos montando la película nosotros solos? La verdad es que no se nos ha ocurrido una cosa.

–¿Qué? –contestaron al mismo tiempo sus amigos.

–¿Y si las letras solo son una especie de códigos para archivar objetos? Imaginaos que a la muerte del Cid, alguien custodiara sus cosas y para que no se perdieran o se confundieran con otras les grabaron las letras; pero no significan nada en conjunto, solamente podrían indicar, por ejemplo, el lugar donde estaban almacenadas.

María escuchaba a su amigo con atención y, aunque en situaciones anteriores siempre acababa dándole la razón, en este caso tenía la corazonada de que se equivocaba.

Pablo, que para nada estaba de acuerdo con la teoría de Jaime, comenzó a enumerar las razones por las que él creía que todo aquello tenía que significar algo:

–Primero, yo pensaría lo mismo que tú si no fuera por un pequeño detalle, los asaltos al Arco y a la catedral. Alguien se ha complicado mucho la vida esquivando los sistemas de seguridad y las alarmas para no robar ni destrozar nada. Digo yo que si las letras solo fueran un sistema de archivo eso no le interesaría absolutamente a nadie. Y ese alguien sabe mucho más que nosotros porque sabe qué objetos buscar, como el códice. Todavía estaba sin restaurar, las cubiertas estaban mohosas y con círculos de humedad y había hojas sueltas por medio y, sin embargo, sospechosamente, alguien había pegado la parte interior de las tapas hacía muy poco tiempo. –Pablo se calló unos segundos para coger aire–. Y en segundo lugar, ¿no os parece muy extraño que el códice marcado con la e estuviera durante siglos totalmente oculto en una habitación en el sótano del monasterio de la que nadie conocía su existencia, ni siquiera los propios monjes? No sé, es todo muy raro, encontrar una habitación tapiada como si fuera un lugar que escondiera algo muy valioso; además, Jaime, tú fuiste el primero que dijo esto.

–¿Yo? –preguntó Jaime que en ese momento no tenía ni idea de lo que había dicho.

–También está lo del experto que determinó que los escudos del tapiz pertenecían al Cid y a su mujer, y el historiador que restaura los códices en el monasterio, ¿no os parece mucha casualidad que justo donde nosotros sabemos que hay dos objetos del Cid marcados con una letra haya un experto en historia y arte medieval? ¿Y si fueran la misma persona? –concluyó Pablo.

Durante unos segundos los tres permanecieron callados. María, que siempre había pensado que detrás de todo este asunto había algo importante, se reafirmó en sus convicciones y Jaime acabó por convencerse del todo.

Estaba claro que nada era casualidad, los asaltos a los objetos, las letras grabadas, el misterioso historiador. Ahora solo quedaban dos cuestiones por delimitar: ¿cuántos objetos más estarían marcados? Si es que había alguno más, claro. Y, sobre todo, ¿qué significado oculto había detrás de las letras?

–¿Y la espada? –preguntó María– ¿Vosotros creéis que en la Tizona también habrá algo?

Pablo, que estaba entusiasmado con ver de cerca el acero que blandió el Cid en mil batallas, contestó:

–Yo creo que sí. Tiene que haber algo. De todas, esta es la pertenencia más importante que se conserva. Se conoce en todo el mundo. Si los demás objetos como el casco y el cofre estaban marcados, estoy seguro de que la espada también lo está. Lo que no sé todavía es cómo lo vamos a hacer para acercarnos todo lo posible. Tenemos que intentar ponernos en primera fila. Ésta es la única oportunidad que tenemos de descubrir si realmente la Tizona esconde una inicial como las demás cosas. Si no aprovechamos esta ocasión se la llevarán de nuevo al museo de Madrid y nunca podremos resolver el misterio.

Los tres estaban de acuerdo. No sabían cómo pero harían lo imposible para acercarse y observar hasta el último detalle de la espada.

Siguieron caminando por las estrechas calles del centro de la ciudad. Ya estaban muy cerca de la plaza Mayor, en unos minutos comenzaría el acto homenaje en el ayuntamiento.

Muy pronto podrían comprobar si realmente estaban en lo cierto.

En la modesta pensión de la Flora, a dos calles de la catedral, todo parecía muy tranquilo. Apenas si tenían huéspedes. En esa época del año, solo algún despistado o algún representante de medio pelo que no podía permitirse un hotel mejor utilizaba sus servicios. Sin embargo, arriba, en una de las pequeñas habitaciones, alguien paseaba nervioso caminando sobre sus pasos una y otra vez.

Era Nolo. Había recorrido kilómetros en apenas los nueve metros cuadrados que ocupaba su habitación. Se había despertado pronto, muy pronto y además no había dormido muy bien la noche anterior. Las peores pesadillas asaltaban su sueño. Soñaba con la espada. La veía frente a él pero no podía acercarse, algo le impedía avanzar y llegar hasta ella. Otras veces se imaginaba a sí mismo intentando acceder al ayuntamiento, pero los guardias de seguridad de la puerta le retenían contra su voluntad alegando anomalías en su carné de prensa. Al final, unos débiles destellos de un cartel luminoso de la calle acabaron por desterrar su sueño y sumirlo en un estado de vigilia permanente.

A eso de las ocho decidió levantarse de la cama y fue directo al pequeño espejo que había sobre la cómoda.

Tal y como pensaba tenía muy mala cara. Bajo sus ojos dos enormes sombras oscuras delataban los desvelos de la noche pasada. Luego fue al baño, se aseó y empezó a recoger sus cosas. Miró el reloj, aún le quedaba bastante tiempo. Comenzó a caminar por la habitación contando las baldosas una a una, así cientos de ellas. Por fin se sentó y echó un vistazo a su alrededor. La verdad es que la habitación era cutre. Había desconchones en la pintura de la pared, pequeños círculos de humedad en el techo y los muebles hacía años que pedían una renovación. Sin embargo, se había sentido cómodo allí. La mujer que regentaba la pensión no era nada chismosa, nunca le hacía preguntas y mantenía todo aquello razonablemente limpio.

Lo había arreglado todo para irse esa misma mañana. Su trabajo estaba a punto de acabar. Solo le quedaba una última parte por cumplir y se iría de la ciudad. Había pensado dejar su equipaje en una consigna de la estación de autobuses. Así estaría más libre, se dejaría colgada al cuello la cámara de fotos y se iría al homenaje de la espada. Después dejaría la tarjeta en el apartado de correos y desaparecería durante una temporada.

Ya lo había decidido, con el dinero que había ganado cambiaría el rumbo de su vida. Se estaba haciendo mayor y estaba cansado de que su destino dependiera de los demás. Todavía no sabía muy bien cuál sería su nueva profesión.

Por las noches, durante las últimas dos semanas había jugado con diversas posibilidades pero sobre todas ellas, una dominaba sus pensamientos. Había pocas cosas en las que se viera a sí mismo trabajando. Desde hacía muchos años una idea, una ilusión, le ayudaba a seguir adelante. Siempre había pensado que cuando se retirara de su actual ocupación, habría ahorrado lo suficiente como para poner un pub, desayunos por las mañanas y copas por las noches. Eso era algo de lo que se veía capaz. Él conocía sus limitaciones, ni siquiera había acabado el colegio repitiendo año tras año. Sin embargo, creía que estar detrás de la barra era algo muy parecido a estar delante, solo que en vez de vaciar los vasos tendría que llenarlos. Ahora por fin tenía el dinero. No tendría que esperar más tiempo para cumplir su sueño. Este trabajo estaba sorprendentemente bien pagado y le había reportado los ingresos necesarios para realizarlo.

A veces pensaba en lo que saldría ganando el señor García, ¿cuánto se llevaría él? ¿Qué significarían esas letras que fotografiaba? ¿De verdad eran tan valiosas?

Él por su parte no entendía nada. Claro que esos señores tan cultos y refinados le daban un valor a unas cosas tan raras que él no entendía... De todas formas no era avaricioso. Se conformaba con lo que había conseguido. Era con mucho el trabajo mejor pagado de toda su carrera. A fin de cuentas, qué le importaba a él lo que se llevara el señor García.

Todavía estaba nervioso. Cuando hacía unos días recibió la última llamada explicándole en qué consistía el trabajo, sintió de pronto como si un regimiento de hormigas invadiera su estómago. Esto era muy diferente a lo que había hecho anteriormente. Para empezar, él estaba acostumbrado a trabajar en la penumbra, si acaso al amparo de una pequeña linterna, y nadie observaba sus actos. Entraba y salía procurando no hacer el menor ruido, para que nadie se enterara. Sus «trabajitos» por llamarlos de alguna manera, los realizaba en absoluta soledad y silencio.

Ahora, en cambio, lo que le pedían era totalmente distinto. Tenía que fingir que era otra persona: un periodista. Y no tenía ni idea de cómo hacerlo. Ni siquiera conocía a uno.

Cuando se dirigió al apartado de correos, abrió el sobre y vio el pase de prensa con su nombre; fue ese el instante en el que tomó conciencia de la dificultad que eso supondría para él.

Debería entrar allí y comportarse como los demás, como si esa fuera la rutina de todos sus días. Había pensado en casi todo. Se colgaría la cámara al cuello, intentaría mezclarse con la gente, pasar inadvertido y que nadie notara su nerviosismo.

En cuanto a lo demás, tomaría las fotografías como en los otros casos. No obstante había algo, un pequeño escollo, que todavía no sabía cómo solucionar. El señor García había sido muy preciso en sus órdenes. No solo debía fotografiar la espada, sino que lo que en realidad debería fotografiar era la letra, que al igual que en los otros objetos, se encontraría grabada en la Tizona. Y dicho así era muy fácil. En el resto de las pertenencias del Cid no había tenido ningún problema, podía moverse a sus anchas, con total libertad, incluso en el caso del cofre lo había abierto hasta encontrar la ansiada letra. Pero en el ayuntamiento la espada estaría expuesta en una determinada posición y, por supuesto, protegida con fuertes medidas de seguridad.

Y por si esto fuera poco, cientos de ojos tendrían su mirada puesta en ella.

En consecuencia, solo podría hacer fotos desde un punto de vista, exactamente igual que los verdaderos periodistas.

Así pues, ¿cómo se las ingeniaría él para fotografiar la espada de la parte que no se viera, el lado que quedara oculto al público? Estaba claro que algo tenía que pensar por si lo necesitaba. Quizás tuviera suerte y en el frontal que se expusiera encontraría la letra que le correspondía a la espada. La última que él debía captar con su cámara. Pero si no era así debía encontrar la manera de solucionar el problema. Llevaba dos días con sus dos noches dándole vueltas al tema y por fin creía que había una posibilidad, era muy arriesgado y si salía mal podía fracasar toda la operación, aun así después de mucho meditar, tomó la decisión de llevarlo a cabo si fuera necesario. Era la única salida que tenía. Fuera como fuera debía fotografiar la letra que contenía la espada, el señor García no se conformaría con menos.

Miró de nuevo el reloj de pulsera de su mano izquierda.

Ya era la hora de irse, se echó al hombro la vieja bolsa de deporte, se colgó la cámara al cuello y se guardó el carné de prensa en el bolsillo de la chamarra de cuero.

Al cerrar la puerta de la habitación echó un último vistazo. Atrás dejaba su pasado, las paredes desconchadas, los muebles gastados, decía adiós a una vida cutre.

A partir de ahora empezaría su nueva vida, sería un hombre como los demás y no tendría que darse la vuelta con la mirada siempre a sus espaldas temiendo que la policía le pisara los talones.

Tal y como lo había pensado, se dirigió primero a la estación de autobuses, dejó la bolsa en una consigna y salió por las puertas automáticas de cristal. Entonces sus ojos tropezaron con su imagen reflejada en el vidrio. Medía casi un metro setenta, era moreno y aunque aparentaba cuarenta años no los tenía. Llevaba una cazadora de cuero y unos vaqueros. No sabía muy bien cómo irían vestidos los periodistas. ¿Y si fueran todos con traje? Seguro que notarían a la legua que él no era uno de los suyos, aunque los que había visto por la tele y en las películas vestían como él.

En cualquier caso esperaba de todo corazón pasar inadvertido, eso le daría seguridad para lo que estaba a punto de hacer.

Unos fríos y elegantes dedos jugueteaban con un trozo de cartulina rectangular dándole vueltas, acariciando suavemente los bordes. Era de un color claro, un tono vainilla. En ella la letra impresa invitaba al acto homenaje que se celebraría en el excelentísimo ayuntamiento de Burgos a las doce de la mañana.

Aún quedaba tiempo. Quería saborear el momento. Miraba fijamente la invitación mientras sonreía. En cuanto se enteró del homenaje a la espada había pensado remover cielo y tierra, utilizar todas sus influencias para conseguir una invitación y así, de repente, de la forma más inesperada recibió una como llovida del cielo. Probablemente se encontraría con un montón de colegas y amigos. Era una oportunidad única ver la Tizona en la ciudad y no se lo iba a perder.

Nolo también estaría allí. Ese era el otro aliciente de la mañana. Podría observar todos sus movimientos sin que él se diera cuenta, solo habían hablado por teléfono y Nolo no tenía ni idea de cuál era su aspecto. Sin embargo, él sí conocía su cara. Cuando recurrió a su amigo, el propietario de una tienda de antigüedades de dudosa antigüedad, con quien de vez en cuando tenía tratos en busca de alguien para que le hiciera el trabajo sucio, le proporcionó una ficha completa de Nolo con foto incluida, un viejo recorte de periódico en el que aparecía como protagonista de un robo frustrado y un premio de unos meses en la cárcel.

Enseguida le reconocería, había memorizado su rostro de tanto mirarlo. Cuando lo localizara entre la multitud no lo perdería de vista, disimuladamente, claro. Ya estaba muy cerca del final.

Sentía que necesitaba supervisar la parte final de su peculiar contrato.

El señor García se levantó lentamente de su silla, dejó la invitación sobre la mesa del despacho y se giró ciento ochenta grados hasta quedar frente a la luz de la mañana. Apartó con cuidado uno de los visillos que vestían las ventanas. Miraba complacido el mundo. Estaba tan contento y nervioso como un niño la noche de reyes, ansioso porque llegara el lunes siguiente cuando por fin tuviera entre sus manos las fotos de la Tizona.

El último eslabón de la cadena. La última pieza de un puzle que a partir de ahora intentaría descifrar él solo.

Encaminó de nuevo sus pasos hacia el fondo de la habitación, hacia su vitrina favorita, esa que albergaba los trofeos de su vida: los viejos incunables y códices a los que veneraba con fervor religioso. Pero primero aseguró con llave la puerta del despacho. Lo hizo como un acto reflejo, sin darse cuenta, sin pensar que absolutamente nadie podía observar sus actos. A sabiendas de que él era el único morador de su casa.

Se sacó la llave del pantalón y abrió la vitrina. Le apetecía ver de nuevo la lista. La había estudiado miles de veces pero quería comprobar que no se le escapaba ninguna pista, que únicamente contenía los cinco objetos. Qué poco podía imaginarse él lo que estaba a punto de encontrar casi al final de su vida cuando un día, ya hacía casi dos meses, recibió el encargo del monasterio de San Pedro Cardeña. Aquel día ese trabajo le pareció como otro cualquiera. El abad del monasterio le había llamado para catalogar y restaurar unos libros antiguos que habían aparecido en unas dependencias del sótano. Fue hasta allí con el ánimo de un trabajo más. Le condujeron hacia el *scriptorium*, donde en una parte de la sala habían habilitado una gran mesa con el material encontrado: hojas sueltas amarillentas, algunas carcomidas, libros con la encuadernación raída y salpicados de manchas de humedad. A lo largo de su carrera había visto obras en peor estado, claro, pero en aquellas debería emplear sus conocimientos a fondo para devolverles el esplendor de sus días, al menos en su mayor parte.

Cuando comenzó a hojear uno de los códices apareció, como olvidada, una hoja doblada entre sus páginas finales. La desplegó suavemente, después de todo hacía siglos que el pergamino no recibía la luz del sol. La sorpresa fue mayúscula. Cinco objetos colocados uno debajo de otro ocupaban la superficie del papel. No había más indicaciones, ni una fecha, ni un nombre, nada que le permitiera catalogar la fecha del documento. Además aparentemente no tenía ninguna relación con el libro en que la había encontrado. El viejo códice era un tratado sobre leyes, usos y derechos de Castilla del siglo XI y la lista contenía una relación de lo que parecían las pertenencias de un caballero: códice, tapiz, casco, cofre y espada. Sin embargo algo en su interior le impulsó a cogerla y a guardarla en su maletín. Aquello no era ortodoxo y no es que él no hubiera realizado ningún trato al margen de la ley, de hecho alguno de los personajillos que conocía le proveían eventualmente con alguna primera edición o alguna pieza de anticuario.

La cogió porque sí, pensó que nadie la echaría en falta y que realmente era un documento sin importancia, que su falta no afectaría para nada al conjunto en su totalidad. La guardó entre las páginas de un libro de su colección privada y no volvió a pensar en ella. No fue hasta dos semanas después, cuando en medio de las tareas de investigación de otro encargo, su mente estableció una sutil conexión.

Un día le llamaron los responsables de la Casa del Cordón. Después de la restauración del palacio dejaron apartadas y guardadas algunas piezas antiguas de indudable valor y ahora, al cabo del tiempo, habían pensado utilizar alguna de ellas como elemento decorativo. Más concretamente, requerían sus servicios para especificar la familia a la que pertenecían los escudos representados en un tapiz colgado en la sala de juntas de la entidad financiera.

Desde el primer momento reconoció los escudos sin el menor género de duda. Él había estudiado la figura del Cid durante toda su vida y enseguida reconoció los símbolos de las espadas cruzadas y el castillo como los de don Rodrigo y doña Jimena.

Solo una pequeña diferencia en uno de ellos captó su atención desde el principio. Las empuñaduras de las espadas eran diferentes entre sí. Resolvió de inmediato investigar esa pequeña nota discordante antes de dar su veredicto. Primero consultó su biblioteca particular, en ella diversos volúmenes trataban la vida del caballero burgalés. Así pudo confirmar sus teorías. Consultó además los archivos municipales. No tenía ninguna duda. Salvo por ese pequeño detalle los escudos pertenecían al Cid y a su esposa. Sin embargo algo en los escudos del tapiz no encajaba del todo. Casi se desmaya cuando descubrió que el pequeño detalle que diferenciaba las dos espadas del escudo de don Rodrigo, en realidad era una letra oculta a la vista de todos mediante una especie de ilusión óptica. Tapiz. La palabra retumbó en su mente y de pronto todo cobró sentido en su cabeza. ¿Dónde había escuchado o leído esa palabra anteriormente? Inmediatamente recordó el trozo de pergamino amarillento que encontró en el monasterio. Él siempre había pensado que la lista parecía una relación de pertenencias de un caballero, ¿y si fuera el Cid ese caballero? ¿Y si todos los objetos de la lista estuvieran igualmente marcados con una letra?

Aquel día volvió a su casa corriendo y fue directo en busca del misterioso papel que había sustraído.

Repasó de nuevo la lista: códice, tapiz, casco, cofre y espada.

Se sentó en su despacho con el pergamino en la mano. Releyó una y otra vez los objetos. Todo aquello parecía una tontería. ¿Y si se estaba equivocando y nada tenía relación?

Intentó pensar con frialdad, si fueran las pertenencias del Cid, sin ninguna duda, la espada podría ser la Tizona y la palabra «cofre» también tenía un significado claramente relacionado con el Campeador, ya que en la catedral de la ciudad, en una de sus capillas se conservaba expuesto el famoso cofre del Cid. En cuanto al casco, recordó la exposición que se celebraba en el Arco de Santa María, exhibiendo el casco del caballero burgalés como la pieza estrella de la colección. Y por último estaba el códice, entonces recordó el viejo libro de leyes donde había encontrado la lista y recordó también que el Cid era un gran entendido en leyes.

Al día siguiente fue a trabajar al monasterio con un objetivo claro. Cuando sus ojos se toparon con el libro en el que había encontrado el pergamino, comenzó a examinarlo con detenimiento. Al principio no se dio cuenta, pero al poco rato notó algo muy extraño en un códice de esa época. Las tapas de la encuadernación eran exageradamente gruesas. No se lo pensó dos veces y con sumo cuidado para no estropear nada comenzó a separar la piel curtida que lo recubría. Apartó el cuero y lo que quedó a la vista casi le corta la respiración. Había una segunda encuadernación que protegía el manuscrito. En ella grabada e impresa en la parte inferior del lomo se hallaba una *E* mayúscula. De manera súbita, la imagen del escudo le golpeó en la mente. Se sintió mareado, todo le daba vueltas, tenía ganas de gritarle al mundo su hallazgo. Él estaba en lo cierto, seguramente todos los objetos de la lista estarían marcados. Pero, ¿por qué? ¿Qué misterio escondían las letras? ¿Quién había grabado las iniciales en los objetos del Cid?

Hacía cientos de años, alguien había marcado las pertenencias del Cid con una letra; las había relacionado en una lista y la había escondido dentro de una de ellas en una habitación oculta en el monasterio. Mil años después, él se encargaría de descubrir el misterio. Estaba a punto de conseguirlo, ya solo le falta una de las letras, la que correspondía a la Tizona. Muy pronto sabría cuál era. Y a partir de ahí se concentraría en descifrar el enigma.

¿Qué misterio escondían las letras? Estaba seguro de que algo muy valioso se ocultaba bajo las cinco iniciales.

Estaba emocionado ante la idea de descubrir un enigma histórico de esa magnitud. Sería el colofón de su carrera. El premio final de una vida dedicada al estudio y la investigación.

Al principio pensó en contarlo a los cuatro vientos, decírselo a sus colegas, a las autoridades, a los demás historiadores pero pronto pensó que eso sería un error. Se entrometerían en su trabajo, quizás incluso le obligaran a colaborar con otros profesores, y entonces tendría que compartir el éxito, el reconocimiento de la comunidad académica.

Por eso decidió trabajar solo, únicamente él descifraría el misterio y después ya vería qué haría. Aún no lo había pensado pero de momento no estaba dispuesto a que nadie conociera su secreto. Encima de la mesa de su despacho, cuatro fotografías aparecían dispersas a su libre albedrío. Echó un último vistazo antes de irse. Pronto comenzaría su verdadero trabajo. Intentaría descubrir qué significado ocultaban.

Sentía el nerviosismo propio del que emprende una aventura que no sabe dónde le puede llevar.

Poco a poco se iba congregando la gente en la plaza Mayor, frente al ayuntamiento. Apenas faltaban unos minutos para que comenzara el homenaje a la Tizona, la espada del Cid Campeador, el burgalés más famoso de toda la historia.

Asombrosamente había llegado hasta nuestros días en perfecto estado de conservación y en la actualidad se hallaba de forma permanente en el Museo del Ejército de Madrid.

El museo había decidido exhibir la Tizona en una especie de gira por diversas ciudades del país para dar a conocer al público una pieza tan representativa de nuestra historia, y como deferencia a la ciudad natal del Cid habían decidido comenzar su exposición en Burgos. Hecho que el ayuntamiento había aprovechado para rendir un pequeño homenaje a su ilustre caballero.

Pablo y Jaime miraban distraídos alrededor de la plaza los diferentes colores de las casas centenarias que conformaban entre sí un círculo. Bajo los soportales, una hilera de tiendas delimitaba el perímetro de la plaza.

María por su parte divisó a lo lejos el porte elegante de su abuelo.

—Mirad, por ahí viene mi abuelo —les dijo a sus amigos—. Justo a tiempo.

Alejandro Revilla, que acababa de ver a los chicos, alzó la mano y se dirigió a su encuentro.

—¿Qué, estáis preparados para ver la famosa espada del Cid? ¿Tenéis vuestras invitaciones? —preguntó con voz tranquila al tiempo que sacaba la suya del bolsillo del abrigo.

Pablo, Jaime y María mostraron las cartulinas que les permitían la entrada al acto homenaje. Sonreían contentos al viejo profesor que les trataba con una mezcla de cariño y nostalgia, contándoles las cosas con la intención de entretener además de enseñar.

Se encaminaron todos hacia el ayuntamiento. Allí un tropel de gente se agolpaba a la entrada, impacientes todos por llegar a buen lugar hasta el salón de plenos donde se celebraría el acto.

Los agentes de seguridad solicitaban gentilmente las invitaciones a todos aquellos que acudían al acto.

Pablo se fijó que, en vez de presentar las elegantes cartulinas que ellos tenían, algunas personas mostraban a los agentes unos pequeños carnés que pronto imaginó serían acreditaciones de prensa, ya que además portaban pesados equipos de fotografía en algunos casos y grabadoras y blocs de notas en otros.

Mientras se adentraban en la casa consistorial, una simpática azafata les invitaba a continuar por la escalera hasta el piso superior. María se paró de pronto ante un enorme cuadro que colgaba sobre el descansillo de la escalera. En él se podía ver a un nostálgico caballero a lomos de su caballo mirando al horizonte en el ocaso del día.

Alejandro explicó a los chicos que era un cuadro de un gran pintor burgalés y representaba al Cid en uno de sus destierros.

Siguieron escalera arriba hasta llegar al salón de plenos donde iba a comenzar el acto.

El color rojo inundó de viveza sus retinas. Rojas eran las paredes de aquella sala, forradas de finas sedas, las alfombras tejían extrañas formas en los más diversos tonos encarnados y bermejos que ellos jamás habían visto. Los enormes ventanales estaban cubiertos por gruesas cortinas de terciopelo granate que aislaban la sala totalmente de la luz solar. Del techo colgaban señoriales lámparas de araña que lanzaban destellos brillantes.

Al fondo del salón, presidiendo el acto, enseguida reconocieron el tapiz con los escudos del Cid y doña Jimena que la Casa del Cordón había prestado para tal evento. Pablo, Jaime y María se miraron en un guiño de complicidad. Solo ellos sabían que el tapiz contenía un mensaje, una letra en forma de cu mayúscula, algo que hacía muy poco tiempo acababan de descubrir y la razón por la que estaban allí, para averiguar si la Tizona también escondía otra bonita letra. Bajo el tapiz, un pequeño podio contenía los elementos necesarios para el homenaje.

A la izquierda se situaba una antigua mesa tallada en madera que exhibía la famosa espada. Mostraba un solo frontal de forma horizontal sujeta por dos apliques de metacrilato transparente, uno al final de la hoja y otro en la empuñadura.

Al lado de la mesa habían colocado un atril provisto de micrófono para dar un breve discurso y junto a éste tres sillas para las autoridades, el concejal de cultura del ayuntamiento, un experto en armas medievales y un representante del Museo del Ejército de Madrid.

A medida que la gente iba entrando en la sala, el eco de los murmullos de historiadores, profesores, anticuarios y políticos se iba apagando ante la visión de la legendaria Tizona.

La hoja de hierro oscuro medía unos noventa y tres centímetros y pesaba alrededor de un kilo y ciento cincuenta gramos.

La gente iba ocupando los asientos intentando acceder a los primeros puestos. Alejandro y los chicos tuvieron suerte y lograron encontrar cuatro sillas libres en la segunda fila frente a la mesa.

Las sillas estaban dispuestas en filas divididas por un pasillo central en las que se sentaban todos aquellos que dispusieran de invitación. Como si existiera una ley no escrita, los periodistas fueron ocupando los laterales de la sala. Y así, de pie, desplegaban sus equipos para intentar captar con sus flashes la nobleza de tal insigne espada. Algunos intentaban acercarse al máximo, siempre vigilantes ante la atenta mirada de dos agentes vestidos de paisano que flanqueaban la mesa a ambos lados.

Y es que las medidas de seguridad eran extraordinarias. Todo era poco para salvaguardar la seguridad de la Tizona.

Apenas faltaban unos pocos minutos para que diera comienzo el acto y ya casi todo el mundo estaba correctamente acomodado. La gente esperaba con impaciencia comentando los unos con los otros.

Alguien de la fila de atrás llamó la atención de Alejandro con un ligero toque en la espalda. Era un hombre mayor de unos sesenta y tantos años. Su figura era distinguida y tenía cierto aire intelectual. Aún tenía el cabello oscuro, salpicado por algunas vetas blancas, y sobre la nariz reposaban unas pequeñas gafas cuadradas de montura dorada.

–¡Hombre, Alfredo! –dijo Alejandro– ¡Tú por aquí! Aunque ya sabía yo que me iba a encontrar con muchos amigos.

–Hola, Alejandro –dijo el hombre a la vez que se estrechaban la mano–. Ya ves, no me hubiera gustado perderme el homenaje por nada, menos mal que gracias a uno de los últimos encargos en los que he estado trabajando he podido conseguir una invitación.

Su voz pausada y su perfecta vocalización recordaban el trabajo que había realizado buena parte de su vida, la docencia, junto a Alejandro, cuando ambos daban clase de historia en la universidad. Ahora, profesor retirado, le llamaban como experto historiador y restaurador tanto de instituciones públicas como privadas.

Alfredo Ribas miraba sibilino el tapiz del fondo de la sala. Lo había reconocido al instante, tanto como que él mismo había sido quien certificó a la Casa del Cordón la familia a la que pertenecían los escudos: el Cid y doña Jimena. Por eso, los responsables de la Casa Palacio le habían enviado una invitación.

Sin embargo, se había cuidado muy mucho de no mencionar a nadie su labor en el tapiz. Ni siquiera a su amigo Alejandro.

Estaba seguro de que nadie conocía su secreto, pero aun así no pensaba decir nada que le relacionara con el Campeador.

Todavía estaban muy recientes los artículos de prensa que relataban los asaltos del casco y del cofre del Cid. La policía seguramente habría abierto una investigación aunque él estaba convencido de que no tenían ninguna pista.

Alejandro les presentó a su amigo:

–Estáis de suerte chicos porque Alfredo es un experto en el Cid. Tiene una de las bibliotecas más importantes sobre su figura, además os podrá contar un montón de anécdotas de la espada.

–Hombre, no exageres –dijo sonriente y algo ruborizado Alfredo Ribas.

–Yo tengo una pregunta –dijo Jaime para sorpresa de todos–, pero, ¿de verdad esa es la espada del Cid? Quiero decir que, ¿cómo se sabe que es la auténtica?

Los dos viejos profesores se echaron a reír por la ocurrencia del chico. Seguramente muchas de las personas que asistían al acto estarían haciéndose la misma pregunta, pero solo la curiosidad de un chaval le permitía plantear en voz alta la incómoda pregunta.

Alfredo, sonriendo aún, intentó explicar a los chicos la autenticidad de la espada del Cid.

–Veréis, en el año 2000 hicieron un estudio a un pequeño fragmento que extrajeron de uno de los cantos de la hoja. Y cuatro químicos concluyeron mediante un avanzado análisis metálico que la espada era, sin lugar a dudas, de la segunda mitad del siglo xi. Y es más, por sus características determinaron que había sido construida en una fragua andaluza.

–O sea que es la suya, la que el Cid utilizó en sus batallas –dijo María como exclamación.

Los ojos de todos se tornaron hacia la Tizona que contemplaron ahora con renovada admiración.

–¿Y se la hicieron especialmente para él? –ahora era Pablo quien preguntaba.

–En principio, se cree que no. Estudiando determinadas características, los historiadores se inclinan por la hipótesis de que el arma fuera para algún importante musulmán –intervino Alejandro.

–¿Y entonces cómo fue a parar al Cid? –quiso saber María que miraba alternativamente a los dos hombres.

–Bueno –comenzó diciendo Alfredo–, en este punto los historiadores no se ponen de acuerdo, pero según el *Cantar de Mío Cid*, que habréis estudiado en literatura, se cuenta que don Rodrigo Díaz de Vivar le ganó la espada en combate al rey moro Bucar.

Los chicos estaban encantados con la lección de historia y se mantenían ajenos al bullicio del salón de plenos. La gente allí congregada esperaba ansiosa que diera comienzo el homenaje.

Los dos viejos profesores se miraron entre sí. Cada uno veía en la mirada del otro un mismo pensamiento. Se veían a sí mismos hacía veinte años, en aulas abarrotadas de alumnos que les planteaban las más diversas dudas y cuestiones.

La verdad es que habían tenido mucha suerte en asistir al acto con el abuelo de María y de que éste se encontrara con su amigo.

Habían estado tan abstraídos con las anécdotas de la Tizona que no se habían dado cuenta de que el homenaje estaba a punto de comenzar. Por fin habían llegado las últimas autoridades, entre ellas el alcalde de la ciudad, y se habían situado en la primera fila, justo delante de ellos, reservada para las personalidades.

El concejal de cultura del ayuntamiento fue hacia el atril, moderó el micrófono y se dirigió a los presentes:

–Buenos días a todos. Soy Enrique Serrano y lo primero que deseo es agradecerles su asistencia a este acto homenaje de la espada del Cid: la Tizona. La legendaria espada curtida en mil batallas del más ilustre hijo de nuestra tierra, don Rodrigo Díaz de Vivar, más conocido como el Cid Campeador.

Una espontánea explosión de aplausos inundó el salón.

A continuación el concejal de cultura siguió enumerando las virtudes y hazañas del famoso caballero. Las numerosas victorias sobre sus enemigos. Lo ensalzó definiéndolo como un hombre honrado y valiente que consiguió el respeto de todo el pueblo que lo aclamaba como a un héroe.

Descubrió cómo sus gestas fueron pasando de padres a hijos hasta convertir su figura en un mito y sus hechos en leyenda.

Tras otro fuerte aplauso de la concurrencia, le tocó el turno de palabra al experto en armas medievales. Este encabezó su discurso presentando a la compañera infatigable que libró todas las batallas junto al Cid: la Tizona.

Hizo un breve recorrido desde su origen, posiblemente una fragua andaluza de principios del siglo XI pasando por la multitud de personajes históricos que en algún momento la habían poseído. Seguidamente se detallaron las características técnicas de la espada, su tamaño, su peso, etc.

Cuando el experto medieval concluyó su exposición, dio paso al último invitado, un representante del Museo del Ejército.

El hombre adelantó a los presentes la brevedad de su discurso. Solamente se limitó a decir que desde su ubicación en el museo, ésta se había convertido en la pieza estrella, era el objeto más visitado y demostraba así la enorme curiosidad que pasados más de mil años suscitaba el Cid Campeador. Para finalizar, anunció el momento que todos estaban esperando. Todo el mundo podía acercarse a la mesa donde se exponía la espada y contemplarla. Para ello debían colocarse ordenadamente en fila en el pasillo central de la sala.

La gente empezó a moverse instintivamente hacia el centro. También los periodistas y fotógrafos se mezclaban entre el gentío formando cola. Todo por conseguir las mejores imágenes del insigne objeto.

Nolo también se había internado entre sus falsos compañeros a la espera de su turno para captar con su cámara las mejores instantáneas. Desde el principio, por la exposición frontal de la espada, se había dado cuenta de que solo uno de los lados se podía ver claramente.

Esperaba de todo corazón que la letra que buscaba se encontrara en la parte expuesta, si no se veía obligado a llevar a cabo su plan, su arriesgado plan. Y ya estaba bastante nervioso ante el temor de ser descubierto si alguno de los periodistas le preguntaba sobre su trabajo. Se había preparado un papel por si eso llegara a suceder. Si alguien le preguntaba para quién trabajaba, puesto que la ciudad era pequeña y se conocían casi todos, él contestaría sin la menor dilación que trabajaba para una agencia independiente con sede en Madrid, y que lo habían enviado a cubrir el acto.

Sin embargo otra preocupación se cernía sobre su cabeza. Estaba completamente seguro de que había policía secreta escondida entre la multitud, aparte de los tipos que custodiaban la mesa donde se encontraba la Tizona. ¿Y si alguno lo reconocía? ¿Y si reparaban en él?

Por desgracia su ficha policial también era conocida en Burgos. Para evitar eso no se le había ocurrido otra cosa más que ocultar su cara tras la cámara casi todo el tiempo.

La fila iba avanzando lentamente y ya le quedaba poco tiempo para situarse frente a la espada. Muy pronto descubriría si era necesario pasar al plan B. El nerviosismo inicial se convirtió en histerismo controlado. Si no veía la letra que perseguía el señor García debería entrar en acción y todo se complicaría.

Un poco más atrás, en la fila, a unos cuantos pasos, alguien le había clavado la mirada observándolo sin cesar. Era Alfredo Ribas, o como él se hacía llamar señor García, quien al detectar a Nolo al comienzo del homenaje había seguido todos sus movimientos.

Nolo estaba muy cerca ya de la espada. En unos instantes le tocaría a él el turno de fotografiar la Tizona como un periodista más.

Alfredo Ribas estaba disfrutando enormemente. En un principio había pensado que quizás él mismo pudiera vislumbrar la letra en la espada; sin embargo, sus ojos cansados, aun con sus lentes, no respondían a los estímulos rápidos. Necesitaba asegurarse, necesitaba las fotos de la inicial que le correspondía a la Tizona.

Muy pronto estaría en posesión de la última letra. Y a partir de ahí trabajaría solo, no necesitaría a nadie.

Solo sus conocimientos y su instinto de historiador le bastarían para averiguar el enigma, la palabra que se ocultaba tras las iniciales y el significado que tendría.

Pablo, Jaime y María, junto con los viejos profesores, también se habían incorporado a la fila, a la espera de poder contemplar el insigne *fierro* desde la menor distancia posible.

Mientras los dos académicos charlaban sobre sus recuerdos, Pablo aprovechó el momento para, con un ligero codazo, prevenir a Jaime y a María.

–Este es el momento que hemos estado esperando –dijo en voz baja, acercando su cabeza a la de sus amigos–, cuando estemos delante de la Tizona tenemos que fijarnos bien, si la espada contiene una de las letras debería estar a la vista, yo creo que en este objeto es muy difícil esconder cualquier marca, tiene que estar en la superficie.

Jaime y María asintieron, los tres procurarían estar atentos sabiendo que solo tendrían esa oportunidad, a no ser que fueran a Madrid no volverían a estar tan cerca de la espada.

Aun así la cosa no era tan sencilla, María les alertó de un pequeño contratiempo con el que se podían topar:

–¿Y si la letra no está en la parte expuesta? Tal y como la han colocado solo es posible ver una cara.

Jaime, que también se había dado cuenta, le contestó:

–Sí, yo también me he fijado, la otra mitad es imposible observarla. Si la inicial no está en esta parte no podremos hacer nada, todo está lleno de gente y de agentes de seguridad, no podremos acercarnos al otro lado. Esperemos que la letra esté en este lado de la espada.

Pablo miraba distraído la cantidad de gente que se había congregado. La mayoría eran hombres y mujeres bien vestidos y de mediana edad que daban al acto homenaje un toque de elegancia cultural. Apenas había niños. El resto, gente joven, seguramente serían periodistas y fotógrafos. Todos ellos vestían de manera informal con vaqueros y cazadoras y al mezclarse todos constituían un grupo variopinto difícil de clasificar.

De pronto, a Pablo uno de esos rostros le resultó familiar. Era un chico joven de unos treinta y tantos que llevaba una cazadora de cuero. ¿Dónde lo había visto antes? Estaba seguro de que se lo había encontrado recientemente y en más de una ocasión.

Pablo entrecerraba los ojos en un esfuerzo mental por intentar recordar al desconocido. Por fin su memoria le devolvió el recuerdo. Ahora sabía exactamente dónde lo había visto y una sensación de inquietud le recorrió el cuerpo.

–¿Veis a aquel tío de allí? –les preguntó a sus amigos.

–¿A cuál? –contestó María.

–A ése, el de la chamarra de cuero y los pantalones vaqueros –dijo Pablo, señalando hacia el joven–. Estoy seguro de que lo he visto antes.

–¿Y qué? –le preguntó María que no acertaba a imaginar qué importancia tenía eso.

–Pues que fue en el Arco de Santa María donde lo vi, el día que fuimos a ver la exposición del Cid con el colegio y ahora resulta que está aquí. ¿No os parece muy extraño?

–Seguro que hay más gente aquí que también estuvo en el Arco y eso no significa nada –le tranquilizó Jaime.

Aun así Pablo se quedó mirándolo, pensativo y preocupado.

En ese mismo instante, ese hombre joven también había reconocido a alguien a su vez, vestía de forma similar a la suya y aunque aparentaba algunos años más, tenía su misma edad.

Estaba el primero en la fila que se había formado en el pasillo central del salón de plenos a punto de fotografiar la Tizona, llevaba una cámara en las manos y un carné de prensa colgado al cuello con un elástico. Sin embargo, a pesar del disfraz, lo había reconocido. Era Manuel Álvarez, más conocido por la policía como Nolo. A pesar de los dos años que habían transcurrido aún recordaba su ficha. Él mismo había redactado el informe después de detenerlo.

Desde que le habían asignado el caso de los asaltos a objetos relacionados con el Cid no tenía ninguna pista y ahora, en un acto como este, el homenaje a la Tizona, aparecía de pronto un viejo conocido suyo con una ristra de delitos a su espalda y, además, como si fuera un profesional de la fotografía, ¿es que acaso había cambiado de profesión? Él no lo creía.

Cuando regresó de sus pensamientos, Nolo ya había fotografiado la espada y se apoyaba en una pared de la sala muy cerca de la mesa donde se exponía la Tizona.

No le dio tiempo a pensar nada más. De repente los destellos intensos de luz procedente de las lámparas del techo se apagaron dando paso a la más absoluta negritud.

La oscuridad inundó la sala sumiendo a todo el mundo en una ceguera involuntaria. Las cortinas de grueso terciopelo granate impedían la entrada del más mínimo rayo de luz.

En apenas unos segundos todo se convirtió en caos, la gente intentaba explicarse en voz alta qué había ocurrido. Se oía el sonido metálico de las sillas cayendo al suelo, y algunas personas tropezaban al intentar volver a sus sitios.

El concejal de cultura intentaba imponer su voz ante tamaña escena, calmando los ánimos y tranquilizando al público. Pero todo parecía inútil, durante unos segundos que parecieron siglos, la histeria y el desorden se adueñaron del salón de plenos.

Algunas voces gritaban en voz alta «que alguien encienda la luz» y los chispazos de algunos flashes brillaban en la oscuridad.

Cuando por fin volvió la luz a la sala un hecho insólito acalló el rumor de la contienda: la espada no estaba colocada sobre los dos soportes de metacrilato.

Para el asombro de todos alguien había depositado la Tizona sobre la mesa de madera expuesta por el reverso. Le habían dado la vuelta. Casi al mismo tiempo, un enjambre de fotógrafos se abalanzaba sobre la mesa para fotografiar la escena. Entre ellos se encontraba Nolo quien después de todo se sentía aliviado tras los acontecimientos. Su plan había dado resultado, nadie se imaginaba que él había provocado el apagón.

Ávidos de escándalos, los periodistas se empujaban los unos a los otros con el fin de conseguir la mejor imagen del suceso.

De nuevo se producía un asalto a un objeto del Cid que alteraba la tranquilidad de la ciudad. Además, en aquella ocasión, el asalto se había producido públicamente y ellos habían sido espectadores de excepción. Aquello era una gran noticia.

Así, entre el revuelo de la gente que iba y venía de un lado para otro y antes de que las autoridades pusieran orden, Pablo, aprovechando su estatura, se escabulló entre unos y otros hasta llegar a la mesa de madera que exhibía la espada. Una vez allí, entre codazos y a duras penas, consiguió asomar la cabeza entre la barrera de reporteros gráficos.

Apenas unos segundos le bastaron para ver lo que quería.

Se giró y casi con la misma dificultad que al intentar acercarse consiguió llegar hasta sus amigos. Ambos le preguntaron con la mirada sin decir palabra. Pablo, asegurándose primero que nadie prestaba oídos a su persona, incluidos Alejandro y Alfredo, repitió en voz baja las dos palabras que retumbaban en su mente: la *S*.

En efecto, sobre la vieja mesa de madera descansaba de cualquier manera la Tizona, solo que ahora era el reverso lo que todo el mundo podía observar. En la hoja de la espada, muy cerca de la empuñadura, una parte de un palmo de longitud había sido labrada con esmerado mimo. Un conjunto de filigranas adornaba esa parte de la hoja.

Entre ellas, simulando una más, una ese mayúscula y alargada de suaves formas se escondía a la vista, oculta para quien no supiera mirar.

13. El enigma

David Morales era subinspector de policía desde hacía solo un par de años. Su carrera era brillante y su futuro prometedor. De pequeño era un chico de barrio al que le encantaban las películas de acción, se imaginaba a sí mismo como una especie de héroe con placa que lograba detener a los malos él solito.

Su vocación era fruto de la ilusión continuada de un chaval.

Poco a poco todos sus esfuerzos se encaminaron hacia una meta clara: quería ser policía. Pero ya no tenía la misma idea de ficción que antes. Ahora quería ser un policía real en la vida real.

Cada vez que en el colegio, y más tarde en el instituto se le atravesaba alguna asignatura, siempre pensaba en el objetivo final y conseguía superarla. Así logró graduarse entre los primeros de su promoción.

Al principio patrullaba las calles de la ciudad a la caza y captura de delincuentes comunes. Pronto sus jefes se dieron cuenta de su valía y le fueron adjudicando casos de mayor envergadura.

Así en poco tiempo le nombraron subinspector. A sus escasos treinta años, poca gente que no le conociera podría adivinar que tras ese aspecto de eterno adolescente había un policía de olfato excepcional.

En muchas ocasiones las greñas de cabello oscuro, la chupa de cuero y sus desgastados vaqueros eran el disfraz perfecto para mezclarse en determinados ambientes y resolver un caso.

A veces, precisamente esa pinta de desaliñado que le permitía pasar inadvertido era el motivo por el que le asignaban un trabajo como, por ejemplo, en el Arco de Santa María.

Se había organizado una exposición sobre el mundo medieval, la vestimenta, los enseres de la época como platos, vasijas, etc. Las armas y los utensilios de los caballeros ocupaban un lugar destacado. En especial la pieza estrella era el casco del Cid y otros documentos relacionados con el héroe que algunos monasterios y museos habían prestado gustosos, no sin antes asegurarse unas condiciones de seguridad extremas.

Por eso lo habían destinado a él a la exposición. Además de las alarmas y las cámaras de seguridad era necesario un factor humano, como un policía de incógnito.

Él cumplía las características necesarias para desarrollar esa labor. Necesitaban a alguien que vigilara sin despertar sospechas, que se mezclara entre la gente como un visitante más, y David Morales con su indumentaria juvenil parecía más un estudiante que un agente en misión secreta.

Cuando le designaron a él como policía secreta para salvaguardar la seguridad de la exposición en el Arco de Santa María, nadie podía imaginarse que se iba a producir un asalto. Automáticamente le encargaron el caso. Todo el mundo estaba desconcertado. Tras un profundo estudio del lugar y de los hechos, la investigación se estancó. No había pistas. Alguien había burlado el sistema de alarma, había desconectado las cámaras de vigilancia y después de drogar al agente de seguridad se había introducido en la sala. Lo más extraño de todo era que no se habían llevado nada, solo habían roto la urna de cristal que protegía el casco del Cid, sin embargo, éste en apariencia no había sufrido daño alguno. En un primer momento se pensó que lo habían sustituido por uno falso, así que llamaron a un experto para que lo examinara y más tarde certificó que era el auténtico. El experto comentó al equipo policial que había encontrado una incisión en el interior del casco, pero que tras un exhaustivo análisis había determinado que la marca ni mucho menos era reciente, por lo que no había de que preocuparse, el casco no había sufrido ningún daño.

No había huellas dactilares, ningún otro objeto de la exposición había sido violentado, todo permanecía intacto en su lugar. Entonces, ¿cual había sido el objeto de los asaltantes? ¿Por qué entrar por la fuerza si no se habían llevado nada?

David, por primera vez en su carrera, se sentía desconcertado. Nunca había tenido entre sus manos un caso parecido a éste. Ni en sus años de academia policial recordaba haber leído un expediente similar. Quizás, precisamente por eso estaba decidido a desenmascarar al o a los culpables. Ni siquiera eso tenían claro él y su equipo. Era un caso misterioso sin motivo ni botín y lo peor de todo, sin sospechosos. Para David se había convertido en un reto personal y profesional.

Por un momento pensó que todo había sido un error, que los culpables se habían confundido de lugar, de día y de ciudad. Pensó que era un hecho puntual, aislado, sin explicación y creía que no volvería a suceder.

Cuando el lunes siguiente al asalto del Arco llegó por la mañana a su despacho en comisaría, todas sus teorías se desmoronaron en un momento. Le comunicaron que se había producido un segundo asalto. Esta vez en la catedral, en una de sus capillas, la del Corpus Christi. En ella, el viejo cofre del Cid, que colgaba de una de sus paredes, había aparecido abierto, con la tapa levantada.

Al igual que en el caso del casco, alguien había entrado al amparo de la noche. No habían destrozado nada y el cofre permanecía intacto. Nadie había visto ni oído nada. Por supuesto no había huellas. Era en todo exactamente igual al asalto del Arco de Santa María.

Era evidente que ambos sucesos estaban relacionados de manera directa, no había que ser un lumbreras para establecer una conexión entre los dos casos: en las dos ocasiones el objetivo eran pertenencias del Cid.

Inmediatamente, David Morales se acercó a la catedral para investigar el escenario. Sin embargo, el entusiasmo inicial pronto se tornó en desilusión. Quien quiera que fuese el autor de los asaltos había procedido como un verdadero profesional. Solo un hecho le desconcertaba, si no hubiera sido porque el cofre aparecía abierto, absolutamente nadie se hubiera dado cuenta jamás del incidente.

David estaba completamente seguro de que los dos ataques obedecían a un plan perfectamente trazado. A alguien le interesaban mucho las pertenencias del Cid Campeador. Pero, ¿para qué? ¿Se conformaban solo con verlos, con observarlos? Ahora un interrogante se planteaba en el horizonte más cercano, ¿se producirían más asaltos en un futuro próximo?

No tenían nada, no obstante no pensaba darse por vencido. Su intuición policial le decía que detrás de esos inocentes asaltos, aparentemente sin consecuencias, se escondía un golpe de mayor calibre. Solo tenía que esperar a que él o ellos dieran un paso en falso, cometieran un error y entonces ahí estaría él, al acecho. Aunque ya no se hablaba del tema en la prensa, él y los suyos seguían trabajando en la sombra.

Cuando una semana más tarde, el responsable de la seguridad del ayuntamiento llamó a comisaría para que le asignaran algún agente que se encargara de proteger la Tizona, el jefe de policía automáticamente le pasó el trabajo a David y a su equipo. Deberían actuar de incógnito, vestidos de paisano mezclándose entre los invitados.

Era el momento que estaba esperando. Sin lugar a dudas, si había un objeto del Cid por excelencia, esa era la famosa espada del Cid. Si sus teorías eran correctas y había alguien interesado en las pertenençias del hidalgo caballero, el homenaje sería el cebo perfecto. Ni siquiera él lo hubiera planeado mejor. Tenían todas las salidas vigiladas y a sus mejores hombres apostados en lugares estratégicos. Esta vez si ocurría algo estarían preparados. Casi todo el acto transcurrió sin incidencias. La gente había accedido al salón de plenos mostrando su invitación a los agentes de la entrada. Nadie que no hubiera sido invitado podía haberse colado burlando la vigilancia policial. Mientras los invitados se acomodaban con tranquilidad y, posteriormente durante el desarrollo de los discursos, David pensó por un momento que se había equivocado. Que la Tizona no iba a ser el objetivo de un nuevo asalto.

Ya casi estaba finalizando el homenaje cuando de pronto, en uno de los últimos barridos oculares, más intenso que los anteriores, aguzó la vista al máximo y entonces su retina chocó con un recuerdo en su mente. Uno de los fotógrafos, al que en ese mismo instante le tocaba el turno de fotografiar la espada y que encabezaba el grueso de la fila que se había formado para ver de cerca la Tizona, le resultaba vagamente familiar.

Al principio no identificó al sujeto. Pensó que sería uno de los muchos periodistas con los que había hablado sobre los asaltos del casco y del cofre. Desde hacía dos semanas no paraba de recibir llamadas y visitas. Según ellos solo eran informadores en busca de la verdad y le debían a los ciudadanos la transparencia de la noticia, como le había dicho uno.

David siempre les respondía con la misma retahíla de palabras que se había preparado concienzudamente: «No estoy autorizado a dar detalles de la investigación, si bien puedo asegurarles que seguimos el rastro de varias pistas y esperamos en breve poder comunicarles el esclarecimiento de los hechos y por consiguiente la resolución del caso.»

Eran un conjunto de frases bien pensadas y sin contenido que trataban de acallar la insistente persistencia de los periodistas.

Solo David sabía que el mutismo total no se debía a la protección de las investigaciones. Todo era mucho más sencillo. La verdad es que aunque hubiera querido no podría haberles dicho nada. La realidad era que no había sospechosos, ni huellas, nada, ni la más leve pista.

Volvió a mirar de nuevo al individuo de la cámara de fotos. De repente sintió una punzada en el estómago, como siempre que tenía una corazonada. Aquel rostro no le era conocido por los motivos que él creía. En realidad no tenía absolutamente nada que ver. Habían pasado casi dos años desde que se encontraron la última vez. Él en su papel de policía y el desconocido, que ya no le era tan desconocido, en su papel de delincuente. Le había detenido por un robo un par de años atrás. Manuel Álvarez, así era como se llamaba. El nombre le había venido de golpe a la cabeza. Él mismo se encargó de redactar el informe de la ficha policial. ¿Pero qué hacía con una cámara y un carné de prensa? Aquello no le cuadraba en absoluto, ¿cómo era posible que alguien con sus antecedentes apareciera en un acto público como si fuera un profesional de los medios? Había decidido vigilarlo de cerca, no perderlo de vista, cuando la oscuridad y el caos hicieron acto de presencia en el salón de plenos. Las luces se apagaron al instante y durante unos segundos la sala permaneció en la más absoluta penumbra.

Cuando se hizo la luz y se descubrió que la Tizona había sido movida de su sitio comprendió lo que había pasado. Había sido testigo de un nuevo asalto a la espada del Cid. Enseguida buscó con la mirada a Manuel Álvarez o Nolo, como todo el mundo le llamaba. Lo divisó junto al resto de periodistas y fotógrafos que se abalanzan sobre la mesa para captar las últimas imágenes de la Tizona. No podía dirigirse directamente a él, no le había visto hacer nada, sin embargo, David sabía que tenía algo que ver.

En realidad empezaba a creer que Nolo de alguna manera estaba detrás de todos los asaltos. Estaba convencido de que su presencia en el ayuntamiento y el asalto a la espada no era una casualidad.

No podía abordarlo directamente, así que esperó a que el homenaje finalizara. En ese momento le seguiría procurando no ser visto.

Por fin todo se calmó y el concejal de cultura se dirigió al público del salón de plenos intentando apaciguar el estado de ánimo de la concurrencia. Como buen político, procuró adornar los hechos catalogando el apagón de incidente sin importancia e invitó a todo el mundo a abandonar la sala ordenadamente, no sin antes darles efusivamente las gracias por su asistencia. Así uno a uno, entre murmullos y comentarios, la gente fue saliendo del salón de plenos.

David seguía con la mirada los pasos de Nolo, desde que le había echado el ojo encima no lo había perdido de vista.

Cuando Nolo salió del ayuntamiento y se encontraba fuera en la plaza Mayor, David confundido entre los invitados que habían formado un pequeño tumulto a la salida, pudo observar cómo titubeaba al elegir un camino, primero a la izquierda y luego a la derecha.

De momento no había comentado nada con el resto de sus compañeros. Su prioridad era seguirlo sin que se diera cuenta y, si avisaba a su equipo y se ponían en marcha, Nolo podía percatarse del despliegue policial. En los breves instantes que habían transcurrido desde que reconoció su rostro, David había trazado un sencillo plan. No quería detenerlo allí mismo, su objetivo primordial era averiguar si trabajaba solo. Por eso quería espiar sus movimientos. Él seguía pensando que los asaltos eran una maniobra menor. Su instinto le decía que el gran golpe estaba por llegar. Y si estaba en lo cierto no estaría solo. Nolo era un delincuente de poca monta. Él por sí solo no tenía ni el cerebro ni las agallas para planear una operación así. Lo más seguro es que trabajara a las órdenes de alguien, y era a ese alguien a quien David quería atrapar. Por eso quería seguirlo, ansiaba comprobar si le llevaría directamente a la guarida de su superior.

Una vez en la plaza Mayor, Nolo se giró de nuevo hacia el ayuntamiento. Por un momento, David pensó que se disponía a entrar de nuevo, pero desde su posición pudo observar cómo se encaminaba por un pasaje bajo los soportales de la plaza, hacia el paseo del Espolón. Caminó paseo abajo en dirección al teatro. Eran casi las dos de la tarde de un día invernal y a esa hora la magnífica arboleda de troncos desnudos estaba casi desierta. David, a una distancia prudencial, vio cómo la figura de su sospechoso se perdía bajo los arcos naturales que formaban las ramas. Cuando Nolo pasó de largo el edificio del Teatro y se disponía a cruzar el puente de San Pablo que surcaba el río Arlanzón, David supo a dónde se dirigía exactamente. Muy cerca de allí se encontraba la estación de autobuses. Pensaba huir, desaparecer de la ciudad. Tenía que actuar deprisa, si no su plan se vendría abajo. No podía permitir que se escapara. Él era su única pista para resolver los misteriosos asaltos. Sacó el teléfono móvil del bolsillo de la cazadora y empezó a llamar a sus compañeros. Les explicó brevemente la situación. Deberían ir a la estación, vigilar discretamente todas las entradas y salidas y esperar hasta que él llegara, quería detenerlo justo en el momento en que subiera a algún autobús.

Nolo, ajeno al despliegue que se había montado en torno a su persona, caminaba despacio. Tras cruzar el puente de San Pablo, en unos pocos metros divisó el edificio de Correos. Faltaban cinco minutos para que cerraran las puertas hasta el lunes siguiente, cuando el señor García recogería la tarjeta de fotos. Entró, la dejó en el apartado de correos indicado y salió en apenas un minuto. Después enfiló la calle Miranda hacia la estación de autobuses. Estaba contento, provocar el apagón, después de todo, había sido más sencillo de lo que él pensaba.

Cuando le tocó el turno de fotografiar la Tizona, enseguida vio que en el lado expuesto de la espada no se veía ninguna letra. Tendría que hacerlo, tendría que actuar rápido. Nada más entrar en el salón de plenos del ayuntamiento se fijó en los interruptores de la luz. Había tres juntos al principio de la sala y otros tres casi al final, en la pared cercana a la mesa que exhibía la Tizona.

Después de hacer las fotos se desvió de la fila hacia esa pared. Lo demás fue muy simple. Se recostó sobre los interruptores provocando la más absoluta oscuridad. Los segundos de caos que siguieron fueron suficientes para acercarse a la mesa, cambiar la espada de postura y volver a la pared como si nada hubiese pasado. Después, igual que los demás fotógrafos y periodistas, como si fuera uno de ellos, se aproximó para hacer las fotos, pero esta vez del lado que a él le interesaba.

Ahora su trabajo había concluido, iría a la estación para recoger su equipaje guardado en una consigna y se iría lejos.

Con la bolsa echada a las espaldas y en el mismo instante en el que se dirigía a la taquilla para comprar un billete, dos hombres le cortaron el paso de frente. Se giró e intentó salir corriendo. Su mirada topó con otro al que enseguida reconoció. Era aquel poli joven que lo detuvo la última vez.

Todo había acabado. No entendía cómo le habían descubierto pero su buena suerte, su buena estrella como él decía, se acababa de caer al suelo rompiendo todas sus ilusiones en mil pedazos. Él que había decidido dejarlo todo, partir de cero y comenzar una nueva vida, vio truncadas todas sus esperanzas.

Cuando el joven subinspector vio a Nolo dirigirse a la taquilla decidió actuar, dio orden a sus hombres para que rodearan al sospechoso. David le leyó sus derechos, le esposó y le condujeron a comisaría.

Cuando tras el apagón volvió la luz al salón de plenos y el concejal de cultura dio por finalizado el acto agradeciendo a los asistentes su presencia, la gente comenzó a abandonar la sala.

Todo el mundo murmuraba entre sorprendidos, y aún un poco alterados, el abrupto final que había tenido el homenaje a la Tizona. A la mayoría le parecía un incidente extraño acentuado por el atípico comportamiento de las autoridades. Ni siquiera a Pablo, Jaime y María se les había escapado el tono nervioso del concejal que cruzaba miradas interrogantes con el alcalde y con los responsables de seguridad.

El súbito ambiente de incomodidad, añadido a la curiosidad morbosa de la prensa que no paraba de fotografiar la espada, le desveló a la gente la realidad de los hechos: habían sido testigos de un nuevo asalto a un objeto del Cid.

Cuando ya estaban fuera, en la plaza Mayor, los chicos escuchaban con atención la conversación que mantenían Alejandro y Alfredo.

—Aún no acabo de creer que en medio de la oscuridad y el caos alguien se haya acercado a la espada el tiempo suficiente como para cogerla y darle la vuelta, ¿pero en qué mundo vivimos? —se preguntó indignado Alejandro, para quien los hechos violentos no tenían cabida en un mundo civilizado—. No comprendo cómo no se han extremado más las medidas de seguridad —siguió comentando— máxime cuando los asaltos al casco y al cofre estaban tan recientes, porque convendrás conmigo en que ese oportuno apagón de luces no tenía nada de casual.

Alfredo sabía perfectamente que nada era casual. Y también imaginaba que a todos sus colegas no les era ajena la noticia de los asaltos a objetos del Cid. Solo esperaba que ninguno relacionara demasiado los hechos y comenzara a elucubrar teorías que se acercaran peligrosamente a la realidad.

Apenas si podía ocultar la satisfacción interna que sentía. Nolo no le había defraudado y el lunes por la mañana tendría las últimas fotografías, las de la Tizona.

Era difícil poner cara de póquer, disimular su alegría y enmascararla tras una fingida moralidad cuando él mismo estaba detrás de los asaltos.

—Sí, la verdad es que es increíble que no puedan exhibirse piezas de tanto valor e interés histórico y que el público no pueda disfrutarlas tranquilamente, sin incidentes —contestó Alfredo con la frialdad y el convencimiento de los grandes mentirosos, los que poseen el secreto del embuste perfecto: creerse sus propias mentiras.

Pablo, Jaime y María miraban en silencio a uno y otro. Deseaban quedarse solos y rabiaban por decir en voz alta lo que los tres pensaban y sus mentes no paraban de repetir: «¡habían visto en directo un ataque a la Tizona del Cid!»

Ellos que desde el comienzo de todo esto, con el primer asalto al casco y luego más tarde al cofre, habían ido juntos a inspeccionar *in situ* el escenario del crimen como decían en las películas.

Y no solo esta vez todo había pasado delante de sus narices sino que gracias a la rapidez de pensamiento y movimiento de Pablo ahora conocían otra de las iniciales que confirmaba la existencia de un misterio.

Alejandro y Alfredo se despidieron amistosamente con un abrazo encantados de haberse visto. Durante un par de horas habían recreado la amistad vivida en la juventud, cuando ambos coincidieron como profesores en la universidad.

Alejandro y los chicos abandonaron la plaza Mayor en dirección hacia la calle Santander. Eran más de las dos de la tarde y debían dirigirse a sus respectivas casas. Por el camino siguieron comentando con incredulidad los recientes acontecimientos. Sin ninguna duda, los hechos serían portada en los periódicos locales el domingo por la mañana.

Siguieron los cuatro por la avenida del Cid hasta que se despidieron de Jaime y así, de una manera natural, como si lo hubieran planeado de antemano, Pablo con un ligero guiño de un ojo, le dijo:

–Acuérdate de lo de esta tarde. Nos vemos en casa de María a las seis.

Jaime, poco acostumbrado a las trampas y engaños de los chicos de su edad, tardó unos segundos en reaccionar y reconocer la jugada.

–¿Cómo? –balbuceó–. ¡Ah, esta tarde! Claro, sí, sí –dijo tartamudeando.

María, en cambio, más astuta recogió el testigo que Pablo había lanzado rápidamente y con una naturalidad pasmosa confirmó la cita de la tarde:

–Mira que eres despistado –le dijo a Jaime directamente– siempre te pasa lo mismo. ¡Pero si quedamos ayer! –exclamó un poco ofendida fingiendo el tono natural de una madre que regaña a su hijo.

Pablo la miraba divertido, por un momento hasta él mismo empezaba a creer que en realidad habían quedado el día anterior. María era una niña lista y vivaracha que charlaba con todo el mundo. Su mayor defecto también era su mayor virtud, protestaba ante el menor atisbo de injusticia que divisara a su alrededor. Si alguien se metía con el marginado de la clase, ahí estaba ella para defenderlo; si ponían un examen sorpresa y la mayoría suspendía, era ella quien se quejaba al profesor de turno, siempre que no fuera el orejas, esgrimiendo una serie de razones tan bien planteadas que alguno incluso anulaba los resultados.

A diferencia del resto de los chicos de su clase, ella tenía más o menos clara su vocación profesional, o bien sería abogada para defender a los inocentes o se dedicaría a ser asistente social como su madre.

En cualquier caso, Pablo, que la conocía muy bien, estaba pensando que el teatro se perdía una actriz.

Alejandro esperaba paciente a que los chicos se despidieran.

–Entonces, ¿nos vemos a las seis, vale? –confirmó Pablo mirando directamente a Jaime.

–Sí, sí, claro, ¡hasta luego! –dijo el chico entrando en el portal.

Alejandro, María y Pablo continuaron caminando por la avenida hasta sus respectivas casas.

Ese mismo sábado por la tarde cuando Pablo y Jaime entraron en la habitación de María, ésta les estaba esperando con un gran plato de palomitas de maíz que había preparado ella misma. Había registrado la despensa en busca de algún tentempié para sus amigos, y al final, detrás de una pila de latas de atún, había encontrado uno de esos paquetes planos envuelto en papel que tras unos segundos de microondas se convertía en una abultada bolsa de sabrosas palomitas.

Ahora los tres sentados en la cama de María, arremolinados en torno al cuenco de palomitas, podían charlar libremente de todo lo que había sucedido aquella mañana. Nada más y nada menos ellos habían sido testigos de un asalto a la Tizona.

Unas gotitas de agua resbalaban por el vaho de los cristales haciendo surcos verticales. Fuera, el frío y la proximidad de la noche ahuyentaban a los viandantes que preferían quedarse en sus casas al calor de sus hogares.

María inició la conversación:

–¡Qué fuerte! Casi no puedo creerme que hayan asaltado la Tizona delante de nuestras narices. Eso sí que no lo hubiéramos imaginado nunca.

–¿Qué? –le preguntaba Pablo a Jaime– ¿Todavía piensas que las letras grabadas en los objetos no significan nada, que son un viejo sistema de archivo?

–Pues claro que no –contestó Jaime–. A alguien más le interesan esas letras. No roban nada y no destrozan las piezas así que no existe otra explicación, lo que buscan son las letras –dijo totalmente convencido.

–Pues sea lo que sea lo que signifiquen tiene que ser algo muy importante para arriesgarse de esa manera y tantas veces –añadió María.

–A mí lo que me parece increíble es que quien esté detrás de todo esto haya estado en el homenaje igual que nosotros. A lo mejor le hemos visto con nuestros propios ojos o ha pasado por nuestro lado sin darnos cuenta –apuntó Pablo.

María se levantó de la cama y se dirigió a su escritorio. Del primer cajón sacó una caja de madera decorada con pequeños cuadraditos de marfil. La abrió y les mostró a los chicos su interior. Había cinco cartulinas blancas del tamaño de media cuartilla. En cada una dibujadas con esmero aparecían las cinco letras mayúsculas que habían encontrado hasta el momento: *V, V, Q, E, S.*

Soltó las cinco tarjetas rectangulares sobre la cama con un rápido movimiento de muñeca como si fuera un jugador profesional de cartas. Apartaron el plato vacío de las palomitas y dispusieron las letras sobre el edredón.

Hasta el momento, cinco eran las iniciales que habían descubierto en objetos pertenecientes al Cid. La primera uve la descubrieron en el casco que había sido asaltado en la exposición del Arco de Santa María. La segunda uve se ocultaba en un lateral del cofre del Cid que se exhibía permanentemente en la capilla del Corpus Christi de la catedral y que también fue asaltado. La tercera letra la habían encontrado por casualidad gracias a que Carlos, el padre de Pablo, les había dicho que en la Casa del Cordón donde él trabajaba, tenían un tapiz con los escudos de armas del Cid y su esposa. La e la encontraron oculta en la doble cubierta de un viejo códice en el monasterio de San Pedro Cardeña. Y por último la ese, de cuyo descubrimiento habían sido testigos de excepción aquella misma mañana, cuando disfrazado como un incidente sin importancia, se había producido un nuevo asalto a un objeto del Campeador. Un asalto al objeto por excelencia: la Tizona, la insigne espada del Cid.

Pasaron una buena parte de la tarde intentando descifrar el orden lógico de las piezas del puzle. Conjugaron las iniciales de una y mil maneras interponiendo las letras cada vez en un lugar diferente, todo con el objetivo de obtener un significado en forma de palabra. María fue la primera en darse por vencida.

–Nada, que no hay manera –dijo– las pongamos como las pongamos no significan nada. A lo mejor lo que pasa es que hay más objetos grabados y faltan letras, por eso lo que tenemos no tiene sentido.

–Pues si es por eso vamos listos, como no se produzcan más asaltos no podremos averiguar si hay más iniciales grabadas –contestó Jaime, que comenzaba a sentirse un poco decepcionado. Él creía que de alguna manera todo había terminado, que no había nada más y que todo lo que necesitaban para aclarar el misterio estaba en sus manos.

–También hay otra posibilidad –insufló nuevas esperanzas Pablo–. Hasta ahora siempre hemos creído que lo que buscábamos era una palabra, pero ¿y si cada letra por sí misma corresponde a una palabra y entre todas lo que forman es una frase?

–Sí, anda, complícalo más –le espetó María que por un momento pensó que su amigo iba a abrir una nueva vía de interpretación, pero una que les acercara a la solución no que enturbiara más el asunto.

–Yo sigo pensando que a nuestras letras lo que en realidad le faltan son vocales porque si no, no hay manera de que tengan sentido y de momento la única que tenemos es la e –zanjó la cuestión Pablo, que no se resignaba a que al menos una de sus teorías tuviera la aceptación de sus compañeros.

Al final de la tarde, agotados por el esfuerzo mental de elaborar multitud de palabras carentes de sentido y decaídos por la falta de resultados, Jaime resolvió que la jornada había llegado a su fin:

–Bueno, yo creo que por hoy se acabó. No podemos hacer nada más, lo hemos intentado de todas las maneras posibles así que de momento tendremos que esperar a ver qué pasa. A lo mejor se producen nuevos asaltos o nos enteramos de que existen más objetos del Cid.

Pablo y María asintieron ante la realidad de su razonamiento. De momento deberían dejar el tema como estaba y esperar acontecimientos. Lo que tenían claro es que esas cinco mayúsculas tenían valor no solamente para ellos, sino también para quien estaba detrás de los asaltos y que su valor radicaba en su significado ya que lo único que perseguían era el conocimiento exacto de las letras, no robaban los objetos ni les infringían ningún daño.

El misterio que escondían las cinco iniciales estaba ahí, oculto de una forma ininteligible para ellos aunque no pensaban darse por vencidos. No sabían cómo pero lograrían desvelar el secreto que ocultaban las codiciadas mayúsculas.

La mañana del domingo, la ciudad se despertó perezosa. Un suave manto de canícula nublaba el horizonte. Solo algunas personas caminaban por las calles con pasos rápidos. La mayoría de ellos se repartían entre las cafeterías y los quioscos de prensa para hacerse con los diarios y revistas.

Los periódicos dominicales casi no hacían referencia al incidente del día anterior en el ayuntamiento. Solo una breve reseña en el interior de las páginas tildaba el asunto como una «curiosa anécdota sin la menor trascendencia». Sin embargo, los que estuvieron allí sabían que aquello no era del todo cierto.

«El acto que se celebró en el salón de plenos del excelentísimo ayuntamiento a las doce del día de ayer congregó a multitud de personalidades del mundo de la cultura y la política, que se reunieron para rendir un sentido homenaje a una de las piezas emblemáticas y de mayor valor de nuestra historia: la Tizona. La insigne espada de don Rodrigo Díaz de Vivar, ilustre hijo de nuestra tierra, que blandió en mil batallas y que se conserva en la actualidad en el Museo del Ejército de Madrid.

En el transcurso del acto, un hecho improvisado aderezó el homenaje. Durante unos segundos un fortuito apagón sumió en tinieblas a los invitados. Por suerte, el buen hacer de las autoridades y los agentes de seguridad que controlaron la situación en todo momento, evitó lo que pudo haber sido un caos y lo convirtió en una curiosa anécdota sin la menor trascendencia».

En ningún momento aparecían las palabras «asalto» o «ataque frustrado» ni por supuesto se mencionaba la parte en que la espada aparecía descolocada. Además, no se relacionaba el incidente con la aplastante realidad de que la Tizona era un objeto del Cid y que con anterioridad otras pertenencias del ilustre caballero habían sufrido otros asaltos. A pesar de la numerosa asistencia de periodistas y fotógrafos que cubrieron el acto, las escasas noticias que aparecían en la prensa local tenían todas el mismo tono irrelevante. Estaba claro que los medios de información habían sido presionados para evitar que la correcta interpretación de los hechos saliera a la luz.

Además, en ningún caso se hacía mención a la detención de un individuo en las proximidades de la estación de autobuses que podía estar relacionado no solamente con el suceso del ayuntamiento, sino con los asaltos a objetos del Cid ocurridos dos semanas atrás.

La ausencia de noticias en la prensa era la tónica general a lo largo de la semana. La rutina fue ocupando su lugar y la ciudad vivía en aparente tranquilidad. Sin embargo, tras esa fingida irrealidad, un equipo policial trabajaba a destajo para resolver el caso más extraño con el que se habían topado.

Al frente de las investigaciones, el joven subinspector David Morales intentaba desgranar las escasas declaraciones vertidas por el único sospechoso, aunque la original confesión le hacía dudar de su veracidad. De todos modos, David se había empeñado en encontrar el hilo conductor que relacionaba los tres asaltos y no se rendiría hasta desvelar el misterio que los unía.

Para Pablo, Jaime y María los días habían pasado deprisa. Las clases y los deberes habían colmado sus horas concentrando sus esfuerzos en los estudios y alejando de sus mentes el misterio de las letras. Ni mucho menos habían abandonado el enigma, solo que después de la tarde del sábado y de sus fallidos intentos por desvelar el significado oculto de las iniciales habían decidido no obsesionarse. Esperarían pacientemente a ver si ocurrían nuevos asaltos y, en cualquier caso, dejarían que el tiempo pasara por si la suerte les acompañaba.

Sin saber muy bien cómo, habían llegado al viernes. Aquella mañana les tocaba lenguaje con Merceditas y después del recreo sufrirían la sabiduría del odioso orejas.

Habían pasado unos pocos minutos de las nueve y media.

Todos los chicos estaban en sus sitios expectantes a que la profesora entrara por la puerta. Charlaban en un murmullo bajo, conscientes de que en el resto de las aulas estaban dando clase. Por experiencias anteriores habían aprendido que si no armaban demasiado jaleo, y el profesor de turno al final no venía, nadie se daba cuenta y no avisaban a un sustituto. Algunos, los que se sentaban más cerca de la puerta, aguzaban el oído para detectar el inconfundible taconeo de Merceditas. Los mismos que le servían para disimular su metro cincuenta y que delataban su presencia segundos antes de aparecer.

En un abrir y cerrar de ojos la puerta se abrió. Sin embargo no era Merceditas la que ocupaba el umbral. Carmen, con su vieja carpeta bajo el brazo, se acercaba al encerado con total naturalidad como si fuera la hora de su asignatura.

–Ya sé que ahora os toca clase con Mercedes –comenzó mientras se calaba las gafas como siempre en la mitad del arco de la nariz–, pero no ha podido venir porque está enferma así que yo ocuparé su lugar. He pensado que podemos aprovechar la hora para continuar el concurso de historia con algunos temas que hemos visto hasta ahora, ¿qué os parece? –preguntó con una sonrisa.

Las caras de satisfacción de los alumnos le dieron la respuesta.

Carmen les ayudó a colocar las cuatro mesas en la parte delantera del aula, delante de la pizarra. Luego, esta vez ella eligió cuatro nombres al azar que correspondían cada uno a un equipo y se dispusieron a comenzar con el mismo entusiasmo que se veía en los concursos de la tele. Ahora extrañamente habían cambiado los afectos y los amigos de los recreos se habían convertido en rivales.

La primera pregunta iba dirigida a Alberto que representaba al primer equipo. Carmen carraspeó un poco.

–Primera pregunta –dijo con voz de presentadora de concursos–. Durante el paleolítico algunos grupos de hombres tenían una curiosa forma de subsistencia basada en continuos desplazamientos territoriales, ¿cómo se denomina a estos hombres?

La pregunta era difícil. Además pertenecía a los primeros capítulos del libro, los que se habían dado en el primer trimestre, así que el tema estaba un poco olvidado. Alberto ponía cara de estar pensando, los ojos ligeramente achinados y la ceja izquierda arqueada. Habían pasado ya los cincuenta segundos del minuto completo que tenían para contestar, cuando un hilillo de voz en forma de pregunta más que de respuesta contestó:

–¿Nómadas?

–¡Bieeeen! –gritó en pleno el resto de su equipo.

–Segunda pregunta –anunció Carmen al mismo tiempo que apuntaba el acierto en su particular marcador de papel.

Jaime ocupaba la segunda mesa. Aunque no era un mal estudiante y en dibujo la verdad es que era sobresaliente, la historia no era su fuerte. Cruzaba los dedos bajo el pupitre con la esperanza de saber la respuesta.

–¿Con qué nombre son conocidas las tres guerras entre Cartago y Roma que en el siglo III antes de Cristo luchaban por el control político, militar y económico del Mediterráneo? Tiempo.

Jaime sonreía tranquilo para sus adentros. Esa misma pregunta había caído en el examen de diciembre y lo más gracioso es que no la contestó porque no la sabía. Sin embargo, precisamente por eso ahora recordaba la respuesta con toda claridad.

–Son las guerras púnicas –contestó sin la menor vacilación.

–Correcto. Tercera pregunta –Carmen estaba lanzada. En un primer momento no sabía muy bien cómo responderían los chavales así sin previo aviso, pero de momento el experimento funcionaba de maravilla. La tercera cuestión era para Ana, la amiga de María, que esperaba tranquila y sin llamar la atención–. Quiero que escribas en el encerado, en números romanos, el año de la caída del Imperio romano.

Ana, de naturaleza tímida, hubiera preferido que le tocara otra pregunta en la que no se tuviera que levantar. Tenía bastante claros los números romanos y sus equivalencias, por ejemplo, sabía perfectamente que la M equivalía a mil, la D significaba quinientos, la C cien, la L valía cincuenta, la X diez, la V cinco y la I era uno, pero de lo que no estaba totalmente segura era de la fecha exacta.

Ana apartó la silla con cuidado para que no hiciera ruido, se giró hacia la pizarra y con la tiza en la mano escribió la cantidad CDLXXV además de añadir:

–El año de la caída del Imperio romano es el 475 después de Cristo.

Unas cuantas cabezas giraron de derecha a izquierda en señal de negación. Eran aquellos que conocían la respuesta correcta.

Carmen se levantó de la silla y caminó unos pasos provocando el balanceo de su larga falda, colocándose entre las mesas de los alumnos para dirigirse a toda la clase.

–No, Ana, te has equivocado por muy poquito. El año correcto es el 476 –a continuación se volvió hacia el encerado y escribió CDLXXVI–. Te ha faltado poner un palito –los chicos observaban con atención la pizarra. Carmen aprovechó el momento para adornar el tema con un poquito de historia–. Los números que utilizamos actualmente son de origen árabe, ya que es parte de la herencia que nos dejaron durante los ochocientos años que estuvieron en la península. Pero los romanos son anteriores a los árabes y no conocían los números. Ellos utilizaban las letras que conocéis para representar todos los números menos el cero.

Una mano se alzaba con impaciencia desde la primera fila. Era Raúl, el enteradillo de la clase, que no perdía la oportunidad de instruir a sus compañeros con sus interesantes preguntas.

–Yo he leído que la mayoría de las palabras que utilizamos proceden del latín que hablaban los romanos, pero que algunas se pronuncian de manera diferente.

Carmen, que tenía la intención de proseguir con el resto de las preguntas del concurso le respondió brevemente y como de pasada.

–Pues sí, la mayoría tienen una raíz latina y algunas letras se decían de forma diferente a la actual, como por ejemplo la uve que se leía y pronunciaba como si fuera una u.

En ese momento los ojos de Jaime reflejaban el estado de catarsis en que se había sumido. Se había quedado lívido, como si durante unos segundos la sangre hubiera huido de su rostro agolpándose en la mente con un martilleo incesante que le repetía una y otra vez: «la uve se lee como la u, la uve se lee como la u, la uve se lee como la u». Y en ese instante lo comprendió todo. En latín la uve en realidad era una u. La sangre regresó a sus mejillas. ¿Y si la palabra que ellos estaban buscando estuviera en latín y las dos uve en verdad fueran dos u? Ahora todo tenía sentido.

En la época en que vivió el Cid, el siglo XI y posteriormente, los manuscritos y los códices estaban escritos en latín, así que no era descabellado pensar que quien grabó los objetos, si tenía la intención de ocultar un mensaje en forma de una palabra, la escribiera en latín.

¡Qué tontos habían sido! En ningún momento se les había ocurrido esa posibilidad. Ellos habían pasado muchas horas intentando compaginar las iniciales y lo que era su principal dificultad, la falta de vocales, estaba solucionada.

Jaime desde el estrado buscaba con la mirada a Pablo y a María. Quería comunicarles sus pensamientos por telepatía. Ansiaba que terminase la clase y sonase el timbre del recreo.

A su vez, sus amigos también estaban absortos en sus propios pensamientos. Al igual que él habían escuchado con atención el discurso de Carmen y aún resonaba en sus oídos la última frase que acababa de abrirles una puerta al entendimiento. Más que una puerta, un portón. Ellos también habían comprendido que el camino para resolver el enigma era una palabra en latín.

Cada uno presentía la mirada de los otros dos.

Carmen seguía con su ronda de preguntas y respuestas recuperando el ritmo normal de la clase, pero ninguno de los tres oía nada. Siguieron ensimismados y concentrados en lo que acababan de descubrir gracias a Raúl, el empollón de la clase. Si él no hubiera presumido de su sabiduría, probablemente ellos no habrían resuelto una parte del misterio.

La campana del recreo sonó y las aulas se fueron quedando vacías.

Carmen ayudó a los alumnos a colocar las mesas y las sillas en su sitio. Muchos iban saliendo con el bocadillo en una mano y con el plumas en la otra.

Pablo, Jaime y María, cada uno por su lado, se hacían los remolones. Uno simulaba estar entretenido guardando los cuadernos en la mochila, muy despacio, como si tuviera todo el tiempo del mundo, María les dijo a sus amigas que las vería en el patio porque tenía que acabar una cosa y el otro hacía como que buscaba algo inexistente en los bolsillos de la cazadora.

No había hecho falta decir nada. Los tres sabían la magnitud de lo que Carmen inconscientemente les acababa de revelar y los tres, en una conexión mental perfecta, sabían que tenían que reunirse de inmediato.

Miraban de reojo a los últimos compañeros en abandonar la clase. Cuando tuvieron la certeza de encontrarse solos, María se levantó de la silla, se dirigió a la puerta y se aseguró de que estuviera bien cerrada. Solo entonces se atrevieron a expresar sus emociones contenidas minutos atrás.

–¡Está en latín, la palabra que buscamos está en latín! –gritó María que cuando percibió el tono de sus palabras continuó en voz baja–. ¡Por eso no tenía significado para nosotros!

–Sí –le contestó Jaime, cuyo rostro siempre sereno y relajado denotaba ahora la emoción del hallazgo–. ¿Cómo no se nos ocurriría antes? Teníamos que haberlo pensado porque no solo los códices y los libros del siglo XI están escritos en latín, también las inscripciones de las sepulturas del monasterio de San Pedro Cardeña y la tumba del Cid en la catedral. Lo hemos visto muchísimas veces, lo que pasa es que no nos habíamos fijado.

–Ya sabéis lo que esto significa –añadió Pablo que al contrario que Jaime y María y en contra también de su propia naturaleza sonreía relajado, él aún era más consciente que sus amigos de lo que aquello suponía. Si conseguían desenmascarar la palabra entonces la aventura continuaría. El mensaje que se escondía tras las letras necesariamente llevaría a otro misterio. Alguien había grabado las letras en los objetos por algún motivo, algo que de momento se les escapaba, pero estaba claro que la famosa palabra en latín era solo el comienzo, la primera llave de una puerta que durante siglos había permanecido cerrada.

–¿Qué significa? –repitieron al unísono María y Jaime.

–Pues está claro, ¿es que no lo habéis pensado? –les preguntaba Pablo mirándoles intensamente. En sus pupilas se apreciaba el brillo y la chispa del que imagina mil peripecias. Hasta ahora solo hemos pensado en averiguar qué escondían las iniciales y siempre hemos imaginado que era una palabra pero nunca nos hemos parado a pensar qué se escondería detrás. Seguramente esto será otro rompecabezas, otro enigma que resolver. ¿No os dais cuenta? La palabra es un paso más.

Jaime y María le observaban atónitos. En realidad no habían pensado en nada más. Durante todo este tiempo habían estado tan absortos en encontrar un significado a las letras que no se les había ocurrido ir más allá. Ahora que pensaban en la teoría de Pablo se daban cuenta de que su amigo tenía razón, éste solo era el primer paso, pero aún no lo habían conseguido. Primero tenían que encontrar la manera de asegurarse de que el conjunto de todas las iniciales respondía a una palabra en latín.

—El único problema es que ninguno tenemos ni idea de latín —dijo Pablo.

María levantó la mano con el dedo índice extendido como si necesitara permiso para hablar.

—Eso no es problema. Mi abuelo seguro que sabe latín, yo le he oído decir montones de veces que el latín y el griego eran dos de sus asignaturas favoritas cuando era estudiante.

Pablo y Jaime aceptaron encantados, lo único que tenían que hacer era trazar un plan para presentarse con las letras sin que sospechara nada. Estaba claro que no podían contarle la verdad, así que decidieron decirle que era una especie de acertijo que les había planteado uno de los profesores.

—Entonces esta tarde después del colegio iremos a casa de mi abuelo —repuso María y con esto dieron por concluida su pequeña reunión clandestina. Todavía faltaban quince minutos para que acabara el recreo, así que se pusieron los abrigos y salieron al patio para reunirse con sus respectivos amigos y que no sospecharan nada. Por suerte nadie había notado ni relacionado su ausencia.

Como todos los viernes, aquella tarde el orejas les comunicó el tema de dibujo correspondiente y todos los alumnos tuvieron que concentrar su ingenio y plasmarlo con las dichosas ceras en la hoja de DIN-A4.

Jaime siempre disfrutaba de la clase de dibujo pero María y Pablo eran menos hábiles en la expresión artística y contaban los minutos para que se acabara la hora y media de clase. Cuando al final sonó el timbre, los tres se escabulleron calladamente de entre sus compañeros, y cuando salieron a la calle apenas tardaron cinco minutos en llegar al número tres de la calle Sanz Pastor donde vivía Alejandro, el abuelo de María. Llamaron al portero automático y cuando se identificaron, el viejo profesor, contento al reconocer sus voces, enseguida les abrió. Entraron en el portal, se metieron en la jaula de cristal que era el ascensor y subieron hasta el segundo piso. Nada más abrir la puerta, *Aníbal* se acercó trotando por el pasillo de la casa para darles la bienvenida. Poco acostumbrado a las visitas, *Aníbal* se excitaba como un niño ante la presencia de otras personas.

Su enormidad física y la fiereza de su raza contrastaban con el aspecto juguetón de su carácter, como si en sus genes de pastor alemán se hubiera colado sin querer algo de caniche revoltoso.

El ímpetu de su saludo podría amedrentar a cualquiera que no le conociera, pero Pablo y Jaime, recuperados del primer encuentro, respondieron a la alegría del animal llamándole por su nombre e invitándole a acercarse.

Aníbal les contestó levantando sus patas delanteras y posándolas con suavidad sobre los hombros de Pablo. Sus ladridos y el sutil acercamiento del hocico les dejó claro a todos la corriente de simpatía canina que se respiraba en el ambiente.

Alejandro saludó a su nieta y a los chicos y los condujo hasta la sala que hacía las veces de biblioteca. *Aníbal* iba el último, cerrando filas, moviendo el rabo contento de un lado para otro.

Entraron en el salón repleto de libros. Miraron a ambos lados de las paredes, en cada volumen se relataba una historia diferente de gente distinta que había vivido en siglos dispares. Las estanterías y vitrinas de madera oscura que vestían las paredes junto con el suelo entarimado formaban lo que parecía la carcasa de un viejo barco. Un arca de Noé que recogía el saber del mundo.

A Pablo y Jaime siempre les había impresionado la biblioteca de Alejandro, siempre habían pensado cuántas horas de cuántos días de cuántos años se habían necesitado para leer todo aquello. Por eso si alguna persona les podía ayudar, sin duda alguna era Alejandro.

Se sentaron los tres juntos y apiñados en el sofá de cuero oscuro. Alejandro se sentó en su sillón favorito, justo frente a ellos, y *Aníbal*, como si de un árbitro de tenis se tratara, se había colocado en la mitad del espacio que separaba a los chicos y al profesor.

Pablo, Jaime y María estaban nerviosos sin demostrarlo, ansiosos pero calmados. Ahora sí que eran realmente conscientes del descubrimiento que estaban a punto de realizar.

Alejandro tomó la palabra.

–Me alegro mucho de volver a veros –dijo sonriendo.

–Abuelo, tenemos un pequeño problema y estoy segura de que tú nos puedes ayudar –comenzó diciendo María–. Como tú sabes tantas cosas... –añadió la niña intentado adularle.

Alejandro sonrió mientras se acariciaba la poblada barba gris. María había salido a su madre, sabía exactamente cómo conseguir lo que quería.

–A ver, decidme, ¿cuál es ese problema? –quiso saber Alejandro.

–Pues verás abuelo, una de las profesoras, la de historia, nos ha puesto un acertijo pero nosotros no lo sabemos resolver y sin la solución no podremos seguir con el siguiente paso –dijo María sin revelar absolutamente nada más. Ella conocía bien a su abuelo y sabía que él tampoco preguntaría.

En el fondo la niña no mentía mucho. Sin la palabra que formaban las letras no podrían seguir adelante y además a su abuelo tampoco le extrañó demasiado el argumento de su nieta, ya que conocía los originales métodos de enseñanza de la profesora de geografía e historia como el sistema del concurso.

–Tenemos cinco letras desordenadas –continuó María– y creemos que la solución es una palabra en latín.

Al mismo tiempo, le tendió a su abuelo una hoja de papel doblada en cuatro partes. Alejandro la desplegó con cuidado, se puso las gafas de vista cansada y observó con detenimiento las cinco letras mayúsculas que ocupaban la superficie blanca. María las había dispuesto en el mismo orden que las habían encontrado: *V, V, Q, E* y *S.*

–A lo mejor es posible que falte alguna letra –dijo Pablo de improviso. Jaime y María le miraron felicitándole por la genial ocurrencia. La verdad es que no sabían con seguridad si esas eran todas las letras grabadas en los objetos del Cid o si por el contrario habría alguna más que ellos aún no habían descubierto. Era una posibilidad que no podían descartar.

Alejandro se levantó de su sillón orejero y fue hacia una de las estanterías para coger un libro, un diccionario en latín. Después se dirigió a su escritorio, abrió el cajón superior de la derecha, y cogió un bloc de notas y un bolígrafo. Encendió el flexo que inundó de luz amarilla un círculo sobre los papeles y comenzó a trabajar.

Los chicos le miraban embelesados y en silencio. Solo sus manos, que estrujaban sin compasión, delataban la tensión del momento.

Aníbal de vez en cuando lanzaba un ladrido al aire para confirmar su presencia.

Alejandro garabateaba hojas llenas de combinaciones erróneas.

Pablo, Jaime y María le observaban expectantes como si estuvieran en la sala de un hospital esperando que el médico dijera las palabras claves, «el paciente se salvará» o, en su caso, «ya tengo la palabra que estáis buscando».

–¡Ya está! –dijo de pronto Alejandro–. Con estas letras solo es posible formar la palabra «*eqvvs*».

«*Eqvvs*» repitieron los tres al mismo tiempo, visualizando mentalmente el orden correcto de las iniciales, ahora que además sabían que las uves se leían como una u.

–¿Queréis saber lo que significa? –preguntó Alejandro.

Los tres asintieron con la cabeza al mismo tiempo, como si un mecanismo interno les obligara a actuar conjuntamente.

–En castellano «*eqvvs*» significa «caballo» –sentenció Alejandro–. ¿Soluciona esto vuestro acertijo? ¿Os dice algo la palabra «caballo»?

«Caballo», pensaban los tres reconcentrados en el hallazgo.

¿Si les decía algo? Les decía todo. La palabra «caballo» relacionada con el Cid, solo podía tener un significado: «*BABIECA*».

14. Babieca

Nolo estaba sentado solo, su cuerpo ligeramente recostado sobre la mesa y la cabeza hundida entre los brazos.

Un haz de luz blanquecina emanaba del fluorescente del techo y le daba un aspecto artificial a la estancia. No había ventanas. La habitación cuadrada que le privaba de libertad también le privaba de luz natural. Solo un enorme espejo ocupaba la mitad de una de las paredes. A través de él, en una sala contigua, un grupo de hombres le observaban.

–Está hundido –dijo uno de ellos.

–Éste es el momento –comentó otro.

–No –dijo David Morales, el subinspector de policía que lo había detenido–. Aún esperaremos un poco más.

Cuando le esposó y le leyó sus derechos en la estación de autobuses aquella misma mañana, justo después del homenaje en el ayuntamiento, ya se le veía abatido, ni siquiera pidió un abogado. Se encerró en sí mismo, cabizbajo, como un niño que espera la reprimenda de sus padres.

Llevaba varias horas solo metido en esa habitación. Era un lugar lúgubre, de ambiente deprimente que invitaba a la confesión.

David sería el encargado de interrogarlo. Durante todo este tiempo se había preparado las preguntas que le formularía. Nolo era la primera y única pista que tenían del caso y no pensaba estropearlo.

Habían pasado más de dos semanas desde el primer asalto al casco del Cid en el Arco de Santa María y cuatro días después ocurrió lo del cofre en la catedral. En ninguna de las dos ocasiones la policía científica pudo ser de gran ayuda. No había nada que analizar. Las pocas huellas que encontraron o bien eran del personal de seguridad o de limpieza. Las cámaras de seguridad habían sido inutilizadas, por lo que no había imágenes que identificar. Habían interrogado a todo el mundo relacionado con los objetos. Nadie había visto nada. Así que, cuando en el último asalto, el que se vivió en directo a la espada del Cid, David reconoció a un viejo conocido de los archivos policiales, supo de inmediato que estaría relacionado. Ahora estaba seguro, su intuición se lo decía. Nolo, de alguna manera que aún no comprendía, estaba metido hasta el cuello. Además, en la bolsa de deporte que llevaba al hombro en el momento de su detención había una cantidad importante de dinero, seguramente el pago por su trabajo. Pero lo que más le intrigaba a David era el objetivo último de los asaltos. No acertaba a comprender por qué se arriesgaba tanto para nada. Para no robar ni causar daños.

Estaba seguro de que ésa era la clave de todo.

En un principio, los superiores de David habían pensado que lo interrogaran dos personas interpretando el viejo papel de poli bueno y poli malo. Uno enfadado, que le amenazara con la peor de las condenas si no cooperaba, y otro más comprensivo que le mostrara las ventajas de una declaración voluntaria.

Sin embargo, David Morales no quería emplear un truco tan barato con Nolo. Cuando sus miradas se cruzaron en la estación de autobuses se dio cuenta de que lo había reconocido. Él también lo había detenido la vez anterior. Conocía su historial de memoria.

Le inspiraba compasión aquel hombre. Pensaba que su delincuencia era fruto de la arrogancia y la locura de la adolescencia. No tenía la maldad de otros, solo había elegido el camino más rápido, más fácil, el equivocado.

David decidió que ya era hora de exponerle los hechos. Giró despacio el pomo de la puerta, entró sin hacer ruido, y se sentó frente a él.

Nolo levantó la cabeza con pesadez. Tenía el pelo alborotado y los ojos vidriosos por el llanto de la frustración. Había estado tan cerca de conseguirlo.

David comenzó a hablarle en un tono bajo con matices neutros. No había amenaza en su voz, ni paternalismo ni reprobación, solo una exposición concisa y real de cómo estaban los hechos.

–¿Sabes quién soy? –comenzó David.

Nolo asintió con un gesto lento sin despegar los labios.

–Mira, Manuel, o Nolo, como prefieras –le dijo–, tú no eres nuevo en esto. Ya sabes cómo funcionan las cosas. Sabemos que estás implicado en los asaltos a los objetos del Cid, al casco, al cofre y en el de esta mañana a la Tizona. Hemos conseguido una orden judicial para examinar lo que has entregado en Correos. Además tenemos la confesión del empleado que asegura que has guardado y retirado algunos sobres con asiduidad, exactamente desde hace dos semanas cuando todo este asunto comenzó. En unos minutos tendremos el contenido de la entrega de esta mañana.

Nolo le escuchaba atento sin mirarle directamente a los ojos.

–Vamos a descubrir en qué estás metido con o sin tu ayuda –continuó diciendo el subinspector–, pero si colaboras podemos hacer un trato con el juez, solo te acusaríamos de allanamiento de morada, nada de intento de robo ni daños a la propiedad ajena. Esta vez te podrías librar fácilmente. Tú sabes que te conviene hablar. Solo tienes que decirme quién está detrás de todo esto. Tú solo eres el peón y nosotros queremos coger al que mueve las piezas.

Manuel Álvarez continuaba callado, quieto. Solo el parpadeo de sus ojos mostraba algún movimiento. En su interior se libraba una batalla entre la lealtad y la supervivencia. El policía tenía razón, tarde o temprano descubrirían toda la verdad y para empezar él ya estaba en el trullo. De nada le serviría no hablar, lo único que podía hacer era conseguir que le rebajaran la condena.

David advirtió la duda en su rostro. Nolo no estaba tan ausente como parecía. Era el momento adecuado para la confesión.

–¿Qué hay en el sobre que has dejado en Correos? En unos minutos lo tendremos aquí y entonces tu declaración no te ayudará, ya no te necesitaremos –le aclaró David.

Era una sutil presión que jugaba con el tiempo. Tenía que decidir si colaboraba o no y tenía que hacerlo en ese momento.

–Fotos –confesó Nolo en voz muy baja, casi ininteligible.

–¿Cómo? –preguntó David que no estaba seguro de haber entendido lo que había oído.

–Fotografías –dijo de nuevo Manuel Álvarez esta vez un poco más alto.

–¿Fotografías de la espada? ¿De la Tizona?

–Sí –contestó Nolo.

–¿Y cuando entraste en el Arco de Santa María y en la catedral también hiciste fotos del casco y del cofre? ¿Para eso eran los asaltos?

Nolo asintió con la cabeza confirmando afirmativamente.

David Morales no salía de su asombro, era la primera vez que oía semejante estupidez, que alguien se colara en museos y catedrales furtivamente, arriesgándose a ir a la cárcel, solo para hacer unas fotos y, sin embargo, se lo creía.

Durante todo este tiempo había barajado, junto a su equipo, cientos de posibilidades acerca de cuál sería la causa de los asaltos, por qué no se llevaban nada, por qué todos eran objetos del Cid y la teoría de las fotos por más disparatada que fuera encajaba perfectamente.

–Así que ésas eran las entregas de los sobres en Correos y los sobres que tú retirabas, ¿qué contenían? –prosiguió David con el interrogatorio.

–Dinero por los trabajos –contestó Nolo– y también instrucciones de los lugares, cómo desconectar alarmas, dónde estaban las cámaras de seguridad, los horarios de los vigilantes, esas cosas. Éste era el último encargo.

–¿Quién te mandaba los sobres con las instrucciones?

–No lo sé, no le conozco, no le he visto en mi vida. Solo hablamos por teléfono, tampoco sé su número, él me llamaba siempre, en el móvil aparecía como número privado. La primera vez que se puso en contacto conmigo me dijo que se llamaba García, pero me imagino que no es su verdadero nombre. Quería que sacara fotos del casco desde todos los ángulos posibles, del interior y del exterior, hasta que encontrara una marca en forma de letra. Después me dijo que buscara lo mismo, una letra grabada, en el cofre y en la espada y les hiciera fotos. Y eso es todo. No sé más, lo juro.

–¿Una letra en cada objeto? ¿Y qué significa eso? ¿Para qué las quiere? –preguntó de nuevo David para quien el caso cada vez se ponía más interesante.

–Eso no lo sé, ya se lo he dicho. Yo no preguntaba, solo hacía lo que él me ordenaba. Lo que hiciera con las letras era asunto suyo, ni lo sé ni me importa. A mí me pagaba lo suficiente como para no hacer preguntas –contestó Nolo que tras decir eso se sumió de nuevo en un silencio insondable.

–Si lo que me has contado es cierto, hablaré con el juez –concluyó David que comprendió que la declaración había finalizado, no tenía nada más que decir. Se levantó de la silla y salió de la habitación. A continuación giró el pomo de una puerta contigua. Penetró en la sala. En ella un grupo de policías miraba a través de un enorme ventanal acristalado que daba a la habitación de al lado.

Nolo había vuelto a la posición inicial. Echado sobre la mesa con la cabeza hundida entre los brazos. Era la estampa de un hombre derrotado.

David les preguntó a sus compañeros qué les había parecido el interrogatorio.

–No sé, yo no me creo ni una sola palabra –dijo uno de ellos. Un hombre mayor de ojos desconfiados que en vez de cumplir primaveras había cumplido otoños. Se pasaba la mano mecánicamente por la cabeza desnuda como si en cada pasada se mesara los cabellos inexistentes–. ¿Desde cuándo los ladrones entran en los sitios para hacer fotografías sin robar nada? –escupió las palabras con descrédito y con la autoridad que dan los años.

Miraba con recelo a David. Desconfiaba de las nuevas generaciones de policías que, con sus títulos y sus modernas técnicas de laboratorio, habían desplazado la experiencia de las calles. Y ahí estaba el resultado, su superior, un chaval de unos treinta y tantos años, se tragaba lo primero que le contaban.

En ese momento golpearon la puerta y un hombre joven uniformado le entregó un sobre al subinspector. David lo abrió con cuidado, procurando que la manipulación pasara inadvertida. De su interior extrajo una funda de plástico pequeña que indudablemente contenía una tarjeta de memoria. Era el sobre que Nolo había depositado en

Correos antes de dirigirse a la estación de autobuses. Eran las cinco de la tarde de un sábado y conseguir la orden judicial que les permitía examinar el contenido del sobre había sido una tarea titánica.

A la vista de la tarjeta, las opiniones adversas acerca de la declaración de Nolo se tornaron silencios.

David retomó la palabra.

–O sea que no nos ha mentido. Los asaltos a los objetos del Cid solo eran para fotografiar las letras escondidas en el casco, el cofre y la espada. Y ahora estamos como al principio. No tenemos ni idea de para qué querrá ese tal García, como dice Nolo que se identificó, las dichosas iniciales. Seguro que para nada bueno.

–¿Y quién será ese García? –preguntó en voz alta uno de los policías que investigaba el caso.

–Quién sabe. Puede ser un anticuario que crea haber descubierto algo o un traficante de antigüedades –contestó David–. Tenemos que averiguar quién es.

–¿Y después qué? ¿Le detenemos? –preguntó el hombre mayor que, fiel a su bagaje profesional, contaba los éxitos de su carrera por el número de detenciones.

David miraba pensativo el sobre mientras perfilaba los detalles de la investigación. Él sabía que no tenía nada contra ese hombre, solo la declaración de Nolo. Tenían que pillarlo *in fraganti*.

–Vamos a dejar el sobre en su sitio, en Correos –manifestó David sorprendiendo a todos sus compañeros– con la tarjeta de fotos dentro. Si pensaba recogerlo el lunes, pues bien, allí lo encontrará. Nosotros estaremos fuera. Le seguiremos sin que se dé cuenta, de día y de noche, haremos turnos. Para él nada habrá cambiado. Éste era el último trabajo que le había encargado a Nolo, así que sea lo que sea lo que vaya a hacer con las letras lo hará pronto. Eso es lo que tenemos que descubrir. Además tenemos el teléfono móvil de Manuel Álvarez, aunque en las llamadas que le hizo el tal García siempre apareciera como número privado nosotros podemos averiguar a quién pertenece. Así que pincharemos la línea y a esperar. Tarde o temprano nos conducirá al meollo del asunto.

Los demás estuvieron de acuerdo.

Era la única posibilidad que tenían de descubrir la trama de un caso que a medida que avanzaba adquiría tintes novelescos.

Cuando salieron de casa de Alejandro, la noche había teñido de oscuro las calles. Las luces de las farolas guiaban a los escasos peatones que a esas horas transitaban las aceras.

Pablo, Jaime y María doblaron la esquina hacia la avenida. Un viento gélido y vertical les golpeó en la cara. Caminaban despacio al mismo tiempo y con la misma velocidad que sus cerebros digerían el descubrimiento que se les acababa de revelar. Jaime rompió el silencio.

–*Eqvvs* –repitió de nuevo la palabra que salió envuelta en un humillo blanco–. Ahora parece tan fácil.

–Sí, claro, eso sabiendo latín –le contestó Pablo que aún recordaba las tardes pasadas intentando resolver el rompecabezas.

–Así que alguien hace siglos grabó la palabra «caballo» en algunas pertenencias del Cid –pensaba María en voz alta–. ¿Pero para qué y con qué intención?

–Ni idea, pero está claro que «caballo» en este caso solo puede significar una cosa –apuntó Pablo.

–¡*BABIECA*! –dijeron los tres al mismo tiempo.

Cuando Alejandro les desveló la equivalencia en castellano de la palabra latina «*eqvvs*», cada uno supo que *Babieca* relinchaba en la mente de los otros dos. Fue lo primero que se les ocurrió. Lo más coherente. Pocos, muy pocos eran los personajes, héroes, caballeros o reyes a los que la historia les reservaba un hueco junto a sus ilustres corceles que, con nombre propio, compartían los méritos y las victorias de sus famosos dueños.

Babieca era uno de esos extraños casos. Además, por uno de esos caprichos del destino, incluso se conocía el lugar de su entierro y existía un monumento erigido en su honor que hacía recordar a la gente la importancia de sus galopes.

–Resumiendo, el que grabó las iniciales dejó un camino de pistas para que al final de todo quien las supiera ordenar se encontrara con la palabra «*Babieca*», que es un caballo que lleva muerto mil años... –dijo Pablo con una sonrisa enigmática sin terminar la frase.

–Muerto y enterrado –señaló María que miraba a su amigo adivinando su juego.

–Enterrado en el monasterio de San Pedro Cardeña –apuntó finalmente Jaime, concluyendo con certeza el pensamiento común que cerraba el círculo.

–O sea que tenemos que volver al monasterio –María comentó la idea que barruntaban todos–, pero esta vez nada de visitas escolares con guía incluido. Tenemos que ir por nuestra cuenta. Si de verdad hay algo allí tenemos que descubrirlo, y lo primero que visitaremos será el monumento a *Babieca*, seguro que la otra vez se nos escapó algo.

–Todo tiene mucho sentido –apuntó Jaime–. ¿Os acordáis de lo que nos dijo el monje cuando fuimos con el colegio? El Cid estudió allí, dejó a su familia a cargo del monasterio en el primer destierro. A su muerte, doña Jimena lo llevó al monasterio para que lo enterraran. Está claro que la persona que marcó sus objetos estaba muy cerca del Cid y tenía acceso a sus pertenencias y, ¿qué mejor lugar para ocultar un secreto?

–Pero, ¿qué será? –se preguntó Pablo.

Jaime y María encogieron los hombros como respuesta.

–No lo sé, a lo mejor son documentos de la época o cartas del Cid con algún personaje –aventuró María muy literaria ella.

–O el botín de una de sus batallas –terció Pablo más materialista.

–Sea lo que sea, por lo visto es lo suficientemente importante como para que alguien grabara las letras en los objetos, ocultándolas de manera muy inteligente y en forma de clave –dijo Jaime.

Caminaban muy juntos, con las manos a resguardo en los bolsillos de sus cazadoras. Sus corazones bullían de aventura y esperanza. Ahora sí que tenían una pista clara. Lo que en un principio les parecía todo una hipótesis, unas cuantas iniciales que invitaban al misterio y a la conjetura, de pronto, se habían convertido en una realidad con mucho sentido, un mensaje claro que les conducía a un lugar concreto. Así, sin darse cuenta, llegaron al portal de Jaime. Era el primero que se despedía del grupo.

–Entonces, ¿quedamos mañana para ir al monasterio? –preguntó Jaime que no quería perder ni un día más.

La verdad es que ese viernes había sido de infarto. Primero, la ausencia de Merceditas que propició la sustitución de Carmen, y con ella el juego de preguntas de historia y la bienaventurada pregunta del pelota de Raúl. Quién les iba a decir a ellos que gracias a las ganas de escucharse que tenía su insoportable compañero de clase, por una vez en su vida, iba a aportar algo interesante y de paso arrojarles la luz necesaria que encendió la bombilla de sus mentes.

Más tarde, cuando Carmen explicó cómo las uves en latín se leían como una u, ya no pudieron pensar en otra cosa.

Después en casa de Alejandro, por fin, dieron con la solución a su misterio en forma de una palabra en latín. Luego llegó su traducción al castellano y por último su interpretación. Y todo eso en el mismo día. Por suerte para ellos tenían todo el fin de semana para seguir adelante.

–Claro, mañana por la mañana –contestó María con seguridad.

–¿Y cómo iremos por nuestra cuenta? –le preguntó Pablo algo preocupado–. Por lo menos hay diez kilómetros y mi paga semanal no llega para un taxi.

–¿Y para un autobús? –le preguntó María irónica–. ¿El señorito puede pagar un autobús?

Jaime los miraba jovial mientras ahogaba su risa en el cuello de su trenca. Él había adivinado el plan de María.

El verano pasado habían venido de Murcia unos primos de sus padres, unos parientes lejanos que uno se alegra de tener lejos. Como sus padres trabajaban y no podían hacer de abnegados guías tuvieron que ingeniárselas de manera que, por su cuenta, pudieran admirar y visitar los monumentos y la historia de la ciudad. Así que enviaron a su hijo Jaime, aprovechando las vacaciones del muchacho, a una de las oficinas de turismo para que recogiera todo tipo de información, horarios, precios de las entradas, folletos, etc. Entre la mercancía recaudada había un panfleto de muchos colores que anunciaba, como novedad inaugural del año, un autobús turístico que recorría la ciudad y los alrededores por los monumentos y lugares más emblemáticos de Burgos.

El autobús tenía como punto de partida la oficina de turismo de la plaza del Rey San Fernando, donde se encontraba la catedral, y una vez allí comenzaba su recorrido por la ciudad pasando por el Arco de Santa María, la iglesia de Santa Águeda, el monasterio de las Huelgas y otros muchos lugares hasta llegar al monasterio de San Pedro Cardeña como colofón final.

Los pasajeros podían subir y bajar a capricho en cada una de las paradas, y deleitarse con las maravillas de los monumentos el tiempo que quisieran para poder retomar el siguiente autobús cada hora y media, que era más o menos lo que se demoraba la ruta turística de principio a fin.

Jaime solo tenía una duda.

–¿Tú crees que también funcionará el autobús en invierno? –le preguntó a María.

–Yo creo que los sábados por la mañana sí, de todas formas, mañana lo comprobaremos.

Pablo les miraba con creciente hostilidad.

–Bueno, ¿qué? ¿Me lo vais a contar o esperamos a mañana?

Jaime le explicó la existencia del autobús turístico y su descubrimiento este verano. Quedaron para el día siguiente muy temprano. Pablo recogería a María en su casa y los dos pasarían a por Jaime.

La mañana del sábado se despertó húmeda. Unas gotas de lluvia intermitente le lavaban la cara a la ciudad que, como un niño sin voluntad, se dejaba asear resignada.

Los adoquines de la plaza del Rey San Fernando, brillantes por el agua matutina y por la escarcha de la noche, eran trampas mortales para los peatones desprevenidos que no medían sus pasos. En esos días grises y revenidos, los resbalones y las caídas eran los protagonistas indiscutibles y era curioso ver caminar a la gente, pasito a pasito, inseguros y con las manos extendidas.

A la derecha de la plaza, tras una cortina de fina lluvia, se alzaba majestuosa la catedral.

Pablo, Jaime y María se adentraron en la oficina de turismo. En el interior, un grupo más o menos numeroso de turistas, a pesar del leve aguacero, aguardaba la llegada del autobús turístico.

La salida estaba programada al cabo de cinco minutos y afuera no había ni rastro del vehículo. En unos segundos apareció de la nada un hombre, fue directamente al mostrador de la oficina para cruzar unas palabras con una de las chicas que trabajaba allí. La chica se dirigió a los presentes en diferentes lenguas con la lucrativa intención de la venta de las entradas. Momentos después les informó de la inmediata salida del autobús estacionado en la plaza.

Pablo, Jaime y María miraban de reojo al individuo que, una vez montados en el autobús, resultó ser el conductor del mismo. Era un hombre moreno de estatura media, de complexión media, de facciones moderadas. Lo único que no hacía juego en sus proporciones eran unos bracillos cortos que presuponían un abrazo incompleto del volante.

El hombre esperó, con la indiferencia y el hastío del que trabaja en fin de semana para que otros se diviertan, a que subieran uno a uno todos los pasajeros.

Jaime llevaba puesto sobre el anorak un impermeable rojo del que sobresalía un bulto. María, muy observadora, le preguntó sobre la joroba:

–¿Qué llevas ahí?

Jaime se deshizo del chubasquero dejando a la vista una mochila.

–Unos bocadillos por si luego nos entra hambre –pretextó mirando a Pablo. María se conformó con la respuesta, aunque por un segundo captó una chispa de complicidad entre los dos.

–¿Cuánto creéis que tardaremos en llegar al monasterio? –preguntó impaciente Pablo. La noche anterior había dormido mal. La incertidumbre de la aventura y el desarrollo de los sucesivos descubrimientos del día anterior habían hecho que padeciera un sueño entrecortado.

–Pues yo calculo que unos cuarenta y cinco minutos aproximadamente –le contestó María.

–¿Y si no encontramos nada? –señaló Jaime a sus amigos.

Nadie podía oírles. Habían ocupado los asientos del fondo.

El autobús, moderno y espacioso, aparecía con la mayoría de las plazas vacantes. La escasa veintena de turistas que componía el pasaje se habían colocado muy concentrados en los primeros puestos, cerca del conductor y de la misma señorita que les había expedido los tiques y que ahora, en calidad de guía, explicaba someramente las excelencias de los monumentos que el recorrido ofrecía.

–Pues si no encontramos nada a la primera volveremos mañana –le contestó Pablo– y si no la semana que viene y así hasta que lo encontremos, porque estoy seguro de que hay algo en el monasterio.

–Si las letras –continuó María– componen la palabra «eqvvs», que significa «caballo» , que seguro que es *Babieca*, y está enterrado en San Pedro Cardeña, todo encaja a la perfección. Todo indica que allí se encuentra la solución. Lo primero que haremos será ir directamente al monumento en honor a *Babieca* y, si no vemos nada, podemos dar una vuelta por los alrededores.

–El que grabó los objetos seguro que ha dejado una pista en el monasterio. Solo tenemos que encontrarla.

La lluvia continuaba con fuerza. Golpeaba el pavimento formando pequeñas burbujas que se deshacían al instante.

El autobús circulaba despacio entre las callejuelas del centro. Las inclemencias del tiempo y el laberinto empedrado que constituía la parte vieja de la ciudad ralentizaban el discurrir de la ruta.

Ya habían pasado por la catedral, por el Arco y por la pequeña iglesia, donde según la leyenda el Cid tomó juramento al rey Alfonso VI, llamada Santa Águeda. Nadie se bajó en las paradas para admirar los monumentos descritos. Se conformaban con las explicaciones mecánicas que, con voz cantarina, ofrecía la señorita de los tiques.

A Pablo, Jaime y María, apostados al fondo del autobús, el discurso turístico les llegaba en forma de eco en tres idiomas. Les resultaba gracioso escuchar cómo entre el galimatías de lenguas extranjeras se colaban algunas palabras en castellano.

El vehículo atravesaba el Paseo de la Isla en dirección al monasterio de las Huelgas que había sido fundado en 1187 y era el panteón real donde yacían los sepulcros de varios reyes y reinas.

Los turistas pegaban sus caras al cristal de las ventanas, salpicado de gotitas de agua, para ver el conjunto arquitectónico. Esta vez las puertas del autobús se abrieron y un grupo numeroso de unas ocho personas se apearon para realizar una visita más exhaustiva al monasterio.

El autobús arrancó de nuevo rumbo a la Cartuja de Miraflores, penúltima visita antes de terminar en el destino que ellos anhelaban. Ahora el autobús circulaba por carreteras y vías anchas que hicieron de la circulación un camino más ágil y fluido.

Los pasajeros que aún resistían, tenían la pinta normal de los guiris. Pablo, Jaime y María desde sus asientos les observaban entretenidos. Estaban acostumbrados a ver a muchos turistas en verano por los alrededores de la catedral, paseando arriba y abajo. Vestían con ropas de mil colores chillones y estampados florales, tenían los cabellos grises e iban ataviados con varias cámaras de fotos al cuello, como si fueran a hacer un gran reportaje.

Las nubes ya se habían desahogado lo suficiente y ofrecieron una tregua a los peatones.

En la Cartuja se bajaron de nuevo algunos turistas. Ellos miraban impacientes el reloj, ya habían pasado casi treinta y cinco minutos desde su salida. Solo quedaba una última parada. La suya. Su aventura estaba a punto de comenzar. De nuevo visitarían el monasterio de San Pedro Cardeña.

Poco a poco iban reconociendo el paisaje áspero de la meseta castellana. Hacía poco más de una semana que habían atravesado esos mismos campos áridos en la visita escolar que realizaron al monasterio. Ahora, sin embargo, todo era distinto. Absolutamente nadie guiaría sus pasos. Todo el mundo ignoraba la verdadera razón de su visita. Se sentían un poco más mayores en un mundo de adultos.

Cuando divisaron en el horizonte el conjunto de piedras centenarias, con la torre y las campanas al fondo, sintieron un cosquilleo en las tripas.

El autobús aminoró la marcha hasta detenerse frente a la fachada. Al abrirse las puertas no solamente ellos bajaron, también cuatro de los diez guiris que quedaban dentro salieron a estirar las piernas. Estos hablaban con la señorita que acompañaba al conductor comunicándole su intención de realizar una visita más exhaustiva al monasterio.

El autobús arrancó de nuevo camino de la ciudad. Pablo, Jaime y María miraban a los extranjeros. En aquella mañana desapacible, San Pedro Cardeña estaba desierta, y los siete parecían náufragos en una isla. Los chicos se sentían un poco incómodos por su presencia.

Cuando planearon la aventura no tuvieron en cuenta un pequeño detalle: el resto de los visitantes. Se imaginaban a sí mismos inspeccionando el monumento al detalle, vagando por ahí, paseando por allá, siempre a su anchas, ajenos a miradas indiscretas que les hicieran preguntas a las que no sabrían qué responder. Porque... ¿qué contestarían si alguien les preguntaba qué estaban buscando? Ni siquiera ellos mismos lo sabían.

Para su disgusto los extranjeros se encaminaron directamente hacia el monumento de *Babieca*. Ellos, fastidiados por la inoportuna compañía, se quedaron rezagados admirando la fachada, señalando, como si fueran verdaderos entendidos, las maravillas de los ornamentos.

María, haciéndose la distraída, giró la cabeza y pudo observar cómo, tras los cinco minutos más largos de su vida, los guiris abandonaban el monumento y se perdían en el monasterio por la puerta principal. Sin perder más tiempo, con el corazón en un puño, se dirigieron a grandes zancadas hacia su pétreo objetivo. El monumento estaba tal y como lo recordaban.

Un hito de metro y medio, con forma piramidal y dos placas en dos de los cuatro lados que recordaban las gestas del jinete y su caballo. Jaime organizó la inspección.

–Yo miro esta placa y Pablo y tú, María, podéis ver la otra, así iremos más rápido.

El tiempo también era un factor que jugaba en su contra. Al cabo de aproximadamente una hora y media el autobús pasaría de nuevo según su ruta y sería la última parada de la mañana y, por ser sábado, la última del día. No podían perderlo, si no serían ellos los que estarían perdidos.

Observaron con cuidado cada uno de los versos. Intentaban fijarse sobre todo en alguna anomalía, en algún símbolo, cualquier cosa que les llamara la atención. Después de un rato se dieron por vencidos.

–¿Vosotros habéis encontrado algo? –preguntó Jaime desesperado. Aquello iba a ser más difícil de lo que parecía.

–No, nada –contestó María algo decepcionada.

–¿Y si hubiera algo detrás de las placas? A lo mejor se pueden mover –apuntó Pablo.

Jaime se acercó hasta su lado, colocando los dedos junto a los de sus amigos, sobre uno de los bordes y haciendo toda la fuerza de que eran capaces para presionar hacia abajo. Sin embargo, el reborde de las placas resultaba engañoso ya que debían pertenecer a un bloque de piedra común y macizo.

Aquello era imposible de mover. Cansados por el esfuerzo y decepcionados decidieron dar una vuelta por los alrededores a ver si veían algo.

Pasaron por delante de la fachada principal y bordearon el monasterio por la izquierda. Se encontraron de frente con la iglesia que contenía la capilla Cidiana. No obstante, sus pasos, como si fueran vagabundos errantes, les llevaron hacia la parte de atrás, la cara oculta del monasterio. En aquella parte no habían estado en la visita con el colegio.

Una sucesión de fachadas irregulares asaltadas por la maleza aparecía ante sus ojos. Aquella zona, a resguardo de las miradas de curiosos, presentaba el estado adusto y primitivo de la piedra. Una sensación de frío recibimiento que invitaba a alejarse. Los matorrales y matojos, brillantes por el agua de la lluvia, cubrían buena parte de los muros. Un perro flaco y sucio surgió de entre las hierbas altas y les lanzó un ladrido en un intento claro de delimitar su reino.

De repente, el perro desapareció entre los muros como un Alibabá canino. Pablo, Jaime y María se acercaron hacia la fachada apartando con un paraguas ortigas y hierbajos de casi un metro. No podía ser. No había ni rastro de él. Era como si la tierra se lo hubiese tragado. De pronto, el perro surgió de nuevo ante ellos. ¿Pero de dónde había salido? Habían registrado la zona, zarandeado los matorrales y no estaba allí.

Pablo se acercó a la parte de la fachada en la que había aparecido. Comenzó a dar pequeños golpes en la pared con su paraguas como un ciego con su bastón. En uno de los impactos, el paraguas se hundió hacia el interior. Pablo llamó a gritos a sus amigos.

—¡Eh, venid aquí! ¡Está hueco! —exclamó.

Jaime y María se acercaron presurosos. Rompieron el tronco de un arbusto que tenían cerca para utilizarlo como un palo e intentaron apartar la maleza hasta que la oquedad del muro quedó al descubierto. Un espacio, de unos ochenta centímetros de alto por unos setenta de ancho, salió a la luz perfectamente camuflado por el jardín silvestre hasta el momento.

—¿Qué será esto? —preguntó María.

—A lo mejor es un desagüe o algo similar —le contestó Jaime.

—Puede que lo fuera hace siglos pero no ahora, si os fijáis, en el suelo no hay rastro de erosión por el agua. Además no hubieran crecido las hierbas —sentenció Pablo, quien si bien su expediente escolar no era de los más brillantes de la clase, sí tenía un sexto sentido para la observación de las cosas de la vida.

María, al mismo tiempo que escuchaba, paseaba la mirada con ahínco por el recién nacido hueco. Al final de su escrutinio, algo captó su atención. Se agachó rápidamente ante la sorpresa de sus compañeros. Su pulso se aceleró y podía oír el latido de sus sienes. No quería alarmar a sus amigos antes de confirmar sus sospechas. Enseguida levantó la vista sonriendo. Pablo y Jaime se acuclillaron junto a ella. Grabadas en la piedra a ras del suelo, en sentido vertical, aparecían las letras EQVV.

María escarbó entre la tierra mojada con la punta del paraguas y allí estaba la última letra: una ese terrosa resucitó al desenterrar una pequeña parte del muro.

Durante unos segundos los tres se quedaron mudos. Habían encontrado aquello que, sin saber exactamente qué, estaban buscando.

–¡Lo hemos encontrado! –estalló María con gritos de alegría.

–¡Sí, sí! ¡Es increíble! –contestaron los otros dos que no acertaban a decir nada más. Aquello les había pillado por sorpresa. Se sentían como atontados. Sabían que estaban por el buen camino y el hecho de ver escrita en la fachada la palabra «*eqvvs*» les había causado una impresión que no esperaban.

Aquella palabra ahora era más real que nunca, alguien la había grabado en la pared hacía cientos de años, indicando el camino que debían seguir. Un camino en forma de túnel que se adentraba en los muros del monasterio.

–Tenemos que entrar ahí –pensó Pablo en voz alta.

–Sí, pero está muy oscuro, no veremos nada. Será mejor que volvamos otro día –le contestó María, que después de echar un vistazo al interior e intuir la espesa negrura, se lo pensó dos veces.

Entonces Pablo y Jaime se sonrieron con la mirada y a una señal, casi imperceptible del uno, un guiño de ojo, Jaime se desembarazó de su mochila dejándola caer al suelo. La abrió rápidamente extrayendo una preciosa linterna de su interior. María recordó la complicidad entre ellos cuando de camino, en el autobús, le preguntó por la bolsa.

–Conque bocadillos, ¿eh? –les arrojó las palabras furibunda.

Los tres estaban metidos en esto a partes iguales y le parecía fatal que no le hubieran comentado nada. ¡Como si en su casa no hubiera linternas! o ¡como si la intendencia de herramientas fuera solo cosa de chicos!

–No te enfades –le dijo Pablo en tono conciliador–. Anoche se me ocurrió de repente que quizás la podríamos necesitar y le mandé un mensaje a Jaime.

–Ya y supongo que también habréis traído una navaja multiusos, a lo mejor eso puede sernos muy útil –les contestó una María socarrona medio en broma, aportando nuevas ideas.

Los chicos se miraron embobados entre sí. ¡Qué bien pensado! Decididamente la próxima vez consultarían con ella.

Echaron una última ojeada hacia atrás, no querían que nadie les viera meterse en el túnel. El campo estaba libre. Los tres se agacharon y de uno en uno, a gatas, se fueron internando en la misteriosa oscuridad. Delante de todos iba Jaime con su linterna, abriéndose paso entre siglos de olvido, detrás le seguía María y por último, cerrando filas, estaba Pablo.

Una vaharada de humedad inundó sus pulmones. El aire pesado que flotaba en el ambiente dificultaba la respiración.

El pasadizo aún continuaba unos cuantos metros con sus reducidas dimensiones. Las paredes laterales y el techo, compuestos por enormes bloques de piedra, presentaban diversas manchas viscosas de musgo verde. A medida que iban avanzando, una ligera inclinación del suelo, tierra rojiza a veces apelmazada en terrones, les conducía sin darse cuenta hacia el subsuelo del monasterio. En el último tramo, el declive era más acentuado hasta que al fin el pasadizo tubular se acabó y la linterna de Jaime alumbró lo que parecía una sala circular de techos más o menos altos y un dilema añadido: tres enormes arcos excavados en la piedra eran la entrada a otros tres nuevos túneles.

Jaime, María y Pablo en el último lugar fueron incorporándose a la nueva estancia con las rodillas doloridas y sacudiéndose los pantalones abonados en tierra bermeja.

La luz circular de la linterna se paseaba por el inhóspito recibidor desvelándoles las tres misteriosas entradas.

–¿Y ahora por dónde vamos? –preguntó Jaime con la esperanza de que alguno de sus amigos supiera con certeza o sin ella el camino a seguir.

–Ni idea –respondieron los otros dos que, una vez descubierta la entrada anterior, pensaron que todo iba a ser coser y cantar.

Jaime, como avanzadilla y portador de la tea artificial, intentó iluminar la oscuridad de las tres galerías. Se acercaba a la boca de las grutas de una en una esgrimiendo el brazo en alto, como un cazador defendiéndose de las alimañas. Enseguida se volvió hacia sus compañeros:

–No veo nada, parecen las tres iguales así que hay que elegir una.

–Bueno, yo digo –empezó a hablar Pablo– que elijamos la de la derecha y si no nos conduce a ninguna parte, pues regresamos y probamos con la del centro y así hasta que encontremos algo.

A falta de una idea mejor, aquella recibió el aplauso de todos y Jaime, de nuevo a la cabeza, seguido de María y Pablo se internaron en el pasillo de la derecha.

Debían estar justo debajo del monasterio y los metros descendidos se notaban ahora como un frío húmedo que les calaba los huesos. El techo del túnel era abovedado y de lo alto caían, como visillos naturales, las telarañas tejidas por cientos de arañas que habían nacido, tejido y muerto a lo largo de otros cientos de años.

Pablo, de vez en cuando, se adelantaba de su puesto apartando a paraguazos los incómodos telones, como si fuera un aventurero abriéndose paso a machetazos en la selva. Después de un trecho recorrido, la desesperación se reflejó en sus ojos en forma de otras dos galerías, de nuevo tenían que elegir.

Siguiendo los dictados de su primera decisión resolvieron continuar por la derecha. Pasados dos interminables minutos de recorrido en penumbra, congelados, hacía más frío allí dentro que en el exterior, donde la lluvia había suavizado la temperatura, y cansados de una aventura que no les llevaba a ningún fin dieron con un paredón que cerraba el túnel en falso. Estaban hartos, tanto rollo para no llegar a ningún lado.

–¿Y ahora qué hacemos? –preguntó María que de buena gana se daba la vuelta y se olvidaba de todo. No había dicho nada por no parecer una cobardica, pero las arañas no eran su animal favorito y la chica estaba convencida de que miles de ojillos arácnidos acechaban su persona.

–Yo creo que lo mejor es regresar al principio, no podemos pasarnos todo el tiempo de un túnel a otro por probar suerte. A lo mejor hay algo que indica cuál es el correcto.

–¡Claro, qué tontos! Igual que en la entrada. Deberíamos haber buscado las letras grabadas en la piedra –cayó en la cuenta María.

Aquello tenía mucho sentido. Si desde el inicio, en los muros traseros del monasterio se indicaba una pista tan clara, seguramente debería de haber algo similar en la sala circular. Uno de esos tres túneles tendría sin lugar a dudas una señal.

Volvieron sobre sus pasos, aunque esta vez más rápido, con la seguridad que da el camino despejado y conocido. Cuando llegaron al punto de partida se repartieron el trabajo. Cada uno inspeccionaría una entrada. Pablo pronto llamó a sus amigos.

–¡Venid! ¡Aquí hay algo! –exclamó.

Jaime alumbró el punto exacto que indicaba el dedo índice extendido de Pablo: en el túnel central, abajo, semienterrada y oculta por la tierra aparecía grabada en el zócalo de piedra una diminuta letra *e*. Estaba claro.

–Es la *e* de *eqvvs* –gritó María a sabiendas de que nadie extraño la podía oír–. ¡Esta es la entrada, vamos!

Rápidamente se adentraron de nuevo en la oscuridad, esta vez con la intuición de la elección acertada. Ahora pese a las mismas incomodidades caminaban más deprisa. Enseguida llegaron al final del corredor donde, al igual que antes, otras dos entradas incitaban a perderse en el interior.

Jaime encañonó la linterna directamente hacia abajo buscando la siguiente pista conocida, en algún lugar tendría que aparecer una *q*. Desde la primera letra comprendieron la manera inteligente de sortear el entramado de laberintos que se extendía frente a ellos. Solo tenían que encontrar y seguir las letras de la palabra «*eqvvs*».

Después de diez minutos y cuatro túneles, por fin se encontraban en la boca del quinto que se halla marcado con una ese.

Caminaron muy juntos y pegados entre sí. Se suponía que al final del corredor se desvelaría el misterio. Un misterio que comenzó cuando tras el primer asalto al casco en el Arco de Santa María, movidos por la curiosidad y la sed de aventuras, descubrieron por casualidad la marca de una inicial grabada en el interior del objeto.

Pronto adivinaron el final del pasillo. Tenían el corazón encogido por la emoción y casi sin darse cuenta, como un acto involuntario, los tres contenían silenciosamente la respiración. Habían llegado. Ya no había más túneles ni entradas que elegir. Su imaginación se disparó acerca de lo que encontrarían.

Pensaron en una cueva repleta de tesoros, escudos, lanzas, quizás una armadura, algo así como una especie de santuario del Cid. Algo que sin duda alguna tendría un enorme valor hoy en día. En cualquier caso, lo que fuera debería tener la importancia suficiente como para que alguien se molestara en esconderlo tanto.

La proyección de luz que emanaba de la linterna de Jaime les asombró por lo inesperado.

El final del quinto pasillo marcado con una ese lo constituía una pequeña habitación desolada y triste. Pablo, Jaime y María se plantaron en el centro de la misma observando con ojos decepcionados las paredes desnudas.

Lo único que rompía la monótona presencia de la nada eran unos versos en castellano antiguo en el muro de enfrente que hablaban de cómo el Cid partía hacia el destierro y dejaba a su esposa y a sus hijas al cuidado del monasterio.

Señor Mio Çid!
A buelta de los albores, en ora buena fuestes
Nado!
Como se va de
Tierra Mio Çid el Campeador
Apriessa cavalga, exido es de Burgos. Con tal grant
Gozo reciben Mio Çid en San Pero Cardeña."A Dios vos
Acomiendo mi mugier, doña Ximena, e a mis fijas"
Dixo el Campeador llorando. De tierra sodes echado
E con los sos vasallos
Apriessa cavalga el de Bivar.

–¿Y eso es todo? ¿No hay nada más? –preguntó Pablo al aire, sorprendido y decepcionado. Su voz, repetida por el eco, hacía más presente la ausencia de contenido en la sala. Él más que nadie esperaba una solución muy diferente, algo un poco más material al misterio que les embargaba.

María y Jaime, que también esperaban algo más, se encogieron de hombros. No sabían qué decir. A María solo se le ocurrió una cosa.

—La solución tiene que estar ahí –dijo señalando las frases escritas en la piedra.

—¿Todo esto va a ser por unas cuantas palabras que no dicen nada nuevo? –le contestó Pablo que se estaba empezando a cansar de todo.

Los versos grabados en el muro describían el destierro del Cid y de alguna manera confirmaban su especial relación con el monasterio al dejar a su cuidado a doña Jimena y a sus hijas.

Era un pasaje de la vida del Campeador convertido en leyenda que todo el mundo conocía. En definitiva, su contenido, a simple vista, no justificaba la ardua tarea y la maquinación de las letras grabadas primero en los objetos del Cid y luego en los túneles. Algo no encajaba. Demasiado trabajo para nada.

Precisamente por eso, por la facilidad con la que aquello se descartaba a primera vista, Jaime pensaba que eso era realmente lo que buscaban.

—No busques más, estoy seguro de que no hay nada más que los versos, María tiene razón: la solución tiene que estar ahí –le dijo Jaime a su amigo Pablo, mientras el chico abría su mochila y sacaba una libreta y un lápiz para transcribir los versos al papel tal y como aparecían en el muro.

María miró el reloj de su muñeca izquierda. Había pasado una hora desde que el autobús les dejó en el monasterio.

—No nos queda mucho tiempo. Tenemos que darnos prisa –dijo al mismo tiempo que ella empuñaba la linterna iluminando la pared escrita para que Jaime copiara más deprisa.

Mientras, Pablo, que no se resignaba a que las frases grabadas en el muro de piedra fueran el objetivo último de tanto túnel, se entretenía examinando palmo a palmo la habitación, intentando captar alguna corriente de aire o la movilidad de algún sillar que ocultara algún compartimento secreto.

Cuando Jaime acabó, Pablo y María se colocaron junto a él para ver el resultado en el papel. Jaime lo había reproducido fielmente con el mismo número de versos, las mismas palabras en cada uno de ellos y con la primera letra de cada verso en mayúsculas. Lo observaron sin leerlo, como un todo.

Era curiosa la forma en que los once versos componían el poema. Alguno de ellos solo ocupaba una palabra o dos, cuyas terminaciones ni siquiera rimaban con las anteriores.

Solo entonces se dieron cuenta.

–¡No es posible! –dijo Pablo que era el más escéptico de los tres.

–Sí, sí lo es, ¡ya os dije yo que la solución tenía que estar ahí! ¿Lo veis? ¡El poema oculta otro mensaje! –exclamó María nerviosa y emocionada mientras un escalofrío le recorría por la espalda.

–¡Es tan sencillo y tan inteligente! –señaló Jaime admirado–. Aun llegando hasta aquí cualquiera se daría la vuelta sin más.

No es lo que decía el poema sino cómo estaba dispuesta la primera letra de cada verso. Los tres leyeron en voz alta en sentido vertical: «SANCTA GADEA.»

–¿Santa Gadea? –repitió Pablo en voz alta– ¿Como *La jura de Santa Gadea*?

–El poema debe referirse a la iglesia de Santa Gadea, donde el Cid le tomó juramento al rey –explicó María muy despacio todavía conmocionada por el hallazgo.

–¿Pero esa no era Santa Águeda? –replicó Pablo que no entendía nada.

–Es la misma iglesia, solo que en tiempos del Cid se llamaba Santa Gadea y ahora se la conoce como Santa Águeda. Además esta misma mañana hemos pasado por delante con el autobús, ¿no os acordáis? –les informó Jaime. Él además recordaba perfectamente el dato gracias a los folletos que había recogido en verano para sus primos.

La pequeña iglesia estaba muy cerca de la catedral y efectivamente habían pasado aquella misma mañana por delante, como una parada más del recorrido del autobús turístico. La iglesia que hacía mil años había sido el escenario en el que don Rodrigo Díaz de Vivar había tenido la osadía de tomarle juramento al rey Alfonso VI, acerca de la participación en el asesinato de su hermano el rey Sancho II.

–Conque las frases no decían nada, ¿eh? –preguntó Jaime girando la cabeza hacia Pablo.

–Pues sí, algo decían –concedió éste a regañadientes.

–Venga, daos prisa, no nos queda mucho tiempo –sentenció María más pragmática. Apenas les quedaban veinte minutos para hacer el recorrido a la inversa.

Retrocedieron el camino andado, pero ahora los pasos cautos y temerosos de la ida se volvieron zancadas seguras y apresuradas. Atravesaron los cinco túneles marcados cada uno con una letra de la palabra «eqvvs», esta vez en sentido contrario.

Cuando llegaron a la sala circular, por el pasillo del centro, se concentraron los tres jadeantes por el esfuerzo.

–¿Cuánto tiempo nos queda María? –preguntó Jaime entre jadeos, doblado por la cintura con la mano en el costado por el flato.

–Diez minutos –le respondió entrecortada.

–Venga, ya nos queda poco –les animó Pablo, que a diferencia de sus amigos estaba radiante por el descubrimiento.

Frente a ellos se encontraba el último tramo del laberinto. El túnel estrecho y bajo que les obligaría a reptar como serpientes conduciéndoles al exterior, a las traseras del monasterio.

Respiraron hondo antes de entrar a gatas con la dificultad de que si bien al principio el ligero declive de la superficie les había beneficiado, ahora la ventaja se había convertido en una cuesta por la que tenían que ascender.

Cuando por fin salieron a la luz, la hora larga que habían pasado en el interior les pareció una eternidad. Se sacudieron los pantalones cuyas rodilleras delataban la penitencia pasada.

Fuera, la lluvia seguía dando una tregua.

Sus pulmones tardaron unos segundos en cambiar el aire rancio y polvoriento de siglos por el olor fresco a tierra mojada.

–¡Por fin! ¡Creía que no íbamos a salir nunca! –exclamó Pablo respirando profundamente.

–Sí, yo ya no podía más, ¿cuánto nos queda, María? –inquirió Jaime tragando bocanadas de aire como si hubiera estado sumergido bajo el agua.

–¡Solo cinco minutos! ¡Espero que el autobús no se haya adelantado, si no estamos perdidos! –contestó la niña con resuello.

Echaron a correr hacia la parte delantera, la fachada principal de San Pedro Cardeña. Se tranquilizaron más cuando justo al doblar la última esquina divisaron a los guiris que, como ellos, se habían apeado del autobús turístico en el monasterio. Estaba claro que llegaban a tiempo.

Aún con el último aliento pudieron ver cómo el bus se acercaba puntual a su cita, solo que ahora los pasajeros eran otros. Paró en el punto exacto en el que hora y media atrás había desalojado a casi la mitad del pasaje.

Pablo, Jaime y María subieron dirigiéndose al fondo. Se sentaron sonrientes y exhaustos.

Cuando llegaron al final de los túneles, a la habitación austera y desolada con los versos huérfanos escritos en la pared de piedra sin nada más a su alrededor se sintieron decepcionados. Aun después de descifrar el mensaje que ocultaba el poema, SANCTA GADEA, les supo a poco. Ahora, calmados y más conscientes de su hallazgo, comprendieron el éxito de su incursión. En realidad habían encontrado lo que se proponían. Una nueva pista que les acercaba más al misterio del Cid.

–¿Qué? ¿Cuándo vamos a Santa Águeda o Santa Gadea, o como se llame? –preguntó Pablo impaciente a sus amigos.

–Pues esta misma tarde –se aventuró María radiante y algo inquieta por la nueva aventura.

—No tan deprisa —les frenó el sentido común de Jaime—. Primero tenemos que ver cuáles son las horas de visita, los horarios de las misas y cuándo cierran.

María y Pablo le miraron sorprendidos. Ellos estaban tan exaltados que, ni por un momento, se les había ocurrido que mientras se celebraran las misas no podrían echar un vistazo a sus anchas, y muchísimo menos habían pensado que las iglesias pudieran estar cerradas durante algunas horas.

Jaime resolvió el asunto de inmediato. Cuando en verano recogió folletos en la oficina de turismo para sus primos de Murcia, recordaba haber leído algo sobre la iglesia de Santa Águeda. Cuando llegara a casa los buscaría y les diría a sus amigos cuando podrían realizar la visita.

Quizás la vieja iglesia, testigo de la osadía y lealtad del Cid a su rey, fuera a su vez también el refugio de su secreto.

15. Santa Águeda

Justo cuando el autobús reculaba para retomar la carretera que les llevaría de nuevo a la ciudad, un coche elegante, de carrocería oscura, llegaba a las puertas del monasterio.

El hombre que lo conducía, maduro, con un grado de altivez que los títulos dan a ciertas personas, miraba con disgusto cómo su pesadilla particular, los turistas, se alejaban.

Alfredo Ribas trabajaba en San Pedro Cardeña realizando una labor de restauración en una de las salas más visitadas: el *scriptorium*. A menudo, su trabajo se veía interrumpido por preguntas molestas de gente ignorante que visitaba monumentos por pasar el rato.

Acababa de llegar a la ciudad. Había estado justo una semana fuera. El sábado pasado, después del homenaje a la espada del Cid, recibió el encargo de un nuevo trabajo en Barcelona. El momento no era el más apropiado, pero no podía negarse.

Estaba impaciente porque llegara el lunes para acercarse desesperadamente a Correos, donde Nolo habría depositado un sobre con la última tarjeta de fotos. La persona que le había reclamado su ayuda le había facilitado muchos otros trabajos con anterioridad, siempre que podía contaba con él, así que lo otro, por mucho que le pesara, debería esperar.

Durante toda esa semana, en su escaso tiempo libre, en el hotel de Barcelona, a las horas en las que los demás dormían él garabateaba su vieja libreta con cuatro letras: V, V, Q, E. Y a su mente asomaban los cinco objetos que contenía la hoja amarillenta de siglos que había encontrado por casualidad en uno de los códices que restauraba en San Pedro Cardeña.

Por cada objeto había una letra. Solo le quedaba por descubrir la última, la de la espada y saber que estaba tan lejos y tan cerca le producía un insomnio inesperado que utilizaba para descubrir el enigma.

Una idea rondaba por su cabeza, a veces le parecía tonta, a veces descabellada, pero otras le parecía tan coherente...

Ansiaba regresar a Burgos y descubrir la última inicial. Si era la que imaginaba, todo tendría sentido y sabría exactamente por dónde empezar...

Miró por el espejo retrovisor el asiento trasero. Un sobre multicolor descansaba sobre el cuero claro al mismo tiempo que su mirada le sonreía. Estaba en lo cierto.

Aquella misma mañana desde la estación de tren se dirigió a Correos y, como siempre, Nolo había cumplido. Tenía en sus manos la última tarjeta de fotos. Fue a una tienda cercana de revelado rápido. En una hora tendría la respuesta.

Cuando recogió las fotos no pudo esperar más. Alfredo abrió el sobre en medio de la calle con las manos temblorosas de un Parkinson emocional y temporal, tenía la garganta seca y un nudo marinero en el estómago que le anclaba los pies al suelo.

La gente pasaba por su lado chocando con él, rozándolo. Le miraban como se mira a los locos y él no se daba cuenta, parado en mitad de la marea humana, contento y alegre moviendo la cabeza de arriba abajo.

La ese era lo que se veía reflejado en la espada y era lo que esperaba ver.

Ahora ya estaba seguro. Con las cuatro primeras letras tuvo la sensación de que algo fallaba, aun faltando una no era capaz de encontrar un significado. Enseguida pensó en la posibilidad de otro idioma, pero no uno cualquiera. Basado en la experiencia y en sus conocimientos recordó, de pronto, la lengua que se utilizaba para la escritura en aquella época: el latín.

Su revoltijo de letras adquiría de esa forma un sentido más o menos claro. Él, por supuesto, no ignoraba la utilización de la uve en vez de la u. De esa manera y a falta de una sola letra la solución renacía del montón de iniciales: *eqvvs*. Sin ninguna duda aquel era el mensaje.

Su mente de investigador e historiador no tardó mucho en realizar las oportunas conexiones. «*Eqvvs*» significa «caballo» en latín, caballo en el mundo del Cid solo se podía referir a *Babieca* y daba la casualidad de que *Babieca* estaba enterrado en el monasterio de San Pedro Cardeña, donde él trabajaba y podía entrar y salir libremente. Además la lista inicial de los objetos, que él pensaba en un principio aislados, había aparecido en un viejo códice en el monasterio. Todo encajaba. En realidad parecía un círculo y él, por su parte, estaba justo en medio.

De la tienda de revelado fue a su casa, dejó el equipaje y cogió el coche. No estaba dispuesto a perder más tiempo. Ya era tarde y los sábados el horario de visitas del monasterio concluía a la una y media. Pero él podía entrar sin levantar sospechas, si algún monje le preguntaba, diría que se había acercado para adelantar trabajo, puesto que había tenido que ausentarse una semana y lo tenía algo retrasado.

Aparcó justo delante de la puerta principal del San Pedro Cardeña. Cogió el sobre multicolor del asiento trasero y salió del coche. Las huellas de sus pisadas dejaban espacios secos en el pavimento mojado. Entró en el monasterio y se perdió por sus pasillos blancos, abovedados, salpicados de pequeñas cruces de madera oscura. Se dirigió directamente al *scriptorium*, su recinto particular de trabajo. Nadie le preguntó a dónde iba. Solo se cruzó con un par de monjes a los que saludó con una silenciosa inclinación de cabeza.

Abrió la sala con su propia llave y fue hacia la enorme mesa sobre la que esperaban como pacientes de un sanatorio los viejos códices y legajos. De uno de los cajones extrajo un curioso cilindro de papel enrollado. Lo desplegó con cuidado apoyando un grueso volumen en uno y otro extremo para evitar que la inercia le devolviera a su forma originaria. En él, una sucesión de líneas rectas, paralelas y perpendiculares configuraban lo que parecía el trazado de un plano.

Cuando Alfredo averiguó que el mensaje que ocultaban los objetos de la lista era la palabra «*eqvvs*», «caballo», supo de inmediato dónde tendría que buscar la siguiente pista.

Solo había un lugar relacionado con *Babieca* y ese lugar era el propio monasterio. También se acordó del día en el que le llamaron para trabajar en San Pedro Cardeña. Requerían sus conocimientos para restaurar y catalogar una cantidad importante de material que se había encontrado por casualidad en los sótanos del monasterio. Cuando más tarde aceptó el encargo, le relataron con detalle cómo en el curso de unas obras apareció una sala oculta y desconocida con la entrada tapiada y disimulada a lo largo de un corredor. En ella, algunos objetos antiguos y viejos arcones con documentación, pergaminos y viejos libros destartalados despertaban de un sueño olvidado de siglos.

Buscó en los planos del monasterio la ubicación exacta de la habitación hallada en la planta del sótano. Tenía la corazonada de que aquel habitáculo ocultaba más secretos y de que quizás en algún lugar adyacente hubiera otra sala gemela más recóndita y escondida y con más misterios.

Al observar el plano y localizar la sala, algo llamó poderosamente su atención, un pequeño pasadizo, como si fuera un desagüe o parte del alcantarillado de otros tiempos, que se comunicaba con el exterior, lindaba pared con pared con aquella habitación recién descubierta. No se lo pensó dos veces, cogió una pequeña y potente linterna que a veces utilizaba en su trabajo para iluminar completamente los desperfectos a restaurar y se dirigió hacia las traseras del monasterio.

Situado frente a los muros desolados observó la maleza rebelde que brotaba desde los mismos cimientos y se extendía campo a través. Entre el verdor salvaje vio la oquedad cuadrada, en parte descubierta por unas hierbas aplastadas, a ras del suelo.

Se acercó esperanzado, se agachó y examinó con la linterna primero el interior oscuro que se perdía a lo lejos y unos segundos después la piedra fría y húmeda por la lluvia reciente que enmarcaba la entrada.

Sus ojos, su mano que dirigía la linterna, todo su ser se paralizó cuando su mirada tropezó con, en vertical y grabadas en la pared rozando la tierra, las familiares letras *eqvvs*.

Había encontrado lo que buscaba. Alumbró de nuevo el interior de lo que parecía una pequeña cueva y calculando sus proporciones inició un gateo sexagenario a lo largo del túnel que le condujo en un leve descenso hacia el subsuelo de San Pedro Cardeña.

Cuando llegó al final del pasadizo, una sala circular de techos altos le ofrecía tres nuevas posibilidades en forma de tres túneles nuevos. Se acercó a ellos examinando concienzudamente con su linterna las entradas. Concentró su atención en la parte cercana al suelo, en la misma zona donde más o menos antes había encontrado la pista inicial y acertó. Enseguida pudo comprobar al tiempo que esbozaba una sonrisa de certidumbre, cómo en el corredor del centro, en la entrada, casi oculta por la tierra del suelo, emergía centenaria una pequeña *e*. Al instante adivinó el juego. Solo tendría que buscar en los sucesivos túneles el resto de las letras que formaban la palabra «*eqvvs*» y llegaría al final.

Comenzó su particular periplo por el laberinto de túneles siempre aplicando la máxima aprendida, así hasta que sus fatigados pies alcanzaron el último corredor marcado con la ese.

Era el último tramo que le conduciría a la solución del misterio. Ahora, presa del cansancio y la expectación por el descubrimiento, sus pasos eran más cortos. Había ocupado tanto tiempo en entender el significado de las letras grabadas en los objetos que casi le había pasado inadvertida la verdadera razón de los mismos y, a solo unos pasos de averiguar la respuesta, se sentía confuso y con la mente bloqueada por la excitación.

Excitación que cesó de golpe al contemplar la habitación que coronaba el último pasadizo del recorrido. Una sala de piedra gris y austera, carente de mobiliario y pobre de ornamentos le daba la bienvenida. Por un momento pensó que alguien se le había adelantado y le había arrebatado su tesoro, cualquiera que fuera. Quizás el botín de alguna de sus conquistas o viejos documentos que relataban con precisión los detalles de su vida.

En cualquier caso todo hacía presagiar la inutilidad de sus esfuerzos. Decepcionado y confuso lanzó al aire, con la desazón de un hombre derrotado, los últimos destellos de su linterna iluminando las paredes desnudas. Entonces encontró los versos escritos en el muro y al principio los leyó como quien lee una pintada en la pared, sin darse cuenta del mensaje.

Sin embargo, algo llamó su atención en el conjunto, y la sangre cogió velocidad en sus venas. Dos palabras, formadas por la primera letra de cada verso en vertical, anunciaban al avispado lector que la aventura continuaba: SANCTA GADEA.

Alfredo pasó de la decepción al entusiasmo con una rapidez sobresaliente. El misterio continuaba. Pensó en la pequeña iglesia situada cerca de la catedral que ahora todo el mundo conocía como Santa Águeda. En ella, el Cid le tomó juramento al rey Alfonso VI sobre su participación en la muerte de su hermano. Ahora su siguiente objetivo estaba claro. El que grabó los objetos y los túneles había dejado una última pista.

Alfredo inició el camino de vuelta esperanzado. Sabía exactamente cuál sería su siguiente paso: tendría que realizar una visita a Santa Águeda.

Alfredo regresó de entre los túneles, se dirigió a su elegante coche y abandonó el monasterio. Mientras conducía en dirección a la ciudad, su mente planeaba distraída la visita a la iglesia y en ningún momento advirtió como extraña la presencia de un vehículo que circulaba tras él.

Nada más abandonar San Pedro Cardeña, un coche indiferente le aguardaba y vigilaba oculto desde un recodo del camino.

En él, una pareja de policías vestidos de paisano se prodigaban apasionados abrazos. Cuando vieron salir a Alfredo en dirección a Burgos cesó el falso intercambio de afectos y comunicaron por radio a su jefe, David Morales, que el sospechoso iniciaba el movimiento.

Durante el interrogatorio a Nolo una conclusión quedó patente: había otra persona que manejaba los hilos, o dicho en jerga policial, gracias a las declaraciones de Manuel Álvarez podían afirmar la existencia de un cerebro de la operación.

Se perfilaron dos líneas de actuación para detener al cerebro.

Por un lado, Nolo les había contado cómo el llamado señor García se ponía en contacto con él a través del teléfono móvil. Cada vez que lo llamaba siempre aparecían en pantalla las palabras «identidad oculta» por lo que aun requisando el aparato y buscando en el menú la opción registro de llamadas sería imposible identificar el número. No obstante, esta contrariedad era salvada por la policía de una forma rápida y sencilla, gracias a la accesibilidad que tenía el Cuerpo Nacional de Policía a determinados archivos de datos en caso de utilidad pública. Así pudieron determinar el número exacto del que procedían las llamadas, el nombre y apellidos del titular de la línea y su dirección. Consiguieron una orden del juez, pincharon el teléfono e hicieron un seguimiento a Alfredo Ribas.

En un principio, el individuo estaba limpio, si bien su nombre aparecía mencionado en la ficha de algún traficante de antigüedades y en algún que otro asuntillo sobre la falsificación de alguna pieza, nunca se había podido comprobar su participación. Además, gracias a sus amistades en el mundo de la política y en el mundo académico, su figura presumía de ser intocable y gozaba de una notoria reputación.

Gracias a las escuchas telefónicas pudieron averiguar cómo el señor García o, en realidad, Alfredo Ribas había recibido, ya tarde, una llamada, el mismo sábado del homenaje a la Tizona, de un amigo suyo ofreciéndole un trabajo de restauración en Barcelona. Dicho encargo le obligaría a ausentarse unos cinco o seis días. Alfredo al principio titubeó, seguramente esto interrumpía sus planes, observó la policía, pero finalmente aceptó. Debería partir aquel mismo día por la noche, por lo que, de ningún modo, podría recoger el sobre con la tarjeta de fotos el lunes, tal y como les había contado Nolo durante el interrogatorio.

La otra línea de actuación sería la siguiente. Cuando Alfredo regresara de su viaje tendría que ir a Correos para recoger la tarjeta de memoria y los hombres de David estarían apostados en algún lugar acechándole y dispuestos para seguir sus pasos, para descubrir qué se traía entre manos.

Por fin podrían aclarar el misterio de los asaltos a los objetos del Cid y el porqué de las fotografías. Un caso extraño que estaban a punto de resolver.

La pareja de policías del coche patrulla recibió una orden clara: seguir al sospechoso manteniendo las distancias.

Cuando Jaime llegó a su casa después de visitar con sus amigos las entrañas del monasterio de San Pedro Cardeña, fue directamente a su habitación. Todavía sentía un cosquilleo de emoción en el estómago, el mismo que experimentó al descubrir la clave de los versos en el muro: SANCTA GADEA.

Tenían que ir allí cuanto antes pero para eso debían conocer los horarios de visita de la iglesia y eso era precisamente lo que iba a hacer. De entre el montón de folletos de la oficina de turismo recordaba haber visto vagamente una hoja rectangular dividida en cuadrículas con los horarios de monumentos y museos. En ella se reflejaba, en la parte izquierda, una sucesión de joyas arquitectónicas a visitar y, a la derecha, la disponibilidad de días y horas.

Se dirigió al primer cajón de su escritorio. Cuando lo abrió, un montón de papeles saltaron como si tuviesen muelles invisibles que les precipitaran al vacío. Escarbó entre la multitud de recortes, hojas de dibujo y folletos de diferentes tamaños y colores.

Por fin encontró lo que buscaba, la hoja blanca impresa en letras negras, vacía de diseño y repleta de información. Recorrió con el dedo índice la lista de nombres de la izquierda hasta que encontró la iglesia que él buscaba y, a la derecha, describiendo un imaginario ángulo recto, la casilla de la disponibilidad de los horarios. Estudió las escasas posibilidades y llamó a sus amigos para concertar la visita. El mejor momento y casi único, ya que por algún inexplicable motivo aquella era la iglesia que menos posibilidades ofrecía al turista, sería mañana domingo después del culto de las doce. Es decir, calculando que la misa duraría unos cuarenta y cinco minutos, que era la última de la mañana y que las puertas de Santa Águeda se cerrarían a las dos en punto, disponían de una hora y cuarto para campar más o menos a sus anchas y examinar cualquier detalle que les llamara la atención.

Estaban seguros de que el misterio se acercaba a su fin. La persona que grabó los objetos del Cid y los túneles del monasterio dejó indicado claramente el siguiente paso a seguir.

La iglesia también era partícipe del secreto del Cid y ellos estaban dispuestos a descubrirlo.

La mañana del domingo nació gris, repleta de nubes grises atiborradas de nieve que por alguna razón se resistían a descargar su nívea mercancía. El viento invernal que se deslizaba por las callejas y avenidas era la razón por la que las nubes se conformaban solo con tamizar unos pocos copos blancos que descendían en un balanceo lento hasta estrellarse contra el suelo.

Pablo se había pasado por casa de María y ahora los dos se hallaban en el portal de Jaime, presionando a intermitencias el timbre del portero automático.

Eran más o menos las doce y cuarto y habían calculado que tardarían unos quince minutos en llegar hasta Santa Águeda. Con un poco de suerte asistirían casi al final de la misa, de esa forma se mezclarían con la gente, se quedarían atrás, en los últimos bancos, esperando a que el resto de los fieles fuera saliendo.

Cuando Jaime bajó a la calle, sus amigos rompieron en una carcajada.

–¿Pero dónde te crees que vas? ¿A los Alpes? –le preguntó María muerta de la risa.

Jaime se liberó como pudo de la gruesa bufanda que ocultaba gran parte de su rostro dejando a la intemperie la nariz y la boca.

–Mi madre –dijo con el tono resignado del que ha perdido una batalla– que ha oído en la radio que va a caer la nevada del siglo y me ha dicho que o salgo así o no salgo.

Pablo y María observaban divertidos a su amigo. Era un chico acolchado de arriba abajo, rebozado en capas de abrigo, botas y gorro incluido que se manejaba con movimientos lentos de robot desengrasado.

Aun así detuvieron sus burlas, ya que ellos mismos habían sufrido las manías protectoras e irracionales de sus madres, sobre todo Pablo, y por experiencia sabían que su amigo no había tenido ninguna opción más que obedecer.

Bajaron por la avenida del Cid, siguieron luego por la calle Santander y giraron a la derecha por la vieja calle San Juan, hasta llegar a las peatonales Laín Calvo y la Paloma, que en realidad eran una misma calle recta y larga cuya desembocadura era la plaza del Rey San Fernando y la catedral.

Caminaban los tres muy juntos y sus corazones latían cada vez más deprisa a medida que se acercaban a su destino.

–¿Por dónde empezaremos? –se preguntó María en voz alta.

–Pues no sé, yo propongo echar un vistazo general –le contestó Pablo–. Seguro que hay una señal a la vista, algo que los demás no ven pero que para nosotros sí tenga un significado.

–Sí –dijo Jaime convencido– el que inició todo esto siempre ha dejado pistas claras, solo tenemos que encontrarlas. Me muero de curiosidad por saber para qué tanto misterio, ¿qué será lo que se oculta?

–Ni idea, pero seguro que tiene que ser algo gordo si no nadie se hubiera molestado en marcar las pertenencias del Cid y los túneles del monasterio –añadió María.

Mientras avanzaban veían, al final de la calle peatonal, recortadas en el horizonte gris, las torres gemelas de la catedral que despuntaban sobre el resto de los tejados de la ciudad.

La calle aparecía casi desierta de gente, a diferencia del bullicio del verano, cuando los turistas invadían la vía y las tiendas de recuerdos alineadas a derecha e izquierda. Una de ellas, la favorita de los extranjeros, presentaba la armadura de un caballero medieval de tamaño natural que como buen centinela custodiaba la entrada.

Hacía la guardia en solitario añorando las largas colas de turistas que en los meses de julio y agosto se agolpaban a su alrededor esperando su turno para retratarse junto a él.

María miraba hacia los lados las galerías blancas de las casas. La mayoría de ellas eran casas muy antiguas, de dos o tres pisos, habían sido restauradas y ofrecían un arco iris de colores vainilla, celeste y ocre.

Cuando llegaron al final de la calle atravesaron la plaza del Rey San Fernando. A la izquierda, dejaron la parte trasera del Arco de Santa María y giraron hacia la derecha, hacia la placita donde se encontraba la puerta principal de la catedral. A partir de ahí terminaba su territorio conocido. Habían consultado un plano de la ciudad y sabían que tan solo una calle les separaba de su destino: la iglesia de Santa Águeda.

Durante unos segundos admiraron el paisaje pétreo que les rodeaba, la catedral, las casonas de enfrente reconvertidas en típicos mesones y las callejas empedradas. Se dirigieron por una calle estrecha que se encogía cada vez más y se perdía cuesta abajo. Casi sin darse cuenta chocaron con la entrada de la iglesia.

–Ya hemos llegado, esta iglesia tiene que ser Santa Águeda –dijo María.

Frente a la puerta un ensanche rectangular de la calle hacía las veces de una plaza ciega. La fachada se mostraba como camuflada y le costaba al visitante percibir que había bordeado una parte de los muros de la parroquia. La entrada era una puerta de pino ambarino remachada de ornamentadas bisagras de hierro a la que se llegaba tras subir los seis escalones que la distanciaban del suelo.

–Sí, esta es, mirad –afirmó Jaime señalando la pared.

A la derecha de la puerta, sobre la piedra blanca, una placa cercioraba al turista de los méritos históricos de la iglesia. En ella podían leerse las siguientes palabras: *En esta iglesia de Santa Gadea prestó el rey Alfonso VI ante el Cid Campeador su famoso juramento.*

–Así que esta es la famosa iglesia de Santa Gadea más conocida como Santa Águeda –dijo Pablo moviendo la cabeza afirmativamente, admirando la placa mientras su corazón cada vez latía más deprisa.

–¡Es increíble que haya resistido tanto tiempo! –exclamó María a quien le parecía mentira que el Cid hubiera estado en aquel lugar hacía casi mil años.

Justo al empujar la puerta que permitía la entrada a la iglesia, la mirada de los tres se desvió hacia el mismo punto: un enorme cerrojo labrado en hierro. Consistía en una barra horizontal que atravesaba las dos hojas de la puerta y de la parte de abajo colgaba un apéndice cuadrado. En el interior se apreciaban claramente dos figuras delimitadas. A la izquierda, un hombre con una corona sobre la cabeza extendía su mano derecha sobre un libro sagrado y, al otro lado del dibujo, un caballero con casco y espada le tomaba juramento. Debajo una breve reseña rezaba así: «*Jura de Santa Gadea. Año 1072.*» No había ninguna duda, aquella era la iglesia del juramento del Cid al rey Alfonso VI.

–¡Es el lugar perfecto para ocultar un secreto! –exclamó Pablo cada vez más nervioso.

–Si por dentro tiene tantas referencias al Cid como por fuera estoy seguro de que muy pronto encontraremos el misterio que oculta *eqvvs* –añadió Jaime que estaba deseando entrar, quitándose la bufanda y desabrochándose las capas de abrigo con que su madre lo había recubierto.

–Además está un poco apartado de la ruta turística, yo no creo que reciba muchas visitas de curiosos –observó María inquieta mientras sentía un cosquilleo en las tripas.

–Venga, entremos de una vez, no puedo esperar más –dijo Pablo entreabriendo la puerta de pino. Los tres respiraron hondo y con el corazón palpitando de emoción se adentraron en el templo.

Nada más cruzar el umbral sintieron que la sencillez del interior era muy similar a la de sus muros exteriores.

Era una iglesia pequeña que parecía creada más para el culto a Dios que para la vanidad de los hombres.

Frente a ellos, a unos escasos cinco metros, una gran pila bautismal les daba la bienvenida. Estaba encajada en una especie de pequeño altar que presidía la fervorosa imagen de una virgen escoltada por dos ángeles. A ambos lados había dos placas con inscripciones dentro. A su izquierda, cinco filas de bancos y dos confesionarios constituían el fondo del templo.

En esa misma parte, en una naya, se encontraba el órgano que en ese instante interpretaba una melodía religiosa.

A la derecha, una larga hilera de bancos llegaba hasta el altar de alabastro, donde el cura celebraba la misa en aquel preciso momento. La iglesia estaba repleta de gente.

Pablo, Jaime y María decidieron sentarse en las últimas filas intentando pasar inadvertidos. Para lograr su propósito, o sea, examinar la iglesia de cabo a rabo en busca de alguna pista, necesitaban quedarse completamente solos.

Permanecieron callados y respetuosos mientras observaban cómo los fieles formaban una fila central en el pasillo para tomar la comunión. En unos pocos minutos el oficio habría terminado.

Los chicos, cada vez más ansiosos, intentaban calmar sus nervios fijándose en la gente que conformaba un grupo heterogéneo.

Los mayores, que eran los más numerosos, se acercaban al altar con la cabeza inclinada y las manos juntas cruzadas por delante. Los demás, más o menos jóvenes, caminaban erguidos paseando la mirada por las paredes del templo.

Cuando el sacerdote dijo las palabras «podéis ir en paz», los feligreses comenzaron a disgregarse poco a poco abandonando la iglesia. Solo algunas mujeres solas y enlutadas permanecieron arrodilladas unos minutos más que a los chicos se les hicieron interminables.

Cuando por fin se quedaron solos trazaron un sencillo plan.

–Tendremos que dividirnos –capitaneó Pablo–. No sé si dispondremos de mucho tiempo hasta que cierren las puertas.

–Vale, yo me quedo aquí, en la parte de atrás –dijo Jaime.

–De acuerdo –añadió María–, y yo en la parte del centro y tú, Pablo, puedes mirar por el altar.

Una vez divididas las tareas se pusieron manos a la obra.

–¡Eh! –reclamó Pablo en voz no muy alta pero multiplicada por el eco–. ¿Tenemos claro qué es lo que tenemos que buscar?

–Sííí –respondieron sus amigos casi al mismo tiempo.

Llevaban todo el camino intercambiando ideas y a la conclusión a la que habían llegado era que si la entrada a los túneles del monasterio estaba marcada por la palabra «*eqvvs*» o con alguna de sus letras, eso era exactamente en lo que se tenían que concentrar.

Así pues, cada uno en su zona, comenzaron a escudriñar la iglesia palmo a palmo como si fueran unos arqueólogos intentando desentrañar un trocito de historia.

Jaime comenzó su investigación por la enorme pila bautismal que tenía junto a él. Con sus escasas fuerzas intentó mover la mole de piedra gris. Había visto en alguna película que empujando un poquito una estatua, por ejemplo, aquella cedía voluntariamente dejando a la luz el hueco que ocupaba y desvelando de esa manera un misterio insondable. Sin embargo, por mucho que presionó la gran palangana de granito ésta se mantenía firmemente arraigada al suelo como el tronco centenario de un viejo árbol.

Prestó especial atención a la imagen de la virgen y los ángeles que la velaban uno a cada lado. No había ninguna inscripción ni ninguna letra que le indicara que estaba en el camino correcto.

Por último se centró en las dos placas que había a cada lado del pequeño altar, una a la derecha y otra a la izquierda. Una de ellas recogía el recordatorio de alguien ilustre que había sido bautizado en la pila el siglo pasado. Y la otra, mucho más grande y sembrada casi en su totalidad por letras muy juntas y difíciles de leer, estaba grabada en un castellano muy antiguo e identificaba la sepultura de un músico.

A Jaime le quedaba muy poco espacio por explorar. Tras él cinco filas de bancos y dos confesionarios limitaban la parte de atrás de la iglesia. De repente se quedó mirando a los confesionarios. Una curiosidad pueril se adueñó de sus impulsos y se lanzó de lleno sobre uno de ellos. Abrió la puerta de un tirón con una mezcla de temeridad y arrojo. Siempre había deseado saber cómo eran por dentro, aunque su interés nada tenía que ver con la aventura que compartían en ese momento.

–¿Qué haces? Ahí no vas a encontrar nada –le interpeló Pablo que había adivinado la verdadera razón de su impulso. Más que adivinar, en realidad había reconocido en su amigo un deseo idéntico. A él también le hubiera gustado hacer lo mismo, pero aquel no era el momento. Tenían que darse prisa por si de repente aparecía el cura y les sorprendía.

María por su lado estaba reconcentrada en su zona. A ella le había tocado la parte central de la iglesia. Ella pensaba para sí misma que en aquel espacio seguramente no encontraría nada. Estaba demasiado expuesto al público y lo único que había eran bancos y algunos cuadros que representaban la pasión de Cristo.

No obstante intentaba cumplir su parte del plan con la mejor voluntad posible. Se esforzaba fijando la vista en los muros de piedra. En algunas ocasiones, donde las sombras jugaban con la luz y le parecía haber encontrado algo, alargaba tímidamente la mano acariciando la pared.

Una de esas veces, sus dedos además de sentir el frío contacto de la piedra tropezaron con un símbolo grabado. María llamó a sus amigos.

–¡Venid, aquí hay algo!

En el muro de la izquierda, abajo, muy cerca del zócalo y en un lugar de difícil acceso, casi oculto por uno de los bancos, había una incisión grabada en forma de aspa. Entre todos intentaron correr el banco hacia el pasillo para poder acercarse. Se agacharon los tres y el dedo índice de Pablo recorrió la marca.

–Creo que lo hemos encontrado –dijo sonriendo.

–Pero Pablo esto es una equis y no tiene nada que ver con «*eqvvs*» –le contestó Jaime confundido. Había algo que no encajaba con el resto de la historia.

–¿Por qué dices eso? –le contestó su amigo que, a diferencia de Jaime y María, era mucho más optimista–. A lo mejor todo es más sencillo de lo que imaginamos y la cruz señala exactamente lo que buscamos.

María observaba a los chicos con el ceño fruncido. A pesar de haber sido ella quien había encontrado la señal tampoco estaba del todo convencida.

–Pues venga, solo hay una manera de comprobar quién tiene razón, vamos a empujar la piedra –dijo María.

Apoyaron las manos sobre el sillar e hicieron toda la presión que sus cuerpos les permitieron. Sin embargo aquello era tan imposible como empujar una montaña. Ni siquiera lograron que la argamasa de alrededor sufriera algún arañazo.

Decepcionados y exhaustos por el esfuerzo se levantaron y colocaron el banco en su lugar. Definitivamente aquello no era lo que buscaban. Como Jaime y María habían acabado de inspeccionar su zona se dirigieron con Pablo hacia el altar. Estaba claro que si había algo tenía que estar allí y si lo buscaban los tres tendrían más posibilidades de dar con ello.

Jaime se concentró en admirar una vidriera del fondo en forma de rosetón. Mientras María se acercó a la imagen de una virgen. De pronto, un ruido seco que surgió del fondo de la iglesia alertó sus sentidos. Durante unos segundos se quedaron quietos y en silencio. Había sonado algo así como un golpe contra la madera. Por un momento pensaron que habían sido descubiertos. Instintivamente fijaron la mirada en la puerta. No había entrado nadie.

–¿Qué hora es, Pablo? –preguntó María apurada.

–La una y media. Todavía nos queda media hora.

–Yo no veo nada, esto es más difícil de lo que parecía al principio –se quejó Jaime a sus amigos.

–Estoy cansado, ya no se me ocurre ningún otro sitio donde mirar, esto es una pérdida de tiempo –exclamó Pablo desilusionado.

–Entonces, ¿qué hacemos? –inquirió María.

Los tres bajaron los escalones del altar y siguiendo el pasillo central se situaron frente a la pila bautismal. Pablo y Jaime analizaban las escasas zonas que les quedaban por inspeccionar.

–¿Y si lo que buscamos está en la sacristía? –se le ocurrió de pronto a Pablo.

–Pues entonces estamos perdidos –le contestó Jaime.

Mientras, María se había detenido en la enorme pila, el altarcito con la virgen y los dos angelitos. Aquella parte la había examinado Jaime y ella no había tenido la oportunidad de observarlo con más detenimiento.

Comenzó a leer las inscripciones por distracción. La de la izquierda estaba grabada en una pequeña placa de mármol blanco. Tres escuetas frases recordaban el bautismo de un ilustre hombre de principios de siglo. Pero a María la que le llamó la atención fue la otra. Una inscripción cincelada en granito gris donde las palabras se unían unas con otras formando una única frase de principio a fin. La escritura torneada, la ausencia de espacios en blanco y una forma de expresión que recordaba al castellano antiguo dificultaban la comprensión del texto. Aun así había algo en la inscripción que la atraía profundamente y no le permitía apartar la vista. En unos segundos comprendió el por qué de su hipnosis. Pero no podía ser. Después de todo no podía ser tan fácil. Lo habían tenido delante de sus narices durante todo este tiempo y no lo habían visto.

Se concentró de nuevo en su hallazgo, tenía que estar segura antes de dar falsas esperanzas a sus amigos. Pero no había ninguna duda. Ella lo había encontrado. Había encontrado la solución. Completamente serena y con la seguridad de haber descubierto el misterio se acercó a sus amigos.

–¡Ya lo tengo! –dijo–. Mirad.

Jaime y Pablo se acercaron junto a ella. María no emitió sonido alguno. Solo el dedo índice de su mano a través de la inscripción les desveló el final de su aventura.

Se quedaron paralizados por la sencillez del enigma.

María señaló cinco letras a lo largo de la placa. Cada una de ellas a su vez, contenía otra en su interior. En la segunda fila dentro de una *o* se encontraba una uve. En la cuarta fila dentro de otra *o* había una ese, en la octava fila dentro de una cu descubrieron una *e* y así sucesivamente encontraron todas y cada una de las letras que formaban la palabra «*eqvvs*».

Se quedaron petrificados, las miradas perdidas, los pensamientos vacíos como si durante unos segundos la realidad hubiera abandonado sus cuerpos. Por fin Pablo reaccionó y comenzó a presionar cada una de las letras empezando por la *e* hasta la ese.

Jaime y María comprendieron al instante su gesto esperando en vano alguna consecuencia. Sin embargo, no ocurrió nada. Entonces Jaime tuvo una idea.

–¿Y si apretamos las letras al mismo tiempo?

No hizo falta decir más, cada uno se ocupó de una parte de la inscripción. María se encargó de la segunda y cuarta filas donde se encontraban una uve y una ese; a Pablo le tocaron la e y la cu y por último Jaime agachado, presionaba la última uve encerrada en una de en la fila trece. Pablo marcó la pauta.

–A la de tres empujaremos todos juntos. Una, dos y tres.

Para su enorme sorpresa las iniciales de piedra cedieron bajo sus dedos, como interruptores modernos en un panel de mandos.

Primero se oyó un clic metálico, un silencio, y por último una losa rectangular situada bajo la inscripción a ras del suelo comenzó a moverse hacia un lado como una especie de puerta corredera. El ruido sordo del roce entre la piedra y el granito llenaba la iglesia vacía. Cuando la losa desapareció dejó al descubierto un espacio hueco. Se asomaron a su interior en un acto reflejo rápido, sin pensar y lo vieron. Un cofre metálico de brillo olvidado, verdoso de óxido y humedad esperaba siglos a ser descubierto.

–¡Es un cofre! –anunció Jaime olvidando el hecho de que Pablo y María lo estaban viendo al mismo tiempo que él.

–¡Vamos a sacarlo! –propuso Pablo preso de la emoción.

–Sí –dijo María inquieta, casi temblando por la excitación del momento–. ¡A ver qué tiene dentro!

Se agacharon los tres y apoyando sus manos sobre el viejo arcón intentaron arrastrarlo hacia el exterior. Sin embargo pese a lo moderado de sus dimensiones, el cofre no mediría más de cuarenta centímetros de largo por veinte de alto, apenas consiguieron que éste se moviera. No podían imaginar cual sería su contenido. Además de ser algo tan importante como para que alguien grabara los objetos del Cid, los túneles del monasterio de San Pedro Cardeña y aquella placa en Santa Águeda, una cosa más tenían clara, fuera lo que fuera, aquello pesaba un quintal.

Reunieron sus fuerzas en un nuevo intento de sacarlo a la luz. El contacto entre el cofre de metal y el granito del suelo producía un chirrido estridente que parecía un lamento de resistencia a abandonar lo que durante cientos de años había sido su refugio.

Cuando por fin lograron sacarlo del hueco excavado en la pared de piedra lo contemplaron en silencio durante unos segundos. Los chicos se miraban entre sí nerviosos, exaltados, pero ninguno se atrevía a abrirlo. De alguna manera eran conscientes de que descubrir lo que había en su interior significaba el final de su aventura. Tenían una mezcla de sentimientos encontrados, la curiosidad innata del ser humano y la extraña sensación de insatisfacción que se produce cuando uno consigue algo largamente esperado.

Pablo y Jaime, cada uno por su lado, levantaron la tapa lentamente con la dificultad de la humedad de siglos que se traducía en una apertura agarrotada.

Finalmente, cuando la tapa del cofre quedó totalmente vencida, sus ojos contemplaron atónitos y maravillados el contenido del mismo. Cientos de brillantes monedas de oro se apiñaban unas junto a otras formando una fabulosa montaña dorada. Junto a las piezas de oro, en un rincón del cofre y mezclado con ellas aparecía un documento enrollado y atado con un raído lazo de terciopelo rojo.

–¡Es el tesoro del Cid! –exclamó Jaime–. ¿Os acordáis del cofre del Cid, el que está en la capilla del Corpus Christi en la catedral? La leyenda decía que supuestamente estaba lleno de monedas de oro, sin embargo, cuando lo abrieron lo único que encontraron fue un montón de arena. Así que la leyenda es cierta. ¡El tesoro del Cid existe!

–¡Y nosotros lo hemos encontrado! –añadió María.

–¡El tesoro del Cid! –repetía Pablo hipnotizado por el brillo dorado mientras metía la mano en el cofre cogiendo un puñado de monedas y dejando que éstas se derramaran de entre sus dedos–. ¿Y qué será esto? –preguntó al mismo tiempo que alargaba el brazo para coger el cilindro de papel.

Con sumo cuidado intentó desenrollar el documento. El papiro presentaba un aspecto lamentable. Pese al extremo tiento de Pablo, al intentar estirarlo en su total longitud, el moho y el cambio de atmósfera provocaron unos pequeños pero audibles quiebros en su estructura. Unos cercos concéntricos que se asemejaban a las isobaras del tiempo empañaban la escritura gótica que ocupaba la totalidad de su superficie. Aun así con la voz quebrada por el nerviosismo Pablo intentó leer en voz alta las primeras líneas traduciendo algunas palabras al castellano actual: –Yo Alfonso VI rey de Castilla y León en el año del Señor de mil setenta y dos juro bajo mi honor...

–No puede ser –interrumpió Jaime exaltado, que había comprendido al instante la importancia del documento hallado–. ¡Si es el juramento del rey Alfonso VI ante el Cid, esto puede tener un valor incalculable, tenemos que decírselo a alguien cuanto antes!

–En efecto –declaró una voz firme y sin matices justo detrás de ellos–. Eres muy listo.

Los tres, con el corazón encogido por la sorpresa, giraron las cabezas en la dirección de la voz.

Como surgido de la nada apareció Alfredo Ribas, el profesor amigo del abuelo de María con el que coincidieron en el homenaje a la Tizona.

Un Alfredo orgulloso y distante les miraba desafiante desde arriba y ellos, arrodillados aún ante el cofre del tesoro del Cid, le devolvieron la mirada atónitos.

No podían comprender qué hacía ese hombre allí y sobre todo de dónde había salido. Justo detrás de él, uno de los confesionarios que había al fondo de la iglesia aparecía con la portezuela entreabierta. Al instante se imaginaron la escena. Él había permanecido allí escondido durante todo el tiempo, observándolos, siguiendo sus indagaciones, sus progresos, pero ahora, ¿qué era lo que pretendía?

–Como muy bien has adivinado eso es exactamente lo que parece, la jura de Santa Gadea –continuó Alfredo Ribas impasible–. Sin embargo hay algo en lo que estás equivocado. Vosotros no vais a decir nada a nadie. Yo seré quien comunique al mundo uno de los descubrimientos más importantes de la historia, no solo la existencia del tesoro del Cid, sino la confirmación escrita del juramento que el Cid obligó hacer a Alfonso VI hace casi mil años –contemplaba el tesoro más que con admiración con adoración divina–. Así que ésta es la explicación del misterio –continuó hablando para sí mismo–, los monjes del monasterio fueron los encargados de proteger el tesoro del Cid de la codicia de los hombres y de la ira del rey. Seguramente cuando el monasterio fue invadido y atacado tuvieron que idear un plan para ocultar todo esto y evitar el pillaje y el expolio. Por eso grabaron los objetos del Cid, por eso ocultaron el tesoro en esta iglesia –continuó rezando solo.

–¡Usted no ha descubierto nada, hemos sido nosotros! –le gritó María furiosa.

–¿Vosotros? ¿Unos niños? ¿Creéis que voy a permitir que unos mocosos me arrebaten la gloria y el reconocimiento del mundo entero?

Una risa gutural, extraña, emergía desganada desde lo más profundo de su ser. Sus ojos, fijos en un punto indiferente, entornaban una mirada fría, cargada de odio. De su boca comenzó a salir un discurso ensayado más para sí que para otros.

–No sé cómo habéis llegado hasta aquí ni me importa. Supongo que habrá sido un cúmulo de casualidades, quizás la suerte. La suerte que yo no he tenido nunca en mi vida y que merezco. Una vida entregada al estudio, al arte y, ¿para qué? Para enriquecer a los demás. Cuando estaba trabajando en el monasterio y vi aquella hoja perdida entre las páginas de un viejo manuscrito, una corazonada me obligó a cogerla. En ella había cinco palabras. Solo cinco objetos: casco, tapiz, espada, cofre y códice. Nada más. No había ninguna indicación. Sin embargo, cuando requirieron mis servicios en otro encargo y encontré el tapiz supe que algo grande me esperaba al fin –sus palabras retumbaban huecas en el espacio abierto de la iglesia–. Identifiqué el escudo de armas del tapiz, lo había estudiado cientos de veces, pertenecía a don Rodrigo Díaz de Vivar, el Cid. Solo un pequeño detalle me desconcertó y entonces todo cobró sentido en mi cabeza, una de las dos empuñaduras de las dos espadas cruzadas que formaban el escudo era diferente a todos los grabados y esculturas que yo había visto. Enseguida identifiqué la diferencia. Aquello era una letra. No había duda. Recordé la hoja amarillenta, la palabra tapiz y al instante reconocí los demás objetos de la lista. Ahora ya sabía a quién pertenecían. Pero yo solo no podía acceder a todos. El casco, el cofre, la espada... –dejó las palabras en el aire en un suspenso indeterminado de tiempo.

Pablo, María y Jaime le observaban callados, atemorizados. Aquel no era el hombre afable que les había presentado Alejandro, el abuelo de María. A medida que hablaba, las facciones de su rostro se iban endureciendo y su voz adquiría un tono plano, carente de sentimientos que simulaba un estado hipnótico, en trance.

María de nuevo se atrevió a interrumpirlo.

–Así que era usted. Usted estaba detrás de los asaltos, pero, ¿por qué?

–¿Por qué? Era mi oportunidad, el colofón a mi carrera. Si yo hubiera comunicado mi descubrimiento se habría designado una comisión de expertos y tendría que haber compartido con los demás mi éxito, mi gloria. Algo que me pertenece exclusivamente a mí. Mi nombre ligado para siempre a un descubrimiento de renombre internacional. No. No podía permitirlo.

Mientras escupía las últimas palabras su mirada perdida vagaba aún más lejos. Se veía a sí mismo laureado por la comunidad académica, dando conferencias en las mejores universidades del mundo, concediendo entrevistas.

En apenas unos segundos, sus ojos tomaron tierra, y en un movimiento rápido e inesperado sacó una pequeña arma del bolsillo derecho de su abrigo azul marino encañonándoles directamente.

–Y ahora largo. Vosotros ya no tenéis nada que hacer aquí.

–¿Qué va a hacer con eso? –preguntó Jaime–. ¿Nos va a disparar?

–Espero que no sea necesario.

Alfredo Ribas les apuntaba empuñando la pistola firmemente. Su estado hipnótico, irreal, había dado paso en unos pocos instantes a una furia súbita que se manifestaba en el tono rojizo de su cara. Una furia mezclada con impaciencia que hacía destellar chispas de sus ojos.

Pablo, presa de una rabia interior provocada por la injusticia, le dijo:

–Nadie le creerá.

–¿Tú crees? –contestó Alfredo orgulloso, sabiéndose ganador en una lucha desigual. La soberbia y la ambición que ahora afloraban en su persona seguramente eran sentimientos abonados durante años–. Será mi palabra contra la vuestra.

De repente, un estruendo atronador interrumpió el circunloquio entre el viejo profesor universitario y los chicos.

La enorme puerta de madera de pino de la entrada principal se abrió bruscamente golpeando con el pomo de hierro la pared adyacente. El desconcierto se adueñó en el rostro de todos cuando al mismo tiempo un grupo de policías, pistola en mano invadía el templo sagrado.

–¡Tire la pistola y las manos en alto! –gritó uno de ellos. Tenía el cabello oscuro y algunos mechones en forma de greñas amenazaban con enturbiar su visión. David Morales vestía una cazadora de cuero negro y unos vaqueros desgastados y si no fuera porque estaba rodeado de policías uniformados y él llevaba la voz cantante, Pablo, Jaime y María hubieran tenido más miedo de él que de Alfredo Ribas.

Alfredo se sintió acorralado. Un grupo de agentes rodeaba su persona mientras le apuntaban.

Todo había terminado. No entendía nada, ¿cómo habían llegado hasta allí? ¿Cómo se habían enterado? ¿Acaso le habían estado siguiendo? En los periódicos que él hojeaba con asiduidad no se hacía ninguna referencia a los asaltos ni a su resolución. Él siempre había supuesto que la ausencia de noticias significaba también la ausencia de pistas sobre el autor material de los hechos. Sin embargo, algo había fallado. Todo su mundo, su éxito, gloria, fama, reconocimiento mundial se desmoronó en unos pocos segundos.

Alfredo Ribas bajó la mano derecha pausadamente. La lentitud de sus movimientos delataba el estado de abatimiento emocional y la confusión cerebral que le embargaba.

Después simplemente se limitó a obedecer las órdenes de los agentes, levantó los brazos en alto, sin oponer ninguna resistencia. Un policía lo esposó al mismo tiempo que le leyó sus derechos. David ordenó que lo sacaran de la iglesia y se dirigió a los chicos que lo miraban con incredulidad. Aún no habían asimilado la escena de la que habían sido protagonistas.

En realidad todo había ocurrido muy deprisa y lo habían vivido como una ensoñación, como si por arte de magia les hubieran transportado a una película de ficción.

–Tranquilos chicos –dijo David–, todo ha terminado.

Pablo, Jaime y María se incorporaron y se encaminaron hacia uno de los bancos de la iglesia que David les estaba señalando.

Una vez acomodados, Pablo, que había reconocido el aspecto desaliñado casi de delincuente de David Morales, se atrevió a decirle:

–Yo a ti te conozco. Te vi en la exposición del Cid en el Arco de Santa María y también estabas en el homenaje a la Tizona –dijo de carrerilla, casi sin respirar.

–Tienes buen ojo chaval –le contestó David sonriendo. Tenía un don especial para tratar a los chicos. Una especie de camaradería cortés además de su aspecto de eterno adolescente hacía que le vieran no como a un adulto sino como a un igual.

–No tan bueno –interrumpió María que después del susto había recuperado su ironía habitual–. Lo que él pensaba es que tú eras sospechoso...

Todos se echaron a reír relajando de esa manera la tensión acumulada.

–En primer lugar –comenzó David–, quiero que sepáis que en ningún momento habéis corrido ningún peligro.

«Sí, claro», pensó Jaime que recordaba con nítida claridad el momento en que Alfredo Ribas les apuntaba con el arma.

–Hace una semana que pinchamos el teléfono de Alfredo Ribas y hemos seguido sus pasos hasta aquí –continuó David–. Os vimos entrar a vosotros y no nos pareció sospechoso, pero cuando terminó la misa y ni él ni vosotros habíais salido como los demás, supimos que algo pasaba. Nos acercamos a la puerta con mucho cuidado y entonces por un pequeño resquicio os vimos a vosotros pero sabíamos que Alfredo aún continuaba dentro y decidimos esperar. Hemos escuchado todo lo que ha ocurrido en el interior. Estamos al corriente de todo. Solo necesito saber cómo habéis llegado vosotros hasta aquí.

David les hablaba con una ternura que contrastaba con su imagen agreste. Tuvo mucho cuidado de que aquello no pareciera un interrogatorio formal y no les hizo ningún tipo de reproche por lo que otros hubieran considerado claramente una intromisión en una investigación policial.

Pablo empezó a relatar la historia que había comenzado casi tres semanas atrás cuando se enteraron del asalto al casco del Cid en la exposición del Arco Santa María. Una exposición que ellos habían visitado con el colegio un día antes.

Alternativamente, primero Jaime y después María, todos hicieron su aportación al desarrollo de los hechos.

Le contaron cómo llevados por la curiosidad y el morbo visitaron el casco asaltado y descubrieron por casualidad una inicial grabada en el interior. Después con el asalto al cofre encontraron que la misma letra se repetía y eso les confirmó que algo estaba pasando. Le siguieron relatando cómo poco a poco fueron averiguando que algunos objetos del Cid también contenían una letra camuflada en unos casos y oculta en otros. Le desvelaron las cinco iniciales, la palabra que formaba en latín, «*eqvvs*», los túneles del monasterio de San Pedro Cardeña y, por último, el hallazgo del tesoro en Santa Águeda.

David les escuchaba ensimismado con creciente admiración. Cuando terminaron su relato, David Morales estaba impresionado. Los chicos le miraban complacidos por el desenlace final y por el interés que les había prestado.

–Enhorabuena chavales. Espero que seáis conscientes de lo que acabáis de vivir. Una aventura así es muy difícil que se vuelva a repetir.

Los tres amigos se encogieron de hombros sospechando como ciertas las palabras del policía. Aun así Pablo sentenció:

–Nunca se sabe...

Índice

M.ª José Luis González

M.ª José Luis González nació en Burgos pero a los quince años se trasladó junto con toda su familia a Alicante, donde actualmente reside.

Se licenció en Ciencias Empresariales y ha trabajado en el departamento de administración y contabilidad de varias empresas.

Siempre le ha gustado escribir y en un viaje de verano a su ciudad natal (Burgos es una ciudad cargada de historia que le inspira multitud de aventuras) se le ocurrió la idea de *El enigma del Cid*. Le encanta leer, viajar y pasear por la playa los días nublados... y los soleados también, y además le divierte observar a la gente, adivinar sus vidas e imaginar misterios ocultos.

Bambú Grandes lectores

Bergil, el caballero
perdido de Berlindon
J. Carreras Guixé

Los hombres de Muchaca
Mariela Rodríguez

El laboratorio secreto
Lluís Prats y Enric Roig

Fuga de Proteo 100-D-22
Milagros Oya

Más allá de las tres dunas
Susana Fernández
Gabaldón

Las catorce momias
de Bakrí
Susana Fernández
Gabaldón

Semana Blanca
Natalia Freire

Fernando el Temerario
José Luis Velasco

Tom, piel de escarcha
Sally Prue

El secreto del
doctor Givert
Agustí Alcoberro

La tribu
Anne-Laure Bondoux

Otoño azul
José Ramón Ayllón

El enigma del Cid
Mª José Luis

Almogávar sin querer
Fernando Lalana,
Luis A. Puente

Pequeñas historias
del Globo
Àngel Burgas

El misterio de la calle
de las Glicinas
Núria Pradas

África en el corazón
M.ª Carmen de la Bandera

Sentir los colores
M.ª Carmen de la Bandera

Mande a su hijo a Marte
Fernando Lalana

La pequeña coral de
la señorita Collignon
Lluís Prats

Luciérnagas en
el desierto
Daniel SanMateo

Como un galgo
Roddy Doyle

Mi vida en el paraíso
M.ª Carmen de
la Bandera

Viajeros intrépidos
Montse Ganges e Imapla

Black Soul
Núria Pradas

Rebelión en Verne
Marisol Ortiz de Zárate

El pescador de esponjas
Susana Fernández

La fabuladora
Marisol Ortiz de Zárate

¡Buen camino, Jacobo!
Fernando Lalana